U0659942

乡愁

XIANG CHOU

李传君 著

中国出版集团　现代出版社

图书在版编目（CIP）数据

乡愁 / 李传君著. -- 北京：现代出版社，2023.12
ISBN 978-7-5231-0661-7

Ⅰ.①乡… Ⅱ.①李… Ⅲ.①长篇小说–中国–当代
Ⅳ.①I247.5

中国国家版本馆CIP数据核字（2023）第233166号

著　　者	李传君
责任编辑	杨学庆

出 版 人	乔先彪
出版发行	现代出版社
地　　址	北京市安定门外安华里504号
邮政编码	100011
电　　话	（010）64267325
传　　真	（010）64245264
网　　址	www.1980xd.com
印　　刷	成都现代印务有限公司
开　　本	880mm × 1230mm　1/32
印　　张	10.75
字　　数	255千字
版　　次	2023年12月第1版　2023年12月第1次印刷
书　　号	ISBN 978-7-5231-0661-7
定　　价	68.00元

版权所有，翻印必究；未经许可，不得转载

目 录

第一部分 ⋯⋯⋯⋯⋯⋯ 1

第二部分 ⋯⋯⋯⋯⋯⋯ 64

第三部分 ⋯⋯⋯⋯⋯⋯ 130

第四部分 ⋯⋯⋯⋯⋯⋯ 188

第五部分 ⋯⋯⋯⋯⋯⋯ 233

第六部分 ⋯⋯⋯⋯⋯⋯ 305

第一部分

1

白龙河在崇山峻岭中九曲十八弯，在进入崇岭县白龙河镇西滩村时，则呈倒写的"Ω"形绕了一个大弯。经特殊地形戏弄折腾，白龙河似乎被激怒了，波涛翻腾，喧嚣不息。不得不佩服造物主的伟大！在悠长的岁月里，白龙河不知动用了多少刀斧，几乎将西滩村修理成了一马平川！除了为数不多的几座小山丘，其他地方是一望无际的广阔田野，足有三四千亩。千百年来，富饶的土地养育了一代又一代西滩村人。然而造物主又是极不公平的。一河之隔的东山村，则是名副其实的山地，连绵的山峦成了村子的普遍景观。自然禀赋的差异也就注定了两村地力的肥瘠、经济的优劣、人口的稠稀。

据相关史料记载，这块土地位于中华版图西南的一个省份，又处于该省东北方偏远角落，从古巴蜀到秦汉，从隋唐到宋元，基本上人烟稀少。只是到了明代，随着玉米和红薯的引入，这里才逐渐添丁增口。可明末的"八大王剿四川"，又将这里糟蹋成人间地狱。

清初湖广填四川，外省移民沿险峻的古道纷至沓来，先来的自然抢占了西滩村这样的良田肥地，像东山村这般穷山恶水，便留给后来者作为生命跋涉的归宿地了。落脚西滩村的陈氏家族，以耕读传家独成谱系，代代繁衍。以"尊祖千秋记，睦邻万世袭，仁智传家训，忠义保国基"传至今日，已至第十三代。如今，以袭字辈最高。东山村张氏家族，以"水融禾根壮，地富五谷丰，积金滋族旺，疏财济民生"代代传承，至今已是第十六代。如今，以族字辈最高。陈、张两个家族相处和睦，代代通婚，过去过来都是亲戚，不过多是张家女嫁给陈家男。

8月下旬，城里还很热，乡村已渐渐转凉。西滩村广阔的坝子上，零星的稻田呈现出片片金黄，燥热的空气中不时传来"咚咚——哧哧——"的声音，那是农人正用千年沿袭的方式收稻谷：一口四方形的巨大木匣，底小口大，一面夹着一副挡席，两个人在另一面挡板上用手摔打擦根割倒的稻子。摔打十分默契，尽管二人汗流浃背、气喘吁吁，但有那"咚咚——哧哧——"的音乐伴奏，丰收的喜悦消减着辛劳的疲惫。

而在东山村，这个季节恰是忙着掰苞谷的时候。一大早，在太阳还没出山，地里还被浓浓的雾霭遮挡着的时候，家家户户的老太婆便匆匆唤醒老太爷，各自背上一个夹背往苞谷地里走。夹背为细篾丝编成，上面一个喇叭口，不仅装得多，还给人省力的错觉，农村人特别喜欢用来背东西。崇岭县的背二哥就是靠这种工具背出了千秋岁月，背出了代代乡民对山外的神往，背出了一部世代农民艰苦奋斗的历史。

从省城回来的陈智峰，此刻独自坐在白龙河边一片鹅卵石滩上，望着翻滚如沸的河水出神。回来四五天了，几乎每天与父亲一对眼就是吵，他都有些六神无主了，到底回来是对是错？他抓起一块石头狠狠砸向河中。"咚"的一声，水花溅得老高，石头在奔涌不停的水面砸出的坑顷刻又合拢。白龙河也跟眼下的时令一样，好比一个不愿被惊扰的大忙人。

"想回来干点儿事？有啥事能让你干？你能干出啥事？"父亲陈仁兴气急败坏的面孔红彤彤的，直冒热气，陈智峰能感受到父亲胸中燃烧的那团火有多旺。"在城里混了十年，不是还买了两套房吗，怎么说放弃就放弃了呢？"父亲反复质问。

这的确是任何一个农村人都无法理解的事情。此刻，在父亲的诊所，气氛就很不愉快。

一株古老的黄葛树像一个撑天巨人屹立道旁，给一幢其貌不扬的三层水泥楼房遮风挡雨，也遮挡着初秋骄阳强烈的紫外线的炙烤。这幢楼房底层有四五十平方米，全做了"西滩村仁兴诊所"，作为村医的陈仁兴承继祖辈技艺，已在这里坐堂问诊二十余个春秋。

陈智峰孩童时代就听老人们讲过，这里有一条古驿道，因这株大黄葛树而自然兴起一家幺店子，过往的背二哥，南来北往的官差、行商，都喜欢在这里打尖住店。陈智峰的祖上既开饮食店，又开药铺，生意十分红火。近代以来，驿道衰落，幺店子便也归档历史，只是这药铺的招牌换成了诊所。但因这里位置好，仍然是村里人喜欢聚集的地方，无论走路赶场还是闲来无事，大家都喜欢到这里来坐坐。

此刻，一些闲坐客以陈智峰为话题，你一言我一语地摆龙门阵，让本来就觉得没了脸面的父亲更加心烦。"兴先生，峰娃儿回来，该给你拿了不少票子？"常来仁兴诊所闲坐的一个老头儿问。陈仁兴正在给一个患者把脉，对那个老头儿的问话只是摇头不言语。"那还用说？在省城房子买了好几套，票子肯定没少挣！"另一个闲坐的村民说。

"啥票子！不气死老子算好了！"陈仁兴红着脸蹦出一句话，"你们悄悄的，一个二个话贩子吵得，我脉都把不准！"大家见陈仁兴动气了，只好闭了嘴。

陈仁兴放开病人的手，唰唰唰地开单子："老大，抓药！"随即，里屋帘子一动，出来一个哈欠连天的小伙子，拿起药单慢腾腾地走进药房。

陈仁兴有两个儿子。老大陈智俊，高中毕业后，被安排的路子是接父亲的班。可陈智俊不情愿，总是罱着要外出打工。这样罱着不觉到了结婚的年龄，把东山村姑娘张疏梅娶进门，新婚夫妻恩爱无比，陈智俊也就踏踏实实地学了两年医。等张疏梅生了孩子，家里连添两口，仅靠诊所支撑一大家子吃喝拉撒，日子确实不宽裕。张疏梅将孩子送回娘家，便外出务工了。她这一走便是七八年，隔两三年春节方回来一次。陈智俊哪熬得这等日子？脾气渐与父亲不合。陈仁兴打不能打，骂又不管用，见一身医术难以传继，心里着实难受。

老二陈智峰原本好好地在省城发展，也曾经给父亲挣足了面子，可偏偏先斩后奏，回来了！三十挨边的老小伙子，连个女人都没找到！

一阵轰隆隆的雷声传来，天上乌云翻滚，眼看就要下雨了。

陈智峰仍坐在河边，嘴里嚼着根青草，望着哗哗流淌的河水发呆。他的眼前渐渐模糊，视线中的白龙河幻化成一把银梳，一根一根地梳理着他心头的思绪。

当年，陈智峰没考上大学，连着复读两年分数还是差一大截。"娃儿，看来你没有读书的命。"父亲叹息说，"路，你想怎么走就怎么走吧。"陈智峰没有反驳，因为他自己也实在没脸皮再复读。二十岁生日刚过不久，他便独自闯省城去了。

谁料没过几年，陈智峰竟以省城某报记者的身份衣锦还乡了！乡亲们对他刮目相看，父亲也倍感荣光，甚至还专门订了那份报纸，算是对儿子供职单位的支持。但凡儿子大作刊登，他都要拿来让人传阅诵读。陈智峰虽然读书成绩一般，但自小作文写得好。到省城后，他先是卖报纸，每天的报纸，他一边卖一边看，渐渐对新闻也算琢磨出了一些门道。有一天，他在发行部领报纸的时候，无意中对一篇稿子评论了两句，被路过此地的总编辑听到了。于是，陈智峰被总编辑叫到办公室，从此命运改变了。他是全报社第一个没有大学文凭的记者。在那个都市报充斥都市人生活的年代，在那个都市报英雄不问出处的年代，陈智峰成为时代的幸运儿。

那些年记者的收入在省城属于中等偏上水平，五六年之后，买两套房也就不在话下了。从温饱到小康，陈智峰的野心也就一天天膨胀起来。中国股市在经历了漫长的蛰伏后，突然爆发出惊人的上涨趋势，报社上至总编辑下至发行部小职员，无人不谈股票。强大的诱惑力彻底颠覆了一个老实的农村年轻人的认知！陈智峰原本就对股票一窍不通，竟也敢将自己所有积蓄砸进股市！接下来的事情可想而知，突如其来的连续下跌吓傻了他。一次次不甘心地补仓，一次次期待新奇迹——调仓换股，账面上的资产日渐缩水。陈智峰最后以疯狂的赌博心态来抗拒亏损！他将自己的两套房相继抵押贷款，一次次地抱薪救火……

最终，陈智峰撤出仅剩的二十万元，远离了股市。从噩梦中醒来，一切都变了。他的信心和业绩也仿佛随着股市的崩塌而一蹶不振。部门主任和报社领导看他的眼神也没有从前那么温暖和慈祥了。自尊心很强的陈智峰从报社辞职，一连应聘了好些单位，都未能如愿。就这样，他渐渐对城市产生了恐惧，对前途感到迷茫，越来越怀念平静而悠闲的农村。农村老家，瞬间成了黑夜中的一盏灯，他飞蛾一般迫不及待地要扑上去。

回到老家，他并不打算一辈子靠老爹吃饭，他想在农村干一番事业。可眼下的农村能干出啥事业？有点想法的年轻人都拼命往外跑，仅凭一腔空洞的豪情，就能干出一番事业？

不过，哥哥倒是很高兴，心想弟弟回来他就能走了，跟妻子日夜相守的日子不远了！可父亲并不同意哥哥走，一阵狗血喷头的痛骂之后，丢下一句："想跑？除非我死了！"陈智峰劝父亲："爸，你干吗非拴住哥哥不可呢？""那你来学医？你愿意我就放他走！"父亲说。"咋不收个徒弟呢？难道非要传给自己儿子？"陈智峰的话把父亲问住了。半天后，父亲干脆地说："想滚就滚吧！滚远些，最好一辈子别回来！"哥哥像提前得到释放的囚犯，兴奋地跳了起来。父亲一气之下同意让哥哥走，可第二天又反悔了，哥哥立刻像泄了气的皮球。

脖子上一阵冰凉，把陈智峰惊醒。抬头一看，天黑得跟包公脸一般，胡豆粒大的雨点噼里啪啦猛砸下来。他赶紧从地上站起来，扯起衣服后襟搭在脑壳上，拼命往家跑。父亲见他淋成了落汤鸡，脸上也没表露出丝毫的同情，只是说晚上要他去东山村参加一个升学宴。那个考上大学的姑娘叫张旺芸，是西滩村村支书陈仁宇的堂姨妹。

陈智峰的心怦怦直跳，陈仁宇的妻子张旺霞与哥哥同龄，曾经可是东山村"五朵金花"之一。陈智峰在白龙河镇中学上初一时，连留两级的张旺霞读初三，豆子大个学校，自然是一日几见，每次目光接触都让他心头热浪翻腾。

到了陈仁宇家，陈智峰仔细打量了这幢房子。这房子也是一幢三层楼房，不过比陈智峰家的要气派和精美得多。房子外墙贴了面砖，屋顶做成了坡状，顶层的平台上栽了些开花的藤蔓植物，与村里砖混楼房多见的豆腐块、火柴盒样式大不相同，很明显地将主人的品位表露了出来。青砖围墙配上双扇院门，墙内宽敞的院子里种了一株桃树，桃子早已收获，枝叶仍十分茂盛。院坝里铺着青石板，还摆了一张石桌，配了四只石凳。

陈智峰进门第一眼就看到了张旺霞。她胖了些，妩媚中展露出更多妖娆，衣着更时髦，气色更活炫，笑容更甜美，两腮的酒窝也更深更让人迷醉，尤其是她那双黑亮闪烁的眼睛要人命。"这就是仁兴哥屋头老二吧？叫……陈智峰？还是当年那样害羞，一见女人就脸红！"张旺霞一开口就揭他短，陈智峰不脸红反倒显得不正经了。

陈仁宇忙着跟几个村民在一楼另一间屋说事，只是伸出头向陈智峰打了个招呼，便又缩了回去。陈智峰朝那房间瞅了一眼，见陈仁宇坐在一把皮质椅子上，皱着眉头听人说话，面前一张紫褐色漆面办公桌，一杯茶正冒着热气。那房间里少说六七人，除了陈仁宇，其他人都坐在对面的沙发上，有时大声吵闹几句，但都被陈仁宇更大声地压了下去。

张旺霞安排陈智峰在客厅喝茶，自己陪在一旁嗑瓜子儿，时不时问上几句话。听说陈智峰还单身，张旺霞杏眼圆睁，惊讶得有些夸张，说："别那么挑剔了好不好！""要不要我给介绍一个？以前那些女同学吧，估计没剩下的了；小点儿的还真不好找，村里姑娘都外出打工了，人家时兴在外面找。嗨！对了，你在外头这么多年就没找？"这可触到了陈智峰的痛点。陈智峰虽说是农村出来的孩子，"味口"却很快城市化了。那些长相不端、气质不佳的他看不上，看得上的偏偏又是天宫里长、瑶池里生的。尽管曾经有两套房提高自己的含金量，可在省城漂亮姑娘的眼里，那根本算不上什么财产。虽有记者的身份，但毕竟永远都脱不了的农皮使他的身价大打折扣。他也曾死皮赖脸甚至卑躬屈膝地交了一两个堪称"仙人"的女朋友，天天将人家当先人一样供起，到头来差点儿落得个人财两空。人家要求他婚后把婚前两套房登记为二人共有，思来想去他觉得不对劲，最后婉言谢绝。最终，"仙人"们一阵破口大骂，个个拂袖而去。

"都说外面的世界很精彩，我也想出去看看，可哪里走得脱呢！精彩是别人的，我什么也没有，好羡慕你们哟！"张旺霞哀怨地说。"你还有啥不满足的？仁宇叔当干部，这家里条件又那么好，你是身在福中不知福吧！""屹蚤子大个干部也算干部？这辈子嫁给你仁宇叔，永远困在这个小凼凼里了。"世上不乏这种人，明明睡在米箩筛里却偏说糠箩筛好。把话反过来说，这不是提醒人去羡慕吗？张旺霞大概就是这种吧。陈智峰想到这儿，哑然笑了。

一时无语地彼此沉默着。

陈仁宇跟几个村民的筋总算扯完了，村民离开时嘴里仍骂骂咧咧，而陈仁宇紧绷着嘴置之不理。等村民走出了院门，陈仁宇把喝剩的茶水泼在院子里，说了声："走！"于是发动摩托车，等张旺霞和陈智峰上了后座，忽地一踩油门，箭一样飞驰上乡村道路。

西滩村境内的路还算平坦，东山村境内的路，坐摩托车有点像坐海盗船。张旺霞紧箍陈仁宇的腰，但丰硕的臀部还是常往后滑。尽管陈智峰不断往后挪，但一遇下坡，他的胯裆就亲密地卡上了张旺霞的丰臀。

张旺霞一下车便高喊："幺妹！"一个身穿校服的年轻女孩从屋里出来。"仁兴哥家老二，在省城见过大世面的，论辈分，你管他叫侄儿。"张旺霞介绍着，"这是我堂妹张旺芸，我们张家出的第一个女大学生！"不知怎的，张旺霞叫他俩互留了电话号码。

张旺芸隆重的升学宴，办了三十余桌。客人中有白龙河镇党委书记张族贵，他既是张氏家族辈分最高者，又是本镇领导干部，自然被奉为上宾。陈仁宇立刻显出了张旺霞口中所言"屹蚤大的干部"那样的卑微，生拉活扯地挤上张族贵那桌，一晚上不是递烟就是倒茶，完全没有了下午在村民面前的强大气场。

敬酒环节，陈智峰注意到张旺芸举止大方、言辞妥当。再细瞧一番，这女子既有林妹妹般的娇弱，又有尤三姐般的泼辣，心中不觉暗暗叫奇。想当年自己高中毕业，比起眼前的她来确实差了一大截。张旺霞见陈智峰愣神的样子，便凑到他耳旁低语："该不是看上我妹了吧？"陈智峰自觉失态，仰头将杯中酒一饮而尽。

2

父亲还是没拗过哥哥。哥哥同几个早已心思在外的年轻人，似出笼的鸟一样飞向了远方。可有一人没那么幸运，尽管已搭上了长途客车，还是被村镇干部给拦了下来。

民办教师陈智林在西滩村小学坚守整整十年了，婚后还搭上妻子李淑华。每天，陈智林吃过早饭便匆匆赶往学校。虽只有二十三个孩子，但包括幼儿班、小学一到三年级，他一个人得备四个阶段的课，每天忙得跟蜜蜂一样，几乎无暇休息。

而这西滩村小学，也是陈智峰的启蒙学堂。在他的记忆中，那是一排土墙瓦房，是村民投工投劳一抔土一抔土筑起来的，东家一片瓦、西家一根木头凑起来的。只是在"普九"的时候，墙壁用石灰粉刷成了白色，并把梁上所有细小的、不规则的或是朽烂的木头换了，其余的地方都没变。操场是由土质松软的田改建而成的，用石碾滚过。操场周围有几株碗口粗的白杨树，其中一株还是陈智峰读书时的那个班植的。夏天，操场上的杂草比地里的庄稼都肯长，老师们常常动员学生用手扯，可有一种铁旋草扯不断根，须用锄头铲，这样一年一年地铲，操场的地就变得凹凸不平了，表面的土又松软起来，又得由村里动员村民运土填埋，再用石碾去滚。而今，离陈智峰小学毕业很多年了，西滩村小学还基本保持原样，因村里的劳力越来越少。小学校舍年久失修，日渐破败，受大雨淋蚀、冲刷，墙壁的外层石灰脱落，浸了水的夯土流失，形成一绺一绺胡须状下垂的褐黄色伤痕。操场上也是沟壑纵横，除了孩子们上学放学经常踩的地方有一条弯弯的路，其余地方几乎恢复了原野的状态。

这个时代的村小，大多已经撤并了，可西滩村还保留着。虽然近年来留在村里的人口日渐减少，可隔个一两年总有几个孩子符合上幼儿班的年龄。尽管西滩村离白龙河镇仅仅三四公里远，但留在家里的都是爷爷奶奶，天天接送孩子到镇上念书根本不现实，所以几次全县范围的教育资源大整合，西滩村小学都幸运地保留了下来。

小学原有四名教师，多年过去了，退休的退休，调走的调走，辞职的辞职。镇里向教育局打报告，可全县教师缺编严重，根本调剂不出人来。十几年前，陈智林高中毕业，先是在外面打了两年工，春节回家过年，他被村干部好说歹说地留了下来，从此便当起了村小的民办教师。每天陈智林的妻子忙完农活，中午便赶往学校为孩子们热饭。两口子仅陈智林每月一千多元的工资，李淑华的付出纯属义务帮忙，换作任何人，有牢骚和怨言都是正常的。夫妻俩撂挑子的口头、书面报告往上传递了无数回，最终还是扛不过上面的软硬兼施。

这次，两人原本是天不亮就偷偷去镇里赶车，哪知村镇干部拦出了经验，说不准还暗中布置了眼线，时刻紧盯两口子行踪，一旦发现异样便启动预定方案。

这天早上，陈智林夫妇简直是斯文扫地了。村镇干部见苦口婆心的劝说不管用，便动手往车下拖。陈智林死死地抱住前排靠背不撒手，最后连衣服都被撕破了。最终还是李淑华先缴械投降："别再拉拉扯扯的了！我们回去。"

夫妻俩泪眼婆娑。陈智林心中充满怨恨，他陈智林不是圣人，做不到不图个人富贵得无私奉献！凭什么非要把这副道德枷锁套在他的脖子上！

陈智峰与陈智林年龄相仿，从小学到高中都是同学，听到消息后，他来村小找陈智林说话。"既然走不了，就安心留下来吧，外面也不是你想象得那么美好。"陈智峰说。"你干吗要回来呢？我要是你，哪怕要饭都不走回头路！"陈智林说。陈智峰没有反驳，因为这话他当初也说过。没进过围城的人哪里懂得围城里深深的套路呢？一旦用青春和时光买了教训，才懂得什么叫后悔药难求。"同村同龄的，人家外出几年，房子个个修得体面，我呢？一家人还挤在几间破瓦房里！幸好你弟妹不嫌弃，要是换了别的女人，早跟人跑了！"男儿有泪不轻弹，只是未到伤心处。眼见陈智林伤感至此，陈智峰十分感慨。

疯了一个暑假，刚刚归笼的孩子们还难以做到令行禁止。早上的升旗仪式，陈智林吆喝了半天，一个个仍孙猴子一般在校园里上蹿下跳。没办法，陈智林只好从工具房里抽出一条三尺来长的教鞭，高高地扬起尾追学生，一阵嘻嘻哈哈过后，总算排成了还算整齐的队伍。"陈传文、陈传杰、陈紫婷，出列！"陈智林喊出两个大一点的男生和一个女生，从办公室抽屉拿出叠放好的国旗。三人充当旗手、护旗手。旗杆是一根粗壮的楠竹，表面已经被风雨淋蚀得灰黑斑驳。"升国旗！唱国歌！"国旗缓缓地沿着细麻绳往竹竿上升，没有任何伴奏，一阵或高、或低、或快、或慢、或靠谱、或跑调的国歌声回荡在百余平方米大小的操场上空。

陈传文、陈传杰是陈氏家族第十三代子孙，也是西滩村留守儿童代表。陈传文的父母陈智立、吴秀娟，陈传杰的父母陈智健、罗红玉都在外打工多年。陈紫婷是陈智林妹妹陈智蓉的女儿。丈夫英年早逝后，陈智蓉便带着女儿回娘家住，因哥嫂在学校的时候多，她们母女便长期住在哥嫂那几间破瓦房里。

陈智蓉倒希望成为一名乡村教师，但她只有初中文化，镇上不同意她去代课。实际上哥哥忙不过来时，会悄悄叫她临时顶替，小学生的课程，一个初中生完全拿得下来。

转眼教师节到了，陈智林这个不在编的民办教师，从不奢望有人惦记他。谁知这一次太阳仿佛从西边出来了，镇上组织镇、村两级干部到校慰问。分管文化的副镇长、党政办副主任，村支书陈仁宇、村主任陈袭富都来了，还带了慰问品。陈智林正眼不瞧，只顾给孩子们上课，既不出门迎接，也不招呼喝茶、抽烟。"陈智林！"陈仁宇在操场上高声喊。陈智林装作没听见，仍在黑板上奋笔疾书。有个胆大的学生便站起来提醒："老师，外面有人喊你！"陈智林没法再装，只好出门，朝操场点了点头，"又来监视我吗？我没逃跑！不过丑话说在前头，再坚持一年，还得走。""都说过好多次了！到头来，跑成没？！"陈仁宇以领导加长辈的语气说，想唬住陈智林。"骑驴看唱本，走着瞧吧！明年还在这里，我就不姓陈！"陈智林说。"你娃娃不姓陈姓啥？"陈仁宇笑了起来。"难道姓陈就非得受你们约束？那我宁愿改姓！姓张姓李姓王都行！"陈智林愤愤地说。陈仁宇晓得他在说气话，笑了："那你改好了。""奇怪，我一不是体制内的，二不是党员，凭什么像关犯人一样把我困在这里？"陈智林说。"知道你委屈，今天教师节，我们代表党委、政府看你来了嘛！"副镇长笑呵呵地说。"这米、油、肉，还有鸡蛋、面条，一点儿心意。"党政办副主任的这句话仍然没有打动陈智林。陈智林还是昂起脑袋，斜眼望着天。"嗨！这刀肉怕是有十来斤啰！"陈袭富朝几个人挤眉弄眼地笑了笑说。"我八辈子没吃过肉吗？"陈智林轻蔑地扫了陈袭富一眼说。"林娃子，莫狗咬吕洞宾不识好人心哈，论辈分你该把我喊爷爷。"陈袭富顿觉面子伤尽，热血上涌，黝黑的皮肤变成了深褐色。"富爷爷，那拜托您给你家老大、我仁康叔说一声，把我的编制解决了。等我成了公办教师，还用你们天天看管？我是打死也不会跑的！"陈智林说。"你说得轻巧，吃根灯草！他在省城，再大能耐也是鞭长莫及啊，找他等于零。"陈袭富说。"公办教师年年都在招，你自己努力去考嘛，不考谁帮得了你？"陈仁宇说。"要是能完全公平公正地考，我倒是愿意去考，可现在啥事不都得跑关系、走后门？"陈智林说着说着气就来了，脑壳一甩又钻进了教室。

孩子们看到这一幕也都忍不住笑。陈袭富大儿子陈仁康在省城，并且是在省委下面某机构上班。在农村人眼里，那可是方圆几百里有名的大官，县里的领导遇上陈袭富都得敬让三分。陈智峰闯省城时，也曾想去拜访陈仁康，可约了几次，人家都称忙，便打消了这个念头。

中午，李淑华看到厨房里的东西，便问陈智林："你一下买那么多东西干吗？"陈智林便把上午的情况对妻子讲了。李淑华一笑："吔！今年咋那么大方呢？""还不是看到哪个娃儿哭就赶忙拿个奶来哄！"陈智林说。"既然送来就收到！不要白不要，我看还远远不够，以后希望多送来。"李淑华说。陈智林哼了一声："你支起枕头做梦嘛，还有多的送来？你等着。"李淑华也是随便一说，情况她晓得。"把那肉砍一些下来，中午炒一盆。"陈智林说。"干啥？"李淑华不解。"你看那些娃儿带的饭菜，咋个有营养嘛！跟爷爷奶奶在一起的娃儿，造了孽了。昨晚上的剩饭剩菜胡乱装一碗带来，啧啧啧……""我回去在园子里弄点蔬菜和着炒，要不然光肉也不好吃。"说完，李淑华又走了。

李淑华把陈智蓉也叫了过来，两人各挎了一篮子菜。很快，一盆回锅肉，一盆炖排骨，还有两盆时蔬端上了由课桌拼成的大饭桌。孩子们带的饭菜经李淑华检查，凡是馊了的统统倒掉，并装上刚煮熟的米饭。"你们以后听不听老师的话？"陈智林问。"听！"孩子们异口同声地说。"听话就好，以后老师多给你们打牙祭。"听老师这么说，孩子们都乐了。

几盆菜很快就见底了。孩子们一下懂事不少，争抢着收拾碗筷，打扫卫生。陈智蓉见女儿单薄的身影忙前忙后，一阵心酸袭上胸口。嫂子瞅到这一幕，不免叹息一声："你呀，该给孩子找个爹了！""瞧我这条件，哪个瞎了眼的看得上？算了吧！"陈智蓉自嘲地说。"前几次给你介绍的几个呢？"自从陈智蓉回归娘家，李淑华就没闲下为她张罗重建家庭的事。前后也介绍了五六个，有两三个陈智蓉当时表示可以接触，但不久就不了了之。"再好的怕都赶不上紫婷他爸，我家是个女娃，找后爹得特别慎重，你懂的。"陈智蓉说。"那是那是！"李淑华点头说，"也别急，缘分这东西说不准，你挖空心思去找吧，它偏偏跟你躲猫猫；无意中吧，说不定就碰上了。"

对哥嫂的收留和照料，陈智蓉万分感激。无论地里的活儿还是学校的课，她都力所能及地帮哥嫂分担。可她不是哪吒，能变出三头六臂，仅凭一双手是分担不完的。这么多年，哥嫂一直没孩子，原因她不好问，但不弄明白心里又堵得慌。碰巧这时大家心情好，陈智蓉趁机试探起嫂子的口风。"啊……这个嘛……"李淑华吞吞吐吐半天，红着脸说，"在耍朋友时怀了一个，可你哥不想那么早被儿女拖累，非要我打掉。结婚后，尽管一直在努力，就是怀不上。这些年他又时常苦闷不堪……他活得太累了！一个人总劳精费神，某些方面也就越来越不行了……"说完，李淑华忍不住抽泣起来。

听罢嫂子的话，陈智蓉异常震惊。

3

深秋寒气日甚，陈袭富感到腰酸脑涨。老伴儿去世得早，陈袭富辛苦拉扯大两个儿子，老大还好，偏偏老二日不入门、夜不落户，生疮害病还得靠自己将息，时时想来，他不免伤感落泪。

这几日，陈袭富整日除了吃饭就是卧在床上。陈仁兴每隔两三天就上门诊断一次，开些药让他煎来吃。陈仁宇考虑到他是陈家辈分最高者，还是村两委班子的重要一员，就同张旺霞来看望。他们正坐在床前说话，忽听外面有吧嗒吧嗒的脚步声，像是被人追赶，走得很急，然后又听见有推门的响动。"哪个呢？"张旺霞问。"可能是那个挨千刀的！"陈袭富回答，指的是他的二儿子陈仁毅。陈袭富一脸怨怒，嘴唇哆嗦："鬼撵忙了？昨晚整夜不落屋，今儿急戳戳跑回来，做啥子？"门外一时没了动静。过一会儿，又是吧嗒吧嗒的脚步声，还伴随一个男人急促的喘息。

陈智清不请自入地进了屋，朝陈袭富的床扑通跪下，两只空荡荡的袖管不停地晃动。"富爷爷、仁宇叔、婶子，你们要给我做主啊！……"说完，陈智清鼻涕眼泪争着往外淌。陈袭富直起身，不知所措，陈仁宇、张旺霞赶紧去扶陈智清。"咋个的了，侄儿子？"陈仁宇问。陈智清只顾号哭，没有回答。"起来，好生生地说，天大的事有你婶子做主！"张旺霞把陈智清拉起来，"是不是那个流氓二球货又欺负你婆娘了？"张旺霞不问都能猜到几分，干脆直接点明。陈智清点了点头，又跪在地上，直将头往地上撞。

清早，陈智清的妻子张疏琴在厨房做饭。锅里的米刚刚半熟，随着翻腾的水跳上跳下，张疏琴把切好的红薯块倒进锅里，盖上锅盖，回到灶间添了把柴。她看着灶膛里越燃越旺的火，脸上浮出了笑容。要是日子也能越来越红火该多好啊！可是，眼下的光景顿时又让她愁肠百结。夫妻俩结婚后曾双双外出打工，陈智清因操作机器不当，双手被卷了进去，肘关节以下被截肢。张疏琴没有嫌弃，还给陈智清生了个孩子。多年来她一人忙里忙外，独自支撑起一个家。可毕竟一个女人要养活三个人都十分吃力，更不用说逐年改善生活了，仅那两间旧瓦房，就足以让她在村民中抬不起头来。

这陈仁毅本来是有老婆的，东山村"旺"字辈姑娘张旺莉。可陈仁毅好吃懒做、吃喝嫖赌，隔三岔五手痒痒还打老婆，张旺莉便外出打工，杳无音信，有人说她跟人跑了。陈仁毅也没去找，索性破罐子破摔。陈袭富年老体弱，管不住也懒得去管。"就当没生养这个遭刀杀的！"被气得万般无奈时，他只得这样诅咒陈仁毅来消除心头的愤恨。

陈仁毅不知在哪里晃荡了一夜，一大早蹿到了陈智清的屋后，他看见屋顶的烟囱正冒着烟，伴随着袅袅的白色气体，空气中散发出阵阵饭香。陈仁毅肚子咕噜咕噜地叫，脚步不由向陈智清家后门靠拢。推门进屋，他看见张疏琴坐在灶间烧着火，红艳艳的火光在她脸上闪耀，让她显得更加迷人。

"侄儿媳妇，饭煮熟了没？"陈仁毅笑嘻嘻地说，"要不我来给你烧火？"张疏琴见是陈仁毅，清楚这个不速之客多半不怀好意。好多次她在地里干活，陈仁毅不知突然从哪里钻出来，从背后一把将她抱住，嘴也亲来手也摸，若不是她强烈反抗，不知会发生什么事情。他这次来又想干啥？丈夫就在隔壁房间看书，她不好大声呵斥，于是小声说："仁毅叔，米都下锅好久了，不晓得你来，没煮你的饭哦。"她天真地想用这话来打发陈仁毅。

"我不吃饭，我不吃饭，饭有啥好吃的。"陈仁毅说着便往灶间挪步，"我要吃肉，吃你的耳朵肉！"张疏琴吓得直往后退，可灶间就那么大点地方，只退了两步就是墙角。一根柴从后面把她绊倒，陈仁毅便扑了上来，把她压在柴禾堆上。

"啊！仁毅叔，要不得，你是高辈子哦！……哎哟！"张疏琴不住地反抗，但终究不敌一个壮年男人。她大喊："老公，快救我！……"

陈智清听到喊声，丢下书就跑到厨房，下意识地去拿菜刀，才发现自己没有双手，就抬起脚拼命地踢陈仁毅的屁股："畜生！这种伤天害理的事也做得出来，老子踢死你！"陈仁毅见陈智清无可奈何地伸展着腿脚，嘿嘿一笑，从张疏琴身上起来便要出门。陈智清心中燃起万丈火焰，紧跟其后追了出去。

"硬是个畜生！"听完陈智清的哭诉，张旺霞气得头发都炸开了，她呼地站起身，甩着大步走出门去，高声嚷道："陈仁毅，你给老子出来！""干哪样？"陈仁毅瞪着张旺霞。"你把各自的婆娘耍落，还去祸害侄儿媳妇，你还是不是人！"张旺霞说。"哪个祸害她了？我又没把她哪样！"陈仁毅耍起无赖。张旺霞抬腿就是一脚，不偏不倚，正好踢中陈仁毅的裆部。陈仁毅哎哟一声蹲了下来："你往哪里踢？把我踢报废了，老子找你修理！""报废了算球！免得你去祸害良家妇女！"张旺霞说。"你个瓜婆娘……"陈仁毅骂道。"你骂哪个？老子一耳巴子……"话音刚落，张旺霞一巴掌扇在陈仁毅脸上。陈仁毅傻眉傻眼地盯了张旺霞半天没反应。"老子遭你耳巴子打，要倒霉三年！"反应过来后，陈仁毅张牙舞爪扑向张旺霞。张旺霞挽起袖子，跟陈仁毅抱成一团，两人时而摔过去，时而滚过来。张旺霞忽觉不对劲，陈仁毅竟死死箍着她的腰不动了，脑袋直往她胸膛蹭。打架还想占人家便宜！张旺霞努力挣脱手，陈仁毅无耻地嘻笑了起来："支书娘子是不一样，保养得好哦，比棉花枕头还软和……"

张旺霞羞恼得脸色桃红，站在一旁的陈仁宇上前也给了陈仁毅一巴掌："毅娃子，你不识好歹嗦！老子这次不饶你了，叫公安局抓起走，当强奸犯判！"陈仁毅吓得一把抢过陈仁宇的手机："哥，哥，哥，别打，我错了，下次再也不敢了！"

"就要把他抓起来！"陈袭富从床上起来，看见刚才的一幕，气得发抖。"把我抓去了，你死了哪个来把你往坑里拖？"陈仁毅竟这样还嘴。"老子死了让野狗拖也不指靠你！"陈袭富一阵气血上涌，两眼一黑便晕了过去。

众人赶紧将陈袭富扶上床，并叫来陈仁兴号脉察诊。陈袭富醒来，喝了一口水顺气，叹息道："家门不幸，出了这个孽障！"他看了眼陈仁宇，说："侄娃子，看我这个样子，村里的事别指望我帮衬你了，趁早选人接班吧！"陈仁宇摇了摇头。"找谁呢？有点墨水的都打工去了。"

陈仁兴给陈袭富开了些安心养神的药，吩咐他啥事放开，人生难得几十年，为他人之事损了健康，甚至折了阳寿，那可是大大划不来。"儿孙自有儿孙福，学好学歹自有社会去管束和收拾，你不必操那么多心。"陈仁兴说。陈袭富点点头："你屋老二回来准备做啥？"陈仁兴回答："球事不做，到处瞎逛。""那正好！"陈袭富叫来陈仁宇，"我这个村主任位置，正好让智峰娃来当。"众人万万没想到，一时面面相觑。

几天后，陈仁宇召开村民大会，重选村主任。会场设在村小操场。村委会原本有房子，但多年没资金维修，已成危房，暂时借村小闲置教室来用。于是，村小原四间教室，空出的三间便成了村委会临时办公地。

参会的以户为单位，全村三百余户人家，也就来了六七成，且大多是老头儿老太太。村上开会，曾经是村民十分热衷的一件事，听干部传达上面的指示精神是次要的，凑热闹才是主要的。大人去开会，小孩子跑得比风快，会场上高音喇叭震天响，会场外一群群孩子游戏也玩得十分疯，大凡20世纪七八十年代出生的人印象都十分深刻。可近些年，谁稀罕去村上开会呢？哪个家里没个电视机？从中央到地方，从东半球到西半球，天下大事，各种娱乐趣谈，打开电视机就可一览无余。去开会？除非上面发钱。

这次开会是提前几天通知的，陈仁宇在广播里反复强调，会很重要，是选村主任，各家各户务必派代表参加。怕与会代表不过半，村委会又决定，凡参加会议的，每户发十块钱误工费。十块钱能买啥？而今的十块钱买不了一沓鼻涕。老百姓常这样说。

经微薄的金钱诱惑加广播的反复动员，凑了这么一两百人。可来的人总把抱怨挂在嘴上。"正是挖红苕的季节，活路多得起网线，选啥村主任嘛！"有人说。陈仁宇只是用眼睛狠狠"扫描"来教训说话的人，他不好开腔。"咋个了？难道不是吗？你们官场上的事，关我们老百姓球事？"有人说。"对的，选来选去还不是走假过场，背后你们都定了，还选个啥子？"有人说。陈仁宇敲了敲主席台上的桌子："哪个说已经定了？定哪个了？"场下无人吱声了。"你们哪个有本事当，欢迎啊！现在当场报名，我立马批准作候选人，来呀！"陈仁宇接着说。"报名有个球用，反正选不上。"台下有人小声说。"这都是玩笑，莫当真！"六旬老党员陈仁昊对陈仁宇说。七十多岁的陈仁江咳嗽了一阵，掐灭手中的纸烟说："这些人就是嘴巴上的将军，裤裆里的怂兵，喊拿真本事出来球都莫用！"这话把大家逗得哈哈大笑。

玩笑归玩笑，选举得开展，结果当然是陈智峰顺利当选。

陈智峰其实对当村主任不大感兴趣。可要在农村干一番事业，当个干部总比不当好吧？至少上面的政策来了，他是第一个知道的吧，说不定还是政策的第一个受惠者呢！这是父亲教导他的话。他虽觉得父亲的认识有问题，但因自己这么久一事无成，心想没人干自己先干着试试，这总比写文章简单吧。

陈仁兴仿佛觉得是儿子金榜题名了，便在白龙河场镇安排了一桌，宴请镇上领导和西滩村干部。过两天陈仁宇再自家回请，张旺霞下厨，还把李淑华和张疏琴叫来帮忙。

席间，张族贵嘱咐陈智峰："别认为当村干部简单，这里面名堂多着呢！"陈智峰端杯敬张族贵："那以后还请张书记多多指导！"张族贵手一摆："我指导啥哟，快退休的人了，以后都是你们年轻人的天下。"张族贵仰头将杯中酒喝下肚，接着说："多向你仁宇叔学，他样样行得很呢！"张旺霞笑盈盈地端着碗从厨房里出来，把话接住："贵爸子，看你把我屋仁宇谝得，我咋个没觉得他哪里得行呢？"众人一笑，分管农业生产的副镇长郭兴说："陈书记不行吗？需要我帮忙不？"张旺霞从背后踢了郭兴一脚："狗嘴里吐不出象牙！那你到处帮忙，你屋头的活路哪个来帮？"众人又是一阵笑，陈智峰跟也不是，装也不是，脸一阵红一阵白的。酒席正酣时，张旺霞用手指戳了戳陈智峰，附在他耳边小声说："跟我去个地方。"陈智峰的心像碰到硬板的乒乓球，上下弹跳不已。他偷偷地瞟了陈仁宇一眼，陈仁宇完全没在意，其他人也似乎没注意到，只是郭副镇长眼睛朝这边闪了下便移开了。

陈智峰起身离座，尾随张旺霞出了餐厅。她先是进了厨房，对李淑华和张疏琴说："帮我招呼着，我跟智峰去园子里摘些脐橙。"陈智峰听罢，心情才平静下来，主动从张旺霞手里接过背篼，跟在她身后出了门，不一会儿便到了她家果园。

这片果园十七八亩，临近白龙河，鹅蛋般饱满的脐橙缀满每株树的枝头，乍一看，仿佛是一堆堆绿矿石中掩藏着诱人的黄宝石。满园馥郁馨香，不仅让人神清气爽，更让人垂涎欲滴。"脐橙不是11月才成熟吗？"陈智峰十分好奇地随口问。"这是早熟品种九月红，现在是10月，正是采摘上市的时候。市场上也卖得好。"张旺霞说。"哇！想不到仁宇叔还能把果子种得这么好！"陈智峰赞叹地说。"他有这本事？还不是靠我，这些树五六年了，现在正是丰产期，每一棵都是我亲自嫁接的。"张旺霞每从树上摘一颗就丢进陈智峰的背篼里。"啊？婶子真是个能干人！我算是服了你了！"陈智峰说。张旺霞停下来望着他，面露愠色："莫叫我婶子，我真那么老了吗？"陈智峰低头腼腆地一笑："辈分到那里了，也不能乱喊嘛！""如果我不嫁给你仁宇叔呢？你会叫我啥？"张旺霞说。"那……"陈智峰想了想，"叫你姑姑啊！"张旺霞更是不解："为啥？""因为我嫂子叫你姑姑啊！"说罢两人都笑了起来。"你还别说，东山村跟西滩村世代通婚，真还没有乱过辈分。"张旺霞说。"说不定以后就有乱辈分的。"陈智峰说。"真看上我妹子了？"张旺霞问。"谁呀？"陈智峰不解。"刚考上大学的张旺芸呀！"陈智峰摇摇头说："她还是个孩子，你别拿她开玩笑了。"

"孩子？都十八九岁了，算大人了。有的人十三四岁就跟大人一样了呢！"张旺霞说完，瞅了眼陈智峰，"我可没说你哈！"陈智峰顿时脸红得像夕阳下的枫叶。

不一会儿，黄澄澄的脐橙就装满了背篼。两人回到家，张旺霞将事先准备好的塑料袋拿出来，一袋一袋地分装好。"等他们吃完饭，每人送一袋，你们也一样。"她对李淑华和张疏琴说。"我们就算了，挨边临近的，又不是客，算是自家屋头的人。"两人推辞说。"你们才奇怪呢，难道这是专门送客的？自家屋头更该吃噻！"张旺霞先将两袋塞给李淑华和张疏琴，两人也不好再推辞，接过来放在一个墙角。"那我们走时再拿。"

日落西山时分，几个人歪歪扭扭地走出来。张旺霞招呼大家在院子里喝茶，并切了一盘脐橙给大家醒酒。大家吃着脐橙，纷纷竖起大拇指夸赞。"给你们一人都装了一袋，走时别忘了拿。"张旺霞说。"那咋个好意思呢？吃了喝了还要拿。"郭兴边说边打酒嗝。张旺霞直用手扇鼻子："那你可以不拿哈！"郭兴嘻嘻地笑了。"你屋头的果子一年卖好多钱？"张族贵一边剔牙一边问陈仁宇。"卖啥钱哦，这个那个光送就送完了，哪能卖啥钱呢。"陈仁宇说。"那我们就不好意思拿了哟！你们辛辛苦苦种出来，光肥料和人工都得成千上万，全部送人，岂不是贴得内裤都莫得了？"张族贵开玩笑说。张旺霞白了陈仁宇一眼："话都不会说！幸好没外人，都是知根知底的，要是不晓得的人啊，还以为你陈仁宇是个吐泡口水又想舔回去的人呢！"陈仁宇赶忙圆场："别多心，这个还是我亲自安排的呢，吃饭前就安排了的，真心实意，毫无假水！""就是嘛，这些年张书记对你们屋头关照还少吗？吃两个脐橙算个啥子嘛！"郭兴说。"那是那是！张书记是很关照我们，那你咋个没见怎么关照我们呢？"张旺霞说。"你想我啷个关照？我关照起来看你遭得住不！"郭兴话里有话地撩拨张旺霞。"好高的法力哇？遭不住？使出来看看！"张旺霞走上去，在郭兴膀子上扇了一巴掌。

众人酒足饭饱，开着玩笑吃着水果喝着茶，又是一两个小时。眼见天黑了，张旺霞说："干脆吃了夜饭再走？""算了算了，我们懂得起，你是在撵客了！"郭兴笑着起身，

"张书记，我们回去？"张族贵也站起来："走，回去。"

几人嘴里叼着陈仁宇点的香烟，三三两两地散了。

晚上，陈智峰怎么也睡不着，于是打开电脑浏览新闻。可偏偏没有吸引他的新闻，心里又空虚又慌张，于是打开微博准备写点什么。是啊，自从报社辞职，他很久没写东西了。可写点什么呢？眼下，他重又回到了农村，出人意料地当上了村主任，摆在他面前的路十分陌生，尽管在这个村里生活了几十年，但要真正出头理事，他脑子里完全是空白。他本想对下一步的工作列出个纲要，但只是空发了一阵感慨后，便文思枯竭了。

实在写不下去，他起身来到院子里，长叹一声后，仰头望天。

此时，月亮已经偏西，天边一朵云彩，就飘在月亮旁边，像是月亮的衣裳。

4

霜降过后，天气渐冷。山色一天一个样，从绿到黄又从黄到红地悄悄过渡。鸟雀忙着修补准备御寒的家，叼一嘴枯枝黄叶，叽喳一声划过天空。松鼠也忙着在地上搜寻落下来的坚果，贪婪地塞满每一个洞穴。而人类又得为下一年的吃食操心、操劳了。

陈智峰知道秋种时节到了。儿时记忆里，秋种时节一到，农人忙着耕地刨沟，这里号子声起，那边山歌嘹亮，鞭牛吆喝，聊天玩笑，休憩茶叙，小儿嬉闹，再配上农舍屋顶的炊烟，一幅多么美的乡村图景啊！那时候，所有学校都要放农忙假，停课一周，学生帮大人播种油菜和小麦。在那个农事靠人力，相信人多力量大的年代，互帮互助成为自然而然的举措。父亲是医生，邻居常常主动帮忙。陈仁昊、陈仁江虽跟陈仁兴不是亲兄弟，但帮他们家干的活最多。

可眼前的景象让陈智峰十分痛心。尽管上面下发了秋种通知，村里也开会布置了，但响应的户极少，偌大的西滩村，一马平川的好地方，跟记忆中可谓天壤之别。

骑着摩托车在坝子上跑，隔四五百米方能看到有人忙活，但也仅限种一些蔬菜水果，大片田地长满杂草和灌木，甚至还长出手臂粗的乔木来，显然荒废不止一两年了！农民不种地那还叫农民吗？陈智峰在心里反复问自己。身为村主任，他觉得自己肩上有千斤重担，他要立即去跟村支书陈仁宇探讨这个重大的问题，一刻也不能耽误！

陈仁宇家院门敞开，院内异常寂静。

"书记！"陈智峰喊了声，半天无人应答。"仁宇叔，在家吗？"陈智峰改口再喊。陈仁宇在屋里问："哪个呢？""我，陈智峰。"陈智峰径直走进客厅，还是不见人。他又从客厅出来："你在哪儿？仁宇叔！"一边喊一边四处寻找。"这里！"陈仁宇答应着。听声音是从楼上卧室传出来的，陈智峰不觉心怦怦跳了起来，脑海里立马浮现一幅画面……

陈仁宇一脸倦容地下楼步入客厅。"啥事？正睡午觉呢！"陈智峰单刀直入："书记，我们村秋种的情况，年年都是这样？"陈仁宇不解地看着他："哪样？""就是没人行动啊！大片田地都长杂草和灌木了，多可惜啊！""可不就这样吗，现在还有谁愿意种地？剩下些老弱病残，连犁都扶不稳了。""记得国家早就实行了农机补贴政策，为啥不动员大家用机械呢?"

"买机器不要钱?国家补贴才几个钱!土地下放到每家每户,一小块一小块,机器怎么耕?家家户户买台机器,啥时候能赚回本?恐怕收几粒粮食还不够油钱!""可以一个村民小组买一套嘛,这样不就节约成本了?""集体出钱?现在集体哪儿还有钱,你不晓得集体就是个名义上的空壳。""让大家都筹点儿,机器归大家所有,都可以使用。""哪个来管?用的时候哪个先用哪个后用?争抢起来嘟个办?坏了哪个来负责修?"

陈智峰还要争辩,被陈仁宇堵住:"上面很多政策嘛,根本不切合实际!你个屎沟子娃儿晓得啥子哟,很多事不是动嘴皮那么简单。"陈智峰的自尊心被深深地扎伤了。他极不服气,用怨恨的眼神看着陈仁宇:"总不能这样一年一年让土地荒芜下去吧?上面也不管?如果全国都这样,中国人谁来养活?"陈仁宇轻蔑地笑着说:"老侄,你真是好可爱哦!一个虼蚤大点儿的村主任,居然操起国家领导人的心来了!老实告诉你吧,上面莫哪个管,现在农村啊,只要稳定就好。""你说的上面是指镇上还是县上?还是市上或省上?我当记者的时候,每年省里和各市都要召开农村工作会议,其中很重要的一点就是动员各级党委、政府抓好农业生产,加快农村经济的发展。上面怎么可能不管呢?"陈智峰的语气越来越硬,简直就跟吵架差不多。"我管球那么多县上市上省上,我只管镇上重不重视。像我们这种边远落后的地方,生不生产又哪样?难道卵包大个地方还拖国家后腿了?""可你是村支部书记啊,你怎么能这样!""峰娃子,才当几天干部就抖起来了?你晓得老子还是村支部书记,党管一切,我代表党,你就要听我的,晓得不！"陈仁宇吼道。

两人的争吵声越来越大，张旺霞也从楼上下来了。"哎呀！吵啥嘛，有啥子好吵的！天大的问题也不是你我的问题，值得这样吵吗？喝茶！"张旺霞给两人各泡了杯茶。陈智峰心中余怒未消，眼睛死盯着陈仁宇。张旺霞眼泡略微浮肿，蓬松的头发垂下肩头，将粉白的大脸盘包裹起来，透露出犹抱琵琶半遮面的魅力。热腾腾的香味从她身上散发出来，直扑陈智峰鼻腔。陈智峰渐渐安定，就不住地喝茶。茶水滚烫，他嗞嗞地吸气，额上冒出汗珠。

陈智峰不知自己是怎么离开张旺霞家的，他与陈仁宇的争执没有结果，谁也不听对方意见。那一夜，陈智峰失眠了，他开始怀疑自己回来是否正确。自己虽然只有高中文化，跟陈仁宇差不多，但自己毕竟在省城混过十年，还当过记者，经历过稀奇古怪的事情，采访过形形色色的人物，比陈仁宇大得多得多的官员也没曾这样很直接地蔑视他的见识。他感到前路一片迷茫，当选村主任虽然并非他所愿，但努力劝说自己接受事实之后，他也曾规划今后的路子，他要在中国最基层的行政治理平台上留下自己的智慧和精彩！眼下看来，一个陈仁宇就将他的蓝图初稿枪毙，往后的岁月此类冲突和否决还会重复上演。

睡不着觉，陈智峰只有与微博为伴，他把心头的苦闷完全倾吐到微博中。这些日子，他的微博引起不少人关注，其中一个网名为"天边的云"的网友，对他是百般关心和鼓励，他心里才逐渐踏实起来。他回复"天边的云"说：你放心，我没有那么容易被打倒的！

新的一天到了。我该做些什么呢？真要听陈仁宇的话，不管秋种了吗？那这个村主任当起还有什么价值呢？刚刚挑起这个担子，如果现在撂下，定会被村民嗤笑。这话是"天边的云"说的，他也认为在理。于是，陈智峰决定再努力一把，不管别人怎么看，反正他认为土地绝对不能荒废，哪怕胡乱丢一些种子，广种薄收也好，让农村真正有个农村的样儿。

他要逐户去走访动员！陈智峰骑着摩托车穿行在坝子上，满怀希望地跑了一上午，结果让他大跌眼镜：九成年轻人都跑外面去了，极少数留下来的，不是在跑车就是在揽建筑活儿；遇到的老人，聊的也不是地里的活儿，倒是问陈智峰在省城的一些事情。显然，农事对他们来说，已经是遥远的过往。

中午了，陈智峰又渴又饿地来到陈仁昊家，老太婆冯琼珍便把他拉上桌一起吃饭。陈智峰毫不客气，边吃边与老两口聊了起来。陈仁昊是看着陈智峰长大的，从小就喜欢逗他耍。在陈智峰眼里，陈仁昊始终身躯高大、身板宽厚、说话响亮、做事干脆，遇到难事，只要靠近陈仁昊的胸膛，仿佛一切烦忧便随风而散。所以，陈智峰一直很崇敬他。

"仁昊叔，你家的地还在种吗？""当然种啊！我才六十出头，没病没痛的，不种地干啥？""儿子儿媳不都在外打工嘛，小两口一年少说也能拿回七八万，有了钱买粮吃多好。""买的有自己种的好？买总得花钱，自己种不花钱还把身体锻炼了，免得闲出病来嘛。"陈智峰总算找到个知音："好样儿的！仁昊叔，我就说嘛，哪有农民不愿意种地的呢。""我儿陈智健也劝我不种了，说五口人的庄稼，七八亩地，我一人也挺累的，可我种了一辈子地，不种地又能干啥嘛！大家都不种地，以后谁来种地呢？这是个大问题！""对头，我也有这个忧虑。可是不少人不这么想，包括仁宇书记，昨天还给我泼冷水呢！""他是尝到甜头了，哪里看得起种地哟！"陈仁昊意味深长地一笑。"此话怎讲？"陈智峰不明就里地问。"你以后就明白了，反正他家一粒粮食都不种，一年四季钱比哪家都用得松活。你看那个张旺霞，一天一个打扮，比城里婆娘还妖艳。"陈仁昊说。"我见他家有个果园，种的是早熟脐橙，一年少说也得收入十来万元吧，他们家钱松活，是可以理解的。"陈智峰说。"那你晓得他那个果园是嘟个来的？"陈仁昊说。"嘟个来的？总不是抢来的、偷来的吧？"陈智峰笑着说。"那倒不是，是把人家不种的地拿过来搞的，没给人家一分钱。"陈仁昊嗤之以鼻。"是吗？"陈智峰笑了笑，"我们还是说怎样发动大家把地种起来的事吧。""我琢磨着，地是肯定要种的，但怎么把地种好，怎么种省力省钱还赚钱，这个问题我一直没琢磨明白。侄儿子，你见过大世面，有好点子了不要背着我哈！"这话让陈智峰豁然开朗，眼前这个老头儿并不是张嘴吃饭、伸腿睡觉的普通农民啊！"仁昊叔，你处处跟我想到一块儿，咱爷儿俩真是相知恨晚啊！我就奇怪了，当初你怎么不出来当这个村主任呢？我们村就需要你这样老资格的有见识的人出来带头！""嗨……我当啥子村主任啰，还是你合适，长江后浪推前浪，我把你从小看到大，我相信你会有出息的！"两人越说越投机。冯琼珍笑着说："看来该给你们上点儿酒了！"

"哦哟！来得早不如来得巧！"两人正要端杯互敬，见门外走进一人。小伙子二十七八岁，瘦高个儿，显得十分精神。"哦，陈传国，来坐来坐。"陈仁昊招呼小伙子坐下，冯琼珍补了筷子和酒杯。"昊爷爷，我来找智峰叔，听说在你这里。"陈传国坐下来说。

　　陈传国是陈氏家族目前辈分最低的一代，也是这一代中年龄最大的。跟其他同龄人一样，他也外出打过工，但主要还是扎根本村本地，守着老家的土地琢磨出路。小伙子文化水平不高，但脑瓜一点儿都不呆板。他晓得仅靠自家那一亩三分地，就算是种金子也富不起来。他发现年轻人十之八九都外出了，家里的田地大多荒芜，于是就启发了逆向思维：何不把他们的地要过来种呢？反正荒起也是荒起，他帮忙种，人家回来也得买粮吃饭，自己连送带卖，岂不是一举两得？于是，陈传国成了村里首个种粮大户。听陈仁昊介绍，陈传国和妻子马萍辛勤耕耘，连续几年成为被县里表彰的种粮大户，去年县里还奖了他一台拖拉机。现在他种地已实现了半机械化。

　　"你种了多少地？"陈智峰问。"大概……将近三十亩吧。"陈传国仰起头默默估算了一下说。"都是那些不种的让我来种，加上我自己的，就那么多。"陈传国说。"让你种？白白让你种？"陈智峰继续问。"有的相当于白送，须保证随时还回去是熟地；有的一年给称点粮食。""你们双方有没有合同什么的？""没有合同，就是口头约定。我买了机器，加上我那一块比较连片，所以种起来比较轻松。今年我还想扩大，就是不晓得还有哪些人愿意把地拿出来，因此来找你智峰叔。""对了！"陈智峰眼睛一亮，将桌子一拍，"老辈子，刚才你想的问题，我想答案就在传国身上。今后谁来种地？自有喜欢种、有能力种、能把地种好的人来种！就像传国这样的人。另外，我想种地跟其他学问一样，以后要专业化，要按科学的方法，实行机械化操作，那样就既省力又省钱还赚钱！你们说呢？"说完，陈智峰看了看陈仁昊和陈传国。"可现在地毕竟是分给各家各户的，像传国那样把人家的地拿来种也只是暂时的，不稳定、不长久啊！像我这样只种自己家的地，累倒是不累，但说实话确实没赚头，这也是大多数农民不愿意种地的根本原因。"陈仁昊说。"国家政策目前也没有明确的指导，"陈传国说，"我这样做是摸着石头过河，而且是心惊胆战的，生怕明年地就被人收回去了。""可以跟人家把合同签明白呀，可以转租他们的地，写明期限，甚至可以给租金。"陈智峰说。陈仁昊摇摇头："别看很多人不想种地，但要把地长期转租出来，恐怕没有几个愿意。租金高了，他们愿意拿出来，可谁敢接手？谁都晓得种粮不赚钱。""你老实说，赚不赚钱？"陈智峰问陈传国。"钱是会赚点儿，但不多。"陈传国说。"究竟有多少？""一亩纯利七八百元吧，我一年落到手就是两万多一点。"陈智峰接着问："那你还想多种？""多种多得啊，有个六七十亩，纯利五六万元，附带着搞点其他的，达到十万就不错了。""这个我来替你想办法，动员那些不想种地的把地拿给你。""那样就好！那样就好！"两人越谈越拢，竟搭着肩膀碰起杯来，气氛一下感染了陈仁昊。"传国，要不我们爷孙俩合伙？"陈仁昊开玩笑地说。"好啊，等你决定了来找我。"陈传国说。"你看，说着说着办法就出来了嘛！"陈智峰像是黑夜里看到亮光一样高兴。"还是刚才那句话，国家目前还没有相应的政策指引，这样做会不会胆子大了点儿哦。"陈仁昊担忧地说。"我翻一下土地方面的政策文件，看能不能找到依据。我敢肯定这是将来农村的趋势，现在急需多一点儿传国这样的人来吃螃蟹，如果可以，我也愿意加入进来！"陈智峰说。"你进来我就更有信心了！"陈传国说。

接下来几天，陈智峰带着陈传国在村里挨家挨户地转。为此，他专门做了功课，查到七八年前国务院就有文件，允许在不改变性质的情况下推动土地流转。他告诉村民，流转不会改变他们的土地承包权，而且是有偿的。荒着一分钱没有，流转出来多少还能收点钱。他还说这种土地流转在一些经济发达地区已普遍存在。可无论他说得怎样天花乱坠，听的人总是漫不经心，甚至用怀疑的眼神加以抵触。

"你莫找我，我们老家伙做不了主，要找就找儿子媳妇商量。"有的这样说。谁都知道，他们儿子媳妇在外打工，怎么商量？电话商量？能作数吗？"要租我的地？好多钱一亩？……啥子，两三百？少了五百不谈！"有的这样说。"我的地，凭啥拿给他种？我荒起你管得着吗？荒起长草也是我的地，哪个也莫想拿去！"有的甚至这样说。"可以可以，我那山包包上有几亩坡坡地，我就是嫌远了，你要就拿去嘛！"有的虽这样说，但走近一看，机器根本就上不去，拿来也无用。"唉！算了，智峰叔，我不想跑了。"陈传国没想到村里人思想那么保守和顽固。

陈智峰也很失望。他带陈传国到处租地的事传到了陈仁宇的耳朵里，陈仁宇笑他是不到黄河心不死，晓得他碰了壁心里不舒畅，便叫张旺霞打电话喊他去家里喝酒。不信邪，栽了跟头、挫了锐气，陈智峰有些怕见到陈仁宇，可他最终还是去了。

张旺霞席间说："这些人，你拿心给他，他巴不得再要你的肝，所以你不要替他们巴心巴肝地跑前跑后。当干部嘛，虽说要紧密联系群众，但也得把握好度，否则还叫什么干部？干部跟群众还是有区别的。"张旺霞见陈智峰不开腔，给陈仁宇使了个眼色。"呵呵！别听你婶子瞎说，她个女流之辈，懂个什么！从我嘴巴里捡了点皮皮毛毛，就装起神弄起鬼来了，我们当干部的，就是要为群众做事，但怎么做事才有成效呢？要实事求是，充分尊重客观事实。"陈仁宇一副教师爷的口气。"看来我真是书生气了，太不了解乡情。"陈智峰说。

"对了！以后紧跟你仁宇叔就是了，跟他打好配合，保准你不会吃亏。"张旺霞说。"村里的事，我那天就说了，以保稳定为主，做好上传下达、上安下抚，尤其是要按住上访户，别的就不要去瞎操心了，经济发展不是人为努力就能成的，顺其自然最好。重要的是，把自己的日子过好，就算是给社会做贡献了，在这方面多动动脑筋吧。"陈仁宇说。

5

"刚莽子，你在做啥？"听有人突然喊，陈仁刚赶忙搂起裤子，傻愣愣地笑。

陈仁毅从芦苇丛钻出来，伸手去扯陈仁刚的裤子。陈仁刚虽是个傻子，但也晓得羞，躲避着说："没搞啥！哎呀——没搞啥！"陈仁毅强行把陈仁刚的裤子扯到大胯，见他裤裆湿了一片。

陈仁毅惊呆了，心想：这人虽傻，可那家伙却不傻。"刚莽子，老实交代，想哪个婆娘了？"陈仁毅追问，陈仁刚仍只是嘿嘿地笑。陈仁毅抬起一条腿踢向陈仁刚。"莫踢我！莫踢我！"陈仁刚求饶说。"那快给老子说！"陈仁

34

毅收住腿。"我不敢说——"陈仁刚往旁边躲了躲。"怕啥子，说！我保证不跟人家说。"陈仁毅怂恿道。陈仁刚犹豫了半天，最终还是不敢说，只是嘿嘿傻笑。陈仁毅想，他是个傻子，硬逼不是办法，还是软着来，于是从衣兜里摸出一块饼干："不说算球了，吃饼干。"陈仁刚接过饼干，放进嘴里就嚼。陈仁毅拉他坐在白龙河边一块大石头上："刚莽子，你看人家像你这个岁数，都是有婆娘睡的，你想不想有个婆娘？""想……"陈仁刚皱着眉把一块饼干咽下去，点了点头。"你得行不？你晓得哪个睡婆娘？"陈仁毅逗他说。"哪个睡？"陈仁刚嘿嘿一笑问。"你都不晓得哪个睡婆娘，你还想个锤子？"陈仁毅笑着说。"那你教我嘛！"陈仁刚说。"那你先告诉我，你想睡哪个婆娘，我再教你。"陈仁刚犹豫着不敢说。陈仁毅催他："快说嘛！说了我就教你，真正地睡婆娘比你刚才那样搞安逸得多，哪个龟儿子哄你！"

陈仁刚磨叽了半天："你不准给人家说哈！"陈仁毅十分认真地点点头。陈仁刚凑到他耳朵边说了。陈仁毅哈哈大笑："你胆子不小哦，还想睡她？""你莫给人家说哈！"陈仁刚叮嘱陈仁毅，"那你快教我嘛。""你见过配猪配牛没？跟那一样的！畜生都不需要教就会，你还不如畜生？"陈仁刚领会了半天才说："就那么简单？""是啊！就这么简单，不信你可以试试。"

自上次调戏张疏琴被陈仁宇两口子打了，陈仁毅一直怀恨在心，想找个机会报复一下他们。碰上刚莽子自个儿在河边"撸串儿"，又得知他为啥要"撸串儿"，陈仁毅心里便生了邪念。

陈仁刚其实原本不傻。他小时候滚落下山崖，头撞上石头出了问题，去学校读了几天书，连扁担大个"一"字都记不住。长大了智力也跟正常人差距明显，牛高马大的个子，只是有一身蛮力，肩挑背磨、举高挖深的活路倒是无人能比，因此常帮人忙也能混口饭吃。陈仁刚的父亲陈袭勇自小家穷，四十挨边才娶了东山村的残疾女人张族英。这张族英天生矮小驼背，生陈仁刚时就差点儿丢了命，即使陈仁刚变傻了也没有敢再生。眼看陈仁刚又是四十挨边，张族英天天幻想着，哪家有像她那样不健全的女人能给儿子做婆娘，可这样的机遇偏偏打起灯笼火把都没找到，因此她时常唉声叹气。陈袭勇二十年前就没下过地了，近几年越见身体不行，便把自家的地交给了陈仁宇。陈仁宇见他家可怜，每年低保和困难补助都考虑他们，还让陈仁刚常年在自己家干活，年终也给几个钱过年。就这样，陈袭勇一家才勉强度过一年又一年。

转眼又临近年终。陈仁刚一大早起来，陈袭勇就嘱咐他快去陈仁宇家，手脚勤快些，见啥就做啥。来到陈仁宇家，陈仁刚拿起扫帚就扫院子。

"刚莽子，地莫扫了，去把外头的砖搬进来，还有河沙、水泥，我要在院子里砌几个花台，你霞妹子喜欢花。"陈仁宇安排妥当，便进了他那间专门的家庭办公室兼会客厅。陈仁刚"哦"了一声，丢下扫帚就往外走。他挽起袖子，将二十块砖重成一摞，双手托底，很轻松就抱了起来。这样一趟一趟，一堆砖很快就搬完了，脸上只冒出了毛毛汗。

见陈仁刚干活卖力，张旺霞笑着说："刚莽子，歇会儿，喝口水再做。"陈仁刚进了屋，看见张旺霞背对他弯腰找茶叶，圆溜溜的屁股翘得老高，后背下腰露了出来，还有一道半月形的粉色内裤边，像是给白晃晃的脊背镶了道粉边。这情景顷刻间撩动了陈仁刚的胆子，他从后面抱住了张旺霞。张旺霞吓得啊地叫了一声，回过头惊诧地看着陈仁刚。"霞妹子！我们去睡瞌睡——"张旺霞气得脸红脖子粗，啪地一耳巴子扇在陈仁刚脸上："去跟你妈睡瞌睡！"陈仁刚还想动手，又遭张旺霞扇了一耳巴子，这才捂着脸往外走。

张旺霞追了出来："你还想跑？"陈仁宇听到响动也出来了，见自己的婆娘衣衫不整、满脸羞恼地追打陈仁刚，立马明白了怎么回事，顺手操起一根锄把，拦腰给了陈仁刚一棒，陈仁刚惨叫一声倒地。接着，陈仁宇棒如雨下，没舍得省力，渐渐地，陈仁刚口鼻来血，站立不起来了。

邻居们都跑来劝，有人抢了陈仁宇手里的锄把："莫再打了，出了人命，你也跑不脱哦！""打死他！出了人命老子去抵！"陈仁宇气得说话声音都发抖。"那又划得着不呢？"大家左劝右劝，总算是把陈仁宇劝进了屋，才又找人把陈仁刚背回家，请来陈仁兴医治。陈袭勇夫妇得知缘由，也只得暗自落泪。

陈仁刚在床上躺了个把月，还好没被打断骨头，又多亏陈仁兴精心用药，外敷贴、内调理，渐渐地也能下地了。陈仁兴晓得他家拿不出钱，也没指望能收到医药费。

年底的困难补助和来年的低保，陈袭勇一家被取消了。村两委讨论的时候，陈仁宇坚持要取消，其他人都不同意，说陈袭勇家着实困难，没有了低保和困难补助，往后的日子怎么过？陈仁宇大发雷霆："国家的好政策可以养懒人，但不能惯恶人！""人家也不能算恶人呀。"有人说。"我这些年都照顾他家，给钱给粮给吃给穿，没想他竟干出那种事!"陈仁宇坚决不同意,大家说说也就算了。

被取消了困难补助和低保,陈袭勇也去找过陈仁宇求情。他不信儿子会做出那等事,心想必定另有缘由,便再三问陈仁刚有没人唆使,陈仁刚起初不说,最后还是道出了实情。

陈袭勇跑去找陈袭富,陈袭富听罢怒火中烧,可又能奈何得了自己那泼皮无赖的儿子吗?唯一的办法只有安慰陈袭勇,并给他取了一千元钱赔罪。

村里人都大骂陈仁毅不是个东西,见了面都直眉瞪眼地批评他。而陈仁毅不但不觉得内疚,反而心里很爽快:他终于报了一箭之仇,还让张旺霞名声扫地。

有人将事情反映到政府,说陈仁宇殴打村民致重伤。张族贵便打电话来问,陈仁宇咬牙切齿地把事情原委一说,并承认打是打了,但没致重伤,甚至连伤都没有,现在陈仁刚不是好好的吗?张族贵叫陈仁宇拿点钱去安慰下陈袭勇一家,陈仁宇不肯。张族贵说:"你莫给我弄出上访案件,该怎么办你自己琢磨。"陈仁宇便托陈智峰帮他给陈袭勇家带去了五百元钱,陈智峰又添了五百元,凑了个整数。

春节后,县纪委又打电话给镇纪委,说有人寄了封匿名举报信,反映陈仁宇公报私仇,不仅出手殴打村民,还无故取消人家的困难补助和低保,如情况属实,望严肃处理。张族贵汇报说,陈仁宇殴打村民属实,但事出有因,镇党委已给予批评。陈仁刚属健壮劳动力,完全可凭自身解决一家三口温饱问题,取消帮扶是为了激发他家自身动力。

有此回复,县纪委也就没再过问。渐渐地,事情便不了了之了。

6

早春的晨雾还是很浓，但没有隆冬时节那般冰冷了。太阳像个怀春的少女，虽已经苏醒，但还赖在床上回味昨夜的梦，罩着棉纱一般的帘栊，酝酿着新一天的妖娆。

白龙河只是中流有一小缕水静静地流淌着，河床两侧裸露出洁白的卵石和沙滩。河边的垂柳枝上，正悄悄地冒出尖芽，燕子穿行在柳枝婆娑的林中，像是正在演奏的乐曲。

西滩村广袤的坝子上，点点山丘似帐篷一样分布着，乍一看，像一个庞大的兵团扎营于此。大地的衣裳显得十分朴素，黑褐色打底，零星的麦田和油菜地，补丁一样缀在上面。

陈仁昊习惯性地起了个早，打开屋门望了望延展在眼前的烟雾迷茫的西滩坝子，胸中顿生农民对土地的热爱与感激之情。是的，这块亲爱的土地生养了他，犹如母亲一样淳厚，从小到老，除了少有的几次去县城，他基本上没有离开过这里，算起来那是两万多个白天黑夜啊！他的童年虽然谈不上是金色的，但一种穷开心还是填满了胸怀。他在青壮年时代，虽然下过苦力、饿过肚子，但总算坚强地挺了过来。集体生产年代，陈仁昊因劳动积极当过生产队长，多次在公社和县里受过表彰，他是那个年代农民堆堆里的模范。最让他感慨不已的是，改革开放后国家充分尊重了农民一生最大的愿望和诉求，每个人都有了一亩三分地，只要不懒惰，绝对能吃饱饭，房子、票子、妻子、孩子也会跟着来。

"水稻该育秧了！"陈仁昊嗅着田野上吹来的一股饱含泥土芬芳的风，似在自言自语。儿子陈智健在外打工，两个女儿早已出嫁，目前他家共五口人的土地——四亩水田、三亩旱地他一个人种。陈仁昊每天都扎在土地上，绣花工一样把土地伺候得像锦缎。人家屋头土地荒芜，而陈仁昊哪怕田边地角都种了作物，每年产四千余斤稻谷、约两千斤小麦，还有豌豆、胡豆、青菜、萝卜等杂粮、蔬菜。老两口加一个读小学的孙子，一年顶多吃两千斤粮食，剩下那么多怎么办？不用愁，每年春节前后，他家院子里一片车水马龙，那些整家外出务工的人回来过年，都到他家来买粮食。

村里人劝过陈仁昊：你那么做牛做马地务庄稼有意思吗？到头来能卖几个钱？卖那点儿钱，还不如你儿子在外面一个月挣得多！这话不假，可陈仁昊对旁人的好心多言不予理会。当了一辈子农民，他认为土地在自个儿手中荒芜是一种罪过。老天把西滩村这么好的土地交到这一方百姓手里，国家又给每个农民签了几十年的承包权，荒了既对不起天地，更对不起国家。他的确是这样想的，也时常是这样说的，更是将这种想法、说法付诸行动。

"唉！现在咋那么多人不想种地了呢？"陈仁昊嘴里小声嘀咕，他抬头望天，天边乳白色的云彩渐渐被霞光浸红，坝子上有了些活动的身影。他看到一个人骑着摩托车由远而近。

骑摩托车的人驶到跟前，摘掉头盔，他才发现是陈智峰。"仁昊叔，早！""早！你去哪儿？"陈仁昊问。"去村委会，刚才张书记打电话，说要下来一趟。"陈智峰说。

"哦……我准备去把那点秧母田平了，今年还是得栽几亩水稻。"陈仁昊不问自答地说。陈智峰点点头说："对的，不管人家哪个看务庄稼的问题，仁昊叔你始终把榜样立起！"陈智峰说完跨上摩托车走了。一路上，"土地""庄稼""收成"等词语一直在他脑海里翻腾，他不由叹息起来：跟去年秋种一样啊！春耕临近，却没几人怀着春天的希望，去期待一个充实的秋天。

陈智峰到村委会一会儿，就看见一辆越野车鸣着喇叭从坑坑洼洼的村道驶来。雾还没散，车里坐的人远远的也看不清，只见车头亮着白灯，一跃一跃地往前跳动，像一条狗看到前方的主人，兴奋地撒着欢。

张族贵、郭兴，还有一个穿着讲究、面孔陌生的中年人从车上下来。张族贵介绍说："省城边上来的王老板，王朝晖。"几人坐下，烟茶等礼节过后，张族贵开门见山："我和郭镇长都还有事，长话短说吧。王老板是农业方面的专家，从事水产养殖很多年，准备来这里找个地方，扩大水产养殖。""哦哦！"陈仁宇点了点头，没有多言。陈智峰则兴致勃勃："这里离省城有四五百公里哦，王老板为何跑这么远来发展？""从省城沿线过来，一路都有我们的基地。"王朝晖显得胸有成竹，淡淡地说。"请问贵公司的大名是?"陈智峰在省城待过，准备之后托朋友核实一下真假。"岷源生态养殖，在省内不敢说是第一，但排个前三应该不是吹牛。公司的名字和我本人的小名，网上都可以搜到，有关本公司的报道，省内主流媒体上有很多。"王朝晖还是淡淡地说。"王老板肯定是很有实力的了，你想怎样在这里发展？"陈仁宇说。"想找一块生态好、水源好且集中连片的地方。我们跟省农业大学是战略合作关系。"王朝晖说。张族贵说："如果西滩村不行，你可以去东山村看看，就在旁边。""东山村主要是山，条件不及西滩，西滩临近白龙河，且一马平川，几百年来都是有名的米粮川，这些我都事先做过调研，我的意向还是在西滩。"王朝晖说。"在西滩村拿大块连片的地怕有点难哦！"张族贵说，"东山村你想要多少地都行。""是吗？那东山有良好的水源条件吗？"王朝晖问。"东山虽是山，可山上有一座大水库，几十年来管全村人吃上米。"张族贵说。"张书记怀私心了吧？"陈智峰笑着说，"干脆叫王总把东山和西滩一起拿下。"大家都笑了起来。王朝晖说："那也不是不可能，不过目前我们还不想这么高歌猛进。"

张族贵同郭兴坐了会儿便走了。陈仁宇和陈智峰陪王朝晖在村里四处察看。中途，东山村党支部书记张旺柏风风火火骑摩托车赶来，硬要拉王朝晖去他们村也看看，尤其是去看看那座大水库。陈智峰不由暗暗发笑，他知道那座水库，准确地说只能算是一口山坪塘，非要说是水库，那只能称作小小型的，县水利部门修志都没有列入其中。

王朝晖拗不过，去东山村看了，对那座所谓的大水库未作任何评价，回来说他还是看中西滩村的优越条件，让村两委先摸一摸村民的底。陈智峰见王朝晖确有诚意，胸中拨云见日般亮堂起来。陈仁宇口头上答应着，心里并不乐意。他家也有鱼塘，虽只有十余亩，可每年收入七八万元。春节前后，来买鱼的更是络绎不绝，村民似乎不是来买鱼，而是来例行"打卡"。

再说，他家的果园和鱼塘，拿人家的地都没给钱，而是年终送几条鱼或几篮水果，顶多再利用职务之便，给人家考虑点儿困难补助。要是王朝晖把全村的地都拿去，且都实打实地兑现租金，那他家的鱼塘和果园还守得住吗？人家要把地拿回去租给王朝晖，他一个小支书的威风是制止不了的。因此，陈仁宇对王朝晖寄望的事一直不表态，也不行动。陈智峰找他商量过多次，每次他都说："老侄，要冷静！毕竟是几千亩地啊，几千人活命的家当，万一在他手里弄砸了，折腾几年公司垮了人跑了，咋整？"陈智峰说："我跟王总交流了，他准备采取稻鱼共生模式，不会对地做很大改动，这样既保证了地不荒芜，稳定了粮食生产，还多了养殖这一项，整体效益可大大提高！"陈仁宇还是摇头，说："你就那么相信他？再说，效益再好也是他赚了，老百姓得了个啥？我们不背这种'卖国'的骂名！他有本事就自己去跟村民谈，谈妥了算他行。"陈智峰把话带给王朝晖，王朝晖笑了笑说："那我们就去跟村民谈吧！"

陈智峰告诉他要连片整体流转，一家一户地谈是不可能达成的，只有村两委介入，开会动员，还得动之以情、晓之以理，于是把去年陪陈传国到处找地的经历给他讲了。王朝晖不可思议地一笑："这太出乎我的意料了！"

崇岭县召开了春季农田水利建设会议，要求本年度加强农田水利建设，尤其是小农水工程建设，各地要根据实际积极申报项目，县上审批同意后就可实施。

因王朝晖没看上东山村，张旺柏便趁此机会找到镇上，向张族贵表示，今年这个项目无论如何都得考虑落地东山，首先那座大水库得整治，相关渠系配套工程也要重建。陈仁宇也到镇上申请，称始建于20世纪80年代的白龙河上游灌溉引水工程已年久失修，趁洪水季节未到，应尽快加以维护。其实他主要目的是想挪用资金到自家鱼塘。

王朝晖第二次来到白龙河镇，是为了将小农水工程与水产养殖充分结合，不管落地哪个村，两者结合便是一举两得的"双赢"，因此工程设计就得充分考虑与产业结合。张族贵感到左右为难，项目给谁都不是。郭兴想了个办法，要各方到镇政府来次陈述和辩论，哪方能拿出充分理由说服镇党委、政府，就给哪方。

　　"排排坐，吃果果，你不能每回都从头子上发，那尾巴上的就始终吃不到，这是岁娃儿都晓得的道理，你们村是爹生的，难道东山村就不是娘养的？"张旺柏说。陈仁宇毕竟是个高中生，辩论会上讲起来滔滔不绝，也仿佛头头是道。但有人反对说："西滩村啥时缺过水？白龙河就在眼前，随便在哪儿安个抽水机，丢根管子就抽上水了。"张旺柏说西滩村不是缺水，而是要考虑排解水患的问题，国家那么多项目如果给了西滩村，修的工程用来装太阳？如果来一次大洪水，反而还会被冲毁，等于是白白浪费。陈仁宇反驳说，水利不仅是解决缺水问题，解决水患同样属于水利，西滩村虽临近白龙河，但水患也不是年年有，最近一次还是十多年前，主要还是缺水。

　　大家争来争去，似乎谁都有理，但谁的理由都欠缺一些，张族贵只好把会散了，说等党委、政府详细研究一下再做决定。"这还是申报阶段呢，争也没用，即使争到了，县上不批还是等于圈圈。"郭兴说。

　　那你喊我们来辩论个球？大家都很不高兴。

　　春风送暖，白龙河水量也大了起来，水流平缓，水清似镜。彩蝶飞舞、鸟雀喜鸣，唤醒了沉睡一冬的西滩坝子。她像一个晨起梳妆的女子，静静地打扮起自己，这里施一点粉，那里插一枝花；里面披一层纱，外面罩一件绿，不知不觉就变得五彩缤纷了。

白龙河镇的小农水项目申报依然没有进展。县上又发了次通知，补充了一些意见，要求各乡镇抓紧规划适合现代社会需求的产业，县上结合产业配套项目，项目围绕产业转，哪里产业发展得好，哪里产业基础条件好，就把项目配套到哪里。

张旺柏急了，这样比的话，东山绝对拼不过西滩！就给张族贵带话："你退休还想不想回老家？"张族贵嘴上不说，心里很想给东山村，还有一年就退休，他不想背后有人骂他。

陈仁宇心想，如果一直把王朝晖拖着，西滩村也没啥产业可言，要把项目争到手，顺带利及自家，哪怕走过场也要把王朝晖暂时拴住。于是，他叫王朝晖到村委会进一步商谈。双方很快签订了协议，约定村两委尽快召开村民大会，商议土地流转事宜。

陈仁宇将协议送到镇上，感觉事情已经十拿九稳，又把王朝晖晾到一边，迟迟不同意或找各种理由推托开村民大会。陈智峰催促了几次，陈仁宇说："再等等，现在就算是开了会，大家也愿意把地流转给他，但如果项目没申请下来呢，不是白忙一阵？""就算是没申请到，可引进了这么大个产业来，岂不也是好事一桩？"陈智峰说。陈仁宇急了，便说："老侄，你这么着急忙慌地帮他，是不是得了他啥好处？"陈智峰感到尊严受到侮辱，气得捶胸顿足，赌咒发誓说："哪个龟孙子得了他好处！不说得了，哪个龟孙子有这想法都不得好死！""我相信你不是那种人，可我们是全村的当家人，他王朝晖是哪儿来的？跟我们有过任何交情？跟村里人有过任何瓜葛？他要想到我们村拿地，不让他出够血就休想！"见陈智峰惊诧地看着自己，陈仁宇补充说："我的意思是，得让他充分给村民让利。""这个当然可以商量，但我认为应该遵循市场法则，"陈智峰说，"既不能压价贱卖，也不能漫天要价；既要尊重村民的意见，又要考虑投资人的承受力。最关键的是，希望能尽快把产业发展起来，把西滩村的整体面貌改善，让西滩重新焕发生机活力。"

张旺霞见陈智峰与她男人总是走不到一路，便想着从中调和，于是跟陈仁宇商量，准备在桃花正盛的时候请镇上领导来家里吃饭，陈智峰当然要陪同。

陈仁宇家院子里那株桃树，张旺霞灌溉得勤，每年花开得艳丽，桃子结得也多。今年的桃花更是朵朵招展枝头，如同年方二八的女子迎风起舞。张旺霞把桌子搬到树下，如此举杯观桃，定是别有一番情趣。

暮色渐渐凝重，借着迷离的灯光，张旺霞上满一桌菜，便叫大家入席。郭兴带了党政办副主任张疏文和财政所副所长，村上班子几大员都参加了。几杯酒下肚，郭兴说："马上要换届了，张书记也要退休了，镇长据可靠消息是要调走。""那意思是——你要当镇长了，或者是书记？"张旺霞说。"哪儿那么容易哦！书记肯定搞不成。"郭兴说小农水的事情，张族贵已经说了不算了，东山村不可能得到项目。陈仁宇心头一喜："那肯定是西滩村了。"郭兴一杯酒下肚："也不敢肯定哈，只是有可能。"张旺霞凑了上来："那还能给谁？这还不是你郭镇长一句话的事？"郭兴笑了笑说："那就得看各自的表现了。"张旺霞说："你想要我们啷个表现哇？"郭兴嘿嘿地笑着，盯了眼陈仁宇。张旺霞明白郭兴是在绕着弯子挑逗她，只是装作不懂。

陈智峰一直插不上话，也不想插话。郭兴老调侃张旺霞，他心里很不是滋味。"空龙门阵等空了吹，郭镇长，根据县里的文件，项目围绕产业转，我们西滩村马上要建立一个两三千亩的水产基地，小农水项目落到我们村是再合适不过了。"陈仁宇说。"你们的水产基地毕竟还没搞嘛，才签了个意向性协议，王老板也没有一分钱的投资落地，这算不得啥产业。"郭兴说。

大家边喝酒吃菜边说话，突然停了电，四周一片漆黑。"咋个突然停电了呢？都好久没停电了。"张旺霞说。"这不晓得要停好久，你去找根蜡烛来。"陈仁宇说。虽然很黑，但晃动的人影还是能分辨得出。陈智峰发现郭兴晃了晃就悄悄进了屋，他顿时心跳加快，不由看了看陈仁宇，陈仁宇跟镇上两个干部还坐在桌子边摸黑说话。

陈智峰不由自主地移动脚步，也悄悄地进了屋。他尽量不弄出响动，想听听接下来会发生什么。"嗨！哪个？"是张旺霞的声音，很明显，她有意压低了音量。"是我，嘻嘻嘻……"郭兴也压低声音说。"你跑进来做啥？""我来帮你找东西。""走开！我自己晓得找。"张旺霞话音还是很小，陈智峰还听到她用手掌拍打郭兴的声音，还有郭兴粗鲁动作的声音……天呐！难道他们在……陈智峰不敢往下想。

强烈的愤慨促使他想立刻暴露自己，其中自然也有搅乱其好事以及英雄救美的念头。但她真的希望他此刻冷不防地出现吗？她真的需要他杀出来保护她吗？她真就值得他跳出来保护吗？春花绽放的季节原本是温暖的，可陈智峰觉得浑身冰凉。而陈仁宇还在跟那两人兴高采烈地谈论着。陈智峰从房里退出，咧嘴冷笑起来。

县上小农水项目最终审批结果出来了，无论是西滩还是东山，都榜上无名。后来据传，张族贵见两边都抢，如果是西滩拿到了，那他以后回东山就没面子；但如果是东山拿到了，西滩那边不好解释，所以干脆两边都不给。

自然，王朝晖希望到西滩村建立稻鱼共生模式的产业基地的愿望暂时落空了。

对于这个结果，陈智峰是倍感遗憾的。从王朝晖来村考察那天起，他就感觉春风又吹进了西滩村，一种新的气象就要诞生了。他兴奋地写了微博，"天边的云"也认为，将来谁来种地？怎么种地？是值得思考的，一种新的生产方式或许将给农村带来巨大冲击。这一点，他跟"天边的云"算是心有灵犀，高度契合。可最终的结局让他万万没想到。他不知道陈仁宇为什么对此不冷不热，甚至百般阻挠。他问"天边的云"，然而，"天边的云"没有正面告诉他，只是说时代前进的方向，任何人也阻挡不了。

7

白龙河镇虽地处偏远，离崇岭县城有七十多公里，但也曾是个繁华热闹的大镇。二十年前，这里还是白龙河区公所所在地。那时，赶场是最让人开心的，可以听到不少在田坝头听不到的新鲜事，可以看到十里八乡的姑娘，她们衣着虽不华贵，但也风姿绰约。不少乡镇就一条街道，白龙河镇却有两条。一条老街，木板瓦房，前店后居。新街一溜儿砖混结构，下店上居。两相辉映，既有历史的厚重，又有时代的新风。镇政府位于新街，一处有院门的三幢建筑，正面为办公楼，一边为干部宿舍楼，另一边为大礼堂及机关食堂等。院门上悬挂的"热烈庆祝党的十八大胜利召开"的标语还在。

这天召开全镇党员、干部大会，新来的镇党委、政府主要领导及班子成员要跟大家见面。

张族贵退休后，组织部暂时没有物色到党委书记的合适人选，原镇长和副镇长郭兴都莫名其妙被调走，空降了女镇长邹华和分管农业的女副镇长刘欣楠。邹华由县城附近一副乡长提拔上来，四十岁左右；刘欣楠由县农机局一股长提拔上来，二十七八岁。几天前，"来了两个女镇长"的消息就从镇上居民口中传遍了每个村。

陈智峰沿着新街急匆匆地往镇政府走。正好逢场，摊位几乎占据了街道的一半，仅余两米左右供人行走。赶场的人把街道挤得水泄不通，背背篼的，背挎包的，挎提篮的，手握叶子烟杆的……商家的叫卖吆喝声，买家的讨价还价声，小孩的哭闹声，还有人们天南海北地胡吹烂扯的声音混成一片……有关两个女镇长的谈论飘进陈智峰耳朵里。

"新来的邹镇长，长得一脸福相，又年轻。上面很奇怪，没派书记，她主持工作，肯定以后会当书记，甚至提拔为副县长、县长……白龙河也该出个大一点儿的人物了！""这些事，你我老百姓哪里晓得。起头不是说郭兴要当镇长吗？他还不是年轻，结果呢？调走了，而且调的地方不比这里好，仍是个副的，哪个晓得其中啥名堂？""你还别说，新来的那个女副镇长长得还多体面呢，就跟电影儿里的人一样，眉毛眼睛儿就跟画的一样……"

陈智峰想，这些人议论新来的女副镇长是个美人儿，到底有多美呢？沉鱼落雁、闭月羞花，面如中秋之月，身如杨柳之姿……这样想着想着，陈智峰不觉已来到镇政府会议室。主席台背后写着"全镇党员、干部大会"，台上只坐了党政办主任一人，其他位置上，只见茶杯不见人。台下为镇党政系统中层及以下人员，还有各村、居两委主要干部。"你见过新来的两位女领导吗？"陈智峰小声问背后坐着的人。那人左右瞟了一眼，神神秘秘地向他招手，压低声音说："见过，刘副镇长是资格的大美女！"陈智峰"哦"了一声，点点头。

　　会场突然掌声雷动。只见一齐耳短发、方正大脸、穿一件黑色风衣的女人正中落座。旁边那位，飘飘黑发如缎带，秀眉丹唇似雕琢，玉白毛衣裹胸，紧身牛仔裤收臀。

　　陈智峰不觉惊呆了：这等女子他只在省城看到过！不料崇岭县这么个小小地方，竟也能孕育出如此美的人儿来。看她那双净如秋水的眼睛，顾盼含情，跟她一对上便让人心旌摇荡。台下的所有人都没有听会议主持人说什么，或者是台上其他人说什么，都装作若无其事、"名正言顺"地盯着刘欣楠一个人看！陈智峰也是其中之一。他像其他人一样正襟危坐，心中却万潮汹涌。

　　又是一阵如雷的掌声，刘欣楠站起来朝台下鞠了一躬，然后落落大方地坐下，将麦克风往自己面前挪了挪。显然，她要讲话了！台下一张张土黄或者黝黑的脸上，一下子堆出许多红白相间的笑容。"我年轻，没有乡镇工作经验，以后工作上还要拜托大家鼎力相助……"刘欣楠话没说完，台下顷刻嚷成一团。"没有问题！刘镇长，多到我们村指导工作！""好说好说！刘镇长，以后有什么请吩咐！"……

邹华笑了，抢过话筒说："看来美女效应是很管用的哟，我刚才讲话咋没这么多回应嗬？"会场一阵哄笑。刘欣楠捂住嘴巴笑了一阵子，接着说："但是工作上谁要拖后腿，我也是绝不饶人的哦！"她这句原本严厉的话说出来却没收到应有的效果，台下再次嚷成一团。"刘镇长的吩咐，绝不拉稀摆带！""那是那是，哦……莫得说的！"邹华话锋一转："那请你们说说，刘镇长今天布置了什么工作？"刹那间，会场冰封般安静。下面的人你看看我、我看看你，大都低声问旁座："喂，啥子工作？"

有一人记得，那就是陈智峰。他忽地站了起来，激动地说："刘镇长说要加快农民专业合作社、家庭农场这类新生事物的发展，鼓励能人带头，各村要尽快培育……"邹华当场表扬了陈智峰，刘欣楠也对他竖起了大拇指。陈智峰心里如同吞了蜜一般甜。散会时，邹华说根据八项规定，中午就不留大家聚餐了，各自回家。

听说这次不聚餐了，大家一脸失落。要是以往，镇政府食堂定会人声鼎沸，谁都不想错过跟如此出色的女领导同欢共乐的机会。从会议室出来，陈仁宇看见陈智峰，面色难看，也不理他，骑上摩托车径直走了。

回到村里，陈智峰立即找了陈传国和陈仁昊，把会上刘欣楠的话向他们传达了。"国家鼓励成立农民专业合作社和家庭农场，你们俩就有这个基础，干脆你们先带个头，一人成立一个家庭农场？"陈智峰还反复强调，国家肯定会有扶持政策。

陈仁昊苦的是缺钱，陈传国听得热血沸腾，但还是担心村民的思想包袱丢不下。"困难肯定有，但若不迎难而上，啥事都办不成，只要坚持朝正确方向一直走，就没有迈不过去的坎儿。"陈智峰说，"如果你们有顾虑，等我搞成一家你们再搞。"

陈智峰把想法同父亲讲了，父亲也支持他。他熬夜查阅了所有能找到的有关农民专业合作社及家庭农场的信息，并对照有关农村土地的法律法规和政策文件，拟了一份土地流转协议。他不是还有二十多万元存款吗，这下可派上大用场！他向土地原承包户承诺可一次性给三年流转费，如果效益好，以后还可以多给。有些农户心动了。这样一家一家地游说，陈智峰积攒了百余亩地，几乎是连成一片的冬水田。

可种点儿啥呢？种粮还是种其他的呢？陈智峰决定去镇政府请示刘欣楠。"种莲藕吧！"刘欣楠听陈智峰汇报完，对眼前这个青年村主任刮目相看。"莲藕？嗯嗯，要得。"陈智峰点头说。"你都没问为什么就点头答应了？"刘欣楠笑了。"我想……你说的一定有道理。"陈智峰有点不好意思。"我也是随便一说，还是要根据你自己的判断来决定呀！最重要的是要结合你们村的实际，看看适不适合种莲藕。"刘欣楠说。"土地嘛，种莲藕肯定适合。那……你说说为啥建议我种莲藕呢？"陈智峰说。"你倒反问起我来了？种莲藕经济效益比种粮食高得多，而且莲藕夏天开花很漂亮，能成为一大景观。"刘欣楠说。"莲藕一亩能产多少斤？能卖多少钱？"陈智峰对此还真不了解，只好厚着脸皮再问。"五六千斤吧，种好了上万斤。我也是听别人说的。"刘欣楠说。

陈智峰盯着刘欣楠，心已飞到西滩村那片广袤的田野，一粒粒种子在湿润的土壤里发胀，然后生根发芽，长茎开花，红的白的粉的荷花亭亭玉立于碧绿的荷塘，蜜蜂忙碌采花蜜，蝴蝶翩翩起舞，村民们无不洋溢着幸福的神采。"喂！想啥呢？"刘欣楠敲了敲桌子，把陈智峰惊醒。他腼腆地一笑："我在想，那荷花绽放的时节，该多美啊……"随即他盯着刘欣楠出了神，不觉脸热心跳。

陈智峰为自己的家庭农场越跑越起劲，不干则已，要干就大干，他想把规模弄到两百亩左右，所以还得继续动员别人把地流转给他。

他想起了陈智清，双手残缺，无法耕种，而张疏琴也不是能把地种好的料，两口子换一种生活方式才能轻松点。他认为，他拿陈智清的地，实际上是在帮他。"你们总共有多少地？"陈智峰问陈智清。"我们两口子加上娃儿的，一共五亩多吧。"陈智清一边瞅着书一边慢条斯理地说。张疏琴拿出家里的土地承包经营权证："准确地说五亩八分，我自己种了的也就两亩水田，每年栽点秧子打点儿谷子自己吃，旱地基本上抛荒了，农忙时节还得请人。""那这样算账行不？"陈智峰说，"两亩水田一年收两千斤谷子，值两千多元钱，除去肥料及请人的开销，落不下几个。还不如流转给我，水田给你四百，旱地给你三百，这样的话，你们一年啥都不投入就可得将近两千元。张姐可以到我那里干活，我开工钱。"陈智清想了想，点头说："这当然好哦，她去你那里干，一个月能挣多少钱？""活路多满勤一月少说也有两千块，活路少几百一千不等，一年到头万把块没问题。"陈智峰。张疏琴担忧地说："好倒是好，我走了，他哪个来照顾呢？拉屎拉尿都离不得人。"这倒把陈智峰难住了。他仔细打量陈智清，三十多岁的小伙子遭遇飞来横祸，变成了今天这副模样，生活的艰辛岂止加重了十倍，岁月的刀过早地在他额头上刻下了皱纹。妻子张疏琴善良本分，对丈夫不离不弃，任劳任怨。三十出头的女人，要在城里，正是风情万种的年龄，可在她身上，风情这个词似乎都不搭边。陈智峰说："这个……应该可以想到办法。"陈智清夫妇答应把地流转给陈智峰，陈智峰立马兑现了三年土地流转费。手里捏着一大把钞票，张疏琴眼里闪动着泪花："一次得这么多钱，好多年没有过了。"

接着，陈智峰来到陈袭勇家，老两口正坐在门口晒太阳。"勇爷爷，就你们两个老人家，仁刚叔呢？"陈智峰问。陈袭勇给陈智峰拖了张凳子："唉！自从他被宇书记打了，医好后就没在家待过了。""那他去哪儿了呢？"陈智峰惊诧地问。老两口对视一眼，欲言又止。"那他时常回来不呢？"陈智峰问。"有时候要回来，不回来我们两个老东西吃啥？"陈袭勇说。"哦！"陈智峰点点头，"是在外头给人家做活路吧？"陈袭勇说："是，我们俩就靠这娃了。"

陈智峰心中一阵隐痛。之前陈仁宇坚决要停陈袭勇一家的困难补助和低保，他是没少跟陈仁宇顶杠，结果还是停了一年。后来，陈智峰跟村文书商量，背着又把他们家填上去了。

"你们家不是还有几亩地吗？有几亩？"陈智峰问。"差不多六亩吧，拿给陈仁宇好多年了。"陈袭勇说。"那他给你们钱不？"陈智峰问。"前头那些年没给，今年开始给了。说实话，过去随时米呀面呀油啊都在接济我们，低保和困难补助年年都没断过，唉！"陈袭勇说，"听说他想搞个啥子家庭农场。""嗯。他给好多？"陈智峰问。"一亩三百块。"陈袭勇说。"不分旱地和水田？"陈智峰问。"不分，都一样。"陈袭勇说。

陈智峰又来到陈仁江家，老两口加儿子媳妇和孙子的，有将近十亩地。儿子媳妇在外打工，陈仁江夫妇都七十多岁了，又要照顾孙子，所以就没有种地，地年年荒着。上次陪陈传国也来过他家，陈仁江叫他们跟儿子媳妇商量。打电话给陈智立，他说婆娘吴秀娟不同意，问他为什么，他说过两年他们就要回来了，自己要种。过两年是几年？如今两年已过，陈智立夫妇仍在外打工，估计暂时是不会回来的，陈智峰想。于是又去做陈仁江的工作。但陈仁江还是那句话。"你们到底好久回来呢？"陈智峰在电话里问。"说不准，有可能今年年底，也有可能明年后年。"陈智立说。"那你先把地流转给我，等你们回来，再还给你。"陈智峰说。

"你拿去做啥？""我种莲藕。""那不行。""为啥？""种了莲藕还能种粮食吗？""你也可以继续种莲藕嘛！或者跟我合作，都行……你想想，地荒着也是荒着，我替你种着，等你回来再种，熟地岂不是更好？"……

两人在电话中谈了很久。最后，陈智立同意了。

又拿下一城！陈智峰颇有成就感。眼看两百亩地快凑齐了，可手头的钱也快见底了。陈智峰突然醒悟过来：光顾着到处租地了，没考虑后期投入还要很多钱，这可怎么办呢？贷款吗？还不知能不能赚钱就先负起债，一下让陈智峰无法接受。向别人借吧，向谁借？这年头谁愿意把钱借出来呢？在省城混过的人深知这个道理。

刚看到一线曙光，陈智峰又陷入了迷茫和彷徨。父亲见陈智峰愁眉不展，问他咋回事，他也不回答。他该怎么回答呢？父亲节俭了一辈子，短短几天就花出去二十万元，这对他来说是无法接受的。几天后，父亲当场戳破："你是不是把钱用光了？"陈智峰惊讶地看着父亲，父亲的神情很坚定，看来不是故意诈他，因此只好点点头，然后把脑袋埋下来。父亲沉默了一会儿说："前些年要是不胡来，现在还有好多个二十万呢！"陈智峰惭愧得不敢抬头，他能想象父亲的脸色有多难看。"那现在怎么办呢？"父亲问他。"再想办法，总不能半途而废吧。"陈智峰说。父亲呵呵一笑："那当然不能，就算你想我也不准。"父亲的话再次让陈智峰意外。"我这些年也存了点儿钱，需要就拿去应急吧。"父亲说。陈智峰的眼泪瞬间流了出来。"现在可不能胡来了哟。"父亲把银行卡塞到他手里。

陈智峰顿时泪如雨下。

8

刘欣楠把争取来的高标准农田和小农水项目都给了西滩村，可以解决三百多亩土地的整理及配套建设。陈仁昊善于把握时机，眼看陈智峰大手大脚地干了起来，也说动了一些农户把土地租给他。不过，他仍然选择种粮食，对不熟悉的产业不敢轻易涉足。

项目年底开始动工，次年3月完成。那些荒芜多年的土地，清除了杂草和灌木，同插花一样间杂其间的熟田连成了片。经过统一规整，除边缘的土地切成了一些不规则的小块，其余全是方方正正的田块。没有了灌木、杂草的遮蔽，增添了阡陌交通、渠系纵横，一下子充满了生机。仿佛一个灰头土脸的叫花子从头至尾洗了澡，并换上了漂亮的新衣。

但细心的村民发现，原来划分界线的田埂、地盖被机器无情地抹掉了，被称为"田间耕作道"的新东西取而代之。如此大的动作给土地原承包户的震动是巨大的。这等于曾经的"诸侯分封"迈向"大一统"，忧虑、彷徨和阵痛甚至抗拒都是难免的。

大家纠结的核心问题就一个：地权还存不存在。我的地呢？除了手里一张薄薄的纸，我的地岂不是被吞并了？假如哪天我要拿回来，还能还原吗？谁知道、谁又能证明哪里到哪里是哪个的？于是，土地原"主人"纷纷上门找到土地新"主人"，提出了心中的疑问。

陈智峰耐心地作解释：放心！一万个放心！我们有合同吧？合同签的是二十年吧？这二十年土地经营权在我手里，但承包权还是你的。注意！土地所有权不是我的，也不是你的，是集体的。还不明白？我手里的经营权和你手里的承包权是土地所有权下面的两项平等的权利，都是受法律保护的。这二十年，你我的权利没有任何人敢动！法律你晓得不？法律是权威的，是公正的，绝对可以信赖，可以让你一万个放心……

村民不懂这样权那样权的弯弯绕，他们只关心以后他们还能不能拿回本本上那么多地，该怎样拿回地。陈智峰告诉他们：合同期满了你们要拿回去，没有一丁点儿问题。重新丈量同样大的一块给你就是了呀！这二十年内，我们按合同支付租金，地你就不用操心了。"二十年也不短，那时候谁晓得国家是啥政策呢？"陈智峰说："我想，不管怎么变，耕者有其田还是绝对能保障的。可二十年后，难道你还指望这点儿土地养活一家人？那时西滩村发展程度早就跟城市没有区别，或许生活环境比城市还好。根据目前的土地政策，二十年后这些土地的承包权还是你的，只要你还想继续当农民，土地永远都不会从你手里消失。"

村民仔细咂摸陈智峰的话，似乎听懂了，又似乎没听懂，但一张张嘴巴沉默了。归根结底让他们不再纠结的，不是陈智峰等人的解释有多到位，而是他们认为，这似乎是政府支持和鼓励的，既然是政府支持和鼓励的，难道可以翻脸不认？

陈智峰对种莲藕坚定不移，他通过以前同事介绍，在省城附近采购了一批莲藕种苗，并按照别人的指点测土配方施了底肥，让土壤与肥料有了充分的融合及酝酿。3月底，天气回暖，他便匆匆忙忙将种苗栽进土里。4月初，浅绿色的芽尖破土而出，迎着温和的阳光，似千万个精灵揉着惺忪的眼睛，饱含好奇和畏怯，洋溢着喜悦和激情，急于成为世界的一分子。

看着荷苗挺立于水面，一天天地抽拔长高，竞相撑开伞盖一样的叶片，荷秆越撑越高，伞盖越展越开，也越铺越密，陈智峰心中说不出的激动！除了村上的一些公家事务，除了吃饭睡觉，他几乎把所有的时间和精力都用在了荷塘上。古人有"梅妻鹤子"那样的痴迷，说他是"塘妻荷子"一点儿都不过分。荷塘承载了他的一切思虑和情感，莲藕栖息着他的所有精神与心智。随着莲藕的生长，他的心潮一次又一次地高涨，仿佛被满池浓郁的荷叶掀起的绿浪装满了！他整个身心已然是一块生机勃勃、迎风招展的荷塘！

再过三四个月，顶多五个月时间，他将迎来怎样的丰收景象啊！他似乎看到了一辆辆载重汽车装满丰润肥硕的莲藕，浩浩荡荡地驶出村口。紧接着，他的账面上代表财富的数字由负转正，并不断地满十进位，个十百千万十万……他的心怦怦直跳，脑门上的血管铿锵有力地跳动着。独自坐在荷塘边臆想的陈智峰，由白转红的脸似一朵盛开的荷花。

可待荷花绽放，陈智峰的眉宇间添了一丝愁云。那荷花不是满池地开，而是这里一簇，那里一朵，这里一绺，那里一块，且颜色有红有白；那些不开花的，荷叶颜色也不均匀，有的墨绿肥厚，有的浅绿窄小，根本就不是一个品种。他打电话给种苗的售卖者，对方解释说是第一年因土地肥力不均，造成的荷株品相不一和开花参差不齐，等第二年、第三年就好了。对方说得似乎有理有据，且耐心细致，陈智峰也就不再怀疑，继续憧憬着莲藕的丰收早日到来。

一日晚饭后，经历了一整天的辛劳，陈智峰觉得眼皮沉重，瞌睡像田边的暑热一样一波又一波地袭上脑门，他打了个长长的哈欠，躺在沙发上睡着了。恍然间，他似觉察到耳旁有风，身轻如柳絮。霎时间便狂风大作，他被吹得东倒西歪，一会儿离地而起，一会儿猛然摔倒在地，正巧落在他的荷塘边。睁眼一看，满池荷花只剩残茎败叶，无端的风雨还在肆意撕扯着塘中仅剩不多的花茎花叶。"不……不……不！"他惊叫一声，从沙发上翻滚到地上，醒来才知刚才做了个梦。

但外面的确起风了。太阳不知何时收敛了先前的炽烈和光亮，天一下子黑了下来，屋外那株古老的黄葛树，也被狂风撼动得枝叶全在摇摆，斑驳的影子在窗玻璃上腾挪移动。陈智峰下意识地往门外跑，径直跑到荷塘边，见满池荷叶摇曳翻卷，倒也不是梦中的惨象，心里方才安定下来。他长长地舒了一口气，围绕荷塘漫步，任凭狂风拂面。他看见陈仁昊也在田边转悠，时不时弯下腰察看水渠，或是摩挲正在灌浆的稻穗。"要下雨了，我来检查一下排水沟。"陈仁昊也看到了他，说道。

两人便坐下来闲聊。"莲藕长得不错。"陈仁昊说。陈智峰回头瞅了眼荷塘说："刚才一个梦把我吓坏了。"于是把梦到的情景给陈仁昊讲了。陈仁昊笑着安慰他："梦是反的，这不好好的吗？""我心头总不踏实，总是在担忧一件可怕的未发生之事。"陈智峰说。"太紧张了吧？也正常，这可是倾注了你所有的积蓄啊！"陈仁昊的话让陈智峰一阵心惊。"你这片稻子长得很好哦。"陈智峰转移话题说。陈仁昊自豪地点点头："从没见长这么好！"说完，他摸出一支烟点燃，深深吸进一口，望着天空慢慢吐出淡青色的烟雾。

陈仁昊本就擅长在土地上绣花，从几亩到几十亩，他一跃从"中农"跨越到"地主"。跟过去许多小地主一样，他舍不得请人，而是把自己当牲口一样拴在了土地上。春耕时节他采取了政府大力推广的水稻直播技术，省却了不少劳力；而之后的田间管理，除了狂风暴雨时，他基本上天天戴着草帽挽着裤腿活动在田里，像一只游走在水中的鹭鸶，脖子左右摇晃，身体步步前进，眼睛机警地盯着一株株后移的秧苗。他的田里无须打药，根本就没有一株稗草，没有一片鸭舌草或青浮萍，秧苗长得齐齐整整，稻穗结得充实饱满。这个秋天对陈仁昊来说，又将有一座高高的金山，一阵阵浓烈的糯香。可是，随着谷粒日渐饱满，他开始担心这么多稻谷怎么颗粒归仓地收回去。

"放心，按照往年的经验，会有专业收割队来做这个生意的。"陈智峰说。"可万一要是没等到呢？谷黄如人老，到了时候是等不得的，得提前准备准备呀！这可不是几亩，而是几十亩呀!"就算是诉说担忧,陈仁昊的话里也难以掩盖地夹带着激动和骄傲。"多跟传国交流交流,他在这方面有门道。"陈智峰说。陈仁昊点点头:"那倒是。"

9月下旬,陈智峰迫不及待地请来专业挖藕人。那人姓李,不是本县人,曾在湖北一带跟人学过挖藕,后来两口子专门做这门生意。他们挖藕的工具是一台柴油机和一支高压水枪,一人挖,一人洗,论重计价,每斤五毛钱,两人一天手脚麻利可挣到两千元。

李师傅来到陈智峰的荷塘边,荷叶还没有枯萎,都还保持着翠绿。老李下塘仔细看了看,十分诧异地回头盯了陈智峰好久:"老板,你没跟我开玩笑吧?"陈智峰心头一紧:"啥意思?"老李指着荷塘说:"这就是你种的莲藕?你确定有莲藕可挖?"陈智峰顿时紧张得结巴起来,预感中的不妙一下子冲上脑门:"怎……怎么了……"李师傅哼笑了一声,慢条斯理地从塘中起来,洗净了手说:"这生意我莫法做,工钱不说,还不够我油钱。""你……你是说?……"陈智峰脸顿时红了,结结巴巴。"你哪里引的种?全是十几年前的老品种,都是杂藕,而且,里面还有些根本就不产藕的品种。是不是这里一片、那里一片地开花?"李师傅十分直白地说,"看来你是亏大了!算了,来去的路费也不找你拿了,我们算白跑一趟,自己贴。"

陈智峰顿时慌了:"师傅,我没听明白……"老李嘿嘿嘿嘿地笑了一阵说:"新手吧?啥都不懂就大面积种?要牢记,开花不长藕,长藕不开花!你这里面长藕的只占一半,且都是低产量、低品质的老品种,拉到市场上根本卖不了好价钱,怕是连挖藕的成本都卖不回来,劝你认栽算了，挖都别挖了。"

陈智峰双腿一软便瘫在地上，天地随之旋转起来。他恍惚看见李师傅夫妻收拾好东西，摇着头走了，嘴里说了些什么，但他根本就听不见声音；他恍惚看见村民一个个聚拢来，惊诧地盯盯这里，瞅瞅那里，交头接耳说了些什么，但他根本没听见声音；他恍惚看见陈仁昊大跨步地走来，从地上扶起他，嘴巴翕动着也说了些什么，但他连一只蚊子的嗡嗡声都没有听到。天啦！命运竟如此残酷地跟他开玩笑！他已经花光了自己所有积蓄，并用了父亲很多钱，还欠了一些务工村民的工资，本期望莲藕卖了就立即给他们结算，现在看来一切都泡汤了！他陈智峰算是在西滩村颜面丧尽了！为什么？为什么走霉运的总是我呢？一连串的问题击打着他破碎的心，泪水如断线的珠子般接二连三地滚落，他突然眼前一黑，晕了过去。

怎么办？陈智峰将心中的疑问写进微博。许多网友纷纷安慰他的同时，愤恨地谴责了欺骗他的那个出售种苗的人，并鼓励他通过诉讼向那位骗子索赔。可而今那人如人间蒸发了似的，向谁去索赔呢？"天边的云"则告诉他，吃一堑长一智，探索创新的路上，风险和坎坷是难以避免的，早遇到比迟遇到好，更加有利于你今后的路走得更稳，走得更顺。陈智峰苦笑着说，还有以后的路吗？这一跤跌得如此之惨，我都怀疑我还有没有站起来继续走下去的力气。"天边的云"批评他说，你要是一蹶不振的话，还算个男子汉吗？

几天后，刘欣楠得知消息，专程从镇上下来看陈智峰。"我已经听说了。"刘欣楠言语中表露出心痛，"怪我，怪我！只顾建议你种藕，没考虑更多的问题。今后多注意，引好的种，再去培训一下，把技术掌握牢靠点。"陈智峰默默地望着刘欣楠，说不出话来。

刘欣楠拍了拍他的肩膀："干任何事业都不是一帆风顺的，你千万别泄气，从哪里跌倒就从哪里爬起来。我们都吸取教训吧，需要我帮助的时候，我会全力支持你。""以前把农业看得太简单，这里面确实有很大的学问。"陈智峰说，"我已身无分文了，重启再干，哪儿来资金？贷款吧，有抵押银行才放款。老家这几间屋是父亲的，也值不了钱。可就算筹来了钱，谁能保证不会再遇到什么意想不到的风险？""是啊，这是农业发展面临的一个普遍问题，农业本身就是高投入、高风险的产业。"刘欣楠说，"可目前农村的地只有承包经营权，还不能抵押，地上的东西，每一季收益都浮动不定，银行也不感兴趣……那接下来怎么办？"

陈智峰无助地摇摇头："怎么办？希望能有人跟我合作，带来资金和技术。""这倒是个办法，我帮你留意下，看有没有这方面的资源。"刘欣楠真诚地说。陈智峰感激地望着刘欣楠："你一定要帮我一把，我把一切希望都寄托在你身上了。"刘欣楠说："你自己也努力寻找，要是我这边让你失望了呢？"

真是那样，还能怎么样呢？陈智峰心里十分清楚，他那么说也并不是就完全寄希望于刘欣楠，面对困难和挫折，靠自己方能走出困局。但他还是情不自禁地那样说了。

第二部分

1

县上要求各村对土地和房屋等资产进行测量、登记，然后将数据上报，以便下一步确权颁证。这是要干啥？好多人不理解。有人说：不是大家手头都有个土地承包经营权证吗？上面不是有每一块地的方位和面积吗？咋个又要重新测量？新一轮承包还远未到期，又要测量，难道土地又要集中收回去？房屋也要测量，是不是又要收一次钱？有人说：现在国家的政策都是越来越往好里走，不可能编个门路整老百姓；上面怎么说，我们怎么依，绝对不得错。就像当年土地分下户，不是也重新量了一次？有错吗？

村里议论纷纷，这些话都传到了陈智峰耳朵里，他认为很有必要召开一次村民大会，请镇上的领导将政策做一个更加翔实的解释和说明。陈仁宇说，也好，那就请刘镇长来吧。

大会仍然在小学操场开，几张课桌当了主席台，刘欣楠坐在正中，村里班子成员分坐两边。刘欣楠没有化妆，头发在脑后扎了个马尾巴，一条紫色披肩算是唯一洋气的标识。

台下八成以上是大爷大妈，他们眼睛盯着台上这个俊俏的女子，议论开了。"哎呀！都说刘镇长人长得体面，今天一看，可以说我们村前后五十年都难找！""那不是？如果我儿能讨这么乖的媳妇回来，我硬是睡着了都要笑醒呢！哈哈哈……""你儿子？支起高枕头做梦嘛！人家是城里来的，你儿祖祖辈辈都是农二哥，算了吧。""城里的啷个嘛！农村娃还是有找到城里女娃子的，五队那个啥，陈仁高屋老二不是？""那又有几个嘛？再说，陈仁高屋老二找的那个虽说是城里的，还不如我们农村的。""咋个嘛？""那女人黑不溜秋的，还一天好吃懒做，把陈仁高两口子气得吐血！""我们农村女娃只是没收拾，有的人家屋头，像东山村好几个女娃子，不比城里的差！""哎！对头，书记婆娘就是个例子，霞女子的人才，还是能赛过几十里的吧！"

不知陈仁宇是否听到了，他见台下只管开小会，便拍了拍麦克风："喂喂喂！说了的哈，脸皮厚吗？有啥小话等会开完了几个钻到一堆嚼不行吗？非要这个时候嚼，嘴巴痒吗？"台下安静了下来。刘欣楠笑了笑，说："各位老乡，土地房屋的测绘，是全国各地都在推行的工作，很多地方比我们搞得早，我们算是晚的了。所以还需要大家配合。"

"你说说，为啥子要搞？"有人问。"为啥子？是为了确权登记，下一步要重新颁证。"刘欣楠说。"啥叫确权嘛？啥叫颁证嘛？"有人问。"确权嘛，就是把你们各自的土地和房屋有关权属确认一下，是你们的最终还是你们的，绝对不会动摇你们对土地和房屋的任何权利。"刘欣楠说。"不是有本本吗，难道不作数？"有人问。"你们手中的本本作数啊！但在重新颁发新本本过后，就以新的为准了，旧的就不作数了。"刘欣楠解释说。"这不是多此一举?"有人嚷道，"还测量啥，直接把旧本本换成新的不就完了吗?""对，还省得麻烦。"有人附和。"重新测绘，并登记确权颁证，是为了充分保障大家的合法权益。"刘欣楠说，"刚才有人说直接旧证换新证，看起来是省事，但我想既然全国上下这样搞，自然有它的道理，难道高层领导还想不到直接、省事这一点上?所以，大家不要再怀疑，也不要再犹豫了。"

对呀，农民都想得出来，难道上面大领导想不出来?可这项工作到底对老百姓有啥好处呢?农民关心的很直接，有人便提出了这个问题。"好处肯定是有的，这次测绘登记，会更加科学，更加准确。以后确了权颁了证，会维持很长一段时间，搞过的地方都叫好!"刘欣楠。"那到底有啥好处嘛?"下面人追问。"老乡们，据我的判断，以后农村的生产方式会发生很大变革，会从一家一户地单打独斗变成适度规模化集中经营。"刘欣楠说。

"哦!我说嘛，还是要土地集中!"台下顿时哄作一团。

"又集中?集中到哪个手里?""要集中啊，难怪又重新量，是要把我们的地量小，好少给几个租地的钱!""那我们不干，绝对不干!地我们自己要种，哪个拿都不行。""你看陈智清、陈仁江还有陈袭勇他们几户人，地拿给人家，搞了个啥?啥名堂没搞出来，还把地弄废了!我们不能跟着错……"

陈智峰听到下面的议论，耳朵顿时烧灼得痛，但他还是勇敢地站了起来。

"各位叔叔、婶子、大哥、大嫂，你们的话是在骂我呀!对，看起来我是失败了，但我没有认输，也绝不会认输！虽然我投了那么多钱亏本了，但绝不会亏待把地租给我的那些人户，也绝不会亏待那些在我农场干活的人，哪怕砸锅卖铁，我也要挺下去！"

刘欣楠带头鼓起了掌。先是台上的人，然后台下的人跟着鼓掌，掌声如同炒豆子，从稀稀拉拉地响到一阵噼里啪啦地爆。陈智峰着实感动了，他深深弯腰鞠躬，久久不起来。

"你们陈主任是带头吃螃蟹的人，国家现在鼓励土地适度规模化经营的家庭农场和专业合作社，现在西滩村还不多，希望更多有远见、有勇气、有创业精神的人出来搞。这样搞，至少保证了土地的基本收益，同时还会涌现出新的产业模式、新的生产方式。我们所做的土地、房屋确权登记，就是为土地适度规模化经营做准备，没有准确无误的测绘，怎么能确保大家的每一份权益呢？"听了刘欣楠的话，大家不再议论了，纷纷陷入沉思。

接下来的情况却出乎大家意料——各家手头的地，测量下来，面积普遍比原来本本上记的都大，有的人家甚至大出三分之一。怎么回事呢？陈智峰不解。陈仁宇告诉他："想你个书呆子也不懂！那是当年土地分下户时，为了少交些公粮，少交些农业税，少交些上交提留款，故意量小了的。"陈仁昊的补充解释是，那些年没有专业测量人员，各大队，也就是现在的村自行按地的产量估算面积，当时地的产量普遍较低，所以估出来的面积自然就小了。既然实测面积出来了，村民也无人再担心把地量小了。那些把地租出去的人户，纷纷拿着新测数据找人家修改合同，说必须按新数据给租金。陈传国、陈智峰首当其冲。虽没有人明着去找陈仁宇，但暗地里抱怨和咒骂的人不少。房屋呢？

那些举家外出务工多年不归的，房子几乎成了残垣断壁，测还是不测？当然要测。那怎么测？几乎已成荒原的院坝算不算？垮塌并已长草的房间算不算呢？怎能不算呢？如果不算，主人回来还不得到村委会把房顶给掀翻了！所以要测。还有不少房屋，近两年修的，远超宅基地面积，那又测不测呢？支书陈仁宇家就这样，整个房屋占地近三百平方米，超出宅基地面积的三分之二，他坚持要测，那全村也得一视同仁，测！

陈仁兴的诊所人多起来，除了看病的和闲坐的，就是来找陈智峰修改合同的。屋里坐不下，他们自己找板凳搭在大黄葛树下，名义上是打堆乘凉冲壳子，实际上是来找话说。

陈仁兴一边给人把脉开方子，一边默默地听那些人跟儿子之间的交涉，心里很不是滋味。想来这几十年，病人家里无论贫穷还是富裕，他从未多收一分钱，甚至三八二十四的结果只收个三七二十一，这明里暗里累计起来也是好大一笔钱。之前，儿子种的莲藕才刚刚开花，他还沉浸在期盼的丰收喜悦里，所有资金耗尽，就等着莲藕卖了解燃眉之急呢。现在又冒出这档子事，真是雪上加霜。想起这些人毫不顾情面，嘴里心里满是私利，而且分文必争，陈仁兴满肚子都是气。"别多废话了，儿子，既然新测量的数据出来了，你也是实实在在拿了人家那么多地，就按实付钱吧！有你老汉儿在，天塌不下来！"父亲脸朝着那些人，眼却盯着儿子陈智峰说。

哎！父亲就是父亲，父爱如山的意义再一次强烈冲击着陈智峰的心。当晚，父亲又给了他一笔钱。陈智峰眼里噙着泪水向父亲表达谢意，并向父亲立下誓言。父亲温和地摸摸他的头："儿子，啥也别说了，既然上了这条船，哪怕前面的风浪再大，都要撑过去，你掌好舵，我来给你使劲!"陈智峰紧紧拥抱住父亲。此刻，他觉得任何言语都显得苍白无力，唯有这个动作方能表达他心中对父亲的崇敬和热爱。他突然发现父亲的后脑勺上已经白发苍苍，头顶也已经秃了。母亲去世后，父亲一手拉扯自己和哥哥，有多少艰辛楚苦埋藏在他心底，悄无声息地剥蚀他曾有的青春与活力，但他对儿子的爱却丝毫未减，反而越发浓厚了。

村里进行的事情哪怕再轰轰烈烈，对陈仁毅来说都不关自己的事，他仍旧是东游西荡、逍遥自在。一天中午，陈智林兄妹和李淑华正端着碗吃饭，陈仁毅大摇大摆地走了进来。眼看关门也来不及了，李淑华冲陈智林兄妹一笑："这瘟神偏偏就撞得这么巧!""早就潜伏在周围的吧，估摸我们要吃饭了，就撞进来，口上还说'哎呀!你们在吃饭？我走了。'"陈智蓉笑着说。"他要真那样说，就不理他，让他走好了!"陈智林说。

"哎呀!正吃饭呢？我走了，不然还说我故意来撞饭的。"果不其然，陈仁毅这样说。陈智林和陈智蓉都没有开腔，也不正眼瞧他。李淑华见陈仁毅说走却又待在那里不动，只好开口："你吃了没？""吃倒是没吃，但现在不饿呢。"陈仁毅还在作假。"既然没吃，哪有不饿的呢，坐下随便吃点儿？"李淑华说。"嗯……也好，也好!"陈仁毅顺着梯子往下滑。"仁毅叔，不是当侄娃子的说你，你个有手有脚的男子汉，怎不找些正经事做呢？说起来富爷爷和仁康叔都是有身份的体面人，你也不怕给他们丢脸？"陈智林说。陈仁毅一时尴尬，不知是丢碗走人还是继续刨饭夹菜好。半晌，他叹息说："上哪儿找正经事？当农民种地？一年到头落几个钱？抬砖挖沙修房子？人家不要我，我也干不了。"

陈仁毅埋头三两分钟就把一碗饭刨干净了，丢下筷子起身就走："道谢了。"这顿饭撞得有点窝火。陈仁毅摸出一支烟点燃，猛吸了一口，独自走在去往白龙河场镇的路上。虽是深秋，但太阳仍毫无遮拦地炙烤着西滩坝子，人们都躲在屋里乘阴凉，外面便十分空寂，唯有知了的叫声此起彼伏。收割后的稻田里，湿热一阵阵扑面而来，让陈仁毅更感烦躁。

突然，前方一阵摩托车轰鸣声，越来越近了。陈仁毅仔细一看，是张旺霞。"嗨——你去哪儿？"张旺霞见是陈仁毅，心中顿生厌恶："你管我去哪儿？"她正要冲过去时，被陈仁毅用身体挡住了。张旺霞只好踩住刹车，说："老子回娘屋，好狗莫挡道！""莫忙走，耍哈儿噻！"陈仁毅说。张旺霞双手抄在胸前："你要咋个？老子今天没空！"陈仁毅把手放到张旺霞摩托车把手上，本想冷不防地摸一把张旺霞的奶子，可这女人偏偏双手抄得紧紧的，就算偷袭也只能挨个边边。

陈仁毅动起脑子：怎么才能引诱她把手松开呢？他灵机一动，正经把事地说："有个好东西给你。""你还有好东西？"张旺霞嗤地一笑。"哪个跟你说空话，你把手摊起，我放你手上。"这样说着，陈仁毅装作在衣服兜里摸东西。"先拿出来看看。"张旺霞不上当。"那还有啥神秘感！"陈仁毅说。"把老子当三岁细娃儿哄，你以为老子看不穿你那狗肠子里装的啥？"张旺霞说，"今天真的莫闲工夫在这里跟你磨，让开，我要走了。"

70

张旺霞趁陈仁毅不备，一踩油门跑了。陈仁毅在后面哼哼冷笑两声，哼着小曲儿继续朝镇上走。他走着走着，便来到陈仁宇家门口，心想婆娘回娘屋头，男人在家干什么呢？出于好奇，陈仁毅便闪了进去，听到一间屋里传出吵闹声。几个村民找陈仁宇，像是围绕啥子钱的事在吵。"你们莫跟我扯横筋，活像我把你们的钱吃了样！"陈仁宇大声吼道。"那你给我说说，这钱哪儿去了？去年国家实行的母猪补贴，开会说的有，可现在一直没见下来，咋回事？我不信那钱还自己长翅膀飞了！"一个村民大声说。"还有我妈的大病救助款，你说帮我去报，说实在话当时我还多感激的，我们也不懂，不晓得哪个报，结果你才给我好多钱？五百块钱！听人家说有好几千！"另一个村民说。

　　陈仁毅想：那还用说？肯定是被他吃了噻！转念又想：你吃村民，老子要吃你！于是，他偷偷地溜进了陈仁宇的家庭办公室。他到处翻找，是想寻点儿钱去打麻将。他拉开抽屉，发现一个鼓鼓的塑料袋，抽出来打开，顿时惊呆了：里面全是私章！陈仁毅抓了一把一个一个地看，都是村里熟悉的名字。继续翻找，他又发现了几个账簿，越看越震惊，于是拿出手机一一拍了照，心里暗自狂喜：这下算是真正的财源滚滚了！

　　把柄被别人拿住，陈仁宇就像是一个武功高强的人被人偷偷点了穴，唯有乖乖听命的份。陈仁毅喊他拿钱他就拿钱，喊拿多少就拿多少，陈仁宇气得吹胡子瞪眼也没办法。

　　这次确权登记结果也给了陈仁毅新的机会。这天，陈仁宇两口子正在屋里吃午饭，忽听外面喊道："陈仁宇！你个地主老财，吃人血喝人汗的家伙，快给老子滚出来！"

一听便知是陈仁毅在出幺蛾子，陈仁宇气得将筷子往桌上一摔，三步并作两步冲了出来。"你在这里闹啥子？"陈仁宇指着陈仁毅鼻子说。"你个恶霸地主，这几年白拿人家的地自己发财，我们屋头几亩地也是拿给了你的，只是今年才给了两个钱，往年的钱呢？都给老子补齐！还必须按新的测量面积补！"陈仁毅的身后跟着几个老头儿老太婆，他们都是儿女长期在外打工，把地让给陈仁宇在种，自己不敢来找陈仁宇，经陈仁毅的怂恿才跟了来。

陈仁宇瞟了这些人一眼，哼了一声："咋的，要斗我地主？老子是地主吗？""你不算地主？你跟陈智峰都是地主！现在莫嚣张哦，哪天政策一变，把你拉出去枪毙！"陈仁毅这么说，其他人不觉笑了起来。连陈仁宇都忍不住笑了起来："我说你呀，现在什么年代了，还在翻老得起黄斑的旧日历。亏你还是陈袭富的儿子，羞死你屋先人啰！快给老子滚！""废话少说，把钱拿来就走。"陈仁毅说着，回头扫视了其他人一眼。其他人依旧默不作声，只是站在一旁观望"战争"的走向，好做究竟是分享战果还是临阵撤退的打算。

张旺霞忍不住了，冲上前来骂道："你个二货！说话做事要摸着良心哦，陈仁宇这几年对你们屋头照顾得还少吗？你各自回去问你老汉儿，你不醒事难道他也不醒事吗？"陈仁宇将张旺霞一扯，瞪了她一眼："回屋去！"他凑近陈仁毅的耳朵，小声说："晚上老地方。"然后扬起脑袋大声吼道："老子陈仁宇站起一尊，坐倒一坨，哪个敢把老子啷个？"陈仁毅明白了他的意思，眼珠子一转："算你狠！老子肚子饿了，回去吃个饭再来找你算账！"说完转身便走人。其他人也陆续走了。

晚上，陈仁宇睡不着。张旺霞双手抱着他的脖子，鼾声渐浓，陈仁宇轻轻地将她的手拨开。突然外面传来几声怪叫，张旺霞一惊便醒了："啥子在叫唤?""哦，估计是猫儿，叫春。"陈仁宇说。张旺霞听了会儿，外面没了动静，便又倒下去睡了。过了片刻，外面的怪叫渐渐又起，先是懒洋洋的几声，然后是极其烦躁骚动的几声狂叫。张旺霞说："你听，好像不是猫儿在叫春，有点儿像人在学猫儿叫。"陈仁宇白了她一眼："找些话说，哪个这晚黑跑到我屋外头学猫儿叫春，是勾你还是勾我?"张旺霞咯咯咯地笑了一阵："说不准是来勾你的!""乱说，我有那么下贱吗，随便一个猫儿狗儿就勾走了?"陈仁宇说。张旺霞不去管外面的叫声了，闭上眼再睡。

过了一会儿，陈仁宇推了她一下，见没反应，便轻手轻脚地起来，穿好衣服出了门。来到门外，陈仁宇朝黑暗处咳嗽一声，一个黑影便从黑暗处闪了出来。那人抱怨万分地说："咋个才出来哟!"陈仁宇表情厌烦地从衣兜里掏出一个东西塞到那人手里："拿去，你这种人啥时才喂得饱哦!老子劝你适可而止哈，把老子逼急了，白刀子进红刀子出的事，老子干得出来哟!"那人哼哼了两声，说："那你米噻!"说完扭头就走了。陈仁宇在后头气得直跺脚。没奈何，把柄遭人家捏到手里了。

陈仁宇失魂落魄地回到屋里，轻轻脱了衣服，正准备躺下时，灯突然亮了，张旺霞坐在床上，冷冰冰地瞪着他，把他吓了一大跳："你没睡啊?!""我敢睡吗？我若再不睁着一只眼睡，贼娃子把屋里偷完了都晓不得!""哪儿来的贼娃子?"陈仁宇心虚地问。"家贼!"张旺霞一枕头砸在陈仁宇脸上，"刚才上哪里去了?""没到哪里去呀，就是去撒了泡尿。"陈仁宇说。陈仁宇扯的谎张旺霞不信："少给老娘编聊斋！你前脚一走，我后脚就跟来了，啥子我都看到了！"张旺霞哭了："说，好多次了？"陈仁宇低头不语。"我辛辛苦苦挣的钱，你拿去养野婆娘！"张旺霞扑过来抓扯陈仁宇。陈仁宇明白她是误会了，看来只好将真相告诉她。"哎呀！你说到哪儿去了！"陈仁宇把张旺霞推开，"是陈仁毅！""陈仁毅？"张旺霞颇为吃惊，"他找你干啥？"

陈仁宇长长叹息一声，一五一十地把真相告诉了张旺霞。

2

"根据政策，你们村第一书记由镇党政办副主任张疏文担任，我是你们村的挂联领导。"刘欣楠话音一落，陈仁宇便将手伸向张疏文："以后接受你的领导了。"张疏文说："您理解错了，村里你还是一把手，我协助你搞好扶贫。"

在村委会开完干部会，刘欣楠便要回镇上。陈仁宇老早就安排了张旺霞在家弄一桌饭，可刘欣楠再三推托，硬是不去。陈仁宇脸色渐渐难看起来，"请"字中的怒气悄悄显露。"陈书记，同为党员干部，你该明白，现在不比往日，心意领了。西滩村离场镇不远，镇党委强调过，凡是下到离场镇近的村，原则上不在村上用餐，回镇里吃。"刘欣楠说。"刘镇长年纪轻轻，这么清廉，这么讲原则，我们还说啥呢？那就委屈你了哟！"陈仁宇没办法，只好由着他们走。刘欣楠坐上车，司机面无表情，半天才发动车。显然，他对这个年轻女领导心怀不满，毕竟已是中午十二点多了，谁都肚子饿了，吃个饭又怎么了？

"刘镇长走了，我们总要吃饭噻，走，都去我屋头。"陈仁宇把其他参会干部都请到家里。根据上面的要求，需对村民逐一摸底，看哪些农户符合标准。陈仁宇趁吃饭的机会将村组干部分成四个组，每个组有一个村里的主要干部。

听说干部下来想摸情况，村民大多不配合，还说扶贫扶了几十年，该扶的没扶起来，不该扶的倒是越扶越富。"你们有这等工夫，把白龙河到西滩村的路修好嘛！那样嘛，群众还会感激你们，又来搞啥子扶贫，哪个需要你们扶？你们扶了见效果没？我们村没贫困户！"有村民说。"国家的好政策，你们莫乱说哈！路嘛，总是要修的噻，说不定这次扶贫，就会把路修起。没贫困户？我不相信。去年喊你们凑钱修路，你们咋个个装穷喃？"干部说。"搞些假过场有意思吗？就算是把真正的贫困户评出来了，还不是给某些人撑桩桩，你以为贫困户还真能得到钱？还不是最后落到某些人包包里去了。"村民说。"那你说说，钱到哪个包包里去了，张三李四还是王五？指名道姓说明白嘛，不要在那里没根据地打胡乱说！造成恶劣影响是要背时的哦！"干部说。"这还需要说明吗？反正哪个吃了那些钱他自己心里清楚。老子在这里赌咒发誓，哪个吃了那些钱，他拿去也富不了家，反而是拿去吃了药了！"村民说。"那有本事就向镇里反映噻，向县上告噻！党有党纪，国有国法，不管哪个违反了纪律，都是跑不脱的，你们去告，尽管告嘛，把那些人告倒嘛！"干部说。"哼哼，你倒莫激我哦！不是不报，时候未到，这些人总有个时候要背时，要遭抓，要坐班房，你看嘛！""废话少说，来来来，把你屋头的情况统计一下。""统计个锤子，不统计。""你自己不配合的哈，到时候评不上贫困户莫来闹哈!""老子八辈子都不当贫困户!"

......

出乎意料，竟然有很多人对扶贫摸底工作这么抵触。陈智峰怎么想也想不明白，国家的政策，是对群众好的呀!只有我们国家才会这样坚持不懈地扶贫，可一些群众持这种态度，不理解不配合，这到底是为什么呢?

陈仁宇倒没有什么困惑，下去走了一圈，把意见一综合，说:"工作嘛，反正我们也认真去做了，群众不理解不配合，那我们也没办法，我们能怎样呢?但上面的任务还得交，本村贫困户名册还得抓紧时间弄出来。"张疏文也是这个看法，但陈智峰不赞同。"一次不行，我们来二次，二次不行就来三次，反正把政策给群众讲透，让大家明白这次扶贫与以往都不一样，是真正能解决实际问题的。"陈智峰说。"可名册上面催得急哦，到时候拿不出来怎么办?"张疏文说。"就是，拿不出来咋办?"陈仁宇也说。"这个嘛……我去跟刘镇长汇报一下，名册不能催，否则又是形式主义。"陈智峰说。陈仁宇和张疏文不作声——只好同意陈智峰的意见。陈智峰立马动身往镇里赶。

"你说奇怪不奇怪，个个都不想当贫困户。"陈智峰将这几天下乡摸底的情况汇报给刘欣楠。刘欣楠也觉得不可思议:"为什么会这样呢?""估计是以前的扶贫没让他们得到实惠。"陈智峰说。"以前的扶贫是怎么扶的?这个我不是很清楚。"刘欣楠说。"我也不清楚，以前我在省城当记者。"陈智峰说。"这次叫精准扶贫，我想与过去的区别应该在这'精准'二字上吧。"刘欣楠说。"如何做到精准呢？哪些方面精准呢？上面应该有个政策解读，至少县里应该出个宣传册子，如果仅靠我们的理解去解释，不仅有偏差，群众也会有意见。"陈智峰说。刘欣楠同意陈智峰的看法，说："这些工作嘛，也只有摸索着干，就算有偏差，也问题不大，纠正和补救也不是大问题。"

陈智峰注意到，来白龙河工作了一段时间，刘欣楠更加接地气了：首先穿着打扮就没那么讲究了，头发往后梳，用根橡皮筋缠着，额头全露了出来，黑色针织毛衣把脸衬得更白，甚至有点失血的错觉；还是牛仔裤，但鞋换成了运动鞋，整个人显得更随和。

回到村上，陈智峰始终坚持不能草率行事，不管陈仁宇等人同不同意，他先带他那一组人第二次深入下去了。上次他去了陈智清、陈仁江和陈袭勇家，他们对干部宣传的精准扶贫不太热情。陈智峰带人二度走访这几家。这次在陈袭勇家，他碰到了陈仁刚。

看到干部来家里，陈仁刚便要躲藏，陈智峰主动叫了声："仁刚叔，回来了？好久没看到你了哟！"随即，他把陈仁刚拉到自己身旁坐下。陈仁刚见陈智峰还比较和善，心里的戒备慢慢松弛了下来，问他什么，只是傻笑。陈仁刚爱吸烟，陈智峰从其他干部那里要了一支烟，给陈仁刚点燃，陈仁刚的话才多了起来。"平时在哪儿干活儿呢？"陈智峰问。"莫固定的，反正哪儿需要我就去哪儿。"陈仁刚说。"都干些啥子活路？"陈智峰问。"栽秧、打谷、播种、割麦，背砖、抬石、筑墙、烧瓦……只要人家喊，啥子都做。"陈仁刚一边回答，一边怯怯地抠着脑壳。

陈智峰注意到，陈仁刚的手起了一层厚厚的老茧，衣服散发出一股浓浓的汗酸味。可怜的人，虽有一身力气，可惜是个傻子，要是聪明些，再接个婆娘，这个家就不会是这副模样。想到这里，陈智峰从身上掏出两百元钱给陈袭勇。"哎呀！陈主任，这啷个要得……"陈袭勇接钱的手颤抖不停。"勇爷爷，去给仁刚叔买件衣服换洗，总不能老是穿那一件吧。"

陈智峰说完就开始了正式工作，陈袭勇一家很是配合地完成了摸底调查。这家无论如何都该被定为贫困户，不仅是陈智峰，参与调查的所有人都这么认为。

临走时，陈智峰告诉陈袭勇："勇爷爷，你家的情况我们了解了，下一步，国家要专门针对像你这样的人户制定帮扶政策，一个钉子一个眼，绝不会走过场。"

"当个贫困户一月好多钱？"来到陈仁江家，这老汉的话让人哭笑不得。陈智峰说："仁江叔，精准扶贫并不是国家拿钱把贫困户供起，而是在政府的帮助下，靠自己的能力摆脱贫困。"陈仁江呵呵一笑："说来说去还是靠自己呀？""当然，国家肯定要给钱，但不是直接给到你们手头，是通过项目资金来帮助你们解决生产、生活中的具体问题，通过一些致富门路让你们增加收入，然后脱贫。"陈智峰说。陈仁江摇摇手说："那是假的，我不信！""为啥子？"陈智峰问。"就是说钱要转几道手对吧？雁过拔毛的道理你懂吧，经过哪个的手都吃一嘴，到头来还有个毛！"陈仁江说。"不会的不会的，这次绝对不会的。"陈智峰耐心地说，"仁江叔，你看电视不？你有没有发觉，这两年干部作风不一样了。国家对贪污腐败的打击力度是不是越来越大了？"陈仁江点点头："我老汉家一天莫事，电视倒是没离过，这个我相信，的确是这样。"陈智峰说："那就对了！如果哪个敢在精准扶贫上动手脚，上面肯定不会饶了他！"

总算说服了陈仁江。可面对陈智清，陈智峰却充满愧疚。

张疏琴在他的家庭农场务工，开始还能每月发工资，后来资金越来越紧张，工资也发不出来了。张疏琴工资没拿到，地又被流转，往后的日子不知咋办。"算了，你把地还给我，你拿的三年流转费，把你张姐的工资扣了，多的我们退给你。"陈智清放下正在看的书，对陈智峰说。"张姐的工资你放心，只是暂时欠着，会给的。你别灰心，相信我一定会起来的！"陈智峰说，"今天是来做摸底调查的，把你屋头具体情况统计一下。""统计啥哟，就这个样子，不说你也清楚。"陈智清说。"那还是得一项一项地登记嘛，我们问你来答。"陈智峰说。"你问不问我们都是贫困户，反正我们已经穷习惯了。"陈智清自嘲地说。"难道要一直穷下去吗？相信日子会好起来的。"陈智峰鼓励他说。陈智清十分冷静地摇摇头："要是我能做活路，我倒是有信心，可我偏就是个废人！是个废人不说，还得搭上一个人伺候，她忙里忙外还要拉扯娃娃……日子咋好得起来嘛！"

他说的无半点儿虚假，这个陈智峰心里清楚。"你们家只要有一个人肢体是健全的，日子就有机会好起来，这次国家实行的政策，是要彻底解决农村贫困问题。"陈智峰说。"再好的政策，也需要人去落实，我们屋头就她一个人，她又不是哪吒，有三头六臂，想把日子过好，还不得累死？所以我想，几口人有碗热饭吃就行了。"陈智清说。

两人这样一边聊，一边就有关问题穿插着一问一答，不知不觉就把工作做了。陈智峰跟其他人一合计，都觉得陈智清一家也该被评为贫困户。

就这样，走进每户人家，先是摆摆龙门阵，然后见缝插针地问一些问题，接着认真登记，再顺便把精准扶贫的政策做一些宣传，两三天就把本组工作做完了。

3

自那次陈智林想走没走成，一晃又是两三年。走不出去就考个编制吧，他想。可每年都差那么几分，录取线好比天边的月亮，月亮走他也走，一直追到天尽头还是追不上。

陈智林忧郁日深，睡眠也一天天变差，有时想起这些便彻夜难眠。妹妹陈智蓉代他上课的时间越来越多，为教好孩子，她重新捡起丢下多年的书本。

镇上破天荒地拨了点资金给西滩村小学，算来算去，只够维修一间房，并将楠竹旗杆换成铁的。维修也仅能把石头墙基加固一下，把夯土墙壁因雨水淋蚀垮塌的部分补上。

村里劳力缺乏，陈智峰把陈仁刚喊来做活路。陈仁刚果真是实在人，别人还没来他就来了，来了后便主动问先干什么。等他埋头干得差不多了，其余人才陆陆续续地来。

"智林还好吧？好几天没看到他了呢。"陈智峰随意问李淑华。李淑华说："今年又没考上，我劝他算了，不考了，可他说都考几年了，一下放弃他面子上下不来。我看他被进编问题彻底牵进去出不来了，钻了牛角尖儿了！"陈智蓉劝着嫂子："哥把面子看得比命还重，遇到事嫂子你不要正面跟他说，道理还得他自己明白了才会醒悟。我反正闲着呢，多替他上些课，让他多些时间准备再考。""你们兄妹俩都着了魔了！还要考？假如明年再考不上呢?"李淑华说。"唉！他要考就让他继续考，追求进步总是好事情。至于我嘛，我可不是在考啥子公办教师，我是在准备大学自考，等我拿了文凭，找更好的工作。"陈智蓉说。

正说着话，陈智峰手机响了。一看是刘欣楠打来的，他到一旁去接。刘欣楠要他立马赶到县城，周日一起去邻县莲藕基地考察。陈智峰顿感拨云见日，眼前顿时亮堂起来。刘欣楠果然没有食言，她不仅在言语上一直鼓励陈智峰不要泄气，行动上也一直在帮陈智峰寻觅突破之路。

到县城的路况很差，好多年上头都没安排维修，目的是等一条高速路。那是一条经县城过白龙河再出省的路，说了好多年，沿途群众也盼了好多年，仍无动工迹象。

陈智峰在县城住了一晚，第二天刘欣楠驾车来接他。当车窗玻璃摇下时，陈智峰刻意侧头往后排看，见没人，不由心头一喜。但他瞬间不知自己该坐后排还是副驾，尴尬地抠了抠脑壳。"进来呀!"刘欣楠说。"那……我坐后面?"陈智峰轻声轻语地说。"把我当你司机了？只有比我大的领导才坐后面呢!"刘欣楠说。陈智峰脸一下红了，正想解释，刘欣楠又说："跟你开玩笑的，坐前面我俩好说话，开车才不累，还有两个多小时呢。"

陈智峰在副驾落座，顷刻如坐针毡，不仅屁股下，连同背上都有针刺一样的痛感，脸上的汗也渗出来了。幸好刘欣楠主动跟他说话，还一直眼望着前方，陈智峰才渐渐平静下来。

刘欣楠身穿紧身貂绒毛衣，靠背上搭着一件乳白色带毛领的中长软羔皮外套，灵巧的羊脂玉一般的手指抓住方向盘，脸颊红润，一朵精致的耳花贴在耳垂上，显得多么迷人啊！

　　"好不容易才打听到这么个基地。"刘欣楠笑着说。然而陈智峰因灵魂出窍没听见。"嗨——"刘欣楠侧过头看了他一眼，"在想啥子？跟泥菩萨似的。"陈智峰猛然醒来，"啊"了一声，愣眉愣眼地看着刘欣楠："刚才走神了……你说啥呢？""我是说我给你打听这个去考察的基地，也很费了些功夫的。"刘欣楠说。"哦！那真是太感谢您了，刘镇长！"陈智峰满怀感激。"我问了好多人，都说不熟悉这些，后来我突然想起一个大学同学在邻县一个乡镇当领导，只想再问问试试，没料一问就有了！真是踏破铁鞋无觅处，得来全不费工夫啊！"刘欣楠十分得意地说。"好好好，太好了！"陈智峰不知道接什么话，就一连叫好。"你知道我为什么开始没想起那个同学吗？"刘欣楠用俏皮的语气问道。"为啥呢？""因为大学时他追过我，而我对他一点儿感觉都没有，于是便事事躲着他。"刘欣楠嘻嘻地笑了，她笑得越得意，陈智峰便越尴尬，仿佛她说的那个人是他一样。

　　两人说着话，不觉就到了邻县县城。刘欣楠的同学上了车。陈智峰惊诧的是，那人不但不难看，反而一表人才！他西装革履，个子高挑，皮肤白皙，满面笑容，显得十分容易亲近。刘欣楠介绍说他叫吴斌。约莫开车三十分钟，他们来到一片开阔的地方，形貌很似西滩村。陈智峰见道旁树立着一块巨大的广告牌，上面绘满绿荷红莲，沿途飘扬着印有"十里荷塘"字样的各色旗子。车在一座水泥楼房旁的院子里停下来，吴斌下车仰望楼上，吆喝了声："王总——"随后，一个中年人从楼道伸出脑袋应了声，便匆匆往楼下跑。

咦！这不是王朝晖吗？曾经来过西滩村的呀！楼上下来的人与陈智峰握手的瞬间，两人的表情都凝固了，声声叫奇。"缘分！缘分！"陈智峰说。"好巧！好巧！"王朝晖说。天下竟有这么神奇的事情，难怪自古便有无巧不成书一说。

王朝晖向陈智峰详细介绍了这片面积达七千余亩的"十里荷塘"，他们采取莲藕种植与小龙虾养殖相结合、莲藕系列产品加工与乡村旅游相结合的模式，平均亩产值超过一万五千元。陈智峰听罢激动万分，这不正是他梦寐以求的发展方向吗？"王总，多谢老天有眼，让我们有缘再次相遇！我真诚地邀请您重回西滩村投资，什么困难我都会尽全力为你扫除！"陈智峰握住王朝晖的手说。"我还正在犹豫，要不要再次到西滩村走一趟呢，没想到你们找上门来了，天意天意！这几天忙完了我就过来。西滩村有更好的条件，我很看好这块宝地。"王朝晖高兴地说。

事情竟进展得如此顺利，刘欣楠和吴斌也替他们感到高兴。考察结束，刘欣楠和陈智峰都急着赶回白龙河镇，无论王朝晖跟吴斌怎样挽留都无济于事。

车到邻县县城的时候，吴斌依依不舍地下了车，朝刘欣楠挥手言别的时候，明显透露出他心中有道不尽的遗憾。"看来他对你还是念念不忘啊！"陈智峰对刘欣楠说。陈智峰默默地拿吴斌与自己作对照，从外貌、穿着、谈吐和整体气质来看，他不输吴斌；但就学历和职位来看，他陈智峰可就相形见绌了！但他有在省城做七八年新闻记者的经历呀，"无冕之王"的名头难道还不能与吴斌那些优势相抵？可那毕竟是过去式了呀，不能拿自己当年之优秀跟人家现今之优越去比。

这样想着，陈智峰又沉默不语了。失落了一阵子，他自己都觉得可笑。天渐渐黑了。车过了崇岭县城，刘欣楠明显有些疲惫。陈智峰恨自己不会开车，要不正好怜香惜玉一回。"停在路旁休息会儿再走吧。"陈智峰说。"不，路这么窄，四周又漆黑一片，我害怕。"刘欣楠说。"有我在呢，你也怕？"陈智峰说。"你在那侧，我这侧没安全感，眼睛一闭总觉得窗外有什么东西在靠近我。"刘欣楠说她从小胆小，有时晚上一个人在家都不敢睡。"那你每晚都怎么睡的？"陈智峰笑了起来。"说来你不信，在家我常跟我妈睡，在白龙河我常跟邹镇长睡。"刘欣楠说。陈智峰心头一动，从刘欣楠的话中听出她是单身，干起工作如此利索的人，生活中却如此胆小，这让陈智峰万万没想到。

"前面有个乡镇，估计街上好多人都还没睡，到了那里，把车停在街上，你睡会儿吧！"陈智峰说。"嗯，那行。"刘欣楠打了个哈欠，加了一脚油，车跑得更快了。

车开到前面的场镇，刘欣楠靠近一家有灯光的店铺，手刹一拉、座椅一放就仰躺下去。陈智峰下车买了些东西，回到车上见她已是双目紧闭，娇鼾阵阵了。陈智峰目不转睛地盯着刘欣楠。他的心怦怦直跳，顺手将刘欣楠的皮外套轻轻搭在她身上。他看到她身子蠕动了下，把脸侧向另一方又睡了。外面的灯光打进来，落在她粉白的脸上，朦胧的夜色，罩着她朦胧的眉弯和眼睑，还有朦胧的鼻梁、朦胧的红唇，陈智峰的心也瞬间朦胧了。

从省城回来已三年多了，在省城的朝朝暮暮如一张张过时的年画渐渐发黄，故乡在他的脑海里越来越青翠葱茏，这里的人和事，总是散发着儿时玉米糊糊一般的香味……

本是农民的身份，偏偏又错长一颗城里人的心，这让陈智峰时常有不知身在何处、不知该往何处的感觉。最让陈智峰和他的父亲揪心的是，自回乡这三年多来，一直没有合适的女性走进他的生活，尽管他日日期盼、夜夜渴望。属于他的那个她究竟会是什么模样呢？是既有刘欣楠一样的俊俏，又有张旺霞一样的魔力？还是有诸多省城女性的高贵、冷艳以及自己凭空添加的娇媚、玲珑、温柔？

　　陈智峰渴望有一面镜子，也时时将一些人和事当成镜子，照照自己的容颜和心智，照照自己的本事和精神。他时时因照镜子而陷入骄傲或者自卑，时时因迷惘或自省情绪无法自已。他究竟是个怎样的人呢？有时连他自己也说不清。

　　外面越来越冷，场镇上闲逛的人越来越少，亮灯的人户也越来越稀疏。刘欣楠蜷缩着身子躺在座椅上，像一只躺在冰雪上的白狐。不能让她再睡了，这样会感冒的，陈智峰轻轻地推了刘欣楠一下，她睁开眼睛看了看车窗外，瓮声瓮气地问："我睡了多久？""至少有三十分钟吧。"陈智峰说，"我怕你受凉，我们还是继续走吧，回镇政府了你再睡，好吗？"陈智峰递给刘欣楠一瓶水，她拧开瓶盖喝了一口，发动了车。

　　或许刘欣楠神志还没完全清醒，两人一时没有说话。陈智峰憋了半天，总算寻到一句十分笨拙的话："今天太谢谢你了！太辛苦你了！"刘欣楠说这是她的职责，说着她的电话响了，是她母亲打来的。她没有告诉母亲现在还在外面开车，更没告诉她今天的具体行程，尤其是两度路过县城居然没有回家看看。

　　陈智峰更感到万分歉意了。"你妈妈真好！"他说。他不由想起自己的母亲。他上初中的时候母亲就去世了，二十多年了，除了记得她脸上永远镶嵌着微微笑容，其他印象都快被逝去的岁月磨蚀殆尽了。他双眼一热，泪水奔涌而出。他生怕刘欣楠发现，赶紧扯了张纸巾，先是捂着嘴假装咳嗽一声，然后"顺便"将泪水擦干。

4

王朝晖来到西滩村，是几天之后的事情。放眼望去，枯黄的山脊仿佛已在萌动绿色的春意。广阔的西滩坝子，如同沉浸在黎明前的酣睡中，但只需一声破春的鸟鸣便可唤醒。尽管已是第三次前来，王朝晖还是抑制不住心中的激动，他不住地赞叹西滩这块一马平川的坝子，说是老天赐给西滩村人的无价之宝。

"有这么好的资源禀赋，西滩村不应该穷啊！听说你们还是省定贫困村？"王朝晖说。陈智峰不由脸红："是啊，作为西滩村的一员，我深感惭愧。""没关系，情况会好起来的，会很快好起来的！"王朝晖拍着陈智峰的肩膀说。"我们应该走一条什么路才能让全村摆脱贫困？"陈智峰问。"脱贫靠增收，增收靠产业，只有把产业发展起来，大家从产业中充分受益，才有走向富裕的可能。"王朝晖说。"我们西滩村究竟应该发展什么产业呢？"陈智峰继续问。"依我看，既要守住传统，又要敢于创新，搞传统种植与水产养殖相结合的路子，提高土地的综合收益，让投资人和老百姓都能从中得到实惠。"王朝晖说。

两人来到陈智峰的莲藕基地。经风霜摧打，荷塘里只有些许黑褐色的残茎败叶，一群白鹭在里面啄寻食物，闻听有人靠近的脚步声，齐刷刷地扑打着翅膀飞走了。王朝晖望着白鹭飞远，饶有兴趣地说："真是一道美丽的田园风景啊！""王总，您帮我看看，我这样种植有什么问题？"陈智峰打断王朝晖的遐想。"你的问题在于盲目，没有充分的专业知识储备就急于上马。你若是早跟我联系，我会让你少走弯路。"王朝晖毫不避讳地批评陈智峰。"那……我以后就紧跟王总王老师好好学习了！"陈智峰腼腆地笑了笑。"我如果把整个西滩村全部流转过来，你这个基地就加入进来吧，我们协商一种合作方式，你还是干你的，但在我的整体规划和步骤安排之中，收益还是归你。"王朝晖说。"那当然很好！"陈智峰高兴地说，"我一定尽全力帮你实现这个愿望！"

两人正说得高兴，有人来通知陈智峰，叫他马上回村委会开个紧急会议。什么事情这么紧急呢？陈智峰只好让王朝晖自便，他立马跨上摩托车往村委会赶。

进入小学操场，一阵琅琅的读书声从教室里传出，而旁边的村委会会议室却异常肃静。陈智峰三步并作两步跑进会议室。屋中间七八张课桌拼在一块，七八个人表情凝重地围坐四周。"陈主任来了？快来坐下。"一个陌生的面孔望着陈智峰说。陈智峰忐忑不安地坐了下来，顺便将屋里人扫了一眼。那个开腔的陌生面孔坐在当门正中，其左手坐着刘欣楠，右手坐着一个五十来岁的男人，陈仁宇和张疏文坐在背门中间，陈智峰与陈仁宇邻座，其余是村两委班子其他人。陈智峰特意看了看刘欣楠，她今天没有特别地装扮，面前摊开一个笔记本，手里拿着笔，眼睑低垂，似乎在专注等待正中那位的重要指示。陈仁宇双眉紧锁，面颊涨红，难道刚才他们已经有过一次非同寻常的对话甚至争吵？究竟什么事情让屋里的气氛如此紧张？陈智峰的心不由得怦怦直跳。

"同志们，我们开个会！"那个陌生面孔的人又开腔了。

"当前，全国上下紧抓精准扶贫，这可是中央和省委高度重视的头号工作，市委、县委也是空前重视，全力贯彻。什么是精准扶贫呢？……嗯，就是要精和准。那什么才是精和准呢？嗯……就是要把真正需要扶的、该扶的人扶起来，不需要扶的、不该扶的坚决不扶！

"同志们，这项工作看起来容易，做起来难啊！我们在做这项工作的时候，必须深入群众，科学调研，实事求是，绝对不能敷衍了事，不能走马观花，更不能滥竽充数……"

听到这里，陈智峰似乎明白了一点，那一定是西滩村在"精准"二字上出了问题。回想当初分组入户调查时，他是坚决要一而再再而三地弄准扣实的，他相信他所带领的那一组的工作绝不会出现偏差，难道是其他组的工作出了问题？对了，最终统筹上报的时候，他一直忙于自己的家庭农场，没有怎么过问，难道上报的名单出现了问题？

"在我们西滩村，就'精准'二字出了非常严重的问题！这段时间一直有人向我们反映，说你们报上去的贫困户名单里，有些家庭日子好过得很，而有些穷得叮当响的却没报上去，经过我们明察暗访，问题是存在的！

"这说明我们的干部工作作风存在严重的问题！这恐怕不仅是工作作风的问题，更是对当前形势把握不准，对中央政策理解不透，对困难群众关心爱护不够的问题！是长期以来只图自己享受，只顾谋取自己私利的问题！是不配做一个合格共产党员的问题！"

陌生面孔越说语气越重，语调越高，把在场所有人的心都揪起来了。

　　这人到底是谁？陈智峰正纳闷儿，只听这人继续以洪亮的嗓音说："经县纪委决定，给予西滩村党支部书记陈仁宇党内警告处分！经县委组织部研究决定，对驻村第一书记张疏文予以召回，并给予党内警告处分！同时任命县农业局干部朱雪松为西滩村驻村第一书记。"

　　一切明了，原来如此。

　　接下来，刘欣楠代表镇党委、政府，诚恳地表示认识到工作中的失误，陈仁宇和张疏文更是在会上作了书面检讨。张疏文作检讨时，脸涨得通红，嘴皮紧绷，先是半天不语，然后长叹一声，首先表态他完全接受组织对他的处分，然后才慢腾腾地念完原本几十个字的检讨书。显然，张疏文内心有一万个不服气，但无可奈何，只有受着。

　　那个陌生面孔的身份也搞清楚了，县纪委干部科副科长。会后，他把朱雪松介绍给陈智峰，还问陈智峰："陈主任应该是党员吧？"陈智峰立刻感到脸上被蜜蜂蜇了一下，尴尬地回答："不是。"副科长惊讶地瞪大眼睛上下打量陈智峰："你怎么不是党员呢？"陈智峰躲闪着他的注视，无意间发现陈仁宇朝这边剜了一眼。"你这么优秀，应该考虑入党的！"副科长倍感惋惜地说。"哪里哪里，离组织的要求差得远呢。"陈智峰说。"写申请了吗？"副科长紧追着问。刘欣楠抢着回答："我们正在考虑发展他呢！""那你们要抓紧培养！"副科长活像他是个多大的领导似的，名正言顺地给下属吩咐工作。刘欣楠也给足他面子，微笑点头，连连称是。

　　两天后，为更加精准地识别出西滩村的贫困户，刘欣楠来村里组织召开全村群众代表大会，她手头有了更多有关精准扶贫政策的文件及政策解读方面的材料。

她要作个讲话，一是让群众真正懂得什么是精准扶贫，国家为什么要进行精准扶贫；二是要动员大家积极配合村镇干部的工作，以使接下来的工作能顺利推进、有效推进。当然，过去的问题不能回避。当她提及西滩村在贫困户识别工作中出现错误时，台下议论开来，有的借机戏谑调侃，有的表示义愤填膺，有的顺便指桑骂槐，有的则一副事不关己、漠不关心的样子。议论的人时不时拿嘲讽的眼神去看陈仁宇，弄得他脸红一阵白一阵。

大家议论归议论，最关心的还是究竟哪些该评的没评出来，不该评的却报了上去。"昊老太爷，听说把你也整上去了？"有人问。"连我自己都不晓得呢！把我整上去的确不应该。"陈仁昊说。"你不晓得？不会哟！""我当真不晓得哦，我要是晓得，当时就会反对的。"陈仁昊拍着胸脯说。"陈传国，听说把你也整上去了？"有人转移对象。"才听说呢，我也很吃惊，我三辈人都没当过贫困户了。"陈传国说。"把你整上去还不好吗？你宇爷爷照顾你哟，当贫困户有搞头。"有人戏谑地说。"我们靠自己的劳力吃饭，不去贪那些，也从来没想过。"陈传国说。"这么说起来，有人在起打猫儿心肠，肯定是想暗中捞好处。""陈袭勇屋头的确该评上贫困户，奇怪的是名单里居然没有他。""勇老太爷，你晓得不，你为啥没搞成？"陈袭勇看了问话的人一眼，一个字没吐，只顾佝着背吸烟。

见下面人议论的话题已脱离了正轨，刘欣楠提醒大家认真听，今天的会很重要。但她的声音过于柔软，不但没镇住，反而激发了新一轮的议论。"我左看右看，这个妹子都不像个领导，横竖像个戏人儿。"有位妇女说。"她哪里像个戏人儿嘛?"另有人问。"看嘛，眉毛细如笔画，面皮儿白得像打了粉，腰杆儿细得来哟，一把都抓得到，要是在戏台上翻几个翻翻，那一定是轻飘飘的，很好看的。"妇女回答。"呵呵呵，你倒会想象。这年头的领导，不像那些年头，多是年纪大的，凶神恶煞的，现在好多都年纪轻轻，嫩得来呀，捏得出水……"

村镇干部重新入户调查，再汇总讨论研究，最终形成一份贫困户名单，在村委会公示栏里公示。得到消息后，大家都来看。大家看过都表示心服口服，陈袭勇、陈智清等人均在名单里。公示七天后，名单重新上报。随即，又有县上扶贫办的人随机打电话询问，被问到的人都说这次公道，没啥说的。

县上决定启动交通大会战。不仅崇岭县到白龙河镇的路要重修，白龙河镇一下子得了五条村道指标，从场镇到西滩村的路也在其中。西滩人盼望了多年的难题将得到彻底解决。

经县农业局推荐，王朝晖来到西滩村，整村流转土地发展产业。王朝晖透露，不出三年，崇岭县经白龙河到省外的高速公路就会动工，届时西滩村的区位优势会立即凸显。"所以西滩村的产业不能鼠目寸光，应该放眼未来，展望全国。这么大一块地方，足以干出点儿名堂，我打算请省农科院的专家来做规划。"

新来的第一书记朱雪松，西滩村小学空余的教室成了他临时的家。一张单人木板床，加一张学生课桌和一条板凳，墙角还有他那个既装衣服又装杂物的大木箱。白天，

91

朱雪松在村小食堂搭伙吃饭，晚上就只他一人独守"空庙"。

陈智峰时常来与朱雪松聊天，朱雪松也挺喜欢这个年轻人。"你可能好奇，我都五十六岁的人了，儿孙满堂，过两年就退休了，为什么还要来这么偏远的乡村当第一书记。"来过几次，两人就熟了，朱雪松主动对陈智峰说。"为什么？"陈智峰问。"没有为什么，就是想换一种活法。在农业局机关岗位上，我已经燃烧得差不多了，再待几年，也就是那么糊里糊涂地过，可下到村里来就不一样了，等于是让一支快要燃尽的蜡烛再蹦跶出几朵灿烂的火花。"朱雪松说。

陈智峰笑了笑，没有言语。"也许我对自己期望值过高了，也许根本就蹦不出啥火花，就那么默默无闻地过去了，但我认为值得，接下来的几年光阴，我十分期待！干了一辈子农业，走田间地头是家常便饭，我也挺喜欢，虽是老了，但这份情结仍然浓厚。"朱雪松说。

朱雪松身材高大，额头亮堂，话说到激动处，额头上会冒出盘曲的青筋。好几次，陈智峰看到他一边激情洋溢地说话，一边打开箱子寻找药瓶，找到后拧开瓶盖，倒出一粒药丸丢进口中，眼睛一闭便吞了下去。每逢这时，陈智峰便起身要走，嘱咐朱雪松早点儿休息，可老朱总会一把扯住他，示意他坐下来："没事儿，就是高血压而已。"

这段时间忙，陈智峰没写微博。但一忙完，他连写了几篇。他详细地写了王朝晖再次来到西滩村，让他重新看到了发展的希望，自己也打算重振旗鼓大干一场。他还写了通过深入群众，才了解到如今基层民众的真实心态，结合当前国家推行的扶贫政策，预感到这将会是十分艰难的一项事业，但又是正当其时、十分必要的一项伟大工程。

一些身居城市的网友觉得新鲜，表示要继续关注他的微博。"天边的云"也发表了看法，说她也出自农村，她为当前国家在农村开展的这项伟大工程感到骄傲，同时向基层一线的党员干部致以敬意。

5

过了腊月二十，陈仁兴家房梁上就吊满了腊肉、香肠，阳台上吹的是豆腐干、碱水馍馍、汤圆粉子等农村传承千百年的过年货。看着这些，陈仁兴心头既踏实又舒畅。

更让陈仁兴整日眉开眼笑的是，这个春节，大儿子一家都要回来。将近五年未见的孙女陈姝妍不知长成啥样了。扳起指头掐算，孙女应该十一岁，上小学六年级了。她有双水灵灵的大眼睛，两腮镶嵌着两个浅浅的酒窝，活脱脱是她奶奶的迷你版！

陈智俊一家三口是腊月二十五回来的。孙女跟陈仁兴睡梦中和想象中一模一样，倒是儿子儿媳大变样了。陈智俊不再是那样邋遢慵懒，而是穿戴整洁、精神振奋。张疏梅略显黝黑的皮肤居然白嫩了许多，涂了口红、修了指甲，至膝盖的高筒皮靴更凸显了她苗条的身材。

陈智峰以前从未仔细看过张疏梅，印象中她是个个子高挑，皮肤微黑，爱穿格子衬衣、蓝色直筒裤的乡村女子，一头乌黑的头发一年四季就是一根橡皮筋扎着，此外没有什么更起眼的打扮。然而，这次久别重逢，细看之下，陈智峰惊呆了。真是人靠衣装马靠鞍，沿海发达城市的烟火，竟将一个土里土气的乡下妹子熏染得如此美丽！张疏梅不仅外表更漂亮了，而且举止落落大方，颇有城市女性的风采。

她特意给陈智峰买了件衣服，陈智峰穿在身上心情特别愉快。他猛地一想，自己回来这么几年，竟然没买什么衣服——白龙河场镇上也挑不出啥衣服，平时换洗的几套，还是从省城带回来的。

村里外出务工的人陆陆续续回来过年，也有混得好的，开着外省牌照的车，但从白龙河场镇一进入西滩村，坑坑洼洼的道路便冲淡了他们回家的喜悦。

陈智健、罗红玉夫妇的车陷在村道旁的水沟里，无论怎样加油都起不来，一时急得六神无主。"这是什么鬼路！这么多年了，这路竟然还没修，这些当官儿的一天不干实事，都在搓球哇？"

陈智健扯起嗓子骂了起来。周围人过来看热闹，有人说："骂！给我嗨起骂！"陈智峰听说后，骑摩托车赶过来。"智健哥，骂什么呢？""我骂村里和乡里那些当官儿的，只晓得吃老百姓的，就不晓得给老百姓办实事！"陈智健气还没过，这样回答时，胸口还一起一伏的，口吐的白烟在寒冬的空气中袅袅飘散。"路翻年就修，你明年回来就可以把车开到你屋院坝头了！"陈智峰说。

陈仁昊听说儿子开车回来，洋盘兮兮地在骂人，立马赶过来。"你骂哪个？你才在外头待了几天就不得了了？挣了几个钱要不完？好多羊子吆不上山？"陈仁昊劈头就给儿子一阵骂。陈智健被父亲一顿痛批，脸红脖子粗，笑着对陈智峰说："我也是一时气来莽了，说话有点儿直，峰老弟莫见怪哈！"陈智峰摇摇头笑着说："哥混得好，给我们这条路出点儿力？""怎么个出力法？"陈智健问。"上面的项目资金不够，我们要把路修好还得大家集一些资。"陈智峰说。"好说，只要修路就好说，家乡建设有我的份！"陈智健一拍胸口，接着说，"兄弟，找两个人帮我把车推一下？"陈智峰说："这不成问题。"陈智峰环顾周围看热闹的人，正要点兵点将时，突然一个壮汉从人群里站出来："不需要其他人，我一个人就得行！"那人穿着一件旧棉袄，把袖子一撸，两手把住车屁股。

陈智健加了一脚油，喊了声走起，车轻轻松松地就从沟里起来了。陈智健从兜里掏出一包中华烟塞给那人："谢谢你，大哥！"话音刚落，陈仁昊扬起手就要给耳巴子："啥子，大哥？他是你仁刚叔！你勇爷爷家的仁刚叔，认不到了嗦！"陈智健取下墨镜细看，哎呀一声，双手抱拳说道："对不起了，仁刚叔，可你咋这副模样呀？"陈仁刚傻乎乎地笑着，没多说什么，双手揣在棉衣袖子里，讪讪地离开了。

陈智健摆了摆脑袋，叫陈仁昊上车，点火加油，车又一颠一簸地慢慢前行了。

这个春节村里热闹了许多，年三十晚上烟花彻夜燃放，把天空映照得五彩缤纷。白天里，走亲串门儿的也多了起来，孩子们好不容易盼到这个能与父母团聚的时刻，牵胳膊抱腿儿地黏着父母跑东跑西，或是扭住他们到白龙河街上去赶耍场。

场镇上摆摊设点，卖甘蔗、水果的，卖衣服、玩具的，卖醪糟、汤圆儿的煞是热闹。陈智峰领着侄女陈姝妍也来到白龙河街上。当他们走过镇政府时，陈智峰想起了刘欣楠。她现在在做什么呢？哦，放假了，应该在家陪父母吧，或者是……正在相亲？陈智峰心里一阵纠结，于是想给她打个电话，可刚拿出手机又犹豫了：凭什么给她打电话呢？是一般的祝福问候吗？显然他还想说些别的，可说什么呢？说感谢她在他事业受挫之时一直安慰他、鼓励他，还是说她是一位没有架子且能干务实的好领导这样的恭维话？甚至像别人那样说希望她带领白龙河全体干部奋勇向前开创新局面这样的套话？显然，这些话他说不出口。他一想起就浑身起鸡皮疙瘩，更不用说拿嘴巴说了。

陈智峰莫名地傻笑起来，侄女陈姝妍问他："幺爸，你笑啥子？"他猛地一惊，尴尬地掩饰："没笑啥，我看今天街上人很多，很喜庆，不觉就一个人笑了……"

正月初六，村里首次搞团拜会。陈智峰当记者的时候在省城周边的农村参加过，这是村上为凝聚人心，吸引在外打拼的人员回乡创业的好办法。因此，在他的建议下，西滩村决定每年搞一次。首先把全村老人请到场，然后是所有回家过年的在外务工人员。议程嘛，村主任先汇报一年的工作，然后村支书发表新年祝词和鼓励回乡创业的动员演说。

会议当然还是在小学操场举行。一大早，陈智峰就把村里的妇女通知过来布置会场。这个时节，各家该团年的都团了，该走的亲戚也都走了，正是闲不闲忙不忙的时候，大家都乐意来帮忙。张旺霞第一个赶来，仿佛她理所当然是引领百鸟的凤凰，其他妇女也都陆陆续续来了，其中似乎存在摸不透、道不明的默契。

不一会儿，原本简陋不堪的村小一下子漂亮了，每一道门上都贴了春联，操场上空用绳子牵出"米"字形框架，上面缠满用彩纸剪成的灯笼和花朵，仿佛田野里蓬头垢面的村姑换上一身出彩的嫁衣，顷刻便光彩夺目，让人眼前一亮。到现场的人无不惊叹赞许,对村委会搞的这个活动竖起大拇指。十余张圆桌边很快就坐满了人。大家对陈智峰的工作报告和陈仁宇的激情演说没有多大兴趣,而是趁此机会相互说些拜年祝福的话语。尽管这些话十有八九是虚情假意,但大家还是那么一本正经,好像过了这个时节就没机会说了一样。因为这些年大家串门少了,年三十都躲在自己屋里,从初一起就走亲戚,而邻居和本村本乡的熟人朋友,就顾不上了。但这丝毫没影响陈仁宇,他的情绪很好。"……村民朋友们,常言说'狗不嫌家贫,儿不嫌母丑',我们西滩,目前虽然是贫困村,但我相信,只要大家齐心协力、同舟共济,一起来建设西滩、发展西滩,那么,西滩村一定会迎来一个快速发展的时期!因此,我真诚地倡议,西滩所有在外创业、工作的人,有钱的回乡投资,没钱的返乡出力,让我们共同奋斗三五年,把西滩的贫困帽子给甩掉!大家有没有这个信心?……有没有?!……"

下面的人哈哈哈笑起来,稀稀拉拉地回应着:"有!"

陈仁宇继续着他的演说。他举起麦克风演讲的时候,嗓音始终洪亮,显然他已走出了前些日子的政治低谷,整个西滩村又回到了他的"掌控"之中,短暂的失意并没有影响到他的前程,至少目前他还稳稳当当地坐在村支书的位置上。

张旺芸因来西滩村走亲戚,也跟着来参加团拜会。她与张旺霞一家、陈仁昊、陈智健、陈智峰、陈智俊等人坐一桌。张旺芸快大学毕业了,几年里越发出色。陈智峰偷偷拿眼看她,见她发如黑云,面如出水芙蓉,眼睛清澈明亮,泛着让人头晕目眩的光芒。张旺芸主动跟陈智峰打招呼,问他这一季准备种啥?陈智峰一阵脸热心跳,同时颇觉怪异。一个潜心读书的大学生，怎么开口就问起种什么来？好像她也是个长期种地的高手似的。张旺芸见陈智峰愣着不答，笑着说，我听霞姐说你种莲藕亏了，现在还不晓得再种啥，所以就问了。陈智峰恍悟地点点头，说："还是继续种莲藕，哪里跌倒哪里爬起来。"

陈智健仍戴着一副墨镜，头发梳得光光的，一坐下就主动跟同桌的人打招呼握手，兜里的中华烟一支接一支地散，不一会儿就拆了几包。大伙儿笑眯眯地吸着他的烟，都说着让他高兴的奉承话，无不是侄儿子能干、兄弟伙好样的之类的话。桌上最活跃的当属张旺芸，她和陈智健一个是象牙塔内的天之骄子，一个是走南闯北的抛皮哥儿；一个是对未来无限憧憬，对时局夸赞之声溢于言表的青年才俊，一个是天上晓得一半、地上晓得全，满嘴跑火车的主儿；一个有的是知识，只待天时地利人和便可大显身手，一个有的是钞票，恨不得把地球承包下来，每个角落都倒腾一番。

陈仁昊听得厌烦，时不时冒上一句："你又要不完了？又有好多羊子吆不上山了？"张旺芸则咻咻一笑说："仁昊哥，年轻人有理想总是好的，没有敢想，哪儿来敢干？""就是嘛！"陈智健算是抓到了靠头，"芸姨说得对，你们老古董，落伍了哈！"听到这儿，陈智峰感觉不自在，一个临近四十的人喊一个二十来岁的姑娘为姨，一个黄毛丫头称一个七老八十的人为哥，多奇怪啊！可他们呼来唤去却那么顺畅自然。

"智健今后有什么打算？"张旺芸问。"今年回来就不走了，我发现我是那么深深地热爱我的家乡！你看这山、这水、这土地和人民，多么让人流连忘返啊……"陈智健像一个诗人，抒起情来。张旺芸咯咯咯直笑："西滩村没有山哈，只有我们东山村才有山！你如果爱山，怎么不到我们东山村去发展？把你的真金白银投到东山，一定会有意想不到的收获和回报。""你还别说，我正有这个打算！原本想在我们西滩流转他千儿八百亩地，当个地主老财，可回来才晓得，人家占先了！我还是战略上失误，比人家晚了一步啊！"陈智健说。"东山等着你呢！你如果真有诚意，我回去跟旺柏哥说。另外，给你透露个信息，我大学毕业后，也有回乡发展的打算呢。"张旺芸说完，向陈智健点了点头。"好！你如果真要回来干，跟我联手。"陈智健端起茶杯与张旺芸碰了一下，两人呷了一口茶，算是达成"协议"。

"陈智光，咋不把你城里的婆娘也带来？"有人问，随即一阵嘻嘻哈哈地笑。陈智峰转过头，见邻桌坐着的陈智光正跟其他人在一起开着玩笑。

这个陈智光，就是陈仁高屋头老二，前几年在外面打工，回来带了个据说是贵州某县城的姑娘，给陈仁高两口子省了不少托媒说亲、置办彩礼以及迎娶办酒席等开销。两口子心里高兴是高兴，只是姑娘模样儿次了些，可想到她城里人的身份，便也勉强接受了。

陈智峰听说，陈智光在外面挣了些钱，也舍得给老婆花钱打扮，可那女人打扮起来就上了瘾，平常大小活路不做不说，就是卧在屋头都要一天打三道粉、换几次衣，家里的钱越来越吃紧。陈仁高两口子只轻言细语地说了几句，她就跳起脚脚地骂人，连陈仁高两口子这样难缠的人都不是她的对手，经常被怄得长吁短叹。

陈仁高多次打电话喊儿子回来，好好治理治理自己的婆娘。陈智光也很头痛，回来是想回来，可回来又干啥呢？于是只有好言劝父母多多担待、忍耐。可没过几天，陈仁高又打电话，警告说："如果你不回来，哪天妈老汉儿死了烂在屋头都莫哪个晓得。"这把陈智光吓坏了，也就下定了决心春节回家，一是缓和下家庭气氛，二是思考下来年在家干点儿啥。回来后，他到村委会向陈智峰咨询过一些事情。

陈智峰端着酒杯凑到陈智光这一桌，先是给大家敬了一杯酒，然后跟陈智光聊了起来。

"想好了没，准备干些啥？"陈智峰问。"这么多年一直在外面，对农村的事反而陌生了，也不晓得干啥。"陈智光答。"弄一点儿地，搞点儿种植和养殖业吧。"陈智峰说。"具体呢？种啥？养啥？"陈智光问。"保险起见，跟着大业主的步骤走，种粮或种莲藕，加水产养殖。"陈智峰说。"其他人我不信，我就跟着你的步子走。"陈智光说。陈智峰感激地报之一笑："谢谢你的信任！这条道路，我虽然有过失败，但事后我通过认真学习，也算是摸出了其中的门道，我相信不会再失败了，我甚至已经看到了成功的希望。"陈智光也笑了，久久萦绕在心头的愁云似乎一下被前面的阳光冲散了。

6

年后，西滩村召开群众大会，说流转土地给王朝晖的事。大家只愿把地流转给村，再由村流转给王朝晖。村上还成立专业合作社，以新成立的崇岭县溯源生态农业科技有限公司为龙头，陈智峰、陈传国等几个家庭农场加入进来，全村产业由公司统一规划管理。

根据省农科院专家现场调研和科学论证，全村三千余亩土地，在核心地带种植一千亩莲藕，其中四百亩以观赏荷花、采集莲子为主，另六百亩以产食用莲藕为主。剩余土地种植油菜和水稻，同时在池塘和稻田套养鱼虾。陈智光跟着陈智峰学，也在村上流转了二百亩地，准备种莲藕，期望莲子和池塘水产养殖挣钱。

土地真正又一次全面集中经营了！大伙儿满怀新奇和期待。王朝晖调来十余台大型旋耕机，浩浩荡荡地驰骋在坝子上，如同一支机械化部队。那些纵横交错的田埂，一夜之间被铲平荡尽，取而代之的是约三米宽的整齐划一的田间耕作道以及由耕作道割裂出的一块块四方形的田地。这场景，村民早在上次的高标准农田和小农水项目实施时看到过，只是这次的规模更大，对人心的冲击程度也更深。

西滩村的土地完全变了样。从土地中释放出来的农民成了旁观者，几乎所有的村民都出来了，他们饶有兴趣地或远观，或近望，对那些庞然大物毫无顾忌地摧毁他们亲手垒砌的田边地界，有人深感痛心和忧虑。

"就这么推了，哪还晓得哪儿是哪个屋头的呢？"这仍是大家饱含疑虑的问题。"怕啥？我们手头有本本，本本上有数据，反正认个数就行了，管哪块儿是哪个的。"有人说。"搞几年公司垮了呢？土地还得归到我们手里，那又咋个区分哪里是哪个的呢？"有人担心地说。"人家那么有实力，咋个会搞不起来呢？"有人安慰说。"不一定哦，未来的事哪个说得清楚？再兴盛的王朝都有垮台灭亡的那一天。"仍有人不放心地说。"合同已经签了，早先在干啥？

说这些都晚了，只有烧高香祝愿这个公司越来越兴旺。"有人抱怨说。"几爷子咸吃萝卜淡操心，我就不信。退一万步说，公司垮了或者老板跑了，他能把土地也背起跑吗？只要土地还在，不就是重新分一下嘛，有啥焦人的？"有胆大的人说。"倒也是哈！就算出了问题，反正我们只找村上，村上跟政府挂起钩的，实在不行我们就找政府，共产党的政府，不可能不管老百姓死活的！"有人附和。"对！共产党代表人民的利益，怕啥子？"觉得有点儿道理，更多的人附和。最终，大伙儿消减心中疑虑还是依靠对党的信任。也正因为如此，在正式签订土地流转合同的时候，精明而又保守的村民一再坚持只跟村上签。因为在乡下，村干部、镇干部就是党的化身。一个外来投资者，能代表什么？只能代表他自己的切身利益，这一点谁都明白。

转眼油菜花开了，一个卷头发、络腮胡的摄影师嗡嗡嗡地往天上放了几只"机器鸟"。西滩村人无不仰头看稀奇。"机器鸟"飞了大半天，拍了很多照片回来，其中一张最特别：白龙河翻腾着白色浪花围绕西滩坝子，坝子上黄灿灿的油菜花滚满每一个角落，正中间的莲藕基地尚未出苗，像是故意留出来的黑褐色空洞，整个画面好似一个巨大的金镶玉圆环。

照片在网上迅速走红，吸引了十里八乡的人，一些乡镇及机关组织人前来参观考察。

看到这一望无垠的油菜花，没有不高呼惊叹的，一个个放下机关干部的架子，纷纷揭下脸上无形的面罩，结伴留影、奔跑放歌、牵枝嗅吻……

刘欣楠以主人的身份陪同考察团，不像别人那样随性放纵，但紧随她身边的陈智峰明显感受到了她强压于胸中的激动与狂热。如果不是受限于这有形无形的"外壳"，她一定也会像只快乐的蜻蜓，轻盈飞舞在芬芳馥郁的油菜花间，贪婪地吮吸空气中香甜的分子。

"我们该举办一届油菜花节！"刘欣楠兴奋地说。王朝晖点头赞同："明年起，年年举办一届油菜花节和荷花节，今年荷花开放的时候，我们开始举办首届荷花节。""好啊！太好了！"刘欣楠说着，仿佛眼前已是荷花遍地。

陈智峰在王朝晖资金、技术的扶持下，重新经营起荷塘。这次，他没有种食用藕，而是种高产莲子的品种，分红白两种颜色。塘中套养鱼，如果不出意外，一亩莲子产值可达到五六千元，鱼每亩还可增加产值五六千元，产品有公司收购，利润有保障。

为了能让大家在荷花节观赏到最美的荷花，陈智峰除了村上的公事，一心倾注在他那两百亩荷塘上。现在他不担心莲藕开花了，而是盼望着满池芬芳，最好是每一片宽大的绿叶都能衬托一枝娇艳欲滴的花朵，但那是不可能的，从技术上来讲，三叶一花便是理想。

陈智峰牢记公司技术员传授的技术，每月杀一次虫，绝不让一片叶子残缺不全。荷花含苞的时候，他追了一次肥，以保证开的花个头儿大、颜色鲜，到时候莲子产量也高。

进入6月，荷塘里便零星有尖尖的花骨朵探出头来，随即，红的、白的，更多花骨朵禁不住诱惑冒了出来，一朵、两朵、三朵……朵朵竞放。每一天早上人们起来都会有新的发现。不到半个月时间，绵绵荷塘便似蓬莱仙境，清风过处，绿波荡漾，荷花翩翩起舞，尽显妖娆，既如天女散花，又似瑶池盛会。要是经历一场不大不小的雨，那荷花的姿态就更加妩媚了，只见珠玉滚动，更显荷花出淤泥而不染，濯清涟而不妖。

为了这西滩村历史上的首届荷花节，陈智峰同王朝晖几番商议，最后央请刘欣楠去请县里的领导。县里分管农业和旅游的领导都表示大力支持。

因县城到白龙河的路正在改修，只能单边放行，为不影响开幕式按时启动，县上的重要客人头天便来到白龙河镇，晚上住在镇上旅馆，第二天早饭后慢悠悠地开车来到西滩村。千百年来，西滩村都是人迹罕至的边远贫穷地方，三辈人没见过县官是再平常不过了。听说荷花节县里的大领导要来，村里的男女老幼都觉得新鲜和荣幸。

一大早，各村民小组便按事先安排的位置组织村民入场。会场设在一块叫月亮坝的空地上。油菜收割后，其他田地都关起水栽了秧，这块地专门留出来做荷花节临时会场。据村里的规划，这里将是新村聚居点和文化广场。

这等热闹场面，陈仁毅是不会错过的——一下子会集了全村的姑娘、媳妇儿，还有外面请来的演员、县里来的领导，定会有出类拔萃的风韵人物，可大饱眼福。

陈仁毅嘴里叼着香烟，摇摇摆摆地走进会场。他的出现，好比鸡圈里钻进了只黄鼠狼，老鹰杀进了天鹅湖。"我刚才到后台看了一眼，有几个女的长得好体面哟！"陈仁毅对旁边几个妇女说。"你想咋个嘛？"有人问他。"有机会的话，老子想一个二个都抱一下。"陈仁毅说。妇女们都直瘪嘴："你个土鳖也只是在屋头说浑话，有本事今天去抱一个我们看看！""输啥子？"陈仁毅来劲儿了，歪起脑袋要跟几个妇女打赌。"你要是有这个胆子，老子把裤儿脱了给你穿！"一个妇女说道。"是不是？"陈仁毅见说话的是三组的刘碧红，兴趣陡然升高，"刘婆娘，说话算话哈！你们听到的哈！"周围的妇女一齐笑了："听到的！"陈仁毅扭头便走了，径直跑到荷塘边，伸手折了枝开得又红又艳的荷花，立马跑了回来。"你那是啥意思？"妇女们问。"等那个最体面的出来，我晓得她要唱歌，刚才听她练嗓子，等她唱歌的时候，我就上去献花，顺便抱她一抱。"陈仁毅说完，妇女们又直瘪嘴。"对嘛，我们等着看好戏。"刘碧红笑着说。这刘碧红，男人长期在外打工，她留在家里伺候公婆、带孩子，大儿子已在县城读高中了，长期住校；小女儿在白龙河镇念初中，一个星期才回来一次。因此村里有些风言风语在传，陈仁毅早就有所耳闻。

终于等到那个唱歌的上台了，主持人介绍称这位重量级歌手是从市里一个歌舞团请来的，还拿过什么奖。为营造气氛，主持人带动台下观众鼓了很久的掌。随后，一个体态丰腴、穿红着绿的女人一步三摇地走上台来，她唱的是《荷塘月色》。第一段快唱完的时候，妇女们便怂恿陈仁毅："快点去哟，莫当缩头乌龟呢！"陈仁毅整了整衣服，说："孙子才当缩头乌龟呢，看我的！"说完就大步走向舞台。

当坐在前排、认识陈仁毅的村镇领导看到他时，想阻止为时已晚。刘欣楠顿时吓得面色苍白，陈仁宇惊得目瞪口呆，陈智峰也不知如何是好，只好提心吊胆地盯着台上。县里来的领导不知内情，看到一个穿着还算体面的农民拿着一枝荷花上去了，都兴致盎然、笑容可掬地看。

女歌手注意到有人献花，十分配合地侧身笑脸相对。陈仁毅走上前，双脚并拢，双手捧着那枝荷花朝歌手一鞠躬，然后很有礼貌地献上。女歌手微微一屈身，接过花，即兴发表了几句感叹："我接受过玫瑰，接受过水仙，还接受过康乃馨，就是没接受过荷花！有人给我献荷花，还真是第一次，好感动！"陈仁毅趁势从女歌手手里接过话筒，说："这是特别的爱送给特别的你！"一下子，全场狂笑起来，女歌手也大方地笑着说："真是太谢谢你了，谢谢你特别的爱！你会唱歌吗？""我不会，真遗憾，但我想提一个小小的要求，可以吗？"陈仁毅望着女歌手。"什么要求你尽管提！为了你特别的爱，我豁出去了！"女歌手一副豪迈的样子。场下又是一阵起哄，有人在下面喊："抱一个！亲一个！"女歌手故作吃惊："要抱一个？还要亲一个？人家还没被人抱过亲过呢！"

就这样插科打诨地互动一阵后，女歌手装作委屈的样子说："好吧，我就让你抱抱吧！"就主动伸开双臂。陈仁毅一把抱住女歌手，胸膛紧紧地贴住她的奶子，女歌手发觉不对，伸手推了推，但被抱得紧，推不开。过了几秒，女歌手拍拍陈仁毅的后背，自我解嘲："这位大哥太热情了，抱得那个紧呀！嗨嗨嗨，可以了哈，大哥，你打算抱到过年啊？"

随着台下一阵又一阵的哄笑，陈仁毅松开了双手，乐得癫癫地往舞台下跑。

荷花节的成功举办，让西滩村声名鹊起。刘欣楠说完全可以把荷花节打造成西滩村的一张文化名片。最高兴的是西滩村村民，荷花节不仅可以让他们近距离看到领导，还可以免费看些热闹，甚至还可以卖些鸡呀鸭呀青菜萝卜土豆片儿呀，一举多得。

7

奇怪的是，荷花节万人空巷，村里老少爷们儿应该都出动了，可无人看到陈智林和李淑华两口子。经找寻，学校没有他们的身影，村里也不见他们的踪迹。就连陈智蓉也不知情。陈智蓉打哥哥的电话一直关机，嫂子也不接电话，既感到奇怪，又十分担心。

马上就期末考试了，孩子们的功课一天都不能耽误，陈智蓉顾不得多想，自觉承担起学校全部的教学任务，她还得给孩子们热中午饭。陈智蓉心想，说不准哪天哥嫂突然又冒了出来。可一个星期过去了，哥嫂还是杳无音信。把孩子们送到白龙河镇中心小学参加期末统一考试后，陈智蓉要去报警时，接到了哥哥发来的微信。

哥哥说他独自离开了，叫妹妹不要担心，也不要追问他的行踪，他不会想不开，只是想抛下过往一切痛苦和烦恼，去一个陌生的环境追寻一份自由和开心。陈智林只字没提妻子李淑华，这到底是为什么呢？满腹狐疑的陈智蓉给嫂子拨打了电话。电话通了，李淑华说她送走了陈智林，正在回白龙河的路上。

陈智蓉陡然生出惊慌和恐惧：他们之间到底发生了什么？她焦急地在学校等待李淑华。她不住地在操场上来回踱步，并时不时走出校门张望。

天快黑的时候，李淑华一脸倦容地回来了。走进那间夫妻共同生活了十余年的小房间，她一头栽倒在被子上就哭了，哭得肩背一耸一耸地，还不断地用手捶打床铺。陈智蓉一时间乱了方寸，不知怎样安慰嫂子，毕竟她还不清楚嫂子为什么哭。

"嫂子，你先别只是哭啊，我哥到底去哪儿了？"陈智蓉摇了摇李淑华。李淑华慢慢地从床上把身子坐直："我送他走时，只晓得他买的是到广州的长途汽车票，究竟要去哪里我也不知道，问他他只说不要管他，他到广州后或许还会到处跑。""那他出去干什么呢？打工？他不是说过不再出去了吗？"陈智蓉说。"今年又没考上编制，这次对他打击很大，花了那么多时间，费了那么多功夫，还是差几分。"李淑华泪眼婆娑地看着陈智蓉，"他说要出去寻找机遇，证明自己的聪明才智。"

陈智蓉顿感胸口一阵绞痛。儿时的记忆中，哥哥是个既阳光又帅气的小伙儿，对她这个妹妹百般呵护，每次走人户回来，没拢屋就大声叫喊："妹妹——快看哥哥给你带啥好吃的回来了？"陈智蓉总是箭一样冲出去，哪怕当时正在母亲的怀抱里。长大后，无论是外出打工还是结婚生孩子，哥哥的每一封信或者每一通电话、每一条短信都充满温情，使她感到无比幸福。她觉得，今生今世，除了哥哥，其他一切都不重要。后来人生遭遇不幸，她第一个念头就是立刻回到哥哥身边。哥哥没有半点怨言和责骂，主动把父母留下来的房子让给她住，而他们两口子搬进了村小那间狭小的屋子。

想到这里，陈智蓉眼泪扑簌簌往下落，本来对李淑华还有点怨恨，一下子也消失了。"哥哥这个样子，你怎么放心让他一个人走呢？你为什么不跟着他去呢？"陈智蓉说。"我要跟他去，他不让；而且……你还不晓得，我们……都已经离婚了。"李淑华的话让陈智蓉目瞪口呆。"什么？你们离了！啥时候？"李淑华回答说："就在他走

的前几天。""你们为什么要离的呢?"陈智蓉万分不解,
"是因为一直没有孩子?"李淑华瞟了一眼陈智蓉,目光连
忙躲闪开来:"不是的,是因为……"陈智蓉等她说下去,
而李淑华把后半截话咽进了肚子。"嫂子,是你提出的离
婚吧?"陈智蓉认为她已经弄明白了,语气变得很硬,"是
你嫌弃哥哥考不起编制,身体不好了,精神也不好了,所
以主动要甩脱他,是不是?"李淑华没有抬头看陈智蓉,又
小声抽泣起来。这更坚定了陈智蓉的判断。她冷笑一声,
从凳子上站起来:"没想到啊,你原来是这么个忘恩负义
的人!"

陈智蓉拿出手机不停地给哥哥拨电话,可哥哥一直不
接。稍后,哥哥又给她发来一条微信:妹妹,不要为难你
嫂子,是我提出的离婚,一切都是我不好,是我耽误了你
嫂子的青春,无论发生什么事情,你都不要责怪甚至怨恨
她,她跟我煎熬那么多年也不容易,凡事宽容一些,你就
会坦然许多。

过了一会儿,陈智林又发来一条微信:哥哥要特别提
醒你的是,不要替我担心,我不会有事的。我走出来,心
里一下子畅快了许多,相信我在外面能寻找到真正属于我
的幸福。

陈智蓉快要崩溃了。哥哥越是让她不要担心,她就越
是担心;哥哥越是叫她不要怨恨李淑华,她就越是把李淑
华想象成一个卑鄙自私的人!因为哥哥在她心中的位置高
于一切,凡是对哥哥不好、背叛哥哥的,都是她的敌人。

仅是经历一个暑假,陈智蓉就发现李淑华胖了些,尤
其是肚子,圆圆的,还有点鼓。面对陈智蓉好奇的眼神,
李淑华总是显得不自在,有时候脸一红,便钻到屋里去了。

陈智蓉越发感觉不对劲，便追进屋里要问个明白。"嫂子，你本来是不容易发胖的，怎么肚子一下子圆鼓鼓的，是不是怀娃娃了？"陈智蓉目不转睛地盯着李淑华。李淑华开始还极力掩饰："瞎说啥？跟你哥这么多年了都没怀起，怎么你哥一走反而怀起了？你把我看成什么人了！"后来李淑华没稳住，几次当着陈智蓉的面呕吐，眼看这层纸被捅破了，李淑华只好说了实话，她的确是怀上了，但孩子不是陈智林的。

　　这简直是晴天霹雳！陈智蓉无法相信自己的耳朵，一向温顺贤淑的嫂子怎么就变成了背叛哥哥的"偷人婆"了呢？孩子是谁的已经不重要，哥哥与嫂子之间的裂痕永远都不可能有修复的那一天了，这一点，陈智蓉坚信不疑。

　　平时极少有人关注的西滩村小学，一下成了重磅新闻的发源地。民办教师陈智林的突然出走和他妻子李淑华的莫名怀孕，让这个偏远的村落炸了锅。村镇领导多次来询问详情，个别村民别有用心地刨根问底，亲朋好友怪谲的关心安慰让李淑华和陈智蓉不堪其扰。

　　村民之间谈论的核心是李淑华肚子里的娃儿到底是哪个的，谈笑之间，矛头指向了陈仁毅，因为诸多迹象表明，他嫌疑最大。在村民眼里，一则陈仁毅是个典型的流氓无赖，调戏、欺辱妇女是家常便饭；二则只有他隔三岔五到村小去晃悠，名义上是去蹭饭，其真实想法，难道不是在打李淑华的主意？故而，陈仁毅走到哪里都会被人调侃："你今天又准备祸害哪个侄儿媳妇？"而陈仁毅听了后，赌咒发誓地辩解："哪个做了那个事嘛，死绝他屋头先人！"人家就会跟着说："你屋头先人是死绝了的嚛，赌这种咒有个屁用！"然后陈仁毅又会重新拍胸脯说："哪个做了那个事，他屋要死儿绝女！他个人逢路被车撞，遇水遭水淹！"于是，大家不得不信。可问题是，不是你陈仁毅干的，那还有谁呢？哪个会这么坏呢？

"你们就只晓得我陈仁毅坏，就没注意还有人比我更坏？"陈仁毅极力想把舆论引开。"还有哪个？"人们好奇地问。"我不敢肯定，总之你们慢慢看好戏，娃儿生下来总有人来认。"陈仁毅说。人们对他的话有点儿失望："哪个不晓得这个道理，你就说你最怀疑的人是哪个。"陈仁毅嘿嘿一笑："哪个平时挨得最近？""哪个？"有人思来想去，"总不可能是县上来的那个第一书记噻！"陈仁毅说："有啥不可能，城里人个个都是一肚子坏水！""莫乱扣屎盆子，朱书记都五十多岁了，做事情稳扎得很，说别个我信，说他我不信！""那除了他还有哪个？不是他就是陈仁宇，或者陈智峰。"陈仁毅说。"你又在打胡乱说，陈仁宇堂堂一个村支书，得做那种事？陈智峰一个没结过婚的童子娃儿，再说陈仁兴屋头人的品行我们是晓得的，不得干那等猪狗不如的事。"有人反对说。

眼看李淑华的肚子一天天大了起来，娃儿是谁的仍是个谜。

为躲避闲言碎语，李淑华几乎足不出小学大门，每天照常给孩子们热中午饭，煮菜汤，同时给陈智蓉煮饭。刚开始，陈智蓉哪怕饭馊起了都不吃，偏要下了课自己生火做，但好几次因做饭耽误了下午的课，后来见李淑华依旧每天给她做，也就默然接受了。两人时常一言不发地各吃各的饭。陈智蓉在嚼饭粒的时候也在反思：事已至此了，何必还要相互记仇呢？不，是她单方面对李淑华记仇。这样不仅毫无益处，反而让李淑华认为她是小肚鸡肠的人。

也是哥哥的命不好，偏偏遇到了这等事，很难分出个谁对谁错。渐渐地，两人有了些简单的言语；再后来，她们能相视一笑了。"说老实话嘛，你究竟是跟哪个好上了？"与李淑华关系缓和后，陈智蓉这样问。"没有哪个，娃儿生下来我自己养。"李淑华淡然地说。

从白龙河镇到西滩村的公路要从村小过，村上组织劳力培整路基，虽然是不给钱的义务劳动，但大家想到路修好后，一年四季去白龙河赶场就不用走烂路了；要是坐摩托车或三轮车一溜烟就到了；要是买个小车，从家门口到场镇上是分分钟的事，因此都积极出力。

陈仁刚没得说，每天起早摸黑，抬石头、背土巴、滚碾子这些重活儿抢着干。李淑华干不了重活，给大家烧开水，每天早上把几只温水瓶提到工地上，估摸大家喝完了又提来几瓶。

大家喜欢陈仁刚，也爱跟他开玩笑："刚莽子，李淑华肚子里的娃儿是不是你的？"李淑华听到这话羞得耳朵都红了，陈仁刚则嘿嘿一笑，不置可否。"嗨！硬是你的？"大家看陈仁刚只是笑，便进一步逗他。李淑华不想听转身就走了，陈仁刚看了眼李淑华的背影，笑得更憨厚了。大家挤眉弄眼："他两个不对头，莫非硬是刚莽子干的？不晓得刚莽子是真傻还是假傻？"陈仁刚有些不好意思："莫乱说哈！"嘴里反复只是这一句。

不过，大家也仅是开玩笑，要真是认定这事是陈仁刚干的，他们不相信，也难以接受。

李淑华生产那天突然发作，肚子痛得她在床上打滚。陈智蓉下课听到她呻吟忙跑进屋，问她痛了好久了，李淑华说已经一两个钟头了，觉得下面坠得厉害，浑身的汗水把衣服都打湿了。陈智蓉忙喊人将她送去医院。可村里到镇上的路还没完工，车无法通行，只有央请几个人抬滑竿。陈仁刚听到消息就跑来了，还需要一个人，没找到，朱雪松便自告奋勇。陈仁刚力气大，走前面把滑竿飞一样地往前扯，朱雪松跟着跑，累得上气不接下气。

来到镇卫生院，陈仁刚只出了点毛毛汗，而朱雪松的头发就像淋了雨一般。医生赶紧做手术，李淑华剖宫产下一个七斤半重的男孩。孩子出来后，陈仁刚第一个抢在手里抱，嘿嘿嘿地傻笑不停。傍晚时分，张族英做贼一样用手帕包着一只盛满鸡汤的铁碗溜进卫生院。看到房间里有很多人，她又折了回去，在楼梯拐角处藏着。李淑华从医院回来，是夜里悄悄行动的，陈仁刚一家径直把母子俩接到自己家。

村里人都很惊诧，以看孩子为名来到陈袭勇家，故意说些话想撬开这家人的嘴。若是看到张族英，便逗孩子："看，你婆婆来了。"若是看到陈仁刚抱孩子，便说："狗东西，跟你爸爸一模一样呢！你看，这眉毛儿，这嘴巴儿，这手脚大枝大条的，长大又是个壮汉子！"这些话多了，张族英便憋不住笑："你们莫乱嚼舌头哦，我们跟李淑华说好了的，她现在等于是个单身，我们认个干女，这娃儿嘛就等于是我们干孙子。""张大婶儿敢赌咒不，说这娃儿不是你儿子的种。"有人激张族英，她就不开腔了。别人便又试探起来："你儿子说起是个傻子，其实哪儿傻呢，人家会做的事他照样会做。婶儿呢，该不再抱怨你屋这一脉要绝后了呀，看这娃儿长得哟，你比哪个都有福气！"

张族英实在瞒不过，便承认了："你们这些短命的，非要把这张纸戳破啷个嘛！"

消息不胫而走。一段时间里，李淑华跟陈仁刚生娃娃的事传遍了整个白龙河镇。

8

张旺芸大学毕业回到了东山村，任村支部副书记。陈智健果然没再外出，到东山村流转了五百亩地和一千亩山林，办了个养殖场。西滩村呢，这一年则实现了满栽满插。

秋收临近，天还是有些热，但早晚已经凉爽下来，睡觉无须开风扇，凌晨时分还需盖一床薄被。应该说这是一年中极舒适的时节，完全不比百花齐放的春天差。难怪古人以春秋代替一年的光阴，说过了多少年则表达成经过了多少春秋。由此可见，古往今来的人遣词造句，是倾注了人的喜好情感的，中国字词里，满满地填充着中国人的性情和意趣。

你看，在这个季节里，天总是那么蓝，很少有黑云蔽日的时候，除非是午后突降阵雨前夕。云的变化也是丰富多彩的，这又让人想起"女人的心秋天的云"，早上朝霞将云彩映衬成橙黄，然后渐渐变成金黄，而且云层是一轮一轮的，鱼鳞般精致和美丽。到了太阳当空的正午，只要躲进一块树荫下，迎面的凉风便习习吹来，让人神清气爽。傍晚日头西坠，又是一片片闪烁着珠玉一般色彩的金黄，地上的房屋、田野、山川、树木都沐浴着清澈的金光。然而，最美的景致非西滩坝子莫属！除了中心位置那一片千亩荷塘，其余是一望无垠的稻田，饱满的稻穗垂挂梢头，重重叠叠地充盈着人们的视线。那黄色是让人心花怒放的，是让人心旌摇荡的；是一种让人想立刻大喊一声，引吭高歌的；是一种刺激你开怀畅饮，吟诗赋文的！

当然，西滩村人没有那么丰富的情感，他们心中只有一点：高兴而激动！很多年了，很多年没有这么壮丽的景观了！尤其是一些年轻小伙、姑娘，恐怕自出生以来都没见过这样的景观。因丰收而喜悦，因喜悦而激动，每一个村民脸上都是笑盈盈的。

跟当初整理土地一样，王朝晖同样调来了十余台机器——大型收割机，那喊喊喳喳的声音像是一首动人的乐章；那一台台跳跃驰骋的机器，就像是起舞在田垄上的音符。

村民穿上了公司统一制作的工作服，三五人围绕一台收割机，用蛇皮袋套住出料口，接满一袋赶忙系紧放到平板车上，又忙用另一只空袋套住接料口。村口早已停了一辆载重汽车，等待平板车将谷袋运来，装满后咻溜一声奔向远方了。据说那是拉到县城一处烘干车间去的。

两千亩稻田，不到两天就收割完了，无疑刷新了西滩村收割史上的纪录。

再次获得丰收，陈仁昊乐得跟什么似的。一下子这么多粮食，是过去他们家高峰时期收获的十倍之多！而且这些粮食是属于他们一家人，一家五口人的，人均一万多斤啊！以往五千多斤就够一家人吃两年，如今十倍之多岂不是够一家人吃二十年？而且年年都产这么多，咋个吃得完呢？想到这里，陈仁昊一个人嘿嘿地笑，笑过之后他感到脸庞发烫，又顿觉自己想得太幼稚了。他拿那么多地，产这么多粮食，难道是为了自己一家人填肚皮？显然不是。除了一家人的口粮，他必须把这些粮食卖出去。现在人的胃口都小了，五口之家一年最多吃两千斤，差不多只占一年产量的零头，得卖出去差不多五万斤！这五万斤能卖多少钱，好几万元吧？想到这里，他又笑了。去年，陈仁昊那五万斤粮食，本村就销掉一半。剩下的，他存放在家里，通过亲友一传十十传百，附近乡镇和村社的农民，没种粮食的纷纷上门来买，很快就卖光了。这大大刺激了陈仁昊的信心，逢人便笑呵呵地说："哪儿有卖不掉的粮食呢？"

另外，去年陈仁昊见陈智峰种莲藕亏得很惨，主动送了陈智峰一千斤谷子，说啥都不要钱。"你两爷子总要吃饭噻！"他说。今年又是一个丰收年，陈仁昊心里仍惦记着这事，假如陈智峰莲藕再亏本，他还是会再送一千斤谷子给他们。但眼下看来情况没那么糟糕了。

陈智峰听从王朝晖的建议，全部换种太空莲，有红白两个品种。这种莲种子在太空游走了一圈，基因发生了突变，抗性强，花多，蓬大，结实率高、颗粒大、品质优。荷花节上，他的荷塘万众瞩目就是个见证。同时，他在荷塘里放了十万尾福瑞鲤，这种鲤鱼适应性强、生长快、个头儿大，在市场上很受青睐。

陈智光年后没有外出，跟着陈智峰撑船种莲藕。陈智光完全照搬陈智峰的做法，简直是一比一地复制，二百亩荷塘，他倾注了全部积蓄，抱着赌一把的心态。陈智光算是赌对了。有陈智峰替他这样的新手试了错，他算是撞对了路子。稻谷丰收的时节也是莲蓬采收的时节，陈智光和陈智峰的荷塘莲蓬亩产值均达到了三千元。王朝晖开车到荷塘边现场收购，第二天就把钱打进了他们的账户。除了成本，陈智光一下子就赚了近二十万元！丰厚的收益也让陈智峰翻了身，收到钱后，他立马清偿了工人的工资，顿觉浑身上下轻松起来，体会到"无债一身轻"的滋味了。

全村的丰收，加上自己扭亏为盈，陈智峰抑制不住心头的喜悦，晚上照样写起微博，他要及时把自己的喜悦分享给其他网友。尤其是"天边的云"，陈智峰很想让他（她）也知道。这几年来，他写的几乎每一篇微博，"天边的云"都给予了关注，并及时地回复、评论。他（她）不只是一个忠实的"粉丝"，更是一个忠诚的朋友。陈智峰对"天边的云"越来越寄予感激和期盼，他有时候写微博，其动机就是想让他（她）看到，就是想看他（她）怎么评论。有时"天边的云"几天没音信，他甚至会觉得生活无趣，只要一有空闲，他就会打开微博看看，一旦等来"天边的云"的只言片语，他定会精神倍增，甚至欣喜若狂。

可这一篇微博很久都没见"天边的云"访问的足迹。足足一两个星期，"天边的云"才现身，这次现身，他（她）告诉了他很多信息。他（她）说他（她）是一个大学生，已经毕业回乡了，工作上很忙，因此没及时关注他的微博，很抱歉！"得知你的好消息，也替你感到高兴！希望你继续努力。"对于这样的语句，陈智峰是不满足的。他继续跟帖询问"天边的云"，我们能成为朋友吗？你能留个联系方式吗？还不知道你究竟是男是女呢……

但从此以后，"天边的云"真如天边的云，消失得无影无踪了。

秋收过后，村上正开着会，刘欣楠打电话叫陈仁宇到镇政府一趟，说是县上有人找。其他人十分惊诧，陈仁宇则脸色煞白，收拾桌上材料的手都抖个不停。得到消息后，张旺霞战战兢兢一天，陈仁宇电话又打不通，她急得团团转。跑到镇上问，才晓得去了县城。

第二天县纪委派人下来，把陈仁宇担任村支书这几年的账本全提走了。张旺霞四处托人找关系疏通，第一个想到的便是张族贵。张族贵同样被纪委叫去问了话，虽然最终回来了，但提及过往如惊弓之鸟，听到张旺霞来找便闭门不出。张旺霞又想到了以前的副镇长郭兴，一问才知道郭兴和以前的白龙河镇长都出了事，县纪委这次开展村镇干部廉政大巡察，很是捕捞到几条浅水层面的鱼虾。

霎时，张旺霞感觉天塌地陷，在屋里整整哭了三天。与她交好的几个妇女前来劝慰，见她眼睛变得红肿浑浊，人瘦了一圈，头发散乱，衣衫不整，家里难得一见地邋遢起来。"是福不是祸，是祸躲不过，焦急又起啥作用呢？既然事已出了，就只有一个字，等！万一查来查去没事呢？而你头不梳、饭不吃，把自己整垮了，划得着不呢？"来人劝她。听了旁人的劝，张旺霞猛然惊醒，于是慢慢地下了床。

过了几天，张旺霞仍没有陈仁宇的确切消息，心里的希望渐渐渺茫。

她想，如果陈仁宇真的犯了事要坐牢，她继续待在村里，平时恨不得吃他们肉啃他们骨头的人，不晓得会如何踏践她一个无依无靠的妇女，还不如一走了之。

正胡思乱想间，陈仁毅来了。"宇哥子犯的错误，弄进去还咬我们老太爷一口，纪委的人把老太爷也喊去问了话。老太爷当然没啥问题啦，问了些话就放出来了。这宇哥子怕是出不来了。唉！他出不来，你又咋个办呢？"陈仁毅说着，翻起眼皮瞅张旺霞。

张旺霞猛地一想：陈仁宇出事，莫不是这烂货告的密？

此前，他捏住陈仁宇的把柄，吃了些诈钱，后来被她发现，这个缺口堵住了，但这东西怕是不会善罢甘休！后来见陈仁宇渐渐在村里失势，他落井下石是很可能的。况且，这东西还一直对她心怀鬼胎！"你倒是高兴了哈！"见陈仁毅那副德行，张旺霞剜了他一眼，恨不得削他一块肉下来。"说啥呢？你们的事，还得找我帮忙。我哥在省上，打个电话给县里，不就啥事都没有了吗？"陈仁毅说。张旺霞立马伸直腰杆，目不转睛地看着陈仁毅，不说话。

张旺霞的心顿时咚咚咚地跳个不停，如果陈仁康真愿意帮忙，陈仁毅一个电话，确实能够起作用，县里领导给他面子，说不定把陈仁宇的问题说个"包包散"也是可能的。但问题是他陈仁毅为什么这么热心，愿意帮忙呢？而且偏偏是在这个时候。张旺霞审视着陈仁毅："无故献殷勤，非奸即盗。说，起啥打猫儿心肠？"陈仁毅哈哈大笑："只要嫂子看得起兄弟，满足我的心愿，我愿意到省城跑一趟。"

张旺霞其实明白了，但故意装糊涂："那我咋感谢你？"陈仁毅稍稍犹豫了下，说："只要嫂子……跟我……那个就行……"张旺霞哼了一声，操起扫帚就朝陈仁毅脸上、身上、腿上胡乱打。陈仁毅边退边说："我说真的，嫂子，宇哥子出不来，你一个人也不易，我……我是真心的……"

几个晚上，张旺霞都听到院门被人踢得当当响，她知道是陈仁毅在作怪，便不去理会。后来，外面的人竟往里丢石块，掉在院坝里砰砰响。张旺霞就打开窗户，扯起喉咙骂："哪个对老子有冤有仇？有就明刀来，深更半夜撞到鬼了！"

外面的人似乎在认真听，甚至还嘻嘻嘻地笑，过会儿便学起鬼叫，弄得张旺霞在房里毛骨悚然，忍不住又是一阵骂。除了骂就只有哭，哭着哭着天就亮了。

张旺霞找到村委会——而今陈智峰算是最大的领导了，只得向他诉苦。眼前这个女人，第一次以问题反映者的身份求助。曾经的她，风风光光，如今却被一个村痞逼得走投无路，把比芝麻还小的村官当成救命稻草，倒也可怜。听她所述，那"落井下石者"也十分可恶，纵然陈仁宇有千般罪过，家人也不该受这般糟践。陈智峰好言安慰张旺霞："我谅他不敢乱来，国家是有法律的，如果他胆敢触犯法律，不说他是省委一个小干部的兄弟，就算是省委领导的家属，也难逃法律制裁。""等他犯了法，法律是管得了他，可我如果遭他整了，就弥补不回来了。""你各自留心些，看见他躲远些，晚上一概不理会，他自觉没趣就不会再来骚扰了。"陈智峰心情十分复杂，对陈仁毅，他万般憎恶，尽管张旺霞在他心里已占不到多少空间，但听她所言，心里还是如同打翻了酱油铺，酸的、咸的、苦的、辣的，一齐涌了出来。

又过了几天，有人打电话说有村民要挖陈仁宇家鱼塘，还有人要砍他家果园里的果树。陈智峰立马带领村上其他干部赶到现场，分头去制止。

陈智峰刚到果园，正碰上陈仁毅扬起锄头要挖一株柑子树。张旺霞坐在他脚背上，双手紧紧箍着他的大腿，哇天哇地地哭。陈智峰大吼一声："给我住手！"陈仁毅和另外几个人停住了，吃惊地看着陈智峰，心想这个平时文文静静的村主任，今天咋这么威武，那一声吼简直使尽了吃奶的力气。"陈仁毅，你再胡来，我立马叫警察把你铐走!"陈智峰指着陈仁毅的鼻子大声说。"我们要拿回自己家的地,有啥问题?"陈仁毅见陈智峰怒目圆瞪,气焰消减了许多。"要改变租赁合同,你得跟人家商量,双方达成一致意见才行,哪有这样做的,单方面宣布收回土地,还强行挖了人家地上种的果树!"陈智峰说。"跟这个婆娘商量了,她不同意,但她不同意就不同意?地是我们的,我们要拿回来!""如果她不同意,你可以找村里或者镇上协调,为什么要擅自行动?这些果树人家辛辛苦苦培育了那么多年,是人家的合法财产,你破坏人家的合法财产,是可以办你的!"陈仁毅自觉理亏,耷拉着脑袋不说话了。"还不把挖了的树都给我栽回去,快点!否则我立马通知派出所拿人!"陈智峰又是一阵铿锵有力的吆喝,字字句句掷地有声。几个人被镇住了,乖乖地把树抬回窝子里。

回到村委会,陈智峰立马召集双方开协调会。共有七八户人家的土地在陈仁宇手里,有的长达八九年,仅近三年才签了正式合同,并支付了租金。因此,这些人户要求张旺霞一次性补足前几年的租金,无论怎么劝都不松口。

张旺霞当然不肯,说过去没给钱也没有哪户说过亏欠,且每年他们都作了相应回报,现在肉吞进肚子变成了屎,就翻脸不认账了,天下哪儿有这道理!扯来扯去,陈智峰叫来了王朝晖——张旺霞表示不想再碰这些地了,愿把果园和鱼塘转让给王朝晖的公司。王朝晖见只有几十亩,也不算多大的事情,就同意了。

组织上开除了陈仁宇的党籍,有关经济问题移交了司法机关,看来他得坐几年牢。

临近下午六点钟,陈智峰完成了一天的工作,从村委会办公室出来，准备回家。突然，一阵炮仗似的响雷在头顶炸开，似乎震得大地都颤抖不已。陈智峰抬头望天，团团乌云相互追撵碰撞，他意识到快要下暴雨了，不由撒开双腿就往家跑。可没跑两步，铜钱大的雨点儿便劈头盖脸地砸下来，若是再绕开张旺霞的家，肯定回去就成了落汤鸡。为了节省几步路，他只好走原来的老路。本来张旺霞的院门是关着的，可碰巧陈智峰走到那里时，院门开了。张旺霞看见他扯起衣服搭在头上，颈背上已是小河流淌，一把将他拉进了院子。

"我还是回去，反正衣服都打湿了。"陈智峰说。"你回去还有那么几脚杆路，这么大的雨淋起，不生病才怪！"张旺霞不放手，像拉小孩一样，径直把陈智峰拉进了屋，"赶快把衣服脱了，换一身干衣服。"陈智峰愣着不动。"光站起做啥，快脱衣服！"张旺霞催促说。陈智峰不好意思地低头说："算了，等会儿雨停了我就回去。"张旺霞说："那咋行呢，我去给你拿你仁宇叔的衣服先穿着，你的衣服晾在外面。"

张旺霞拿衣服回来，自己也换了一身穿的。她见陈智峰仍在原地待着，就将衣服扔他身上，说："快换了，当心着凉！"然后就出去了。又磨蹭了一会儿，陈智峰还是把衣服换了，走出屋子一个劲儿地看天。

雨越下越大，丝毫没有要停的迹象。"不用看了，这雨怕是要下它一两个小时，留下来吃饭吧，吃了再回去。"张旺霞说完，系上围裙就进了厨房。"不……不了，等会儿看雨停不。"陈智峰支支吾吾地说。"就是停了也把饭吃了再走，看你紧张的样子，我又不是母老虎，怕啥?"张旺霞说。

很快，张旺霞就张罗了一桌饭菜。吃饭的时候，陈智峰尽量少说话，而张旺霞总是时而这里时而那里地提起一些话题。饭桌上的气氛如同外面的天，既闷燥又阴郁。

　　吃完饭，陈智峰如释重负，立马走到院子里看天。见雨似乎小了些，忙不迭地说："时间也不早了，我回去了。""你也等我把碗洗了再说噻，就这样不礼貌啊！你是专门来吃饭的吗？"可等张旺霞收拾完毕，雨又似瓢泼桶倒一般。张旺霞笑着说："看来不是我要留你，是天要留你，没办法。"陈智峰摇摇头，苦笑一声说："但愿下一会儿会小。"没办法，陈智峰只好坐在沙发上看电视。张旺霞给他削了个水果。两人默默无言地坐着，看似平静的面孔不知都埋藏着怎样的不轻松。张旺霞时不时叹息一声，仿佛有话又觉得说不出口的样子。陈智峰则紧锁眉头，牙齿紧咬下唇。外面的雨声滴答滴答不停，木鱼一样敲打着两人的心。

　　"我要搬走了，西滩村这个老家，以后怕是回来得少了。"张旺霞终于吐了一句话。"准备去哪里呢？"陈智峰问。"省城吧。"张旺霞说。"哦，省城好，省城不错。"陈智峰感觉气越来越短促。外面的雨又下小了些，陈智峰起身要走。张旺霞依依不舍地送他出门。临别时，张旺霞眼泪汪汪地说："智峰……谢谢你。"说完，迅速关上了门。

　　陈智峰心绪荒凉地往前走着。不料，刚走出张旺霞家几步，雨再一次如江河溃堤。雷声轰鸣，天上如同在进行一场史无前例的大战，两军杀声震天，枪炮声一阵盖过一阵，大风卷地而起，夹杂着雨水和污泥，横扫整个西滩坝子，仿佛要将一切摧毁。

　　陈智峰被风雨推搡，几乎寸步难行，他费了九牛二虎之力才连滚带爬地回到了家。父亲开门看见他的样子，被吓了一跳。

9

陈仁宇出事后，组织上本来看好陈智峰，但他不是党员，"火线入党"也缺乏条件。因此，刘欣楠暂时兼任西滩村支部书记。一有空闲，刘欣楠就鼓励陈智峰说："要是你入了党，村支书就是你来当了。我不是叫你入党吗，说好几次了，怎么就不行动呢？连个申请书都没写来，你到底是咋想的呢？"

陈智峰满怀愧疚。的确，自从那次县纪委干部科副科长问他是不是党员，刘欣楠临时扯谎说正在培养他以后，她几次在非常正式的场合以非常正式的口气喊他写入党申请书，可他一直犹豫不决。对刘欣楠的话，他多是言听计从的，可入党的事他迟迟拿不定主意。为什么呢？他总是认为入党是很神圣的事情，一个人有很高的思想境界方能有此念头，否则就是对党组织的欺骗和玷污。一句话，他认为自己还远远不够格。

"我……我认为我还不符合条件。"陈智峰吞吞吐吐地说。"你不够条件哪个够条件？"刘欣楠说。"你把我估摸得太理想了吧！"陈智峰笑着说。"至少你的心是纯净的，不像有的人，怀着某种目的和动机选择入党。仅你刚才说的，你认为你还不符合条件这一句话，我就认为你完全符合条件，胸怀坦荡、光明磊落。"

陈智峰看着刘欣楠，听着从她美丽的红嘴唇里吐出的这些言辞，感觉如一粒粒玉珠滚进他的耳朵，落在他的心鼓上，乒乒乓乓地奏着一首动人的乐曲。刘欣楠说着，他听着，但她说的什么已不重要，他也没有关注话的内容与含义，他的眼睛已经模糊了，恍惚之间，他似乎看到一个戴着八路军军帽的人，自己则身穿黑色中山装，洗耳聆听。"左蓝！"陈智峰如同在睡梦中，喊了一句，把刘欣楠吓了一跳。"你说什么？"刘欣楠奇怪地看着他。陈智峰猛然醒来，脸一下红了："没什么呀，你说得很好，我马上写申请。""我听你在喊左蓝，你是电视剧看入迷了吧？我不是左蓝，你也不是余则成。而且这个余则成刚开始是因为喜欢左蓝才决定靠近党组织的，希望你不是这样。"刘欣楠说。陈智峰不敢抬头看刘欣楠，只感觉到刘欣楠目光射来的责备与埋怨，浑身难受。

接下来的几天，陈智峰还感觉到刘欣楠似乎在回避他，也没再劝他入党了。这让陈智峰后悔莫及，以至于夜晚辗转难眠。白天脑子被工作塞得满满的，顾不上思考其他，不觉得难受；可一到夜晚，尽管十分疲惫，但他总是无法入睡。他还想到了张旺霞。可张旺霞已经离开西滩村了，她什么时候回来，还会不会回来，谁也不知道。陈智峰下定了决心，等再郑重地思考两天，他就决定是否动笔写入党申请书了。

趁国庆大假，刘欣楠策划了一个万人摸鱼大会，地点就在陈智峰的荷塘。比赛规则中有"每个小组前三名，分别奖励不同分量的鱼"，这鱼需要养鱼人无偿赞助，陈智光没有同意，而陈智峰则毫不犹豫就答应了，他清楚这是千载难逢的活广告。年初投放的鲤鱼苗长到一斤半左右了，这个重量最受消费者喜欢，也是最佳的上市时机。

提前两天，刘欣楠就驻进村里，安排会场搭设、各项活动的组织，眼圈都熬黑了。从白龙河镇到西滩村的路还没完工，且白龙河与外界的交通也不是很通畅，所以摸鱼大会没达到万人的规模，可也是盛况空前的。至少所有在家的西滩村人都出动了，从外面来的也不下两三千人。

荷塘里的荷叶全部割掉了，水放了一些，或许是人声鼎沸惊吓到了鱼吧，站在岸边就可以看到塘中的鱼一串一串地快速游走，偶尔听得噗嗒一声响，一条鱼便跃出水面，银白的鱼鳞在阳光下熠熠生辉。这情景让人按捺不住心中的激动，参与摸鱼大赛的选手们都穿好专用连体服，手里提一只塑料桶。岸边有亲友助威和接应。

刘欣楠身穿一套浅绿色运动服，头戴一顶白色太阳帽，胸前挂着一只口哨，手里握着一只喇叭，所有参赛者的目光都集中在她身上，等待着她发出指令。

"嘟嘟——"哨声响了！选手们鸭子一样扑进荷塘，使尽本领围猎困在浅水中的灵活的鱼儿。刹那间，岸边吆喝声、鼓掌声此起彼伏，围观的人似乎比参赛的人还要紧张。他们目不转睛地盯着各自关注的选手，相互友好地推搡着，抓扯着，哪怕身旁的人根本就不认识，彼此也不会怨骂。而塘中的选手，个个早已成了泥人，脸上滴淌着泥水，眨巴着眼睛不让泥水进去，双手耙子一样上下左右滑动。突然，一阵浑浊的水花在手臂间炸开，那准是碰到鱼了！这时，一定要极快地一把将鱼紧紧攥住，最好是一手捏住鱼的腮，一手擒住鱼的尾，那样保管十拿九稳。要是双手都去抓鱼的腰，它势必拼命挣扎，一不小心就会让它溜之大吉。

"嘟嘟——"哨声又响了，刘欣楠对着喇叭高声宣布这

126

一组比赛结束。

选手们气喘吁吁地提着桶回到岸上，岸边的人群顷刻间分成了若干个堆堆。尽管没有哪个没见过鱼，但大家还是十分好奇地往人堆堆中间钻，想要看看选手抓了多少鱼。"现在，请各位选手把鱼提到主席台前，让计量员过秤，评出名次。刚才已经宣布了，比赛的规则是，每个选手抓到的鱼都必须买走，前三名有奖品，分别是三条鱼、两条鱼、一条鱼……"刘欣楠话未说完，大家都哈哈哈地笑了起来。

因参加的人多，比赛分成了好几个小组，直到落日的余晖斜着洒进荷塘，岸边观战人群的影子参差不齐地映到水面时，比赛才终于结束。刘欣楠早已是汗流浃背、喉咙嘶哑了。不过看得出来，她丝毫不感到困倦，反而精神愈加焕发——活动的成功超出了预期，成就感带来的荣耀写在脸上，陈智峰觉得此刻的刘欣楠尤其美丽。

这一季养鱼，陈智峰和陈智光都实实在在地赚了钱。陈智光在家庭中的地位和话语权凸显，他那个城里婆娘耍刁蛮的时候少了些，不少事都依着他来了。看来经济基础决定上层建筑这一哲学道理，不仅适合一个国家和社会，同样适合社会微小细胞——家庭。以前，那个女人从没给家人煮过早饭，而今念及陈智光辛苦，常常天明就起床，细火熬一锅稀饭，再发挥她当姑娘的时候学成的米面糕点手艺，每天换着花样给一家人弄一些糯米包、黄粑、荞麦酥、花馒头、菜花卷、肉馅饼、千层饼等。陈仁高两口子很高兴，一家人日子过得和谐美满。

又过了一两个月，陈智峰去镇政府办事，见工作人员忙个不停，一问才晓得新的班子交接。邹华提成镇党委书记才一年，就要调到离县城近的一个镇当书记。意外的是刘欣楠也要一并调走，回城任县民政局常务副局长。

陈智峰只觉胸口一颗熟透了的果子倏地掉落地上，砸了个粉碎。他步履沉重地来到刘欣楠的办公室，见她正在收拾东西，外套脱了放在一旁，汗水打湿了刘海。掐指一算，刘欣楠来白龙河工作将近两年了。刚来的时候，她就像一枝出自幽谷的水仙，衔着纯净的山露，一颦一笑无不让人觉得清风拂面；后来她身上渐渐有了人间烟火气；再后来能让人闻悉几多乡村田野里的苞谷、红苕味道了。眼前这个熟悉的身影正逐渐褪去乡村的层层外壳，逐渐变回原来的模样，而这个模样会由清晰到模糊，最后一闪便消失得无影无踪。

霎时间，陈智峰视线模糊了，一层热辣辣的泪水从眼眶涌出，趁刘欣楠没发现，他赶紧退回到楼梯口，把泪水擦干后重新出现在刘欣楠门口。他敲了敲门，装作若无其事地叫了声："刘镇长……"刘欣楠直起腰发现是陈智峰："我心里正想着要通知你来一趟呢，你就自个儿来了！""我来给你送行吧，祝贺你高升！"陈智峰努力做出一副恭贺的样子。"高什么升呀，还是个副的。"刘欣楠说。"值得强调的是'常务'二字，离一把手仅半步之遥了！"陈智峰说。刘欣楠特意看了他一眼："你也开始油腔滑调了？跟你说个正经事。"陈智峰掇条凳子坐了下来，表示在认真听。刘欣楠笑了笑："临走之前，我想再鼓动你一回，赶快写入党申请书。"陈智峰点了点头："已经写好了，今天就是来递交的。""很好！现在的农村，党员后备力量太缺乏了，国家今后几年会把农村作为重点中的重点来发展，必须有一大批新的、年轻的党员来具体承担一些任务。"刘欣楠说。

　　陈智峰点了点头。刘欣楠情绪很好，她饱含温情地看着陈智峰，不断地说些鼓励他的话。不过，她话锋一转："奇怪，过去你怎么老是认为自己不够格呢？够不够格是由组织来审查、判断的。"陈智峰惭愧地抠了抠脑袋，没有回答。"你是个好男子汉，缺点嘛，就是有点拘谨。只可惜咱们缘浅。以后好好干，我对你有信心，别让我失望！"刘欣楠像哄小孩一样，弯弯的眼角里深藏一丝笑意。

第三部分

1

新任镇党委书记赵启来和新任镇长何海均四十多岁，正值干事之年。

赵启来的夫人周红娟是教师，同时调到白龙河镇教初中。何海的夫人不想跟他下乡，故而两人异地分居。村民中有人开玩笑："何镇长，干脆在白龙河安个家算了。"何海则正色说道："这些玩笑不要开哈！不晓得的人还真以为我在这样想。"

赵启来下村调研时，对西滩村尚存村小颇感惊讶："好多地方村小都撤并了，怎么你们还保留了呢？"一位副镇长汇报说："白龙河太偏远，有事业编制的老师不愿意来，所以教师缺编严重，就是镇中心小学和初中的教师都缺，而且镇上两所学校校舍多年来一直没扩建，学生一直处于超饱和的状态。"陈智峰补充汇报说："附近好几个村的村小都在，而且老师是民办教师。"

陈智蓉正在给二十余个孩子上课，听到外面人声嘈杂，开门看了一眼，又退回去关了门。"这就是村小的老师？"何海问。陈智峰点点头说："本来教育部门登记在册的是她哥哥陈智林，但陈智林老师因身体和精神原因去外地了，

130

这是他妹妹陈智蓉，自愿代替她哥哥在这里任教。"何海连连赞叹："了不起，现在年轻人能自愿当民办教师，实在是少见，不，岂止是少见，简直是罕见！"说着，他轻轻地推开门，把陈智蓉仔细打量了一番。

陈智蓉只淡淡地瞟了何海一眼，没有理会，照常上自己的课。陈智峰向镇上领导汇报，该将陈智林的民办教师名额除去，补上陈智蓉的，但怕前一个除了，后一个补不上，反而把事弄砸了。何海说，政府可以帮忙争取，如果补上了，她有了一份名正言顺的属于自己的工资，也算是对她的帮扶。听说陈智蓉自考拿到了大专文凭，何海就更加赞叹了。

了解到西滩村党支部书记一职还空缺，镇党委决定择日专门研究这个问题。

半个多月后，天气急剧转冷。半夜，陈智峰冷醒了，除了他所躺之处，被子里其他地方如泼了水，屋里空气都似要结冰。陈智峰虽是个年轻小伙子，但毕竟一个人睡，没法"抱团取暖"，冷起来十分难受。因第二天要在村委会开全村党员大会，镇上的书记、镇长也要出席，陈智峰不敢恋床，闹钟一响就翻身起来穿衣。

父亲已经发好了炭炉，准备好了热气腾腾的早餐。吃过早餐，陈智峰推门一看：呀！外面已是白茫茫一片，今冬第一场雪不知不觉就来了。大雪掩盖了门前那条古老的驿道。不，准确地说是驿道遗址。与之并排的，是刚刚修通的水泥村道。现在，两条道都在积雪之下，像是一古一今两个穿越时空相逢的兄弟，酣睡在一床巨大厚实的雪被之下。那株大黄葛树，像一个巨人，披着一件银白色的袭皮大衣，高高地屹立在空旷静穆的天地间。

"好大的雪呀！"陈智峰感叹。"你才晓得？昨晚开始下的时候我就晓得了。"父亲淡淡地说。陈智峰看了父亲一眼，父亲的头发也像落了一层雪，几乎看不到一丝黑色。陈智峰穿上羽绒服，把帽子严严实实地扣在头上，嘎吱嘎吱踏着积雪往村委会走。那雪足有三寸厚，把整个西滩坝子都盖住了，放眼一望，如在云端。

偶尔有一辆摩托车从白龙河镇方向驶来，吐出一溜蓝烟呼啸而过。新修的村道给乡村有车族提供了便利，以往如爬，现在如飞，但也生出一些事故。下雪天路滑，这样跑不出事才怪！陈智峰嘀咕着，再发现有摩托车，便大声提醒车上人。村委会在道旁树了块牌子：村道弯多，小心驾驶。因为下雪，牌子都被冰珠凝住了，字迹有些模糊。陈智峰停下脚步，用手去抠上面的冰块，好不容易才让几个字显露出来。

来到村委会，朱雪松已经将会议室布置好了。"这么冷的天，该生一堆火才是，不然领导坐在这里开会，不冻感冒才怪。"朱雪松说。"对的，可村上没炉子呀，也没炭。"陈智峰说。"记得小学有炉子，前段时间县煤电公司捐了些炭，应该还有。"朱雪松说。陈智峰给陈智蓉打电话，叫她来学校开门取炉子和炭，顺便问她能否帮忙煮几个人的饭，估计中午会开完了，镇上领导赶不回去，得留下来吃。

陈智蓉说她马上来，并叫上李淑华帮忙。此刻，陈智峰又想起了张旺霞，要是她还在村里，弄一桌可口的饭菜根本不是事儿。

赵启来跟何海到时，雪又纷纷扬扬地下了起来，两人从车上下来，仅仅从校门口走到会议室，头发和衣服上就落了一层雪，踏上阶沿便拍打个不停。屋子里暖烘烘的，陈智蓉给每位参会的人倒了杯茶，大家都捧在手心取暖。何海问陈智蓉："你的民办教师资格搞定了没？"陈智蓉说："搞定了。""那就好！"何海说。陈智蓉道了声谢就出去了。

赵启来看了看会议室："总共就这么几个人？一、二、三、四……才九个人？"陈智峰回答说："本来有二十三人，留在家的只有这九人，其余都在外务工。"赵启来摇着头笑了笑："这怎么行？得想办法把党员引回来。""拿啥子引？人家在外头哪怕是打工，一个月都能挣三四千。"陈袭富说。"村里不是成立了家公司吗，我看还不错，听说荷花节搞得红红火火。"赵启来说。"他那里又能用好多人？管理层岗位就那么几个，其余是零工，一天才六十块钱，哪些年轻人得干？还不是些老头儿老太婆。"陈仁昊说。

赵启来见说话的是两个老党员，再一看，在座的党员年纪都在五十岁以上，不由叹息一声："我们得赶紧发展年轻队伍啊！"大家就推陈智峰："这不是，年轻队伍在这儿。"陈智峰尴尬地笑笑说："我才交申请书，本来今天的会我没资格参加，可赵书记非要我列席，说是要议新的班子带头人，所以我就来了。""对了，今天主要是选村支书。那就言归正传吧，看哪个最合适。"赵启来说。

会场陷入了长时间的沉默。陈袭富因身体不好，靠在椅子上闭目养神，转眼就扯起噗鼾。陈仁昊带了茶杯，没事便将杯盖拧在手里转圈圈。其余的人，时而一声咳嗽，时而一声长叹，有的在身上摸来摸去找烟和打火机，然后啪的一声点燃，咝地猛吸一口，屋子里便有了弯弯绕绕的烟圈儿。

赵启来瞅了瞅每个人的表情："别的村选干部，个个争得打架，你们咋个的？莫人愿意当了？选的是支部书记哦，村里两委班子一把手哦！"一个村民小组长说："赵书记，实在莫人，就你们镇上领导兼嘛。""兼也只是暂时的，最终还是要选出个专职的才行。后面会有一系列大动作，村里的事情会很多，没有专职的支部书记怎么行呢？""那就让朱书记一肩挑，他不是第一书记吗，干脆把支部书记也当了，这样才算是名正言顺的第一书记嘛。"有人这样说。大家都笑了，也有点头赞同的。

朱雪松摆手说："不行！全国都没有这个先例，恐怕也没有哪个地方破这个例！况且我不是西滩村人，我也压不住这个阵。""你这话倒提醒了我，其实跨村担任村支书，一些地方有实践和探索，邻近村有没有合适的人选？"赵启来说。大家眨着眼睛苦思冥想。陈智峰突然眼前一亮："我提个人，你们看怎么样。""哪个？"大家都望着他，像是落水的人望到一根干木棒。"你们先猜猜看。"陈智峰说。"哎呀，你娃儿这么老实的，也卖起关子了？"有人说。"我知道他是党员，但不知道他愿不愿意，也不晓得符不符合组织原则。"陈智峰说。

"你说说看。"赵启来说。

当陈智峰说出王朝晖这个名字时，大家都十分诧异。"他？能行吗？不说不是西滩村人，连白龙河人、崇岭县人都不是，怎么能当我们的村支部书记呢？"陈袭富首先反对。"干脆你来！你当过村主任，有那么多经验，况且你儿子在省上，还可以借些光辉，照耀一下我们村。"有人说。但陈袭富连连拒绝，说他连村主任都不想当，就更不想当村支书了。"我看不妨一试,"何海沉吟半晌说,"我们要打破传统观念。选个外来投资者当村支书,有的地方已有这个先例,新闻媒体也有报道,可以大胆尝试一下。"赵启来点点头:"现在的首要任务是把产业搞起来,我看行。你们的意见呢?"

大家见镇党委书记和镇长赞同,便顺水推舟说:行是行,那还得看人家愿不愿意。"可以通知他来开个会,就说要他谈谈村里的产业发展,顺便给村里发展的工作提些意见和建议,就当是预先面试一下,如果他谈得好,我看完全可以。"赵启来说。"如果组织上通不过呢?"陈袭富说。"如果这个人大家认为可以,组织上我们去做工作。"赵启来说。

王朝晖被叫来了。一进屋,见镇上领导在,他愣了一下才坐下。

镇上领导叫王朝晖谈,王朝晖口若悬河:"有关的政策我仔细研读了,我们要在五年里彻底消除贫困,步入全面小康。怎么办?必须让大家能挣到钱。咋个挣钱呢?当然靠发展产业。可产业发展了,钱都被老板赚了,群众只是挣点儿土地流转费和零工费,那不算挣到钱。""怎样才算挣到钱了呢?"赵启来问。"得让大家充分参与到产业链中,让大家尽可能多地分享产业发展的利润。请注意,'参与'这个词很关键,怎样参与,值得思考。我一直在思考这个问题。"王朝晖说。"思考出啥名堂来没?"陈仁昊兴致勃勃地听着,不由发问。"有些初步的想法,但不成熟。"王朝晖说。"不妨说说看。"赵启来鼓励说。"那好,"王朝晖接着说,"产业分三个层次,第一产业是基础,由此衍生出第二、第三产业。如果投资者三个层次都做，一是需要很大一笔资金，二是把群众阻隔在产业之外了，这显然不行。那么，就得在产业链上做好分工，第一产业仍以农民为主，利润主要由农民享有；第二、第三产业以投资者为主，利润主要由投资者享有，这样大家都能挣到钱。"

"具体到我们村怎么做？"陈智峰问道。"听我说，"王朝晖继续说，"现在我流转了所有土地，也都整理成型了，稻鱼、藕鱼模式也试探出了成功经验，我打算把地划成一小块一小块，发动有能力的家庭来做。当然，得照我们的要求和标准来做，我只负责收购和加工产品。""那很好哇！"何海拍手说，"一小块是多大呢？""当然不能太小，太小又回到一家一户了，最小也得三十亩，最好在五十亩以上、一百亩以内，看情况。这样，每个单元就是一个家庭农场，全村可以发展起六七十个家庭农场，六七十个家庭就可通过产业先富起来，富起来的同时又带动其他人，尤其是贫困户。""可地是你流转的，流转费是你出的呀！"有人说。"简单，"王朝晖说，"产品收购的时候扣除一些成本，比如土地流转费、种子及农资等费用。农民基本上没有风险。""都这样了，你们公司就不图赚？"有人不相信。王朝晖说："公司主要通过第二、第三产业赚钱。我们把农民手中的稻谷、莲藕以及水产品收上来，通过加工、包装卖出去，我们赚这个钱。公司已经积累了广泛的客户资源。"

"六七十个家庭农场，那得六七十个骨干人物，现在留在村里称得上骨干的，数来数去都数不到六七十个，上哪里去找？"陈袭富没了瞌睡，适时地插了句嘴。王朝晖说："不急，我们可以一个一个地发展，看到这种模式确实好，会有人不断冒出来的。我分析啊，外出打工将逐渐趋冷，返乡创业才是未来农村人的首选。""很好！我认为王总的思路很对，把脉很准。我也一直在想，怎样种地才能让农民真正赚到钱，可我自己的眼界和文化很浅，想不出个所以然，听王总一说，我一下就开窍了。等你实施的时候，我第一个站出来支持你，你给我划几十亩！"陈仁昊激动地说。

众人纷纷点头称是。"说得非常好，"赵启来说，"西滩村的发展就靠你了，希望你来挑起这副担子！"王朝晖没明白其中奥妙："我既然红口白牙说出来的话，那就是泼出去的水。"

"赵书记的意思是，我们西滩村缺一个支部书记，你是党员，正好在西滩村引领产业发展，我们准备推举你做村支书。"何海把话挑明。王朝晖一惊，说："啊？那怕不行哦。"大家都说"你行，你行"。"我一直都在商业的路上跑，没在官场混过，不懂政治啊。"王朝晖说。赵启来说："你不是说了吗，首先得发展产业，让大家能挣上钱，这就是政治。"

王朝晖眉头皱得像麻花，闭上眼直抠脑壳："被你们套进去了！"大家顿时笑了起来。

陈智蓉来喊吃饭，赵启来"一声令下"："我们边吃边聊，王总你好好考虑一下，过几天再答复。"于是，大家把课桌拼在一起，上面铺上报纸，纷纷去厨房端饭菜。一大盘青椒肉丝，一大盘蒜苗回锅肉，一大盆白菜汤，一大盆烧鲢鱼，还有几个素菜。"这么多菜！鲢鱼哪儿来的？"赵启来问。"刚莽子在河里钓起来的，两条，都差不多五六斤重。"一个端菜的妇女说。陈智峰介绍道："她叫李淑华，说的是他男人，论辈分，我们得叫叔，儿子才半岁，稀奇得像个宝，隔三岔五到河里钓鱼给他吃。"

赵启来听罢放下筷子："给你儿子钓的，我们咋好吃呢。"李淑华不好意思地说："留了几条小的给他熬汤了，两条大的拿来给领导们吃。"赵启来仍不好动筷子，脸色十分犯难。众人都劝他，说西滩村人热情朴实得很，慢慢他就晓得了。"对嘛，老何，这顿饭我们给钱。"说罢，赵启来抓起筷子喊了声："吃！"

一个村民小组长紧盯着李淑华上上下下地看。李淑华扬起汤勺要敲他脑壳："看啥子，认不到你娘了？""我在看你好像又肥了一圈，是不是肚子里又有儿了？"李淑华脸一红，顺着他的玩笑说："是哦，你娘要给你添个兄儿了，你不爱吗？"大家哈哈哈一阵大笑。"你几爷子要文明些啊！"何海说。他突然想起什么："陈老师呢？也喊过来吃嘛。"陈智蓉一直躲在厨房里，听见这边喊，装作没听见。"她是怕你。"有人说。何海一本正经："过分的玩笑不开了哈，都好好吃饭，把话扯到正题上。""还有啥正题？吃饭才是正题，我们农民吃饭不开些玩笑，吃得不香。"有人说。

饭桌上气氛只是稍稍冷了片刻，便又火热起来，大家又拿李淑华开起玩笑。"李淑华，你们两个扯结婚证没？"有人问。"扯了哪个，没扯又哪个？"李淑华说。"扯了嘛你们就是合法的，没扯嘛就是非法的。""合法又哪个，非法又哪个？""耶！脸皮越来越厚了，嘴巴越来越嚼了。""厚了又哪个，嚼了又哪个？"一下子，逗的人倒没词儿了。

李淑华反守为攻："我两个过日子，你们见不得吗？"赵启来双手一拍说："对的，就该这样！逗嘛，捡到便宜没？"大家呵呵呵地笑个不停。

趁陈智蓉和李淑华在厨房洗碗，大家闲坐无聊，有人便给两位镇上领导讲起李淑华与陈仁刚的故事。说是那年维修村小，陈智峰安排陈仁刚来做活路，李淑华负责煮饭，这样做着煮着，哪晓得生米就煮成了熟饭。村里人都把陈仁刚当傻子，哪晓得他还会干那事。

"编聊斋，绝对是编聊斋！我就不信！"赵启来说。"我也不信。"何海说。"书记耶，镇长耶，农村里男男女女之间的事，就像夏天里的雷，两坨云只要滚到一起，就啪嗒一声炸了——"讲故事的人这么说，大家忍不住都笑了起来。

2

王朝晖上任后第一次召开村民大会，他要大力宣传他的产业发展思路。

王朝晖在台上慷慨激昂，十分具有感染力，下面的人如馋猫看到鱼一样，目不转睛地看看他。"王书记讲的，大家有啥想法，有啥疑问，趁机会当面说出来，王书记和我都可以给大家解答。但要一个一个地说，不要一窝蜂。哪个先来？"陈智峰怕群众没听明白。

"这土地一会儿集中，一会儿分下户，又集中，现在又要分下来，到底要哪个？是搞耍玩意儿吗？早晓得这样，当初就不把土地流转出去，还是大家自己种。"有人说。"这绝对不是耍玩意儿，集中有集中的好处，分散也有分散的优势，我们现在不是再一次把土地分散，而是把集中和分散的优势、长处都充分发挥，让大家在公司集中的统一规划和指导下，分散成家庭农场，公司和农户都能充分得利。"王朝晖说。

"那可不可以拿到一块地后按自己的想法来搞，不受公司的管理和指挥？"有人问。"那不行！"王朝晖说，"公司好比一棵树，分出来的一个个家庭农场好比树上枝丫，枝丫断了，树长不好不说，枝丫也活不了，大家要对公司的引领能力充满信心。""你们弄的都是高科技，我们土农民咋搞得懂？我说还是不分好，农民也不去痴心妄想挣好多钱，公司只要能按时把租金兑现，并保证用工优先本村人就行了。"有人说。

陈智峰说："那是保守的思想，正因为大家抱着这样的保守思想不思进取，所以我们西滩村祖祖辈辈都是老样子，虽饿不了肚子，但绝对算不上富裕。我们的目标不仅是让大家摆脱贫困，还要过上小康日子，走向富裕生活，上至中央下到地方，全国都是这个目的。"

"关于技术方面的问题，公司既然不允许脱离统一规划和指导单干，那就会组织各方面的培训，比如以后我们会借助上面的职业农民培训项目，开展农机培训、水稻直播技术培训、油菜直播技术培训、稻田养鱼养蛙培训、莲藕种植技术培训、藕塘小龙虾养殖技术培训等。我们把加工厂办起来了，还会大量招工，搞相关加工环节的技能培训。"王朝晖说。

"稻田养鱼那是空话！收了油菜才关水，鱼还没养大又得放水种油菜，况且田里一撒化肥，鱼还不都死光光？我种了几十年的田了，除非不用化肥，而且只种一季，鱼才活得了。"有人说。这话得到很多人赞同，大家凭经验都说，稻田养鱼的路子走不通。

"我们已试验一两年了，你们就不到我们试验田看看？咋成功的呢？我们要想种养兼顾，确实不能用化肥，全用有机肥。鱼苗有专门的培育基地，到一定的生长期才投放到稻田生态养殖。我们的产品，不管是种植还是养殖环节，打的就是绿色生态牌。"王朝晖说。

"你们晓得市场上鲫鱼卖多少钱一斤？"陈智峰问。大家说顶多八九块，陈智峰告诉他们王总基地的稻田生态鲫鱼能卖十五元一斤，大家不由倒抽一口凉气，惊叹不已。

陈传国开完会正要往家走，被陈仁昊叫住。"没听你说啥呢，你到底咋看？"陈仁昊说。陈传国笑了笑说："我打算试一试，原来我手头有三十多亩，我准备拿下一百亩。"陈仁昊点点头说："好小伙子，昊爷爷支持你！""您咋想呢，昊爷爷？"陈传国问。"我听了也很心动啊！也想搞个一百亩，可现在手头本来就有五六十亩了。唉！人老了，怕搞不下来，哪能跟你们年轻人比呢。"陈仁昊感慨万千地说。"我认为您老不必这么辛劳了，论钱嘛，您家不缺，安享晚年才是道理。"陈传国说。"嚯！小看你昊爷爷了！"陈仁昊黑着脸，斜瞪着陈传国。

陈传国赶紧解释："我不是小看您老，也不敢，我是好心好意呢。我知道种庄稼您一直是把好手，但毕竟也是个辛苦活儿，再英武的将军也有老弱疲惫的时候。人一辈子图个啥？像我们这样没日没夜地变牛，又为了个啥？不就是想把日子过得好些再好些，让儿女以后少苦些累些。您现在日子已经不错了，还那么折腾自己干啥？"

"还说想跟你搭个伙，没想你一竹竿就把我撑得老远。算了，我自己干，我就不信会输给你们这些小年轻！"陈仁昊气愤地说完，背起手转身而去。

陈传国知道刚才的话太刺激老人了。

冬季比较闲，大冷天的，农民莫啥事就喜欢爨火来烤。往些年兴烤柴，西滩村山林少，柴越来越金贵，所以变成烤炭。陈传国得知今天有车炭要拉回村，临走时吩咐妻子马萍，听到大车喇叭响就赶紧把院坝里的小四轮开出去，装它一斗回来囤起。

陈传国忙了一天回来，马萍正在卸煤炭。她穿了件罩衣，脸上蒙了层纱布，半边脸红扑扑的，隔着一层纱直冒热气。显然，这活让她十分吃力。看见陈传国，马萍说："咋恁晚才回来，还以为你去别家吃饭了呢。"陈传国说："我去哪家吃？外头又没得野婆娘。没煮我的饭吗？"

马萍停下手里的活，到院坝一边摘下脸上的纱布，一边脱下罩衣拍打身上的灰，气喘吁吁地说："你想外头有个野婆娘吗？去嘛，找嘛，我支持。""莫说废话，到底煮我饭没？"陈传国笑着说。夫妻俩开玩笑惯了，肚子里也不夹气。

马萍走过来，见老公笑起来脸上扯起了皱纹，像绷紧的蜘蛛网，不由心疼起来，伸手去摸陈传国的脸。"做啥？"陈传国以为她要揪自己耳朵，脑壳一扭。"我看你老了样。"马萍说。陈传国胸口似被戳了一刀：才三十二三的人啊，怎么就说老了呢？他跑进屋里，在穿衣镜前照了照：面无表情还不打紧，可一动容，沟沟坎坎就出来了。当农民不经老，一年三百六十五天无遮无拦，全暴露在日月风霜之下，再嫩的皮肤都会磨成树皮样。陈传国叫马萍也来照照。马萍在镜前一晃就跑了："女人三十多岁更怕照镜子。"

陈传国不由回想起夫妻俩过去的日子。多年来，马萍在陈传国的心中都是美好的形象。她就像一缸永不枯竭的水，陈传国脏了只要进入里面就干净了，渴了只要张嘴吸一口就立刻解渴了，累了只要一躺在她身上就瞬间活了……马萍就是春天的风、夏天的雨、秋天的阳光和冬天的雪花，陈传国要顽强不息地生长在苍穹之下、黄土之上，没有她是不行的。眼看"缸里的水"渐渐地浅下去，陈传国顿生恐惧。

马萍给陈传国下了碗面，他正吃着，外面有摩托车响。马萍伸出头去看了眼，笑着喊："智健叔，你啷个不把你的小车儿开出来，咋骑个破铁马儿喃？"陈智健把摩托停在院坝边上，身子一歪下来，摘掉墨镜说："这个鬼路有法拿我的爱车来损耗吗？借的，东山村村主任的，他们村的路更差，只有摩托车才有法跑。"

陈传国叫马萍给陈智健端板凳，泡茶拿烟。陈智健把凳子拖到院坝里，从衣兜里掏出卫生纸反复擦，擦了还对着光线仔细瞅。"智健叔，嫌我们凳子上有屎吗，偏眼偏眼地看。"马萍有些不高兴。陈智健说："我这身昨天才在城里买的，四五千，脏了咋个搞嘛！"陈智健没接陈传国的烟，自己从衣兜里掏出一包中华，抽出一根反递给陈传国说："不是嫌弃哈，我一直抽这个，习惯了，别的烟啥味道都没尝过。""嗯，找我啥事？"陈传国问道。"还不是我那老汉儿，"陈智健往茶杯里吹了半天，呷了一小口茶说，"在屋头耍得磨皮燥痒的，弄了几十亩地种，还想搞一百亩，听说还想跟你搭伙？我来问问你，有没有那回事。"

陈传国一箸子面正送进口里，就点了点头，一边嚼一边瓮声瓮气地说："他是想，但我劝他呢，说'你日子恁好过，何必呢'。""就是嘛！"陈智健把膝盖拍得当当响，

"像我们这样的家庭，哪儿还需他下地种田？再说那又能挣几个钱？""你别说，按照我们现在支书那样搞，是能挣钱的。"陈传国说。"那他可以来帮我啊，我那里同样有地，也在请人干活，可他为什么就不来呢？"陈智健一脸的不解。"你问我，我问哪个？我嘟个晓得他为啥不去？"陈传国不由笑了起来。"估计是怕给你干是白干，你不但不给工资，还认为他该给你干。"马萍说。"我也说了，给人家好多钱一天，我同样给那么多，甚至多给，甚至就坐在那里监工也行。"陈智健说。"那他咋说？"陈传国问。"他把我一顿臭骂，说：'你真以为你是地主？老子就该给你当长工？'"陈传国又是刚好一箸面送进嘴里，差点呛得没从鼻孔里出来，止不住地笑。马萍也笑，笑着便扬手去打陈传国："有那么好笑吗？"

"他一定要弄，就让他弄，我不管他了。我来找你呢，就是想跟你商量，你俩搭伙，钱你莫担心。你年轻，脑子也好使些；他嘛，年纪大了稳当些，你们搭伙行。"陈智健说。传国没有说话，其实他是想单干，不想与任何人搭伙，况且他知道陈仁昊性格固执，有时候他认定的事，牛都拉不回来，可眼下又不好拒绝。他正犹豫着，陈智健追问："怎样，你不愿意？"陈传国连忙摇头，说："还早呢，现在油菜才一尺来高，等明年收割了才得实行，说不定那时候昊爷爷想通了呢，等等看吧。"

陈智健一走，马萍便将他喝的茶水往地上一泼："还嫌我屋凳子脏！不是说的话，我屋的清洁卫生，在村里有几家能比？"说完将杯子拿去洗了又洗。马萍问："你硬是要跟昊老汉儿搭伙？"陈传国说："鬼才想跟别个搭伙呢！"

陈仁昊把自己的想法跟陈智峰说了。陈智峰说："你已经有五六十亩了，弄一百亩，吃得消不？"陈仁昊脸色立刻变了："怎么你们都这样说，真以为我老了不中用了？"陈智峰赶忙解释："不是的。作为老党员，您老能带头是很好的，能起到引领示范和鼓舞士气的作用。我有个点子，不知仁昊叔想不想听。""你说。"陈仁昊看着陈智峰。"宇书记原先屋头也有二三十亩地，有果园和鱼塘，后来不得已转给了王总。你怎么不主动找王总，把宇书记原来的果园和鱼塘拿下来呢？那都是成熟的产业，做起来顺手些。""他屋的东西我不接手。"陈仁昊坚定地说。"为啥呢？"陈智峰不解地问。"我看不惯他屋头的人，所以就不想沾手他屋头任何东西。"陈仁昊说。陈智峰笑了笑说："已经转过手了嘛。""他两口子迟早会晓得噻，晓得了他们会啷个说？说你陈仁昊能干了一辈子，好能干？还不是捡我的落地桃子！我不输那个志气！"陈仁昊说。

叔侄俩又扯了些别的，陈仁昊突然提起一个话题："侄儿子，你的个人问题怎么样了？"

陈智峰脸上一热，心中也波涛汹涌。陈仁昊一句话，又给他注入了人性的活力，"女人"这个词再次让他愁肠百结。是啊！三十好几的人了，在农村，这个年龄仍单身，无疑会引发有生理缺陷的猜测，或是有精神异常的推断。属于他的女人究竟在哪里呢？他究竟需要一个什么样的女人呢？

从村委会往家走的路上，陈智峰心里一直在想：不可能一辈子就这样单身吧？一阵寒风袭来，他浑身哆嗦，把外套裹紧了，还是觉得寒气直往心里钻。

回到家，他把自己关在屋里，歪倒在床上不觉就睡着了。等父亲喊他吃晚饭时，外面已是漆黑一片。走到饭厅，餐桌下的炉火燃得很旺。父亲已炒好几个菜，饭也端上了桌。这么好的父亲，是该给他找个好儿媳妇了。陈智峰端起碗，狼吞虎咽地吃了起来。

半夜，陈智峰忽然听到外面有唢呐声，接着鞭炮齐鸣、人声鼎沸，有人喊："新娘子到了，快准备拜堂！"奇怪，自己明明闭着眼睛躺在床上，可外面一切如同亲眼所见。从轿车里下来一个身穿大红婚服的女子，羞羞答答地步入自己家堂屋。这是谁呢？显然不是嫂子，那又会是谁呢？父亲满面红光，笑容灿烂，端坐在堂屋正中。众人从屋里拉出一个西装革履的小伙子，这又是谁呢？显然不是哥哥，那又会是谁呢？陈智峰知道自己是躺在床上的，可为什么别人拉新郎他手臂也有感觉呢？那新郎长得跟自己一模一样！那新娘呢？恍惚一看似张旺霞，仔细一看又像刘欣楠。陈智峰的心怦怦乱跳，努力想让自己醒过来，尽管身体已经下了床，脚步在往外移动，可眼睛依然是闭着的。来到堂屋，奇怪的是，众人对他视而不见，仿佛他不存在一样。新郎新娘拜完堂步入洞房，陈智峰也跟了上去，游魂一样轻飘飘的，踏地无声。可接下来，新郎新娘越走越远，陈智峰怎么也追不上，再停步环顾，四周却是空空荡荡，岑寂无人。

3

翻年后，省里两会提出，退出的贫困村须达到"一超六有"（年人均纯收入稳定超过国家扶贫标准且吃穿不愁，有义务教育保障、有基本医疗保障、有住房安全保障、有

146

安全饮用水、有生活用电、有广播电视），崇岭县也推出"五个一"工作法（每个村有一个帮扶领导、一个帮扶单位、一个驻村工作队、一个第一书记、一个农技员），同时号召机关事业单位财政供养人员广泛深入开展贫困户结对帮扶工作。

几乎每天都有小车从县城开出，那些衣着光鲜的城里干部纷至沓来，他们进村入户，与村民促膝交谈，让村民尤其是贫困户第一次感受到"吃皇粮"的人与自己靠得那么近。

西滩村的挂包领导是县委常委、宣传部部长孙彬，帮扶单位为县农业局，帮扶企业为县电力公司；由第一书记朱雪松负责，县农业局抽调三名干部组成驻村工作队。

吃过早饭，朱雪松便同三名干部出发了。这三名干部分别是畜牧科科员小刘、果树站技术员老向和办公室老同志宋师傅。他们今天的工作是至少落实五户贫困户的具体内容，尤其是要帮助每户制订好"五小"经济的发展计划。

"老朱，你觉得这'五小'能解决问题吗？贫困户之所以贫困，主要是非病即残，或是年老体弱，无劳动能力，'五小'再小也得靠人力去完成哦。"宋师傅担心地说。"'五小'主要是小家禽、小庭院，其实农民祖祖辈辈都在那样搞，过去是自给自足，现在作为产业来抓。既然是产业，就得挣钱，要把产品变成钱，难就难在这里。"朱雪松说。"为啥呢？"小刘不解地问。"产业要小，适合家庭来做。要挣到钱必须短平快，还得依靠稳定市场，一旦东西卖不出去，农民就会失去信心。但小产业难以形成规模，也就难以吸引市场。"朱雪松说。"可以这样啊，"老向说，"我们单位既然是这个村的帮扶单位，发动本单位全体职工定向采购。帮扶企业还有电力公司，全县电力系统人也不少，消费能力不可小看。""这是个办法！我们可以向领导汇报，随时组织人员下乡来走走，顺便带些农特产品回去，这也是实实在在的帮扶嘛！"朱雪松说。

几个人说着话，不觉到了陈仁江家。陈仁江老两口住在三间土坯瓦房里，一看那房子便知有些年头了，土墙外层几乎掉了，一些部位被烟熏得漆黑，连屋顶的檩子和椽子都熏黑了，房顶上的瓦还算完整。一架木梯长年累月搭在屋檐口，那是为随时上房修补做准备的。

房子两头明显有拆除的痕迹，留下几段犬牙一样的残墙，被风雨淋蚀打磨得光滑圆润。墙角空地长满杂草，堆了些破旧的家具和农具，还有柴草、秸秆等物，成了鸡犬的乐园。一条瘦骨嶙峋的白毛狗跳出来，龇牙咧嘴地向朱雪松几人狂叫。由于拴着铁链，它每次往外冲都会被铁链将脑袋扯回去，整个身子便直立起来，样子虽然吓人，但毫无威慑力。

陈仁江听见狗叫声，端着碗出来，将狗喝住，笑着给朱雪松打招呼。老伴儿张旺菊也端着碗出来了："朱书记吃了没？没吃也来吃一碗，锅里还有。"朱雪松摆摆手说："你们请，你们请。我们吃得早。"张旺菊见几个干部都站着，赶忙放下碗，端了一根长板凳出来让他们坐。那板凳大概很长时间没人坐了，上面一层灰不说，还有些很久没洗也难以洗掉的污斑。

陈仁江叫老伴儿拿条帕子来抹。张旺菊找来一条黑不溜秋的抹布，擦了两遍："农村就这么个样子，朱书记你莫嫌弃哟！""哪里，哪里。"朱雪松说，"你不用擦了，我们站起就行。"

朱雪松放眼看了看院坝四周，见遍地都是鸡粪，便问："你们家也养鸡？""养了几只鸡，就图下几个蛋自己吃。"陈仁江说。"本来有三只鸡下蛋，最近有一只不下了，我赶场拿去卖了算了，一天要吃我好多粮食哦！"张旺菊说。"你们给鸡都喂粮食？"小刘说。"是啊！虽然是敞起放的，但一早一晚都得喂粮食，搞习惯了，早上你不撒几颗粮食在地上就不走。你看嘛，到处拉的都是鸡屎！"陈仁江说。小刘笑了："你晓得到处是鸡屎，就不晓得打扫打扫？干净些自己也觉得舒服些嘛！""这一天哪有空哇！"张旺菊说。"那你们一天干啥？现在地统一流转了，还有啥事做？"老向说。"莫事？屋里几头猪要吃，我跟老汉伺候几头猪都累得不行了！"张旺菊说。"喂了几头猪？都吃些啥？"老向问。"两头架子猪、两头小猪，过年要吃肉，儿子媳妇也要拿肉走，不喂得行？喂啥？还不是到处去割猪草，和着粮食喂。以前种地还有粮，现在地不种了，粮食得拿钱买，更不得了，只觉得一年到头忙得不得了，手头还是没得钱。"陈仁江说。

　　"老太爷，我们今天来就是帮你们规划些小产业，看搞点啥子能挣到钱。"朱雪松说。"那当然好哦，但是搞点啥才挣钱呢？"陈仁江说。"现在有两个项目选择——栽果树发展小果园，养鸡发展小禽园，从县上大的产业规划来看，这个片区也有这两项。"朱雪松说。"果树种在哪儿？地都没有了呢。"陈仁江说。"就你这屋团屋转，还是可以种百十来株。全县大力发展青脆李，红岩子乡全乡种植李子，好几个村人均收入早就过万元了。"老向说。

　　"百十来株苗子要好多钱？再说我们也没有技术，怕种不好。李子结出来了卖给哪个？白龙河就这么点大个地方，人人都种果树，卖得成钱？"张旺菊说。"这是果树站的老向，技术不用担心，"朱雪松说，"苗子也不用担心，贫困户免费领。至于卖的问题，三年以后的事了，也不担心，我们负责销，你们只要用心管理就行了。"陈仁江说："李子树只要栽活了，后头就不那么费事了，这个适合我们两个老家伙做。"朱雪松对老向说："那你到他屋前屋后走走看，看哪些地方可以栽，估个数出来登记一下。下一次来，就是要栽树了，得抢在季节前头。"老向点了点头就去了。"以后你们老两口就分一下工，老太爷专门伺候果树，老太婆专门喂猪和鸡。有兴趣不？再建个小禽园，按我们的要求修鸡舍，县上高飞禽业免费发半大鸡，两年后回收再换新的鸡，而且这个公司还负责回收鸡蛋，你们等于是做无本生意。"小刘说。

"哪儿有无本生意？鸡下蛋不吃东西？你们说的小禽园，要养好多只才算？"张旺菊说。"恐怕得五十只以上，最好是一百只左右。饲料公司先提供，卖了鸡蛋才结算，不要你们垫钱，不等于无本生意？这种借鸡还鸡的模式在好多地方搞得很好呢。"小刘说。"天啦，一百只鸡，那多累人！我一个老太婆怕是不得行哦。"张旺菊吐了下舌头说。"你们两个老人，身体健健康康的，只要有信心，哪有不得行的！脱贫的关键还是要靠自己努力，我们干部只是给你们想些门路。"朱雪松说。

两个老人想了想，表示可以试一试。朱雪松便做了登记，并拿出事先制作好的明白卡填好。"这个牌牌是啥子意思？"陈仁江问。"这上面有你们的信息，比如户名、致贫原因、帮扶人及帮扶措施等，以后上面来检查，会一项一项地询问和核对，哪一项没做到都不行。"朱雪松说。

"娘哦，那不是说干就必须干？"张旺菊说。"那还有假？"朱雪松说。朱雪松叫陈仁江找了颗铁钉，把牌子钉在了墙上。

陈仁江问："你看我们这房子，再经一两个雨季怕是要垮了，国家就没说帮我们修修？"朱雪松说："这房子没有维修价值，现在正研究易地扶贫搬迁，你这房子可能要拆了重建。"

陈仁江赶忙问："那我们出不出钱？"朱雪松不由笑了起来："肯定要出的。"陈仁江立马面露难色："不是扶贫吗，要我们出钱哪里去拿？""放心，你们肯定出不了多少，大头是国家出。"朱雪松说。

该去下一家了，但朱雪松总觉得还有事没做完，他拍拍脑袋，左思右想，就是想不出来。一只母鸡咯咯咯地走过来，大概是发现朱雪松鞋子底下有一粒玉米，偏着头左盯盯右看看，但又不敢靠近，只是围着朱雪松的腿脚打转，急得一撅屁股便拉出一泡稀屎。

朱雪松一下子明白了，便将小刘、老向及宋师傅招拢来小声安排了一阵。几人惊诧，小刘连连摆头："这些事也要我们做？教教他们就行了。""如果仅是教教他们就行，那扶贫就简单多了，扶贫不仅是要让他们过上好日子，住上好房子；还要养成好习惯，形成好风气。这是省上对'四好'村的要求。"朱雪松说。

宋师傅把陈仁江两口子喊到旁边，说："你们这环境卫生，怎么不抽时间打扫打扫？趁这个机会，拿些工具来，我们一起搞。"陈仁江愣着不动，宋师傅的话让他有些难堪。张旺菊讪笑："这啷个好意思呢，不劳你们干部了，我们一定抽时间打扫。"朱雪松说："不用等了，现在就干。"说着就挽起袖子。"老向和我把屋两边的杂物整理一下，小刘扫地，宋师傅负责清理房屋周围的鸡屎。"朱雪松安排完就去找工具，羞得老两口赶忙也拿工具投入劳动。

大约一个小时，陈仁江的家就完全变了个样。几人累得汗流浃背，朱雪松红扑扑的脸膛直冒热气。他觉得嗓子干哑，便问陈仁江要水喝。陈仁江不好意思地说没有开水，只有冷水。厨房里有一口缸，抽的是地下水，可以直接喝，平时他们渴了都是舀一瓢咕噜咕噜就灌进肚里。朱雪松腿一抬进了厨房，一股酸臭味直扑鼻子，灶台后一只泔水桶里，盛着不知积存了多久的剩饭剩菜。案板上一只铝瓢，上面粘着一根干枯变色的面条。实在渴得难受，朱雪松闭上眼睛喝了一小口水，急忙出来了。

小刘几个把工具放好，拍打着身上的灰尘，放松的喜悦渐渐从脸上露出来。可朱雪松接着说了句："外面收拾好了，把屋里也一并收拾了吧！"几个人虽不情愿，但还是忙活开了。

一个人收拾卧室，一个人收拾堂屋，另外三个人收拾厨房。

耗费了整个上午，陈仁江老两口热情地要留他们吃午饭，没等朱雪松开口，小刘便急忙推辞："不了，我们回村委会随便吃点，下午还要跑几家呢。"几人再三推辞，陈仁江两口子才万分歉意地放他们走了。

这一天，原计划跑五家，可最终只跑了三家。回到村委会，天都黑了，几个人都不想动，就煮了一大锅方便面当晚餐，一阵狼吞虎咽，解决了饥饿问题。

4

　　张疏琴收拾完家里的事，把陈智清一天的吃喝安顿好，就匆忙去陈智峰的家庭农场做工了。陈智清一个人在家，这屋走到那屋，屋里走到屋外，心里憋得慌。想来，他是个男人，才三十多岁，后面的路还长，难道就一辈子全靠女人来撑这个家？他时常感到惭愧。急了，陈智清下意识地抬起手去抠脑壳，可他没有手，只有一截短短的上臂，端头是光秃秃的肉杵。每当此刻，他心里便泛起一阵辛酸：我是个废人啊！连抠抠脑壳这么简单的动作都无法完成，还能干啥？但是，人的自卑往往跟自强是孪生一对，极度自卑时也是激发自强奋发的时刻。陈智清每当有意无意地提醒自己是个废人的时候，又立刻滋生不甘沉沦的斗志。他毅然决然地朝村委会走去，要向村干部和扶贫驻村干部咨询政策，看能不能找点脱贫致富的项目。他虽然身体残疾，但大脑健全："人家动手出力，我动脑出策总可以吧？"老天关上一扇门的同时，又会为你打开一扇窗。他不相信自己就比别人差，他要用自己的聪明和毅力证明这一点。与其这样天天心痒难抑、寂寞难忍地困在家里，还不如背水一战、拼死一搏。

　　可他一无资金，二无技术，三无健全的身体，这让村干部十分为难。陈智清的精神让人感动，不能挫伤其意志，给轻易否决，毕竟这种精神在当前的农村是稀缺的，是难能可贵的，是可以作为星火培育，来正面引导其他人的。因为星星之火，可以燎原。

上面一再强调，扶贫不仅要注重"输血"，还要注重"造血"，要充分发掘贫困户的内生动力，变"要我脱贫"为"我要脱贫"，既要扶智，也要扶志。因此，无论是王朝晖、陈智峰，还是朱雪松、老向、小刘等人，对陈智清都很热心，表示一定为他想办法。

村里研究，陈智清多数时间待在家里，那就帮他好好规划庭院经济吧，栽几十株李子树，养百把只鸡，应该不是问题。陈智清同意养鸡，但他志向并不在小打小闹上，而是要大干一场：要养鸡就办个养鸡场，几千上万只的。这让大家万万没想到。"这么大规模，你又从来没搞过，风险你考虑没？"朱雪松问他。"我一个人在屋里，也看了不少养鸡方面的书，只是没有亲身实践，只要把我安排去培训一段时间，掌握些实践技术，我想没有问题。"陈智清坚定地说。"培训不难，这个我们可以安排。"朱雪松说，"可资金呢？养一万只鸡至少得投入二十几万元，哪儿来的钱？产业扶贫周转金目前解决不了这么多。""我天天莫事在家看电视，晓得些政策，不是还有个扶贫小额信贷吗？一户可以贷五万元。"陈智清说。"那也不够啊！"朱雪松说。"可以集中几户的资金合伙啊！"陈智清说。朱雪松眼前一亮："这倒是个办法，看来你脑子是好使！"

接下来，朱雪松积极联系金融部门，又从村里选出五户贫困户——他们都有参与的意愿，并说就让陈智清领头，当总负责人，出工出力的活儿由他们承担。陈智清被推荐到高飞禽业实地培训，等扶贫小额信贷资金一下达，就立马做场地规划。

陈智清一心要学到技术，不怕别人嗤笑，每天从早到晚跟定公司的技术总监，不仅眼看得勤，嘴巴还问得勤，一边看一边问，还默默地在心里咀嚼消化。他把现场学到的跟书本中学到的相比较，要是发现矛盾之处就张嘴问老师。有时老师被问得难以回答，就说："还是以现场实践学到的为准吧。"两个月很快就过去了，陈智清熟练掌握了整套技术。

陈智清学成归来，信贷资金也到位了，县农业局还专门派了个技术指导，并匹配了鸡舍建设项目资金。正式进入养殖环节，是跟着高飞禽业"借鸡还鸡"的模式养蛋鸡，还是独辟蹊径养肉用土鸡？大家意见有分歧。合伙的贫困户认为，跟着大公司养蛋鸡稳当些，鸡可以先赊，蛋保证能回收，没有什么压力。陈智清却不那么认为。

"那样永远都无法走向产业链顶端，获取的利润也微薄，不是长久之计。"陈智清说。他建议去包一座山，唯有那些山上的地没被流转。利用林下资源散养跑山土鸡，除了刚刚孵化出来的雏鸡喂些饲料，其余时间一直坚持用粮食、蔬菜饲养，坚决不用饲料，不走速生鸡短平快的路线，饲养一年以上才出栏，走小众化、中高端路线。

有合伙人惊诧地问："这种养法，跟各家各户传统养法有啥区别？那又何必去学技术呢？""就是传统养殖的规模化、专业化、品牌化。"陈智清说，接着强调一点，"养鸡脱贫只是我们要实现的第一个目标，我们的最终目标是要致富。要想致富，只是充当人家产业链中的一环，是难以实现的。我们要自己创造一条产业链，靠产品品质和品牌赢得市场。你们相信我，按我的路线稳扎稳打，五年之内，保证大家都富起来。"

此话一出，无论是几个合伙的贫困户，还是在场的村干部和扶贫干部，都感到万分吃惊。平时只晓得陈智清因身体残疾时常愁眉苦脸，没想到那张苦瓜脸所掩盖的脑壳里，还藏着这么多名堂，真可谓"人不可貌相，海水不可斗量"。这个不轻易显山露水的年轻人，有了机会，大有想一鸣惊人之势。从他说话的神情和语气可知，他已然胸有成竹。

大家都被陈智清说服了。"明年这时候，一万只鸡可卖近两百万元，信不信由你！"陈智清说，"所以，大家不要心急，心急吃不了热豆腐。鸡，我们慢慢养，像养娃儿一样来养。"

不过，大家还是担心：这么高的价谁买？朱雪松则拍了拍胸口："如果真是那样养出来的鸡，我发动农业局所有人来宣传和购买。毕竟，现在要吃个资格的土鸡很难！"

晚上，朱雪松很难入睡。身为扶贫驻村工作队队长，他知道肩上的担子有多重。尤其是深入村里，他感到扶贫最大的问题是：大部分村民的思想观念——不是踯躅不前，就是因循守旧；不是畏缩惧怕，就是破罐破摔。一味地"等靠要"的人多，主动努力脱贫的人少。如果大家都像陈智清这样，心往一处想，劲往一处使，脱贫有何难？唉……

从陈智清建养鸡场这件事中，朱雪松看到了希望，他想把这种模式予以推广，想让更多的人参与。可他跟村干部多次下去动员之后，问题来了。扶贫小额信贷毕竟还是贷款，既然是贷款那就得还，就是背债务，这在不少村民心中是个难以拂去的阴影。

在农村，曾经很长一段时间里，农业税和提留是必须缴纳的，对有劳动能力且头脑灵活舍得干的人来说，这不是多大的问题；但对各方面条件较差的家庭来说，无疑是一年一年地叠加负担——年底干部来催款，拿不出来怎么办？躲得脱的就躲，躲不脱的就贷款。那时，催款干部一般跟信用社信贷员一同下乡，哪家拿不出钱来交，信贷员就办一个转贷款的手续，就这样，债务一年一年地累加，导致这些家庭越来越贫困，有时辛劳一年只够还个利息。他们对"贷款"二字的畏惧也就日渐加深。这部分人还算好，尽管贷款逐年累加，但还是有了钱就在慢慢地还，哪怕只还个利息。还有的人，先是千方百计躲农业税款，即使累加到贷款上也不发愁，反正头上的虱子多了不怕痒。好在后来国家取消了农业方面的一切税款。

如今，扶贫小额信贷来了，尽管这种贷款是政府贴息的，但部分村民还是说什么都不愿意贷。为什么？就是怕还不起。假如拿到手搞亏了呢？他们这样想。还有一部分人呢，想贷但金融机构不敢贷给他们。这部分人不怕贷款，还巴不得多贷！因此，他们十分踊跃地去申请。可他们过去的账未了，能贷给他们吗？显然不能。可有些人又是真真切切的贫困户，怎么办呢？

朱雪松跟县上承担扶贫小额信贷的几家金融机构作了沟通，陈述了他的困惑。人家告诉他：有一个保守的办法，就是让一些新型经营主体来牵头，比如公司或者农民专业合作社，以贫困户的名义贷，钱拿给新型经营主体使用，当然三年期满得由他们还本。三年内，新型经营主体必须每年给贫困户一定比例的分红，保底分红不能少于同期商业银行贷款利息。这样，贫困户等于是借鸡下蛋，没任何风险，每年还有一定的收益。

朱雪松脑子里快速核算了一下，如果每个贫困户贷五万元，每年就可分得三四千元，现在国家划定的脱贫标准是人均收入超过三千四百元，那这笔钱就可让一个人脱贫了，也是一个很好的办法。虽然贫困户收益不高，但大大解决了新型经营主体的资金难题，所以，陈智峰、陈智光、陈仁昊、陈传国等都举双手赞成。

"我想在荷塘里建一条步道，再建几座观荷亭，正愁没资金呢，真是瞌睡遇到了枕头。"陈智峰说。于是，他动员五户贫困户加入，共获得了二十五万元的小额信贷资金。陈智光说："我是想搞一个荷叶茶加工作坊，设备、厂家都联系好了，但需要将近二十万元，老婆不拿钱出来，心里也愁得慌，正巧碰上了这等好事，没得说！"陈仁昊早就意识到粮食烘干机的重要性了。过去两年他采用分户晒粮食的办法，可毕竟得依靠别人，别人对你的粮食不会像心肝宝贝一样地对待，想起来了就去翻一下，晒出来的粮食干燥程度不一，堆积起来容易霉烂；再者，晒在人家院坝里，大雨说来就来，人家哪个会那么负责任去给你抢收？好几家看着就要晒干了又淋成了水谷子，陈仁昊心痛气郁，可腔都开不出来。所以，他准备用这个钱买一套烘干设备。陈传国呢？他是想用资金买一辆卡车。干部问他："你又不跑运输，买卡车干吗？"他笑笑说："你别管，我自有用处。"既然他同意带动贫困户这种模式，干部也就不好再追问。

通过村里几个家庭农场，再加上王朝晖的公司牵头，全村四十余个贫困户捆绑发展，共获得小额信贷资金二百余万元，每年可为贫困户创造分红收入十六七万元。

5

油菜收过后，镇上来通知说，县上领导要来村里调研。何海到村委会商量参观点位和行程路线。陈智蓉看到何海就凑上来，说有事找他。"陈老师，啥事？"这是陈智蓉第一次主动跟何海说话，让他颇感诧异。"现在是不是也该把学校重新修一修？"陈智蓉说。"'两不愁三保障'里有关于义务教育的内容，但上面还没明确的方案。西滩村小学究竟是保留还是撤并都不晓得呢，所以也不敢贸然重修。"何海说。"啥时才会有明确方案呢？"陈智蓉问。何海抠了抠脑袋，尴尬地笑了笑："我不是县领导，所以就不晓得。咋啦？""眼看雨季就要来了，教室好几个地方漏雨，墙皮都塌了几块，怪危险的。"陈智蓉说。

何海在陈智蓉带领下进教室仔细察看："这个问题好办，就算县上没有具体方案，教室维修村里和镇上都可以想办法解决。""那希望尽快！"陈智蓉说。

正说着，陈仁毅跑到村委会来，看到何海便笑容可掬地套近乎："何镇长才敬业呢，这么早就下村来了，估计还没吃早饭吧？"何海白了他一眼："你这么早跑到村委会来干啥？""我来问个事，是不是县上领导要来村里？"陈仁毅问。"你从哪儿听说的？没有的事。"何海这么说，同时跟朱雪松几人交换了眼色。"你听说县上哪个领导要来？"朱雪松问陈仁毅。"反正我听说要来领导，不晓得具体是哪个。"陈仁毅说。

这时，陈智峰和王朝晖也来到村委会。陈仁毅便又去问他俩："王书记、陈主任，是不是县领导要来我们村调研工作？""啊？"陈智峰没正面回答，何海等连忙向他摇头，示意不要说。"哦，我都没接到通知呢，哪个说的领导要来？"土朝晖说。"我昨天在街上打牌听说的，还不是你们政府的人传出来的。"陈仁毅说。"县上领导一天忙得婆娘都顾不上，咋会来我们村？没得那些事。"宋师傅说。

"哼哼，反正县领导来，我就要亲自问问，我们家咋就不能当贫困户！"陈仁毅说。"你硬是觉得当贫困户体面些？前些日子，你把免费送给贫困户的李子树苗抱几捆就走，晓得不，非贫困户是要给钱的哈！没追究你的责任，你还想哪个？"何海说。"我给啥子钱？前（钱）是胸膛后是背，要钱就找锭子擂！贫困户体面些？他们栽是栽，我栽就不是栽？你们不是说发展产业致富吗？"陈仁毅觉得自己理直气壮。"全村非贫困户都不给钱，这树苗钱由谁来垫？人要讲道理哈！"陈智峰说。"听说你不但把你屋团转栽了，还给你野婆娘也抱了几捆去栽了，她屋里也不是贫困户，也该给钱的，现在村里很多人都在说这个事。"朱雪松说。"我的野婆娘我不照顾哪个照顾，还指望你们村干部、乡干部？"陈仁毅耍起赖皮。

等陈仁毅走后，何海郑重其事地说："我们不可掉以轻心，假如领导来了，这个二百五滚刀皮烂眼儿真跑出来捣乱，你我都得吃不了兜着走！""那该想个啥法子呢？"大家都不知所措。"树苗钱的事暂时搁一搁。如果那家伙真把果树栽活了，且务得好卖成了钱，也算好事一桩。眼下还必须将领导下来调研的消息封锁住。"何海说。"但领导下来当天是要在大天白日下行走的呀，正大光明的事不可能偷偷摸摸，假如那家伙当时晓得了跑来捣乱，该如何？"陈智峰说。"那就让他当天不能乱跑，手脚给捆住。"何海说。"捆人？那怕要不得哟。"王朝晖说。"打个比方，不是真捆，相当于捆，"何海说，"就是想办法把他困住，哪怕花点儿钱，请几个人，哪怕哄着他耍，只要不出来捣乱。"

几个人想来想去，找不到合适的法子。突然，有人灵机一动：远近都晓得，陈仁毅跟刘碧红有勾搭，如果在这个女人身上下点饵，准能拴住他的腿。大家都认为这是没有办法的办法，随即安排相关的村民小组长具体落实。

　　领导下来那天，果然不见陈仁毅踪影，何海等人松了口气，下来问了具体办事的小组长。原来，那小组长走到刘碧红家，说："你跟陈仁毅乱搞男女关系，村里已是满城风雨，等你男人回来，怕要把你打死。"那刘碧红虽红着脸羞得不行，但嘴里还是硬着，说惹毛了离了，就跟陈仁毅过。"你以为跟陈仁毅就能过好日子？他是什么人？怕是给他当牛做马还嫌你跑得不快，对他千依百顺还嫌你装怪，你各人好好想想。"小组长说。刘碧红听了似有触动，脸色煞白，一时没了言语。"你两个长相厮守怕是不现实的，趁早断干净，不要被人捉住。这样的话，就是你男人回来，你打死不承认，他还能拿你啥办法？我们再给你说个'包包散'，啥事都没得了。"小组长说。刘碧红立马转为笑脸说："那当然好，那就谢谢了！""要我们干部帮你，你得听我们的话。"小组长说。"你们说啷个做我就啷个做。"刘碧红说。小组长就说，某天某天你无论如何得把陈仁毅叫到你家，不管你采取啥法子，总之不要让他出你家门，否则他惹了事，后头你有事找我们，我们就不得管你了。

　　刚履新不久的县长在县委宣传部部长孙彬的陪同下，率领帮扶单位相关领导，连同七七八八的随行人员开了三辆车，赵启来、何海等又凑了一车，浩浩荡荡地进了西滩村。

　　车辆没到村委会停留，直接开进了田间地头。这时节，田地里热闹非凡，粉碎机轰隆轰隆地号叫着，人们将一捆

161

捆油菜秆喂进去，瞬间便揉碎成丝粉状。一旁的人将装满粉碎后的油菜秆的袋子扎紧，丢进大卡车拉走。"这些东西拉哪里去？"县长问。"拉去喂牛。我们跟邻县一家大型养牛场有协议，秸秆就地粉碎后都供给他们，这样就避免了秸秆焚烧造成大气污染。"王朝晖回答。"很好，很好！"县长连连点头，"油菜收割后准备种啥？""马上引水种水稻，"王朝晖说，"水稻生根稳当后就放鱼或蛙，或者小龙虾等。""水稻成熟后要不要放水？""当然要放水，等10月份又得种油菜。""那么鱼在稻田的生长期只有三个月时间，能有多大的效益？""生长期有五个月，水稻成熟后虽然放水，但每个田块仍有一条沟壕，里面是有水的，鱼可以在里面养到油菜播种前夕，每亩仅鱼的产值就有三千元以上。""水稻施不施化肥？鱼投不投饲料？"县长问。"不施化肥，但要施有机肥，这样有助于微生物的生长，可供鱼类食用。鱼的粪便和吃不完的饲料同样变成了肥料，鱼还可游到水稻种植区，吃一些害虫。""听说你现在搞了个反租倒包，把一块块田划成一个个家庭农场？""是的，准备发动有能力的人来承包，我出种子、鱼苗和技术等，并包回收产品，一块田五十亩以上、一百亩以内，这样可以为广大返乡创业者提供更多的舞台。""推行得怎样？"县长兴致很浓地问。"目前还未形成返乡创业潮，但也有一些有见识的村民大胆尝试，比如村主任陈智峰就拿了两百多亩，陈传国拿了一百多亩，老党员陈仁昊拿了一百多亩，另外还有几个，组建家庭农场的总共有九家，相信后头还有。""希望这些人是星星之火，不仅可以点燃西滩村，还可以燎原全县乃至更广大的地区！"县长激动地说，"资本下乡就应该这样搞！共同富裕才是我们的根本目标嘛！"随行人员都说是。

县长接着问陈智峰："听说你曾经是记者，还在省城待过？这种模式见过吗？"陈智峰一时心咚咚直跳："以前当记者的时候没跑过农业口，确实是没见过。""省城周边可是一望无际的平原，比我们这里好多了，经营方式肯定比我们超前吧？"县长说。"这个我最清楚，我在省城那边发展了多年，这就是从那里引入的经验。"王朝晖回答。"有你们这些敢闯敢拼的人才带动，不愁贫困地区发展不起来！"县长说。

陈智峰顿时脸红了，县长所说的人才，究竟包不包括他呢？话听起来好像包括，但县长刚才问的问题自己竟答不上来，显然是十分丢脸的事。虽然当记者时见过的官比县长大得多的都有，可为何今天在县长面前这么窘迫呢？此时，陈智峰觉得自己好像被摘掉翅膀的蜻蜓，尽管头顶有一双比脑壳还大的眼睛，可就是望着蓝天白云干着急，无论怎样蹦跶都飞不起来。

看完了产业，县长当即表态："你这里完全可以申报现代农业产业基地，赶快报上来！什么叫供给侧结构性改革？不用说得那么云里雾里，这就是很直观、很生动的例子。"

回到村委会，见是借用小学教室办公，县长说："问题都会解决，马上要启动各村阵地建设，要将教育、卫生、文化等配套设施全面改善，该修的修，该建的建。"大家听了都十分高兴。"省城一带早在若干年前就实行了城乡一体化发展，现在农村家家户户住楼房，配套设施完全不输城市，甚至比城市还优越。"这回，县长说到陈智峰熟悉的点上，他抢着说。"我们也要立即启动易地扶贫搬迁和

'蜀山新村'建设，你说的那种生活，我们的农民也会过上的，我想也就是两三年之后，最迟不会超过三年。"县长说。

县长说罢，提出要去看几家贫困户的帮扶情况。这没在行程安排之内，但县长既然提出来了，只得临时安排。经临时商议，决定选择陈智清的养鸡场。

村里人早就发现了一大帮领导模样的人在路上走，纷纷赶来看热闹，得知是县长，都感慨西滩村起码一百年没来过这么大的官了。养鸡场在一座小山丘上，周围用铁丝网围起来。平时，鸡就在树丛里自由觅食，晚上钻进鸡舍里歇着。县长带人钻进铁丝网，拨开树丛饶有兴趣地看了一会儿鸡。那些鸡才喂了一个多月，都只有鹌鹑那么大，李淑华端了一盆红薯颗粒撒在地上，鸡群立刻涌出来抢食。

养鸡场办公地是搭建的板房。张疏琴从屋里端出几根长板凳，但来的人多不够坐，她只好尴尬地笑着说："没那么多板凳了，只好辛苦有些领导站起哟！"她这么说，县长也不好坐了："不用客气，我们站站就走。"县长不坐，也就没人敢坐，都站着。

县长问陈智清："家里几口人？鸡养得还顺利吧？一年能收入多少？"陈智清没有双手，站在那里像个木桩，县长问一句他就回答一句，也不激动也不害怕。在村干部不断插话补充的情况下，县长总算了解了陈智清一家的生活状况，连连感慨："确实贫困，应该全力帮扶！这样的贫困户才是我们最应该扶持的！你自强不息的事迹很感人，很有正面引导意义！"说着，县长转身对宣传部部长孙彬说："让县电视台好好宣传一下，应该号召全县的贫困户来这里学习。"孙彬点头称是。随后，县长鼓励陈智清说："不要对生活失去信心，相信党，相信政府，相信你自己，日子一定会好起来的！"陈智清笑着说："我当然相信，不相信的话，我就不会活到今天了。"这话引起现场群众一阵笑，干部们也跟着笑。

突然，县长从钱包里抽了一沓钞票递给陈智清："这是我私人的意思，虽帮不了你大忙，也算稍尽绵薄之力。记着，有很多人在同时帮助你！"陈智清没有手，也就没接，说："县长，心意领了，谢谢！"县长把钱塞到了陈智清的裤兜里。张疏琴赶紧上来给县长鞠躬，眼泪汪汪地说："谢谢县长了！"

这也没事先安排呀！县长这样做，把众多干部弄得脸上挂不住：也跟着掏？可有的人身上是分文没有。不掏吧？可人家县长都掏了。他们还没想明白，县长已经带领队伍往外走了。但刚才那一幕被一些贫困户看见，他们便纷纷要拉县长到自家坐坐。县长又去了几家。

县长身上的钱掏空了，可群众的热情却越来越高。于是，从孙彬到赵启来、何海，乃至于王朝晖、陈智峰等，都悄悄把身上的钱拿出来递给县长。

一天下来，这钱不知具体掏出了多少。

6

县长考察回去后，赓即批复了西滩村关于打造县级现代农业产业园区的报告。白龙河镇党委、政府又在西滩村开了几天现场会，对产业作了进一步的科学规划。

忙完这些事，陈智峰才有机会照看他的荷塘，不觉又是荷花含苞待放的时候，还未来得及感慨，端阳节说来就来了。一大早，整个西滩坝子田边地头、坡坡坎坎，还有白龙河边、溪沟畔，处处是人。他们抢割艾草、菖蒲、臭毛草等，拿回去煎汤沐浴。

陈智峰也割了一背篼，丢给父亲就骑摩托车到村委会上班。临走时，父亲叮嘱他无论如何中午回家吃饭。父亲年龄大了，总有些依赖他的样子，有时他回去晚了，父亲就会唠叨一阵，说："你咋这么晚才回来，等了你好久了！"唉！人说老小老小，老的人有时候就像个小孩。想到这里，陈智峰笑了，但心里却苦苦的不是滋味。

中午他谨遵父命，很早就往家走。不料经过张旺霞屋前时，陈智峰却发现院门开着，便刹住车，探头往里张望。没看到人，他从车上滑下来，侧身走了进去。院子里一股很浓烈的雄黄味道。"喂！有人吗？"陈智峰喊了声，还是没动静，可一楼客厅的门开着。"哦，陈主任。"突然，楼上有人喊。陈智峰抬头看，一个女人上半身伏在栏杆上往下看，像是在看池塘里的鱼。那女人面如银盘，正笑盈盈地看着他。陈智峰胸口咕嘟咕嘟地煮起粥来：那不是张旺霞吗，她怎么悄无声息地回来了？"霞姐打电话，叫我帮她把家里收拾一下，这么久没人住，蜘蛛网都结满了！"那女人说。陈智峰仔细看，才发现那根本就不是张旺霞，而是张旺芸。

这女子回乡后，也渐渐地接了地气，跟刚从学校回来时判若两人。这模样跟年轻时的张旺霞简直一个模子脱出来的！陈智峰一时恍若回到了从前。

"你怎么来了？"张旺芸从楼上下来，一边说话一边用毛巾拍打身上的灰尘，她带汗的脸也沾了层灰，凑近看就能发现一张粉白的脸扑得有些花。"我路过，见院门开着就进来了。"陈智峰说。"哦,那你坐坐吧,我还要收拾一下。"张旺芸说完,转身又进了屋。陈智峰在院子里转了转,那株桃树因没有修剪,更加枝繁叶茂,满树的桃子开始吐红。一阵风吹来,桃枝摇曳,点点桃红掩映在枝叶之间,像一个个调皮躲闪的精灵。

张旺芸收拾完毕便与陈智峰闲聊起来:"西滩村搞得不错哦!啥时来学习学习。"陈智峰笑了笑:"随时欢迎啊!你们也搞得很好嘛。你正式当选村主任了?""你怎么晓得的?"张旺芸说。"白龙河就锥子大个地方,东山村又是挨着西滩村的,我咋会不晓得呢。"陈智峰说。"村里老同志都谦虚,非要把我推出来。"张旺芸说。"年轻有为!想想才几年,一个黄毛丫头就蜕变成一个风风火火的基层干部了!""用词不当哈!我以前在你心里就是个黄毛丫头?现在做事风风火火?"陈智峰脸红了:"你以前可爱嘛,现在有魄力嘛,都是夸你的呢!""算了嘛,以后还得多向你老前辈学习。"张旺芸说。"我老了吗?"陈智峰说。"是老练和老辣嘛,也是夸你呢!"陈智峰顿觉这女子脑快嘴利,跟她过招,三五回合便要黔驴技穷,以后不可小觑。两人又说笑了一阵,便分开了。

走在路上,陈智峰猛然想起,"天边的云"说他(她)也是大学生,而且毕业选择了回乡,这跟张旺芸十分相像,由"芸"到"云"似乎也顺理成章,莫非"天边的云"就是张旺芸?但仔细想想又不大可能,如果真是的话,那这女子城府可不是一般的深啊!他俩网交几年,竟能隐藏伪装得如此严丝合缝,简直可以跟谍战剧里的女主人公媲美了。

这样想着,不觉就到了家。刚到家,陈智峰便听到屋里飞出一连串的笑声，有男的也有女的。他很纳闷儿，父亲一向喜欢清静，怎么今天能容得下这么些男男女女在家放声说笑？这样想着，便进了屋。推门的一瞬间，几张陌生的脸齐刷刷地转过来看他，说笑声也顿时停了。

"儿子，"父亲被那群人围在中间，"这是你殷大姐，可能你不认识，三组你智强哥屋里的。这是她堂妹殷雪，二十八岁，才从广东回来，这两个是殷雪的父母，你喊叔叔婶婶。"陈智峰顺着父亲的手看过去，那殷大姐四十五六岁的年纪，身材微胖偏偏要穿件紧身裙，坐在凳子上肚皮便鼓起几轮，大眼睛大嘴巴，一笑牙齿露出了多半，脑袋圆圆的转得倒快，耳边的两个长坠子一刻也没停止晃动。再看那殷雪，只是嘴巴比殷大姐小些，整个人就如同殷大姐的缩小版，穿着上也时髦些。时不时有电话来，她便将手机一滑，朝周围抱歉地笑笑，一张嘴便吐出似像不像的广东腔。

陈智峰浑身便起了一层鸡皮疙瘩。殷雪的父母倒十分老实，只是一个劲儿盯着陈智峰看，偶尔低声交谈。陈智峰胸口似猛地被针扎了一下：莫非这是在给他相亲？他突然想起，本地有端阳相亲的习俗。看父亲那合不拢嘴的样子，显然他对眼前这个姑娘十分满意。可这姑娘……陈智峰朝来人点了个头就钻进屋里去了。外面仍然是笑语飞扬，说的什么模糊不清，陈智峰也懒得去猜测。他倒在床上呆望着天花板，心里如同茫茫雪原。

一会儿，外面敲门喊吃饭，陈智峰极不情愿地从床上翻下来，走进餐厅。桌上已经摆满了好酒好菜，父亲特意没有开诊所门，还专门请了李淑华和张疏琴帮忙煮饭。

饭桌上，陈智峰要跟父亲坐，殷大姐说："陈叔跟我幺爸该一起坐，坐上席。"陈仁兴连忙过来拉殷雪的父亲，两人推来让去半天，最后还是坐在了一根板凳上。方桌的另外三边，殷大姐先把殷雪的母亲拉到一起坐了；李淑华跟张疏琴瞅准了玄妙，也选择坐到一起，剩下陈智峰和殷雪，只好坐在一根板凳上。

陈智峰只顾埋头吃饭，不打算说一句话，可父亲偏要他给客人敬酒。无奈之下，他只好提起酒壶，从殷雪父母开始，一一敬了酒，剩下殷雪他没敬。"你没敬完吧？"张疏琴说。"还有谁？"陈智峰装作若无其事地问。张疏琴朝殷雪努了努嘴。"哦……年轻女孩儿，该不会喝酒吧？"陈智峰一边伸手拿壶一边说。殷雪转身暗笑了下，摇摇手说："不喝不喝，我不会喝酒的。""咦！昨晚在我屋头，你咋喝得那么起劲呢？是害羞呢还是替陈家节省呢，还没过门就晓得体贴公公家了？"殷大姐说。殷雪便主动将杯子递过来："好嘛，那我就喝几杯嘛！"陈智峰只好给她倒满酒，两人杯子砰地一碰，一言不发就下了肚。"你两个都是爽快人，真是人不似像不到一堆！"殷大姐说。父亲接了话："儿子，你是聪明人，也看到了，你旁边这位殷雪，是你殷大姐给你介绍的对象。我觉得不错，就看你了，你可以先不表态，慢慢处处，相互了解一下再定。"

吃完饭，陈智峰往村委会走。殷大姐说："殷雪，你跟智峰也出去走走吧。"殷雪犹豫了阵，想跟着走，但陈智峰又没表示同意；不跟吧，这边家人又极力鼓励着。最后，她装成若无其事的样子，与陈智峰保持一定距离地跟着。

到了村小操场，朱雪松几个人正在吃午饭，见陈智峰后面跟个女的，都好奇地望着。陈智峰见几个人手里端着碗，泥塑一般呆着，说："咋啦？西洋镜儿这么好看吗？"

几个人这才动起来，像是有个遥控器被陈智峰逮着，先按了暂停，后点了重启。"哦，陈主任有好事？"宋师傅问。"我有啥好事？还不跟平时一样。"陈智峰说。朱雪松说："没好事还喝得脸上红霞飞，后面还跟个美女？"陈智峰这才意识到自己满嘴酒味，本来就红的脸一下子更红了，一阵冷风吹来，他浑身一颤，胃里翻腾着恶心的东西，他赶紧跑到厕所，哇地一口吐了出来。

殷雪注意到他吐了，很想上来照料，可陈智峰连正眼都没给她，这边几个又是陌生人，便愣着不动。陈智峰缓了一会儿，神情渐趋正常。"你们赶快吃，吃完后我们研究一下'6+1'公共服务体系的建设方案。"他说。"王书记今天不在，还是等他回来再研究？"朱雪松说。"我跟他通气了，他叫我们先研究着，方案得尽快拿出来，县上还要审。"陈智峰说。

朱雪松几人便狼吞虎咽起来，风卷残云般，课桌上的饭菜瞬间便没有了。朱雪松几人跟随陈智峰来到会议室，把殷雪一个人晾在外面。"这'6+1'中的'1'是村两委办公活动场所，'6'即便民服务中心、文化体育中心、卫生服务中心、农民夜校——也就是培训中心、农家购物中心、综治调解及法律服务中心。目的是让农民在农村也能享受和城市一样的公共服务。"陈智峰说。

"前几天跟王书记出去学习，省城周边的农村早就建起来了，人家啥事不出村就能办得妥妥帖帖的。只是我们在搞这个建设时，一定要选址科学，规划合理。"朱雪松说。"王书记建议在一组月亮坝建，那里早些年是西滩大队保管室和晒坝所在地，周围是一片水田，又种植莲藕，风景很漂亮的。记得小时候，我们常把席子拖到那里铺起睡觉，仰头看天，星星和月亮特别明朗。"陈智峰说得十分忘情，仿佛回到了童年。"我们同时还要考虑易地扶贫搬迁及新村聚居点的选址，最好是跟公共服务体系建设弄到一起，一起规划，一起建设。"朱雪松说。"我也这么认为，但我一直在想建什么风格，是一幢一幢单门独户地建还是聚在一起建？是走传统风还是现代风？"陈智峰说。"还是走现代风，建成一幢一幢的'别墅'，我们参观过的地方都是这样的。"宋师傅说。"那样很浪费土地。我们要考虑成本。"朱雪松说。"如果一家一幢，跟现在又有啥区别？只是房子升级换代了一下。"陈智峰说。"要节约土地，就得建高楼，一幢建个六七层，甚至可以安电梯。"小刘说。陈智峰摇摇头："很多地方已经紧急叫停农民'被上楼'，我们不能重蹈覆辙。""那就搞成四合院？过去四合院一家人一座，我们可搞成几家人一座，就像往年把大地主的房子分给几户贫下中农一样，一家住几间，既节约了土地又热闹。"老向说。"这倒是个好点子！"陈智峰兴奋得直跳，"我们完全可以走这种传统合院式民居风格，把四合院建大建高，一套院子住他几十户人，几套院子就可住他一两百户人，这样既便于管理，也拉近了邻里之间的距离，便于全村形成一种凝聚力。"

"呵呵，你真要这样搞？我是开玩笑的。"老向说。"我说真的！"陈智峰说。"王书记回来我们再商量一下，形成比较详细的方案后，看上面啥意见。"朱雪松说。"我敢说，这绝对是个创新！"陈智峰便拿出纸来画图样，"把村级公共服务体系摆在正中，四周建几座四合院，又构成一个大的四合院，土地节约一大半！上面肯定会批准。""远看就好似一座城，我们还可以打造一条护城河，用桥梁与外界相通，呵呵呵，说不定建成后会成为远近闻名的一道旅游景观呢！"朱雪松说。"王书记说过，发展产业要考虑'三产'融合，第一、第二产业发展起来了，要充分挖掘第三产业的潜力，我们的易地扶贫搬迁和新村建设，也要围绕这个思路去搞。"陈智峰说。

开完会，几个人都激情满满的，脸上泛出红晕。"你女朋友呢，咋不见了？"小刘看了看窗外说。"哪是我女朋友嘛，莫乱说！她一个大人，难道还会走丢吗？"陈智峰说。"你出去看看，毕竟人家人生地不熟。"朱雪松提醒说。

陈智峰便走出会议室寻找，可找遍学校周围，包括灌木丛、苞谷地，哪里还有股雪的人影。不知在什么时候，她自觉无趣便自个儿走了。

7

朱雪松一直密切关注着陈智清等人的养鸡场。可以说，他比陈智清还希望看到他们成功。确切地说，他仍然没有死心，想通过陈智清的成功来教育其他贫困户，借助政策的扶持，依靠自己的努力，不仅能实现政策标准上的脱贫，还能实现真正意义上的致富。

他组织了一次农业局全体干部假期西滩行，考察的重点就是陈智清的养鸡场。同事们目睹这里的鸡是野生式的放养，且绝不喂一点化学添加剂，都喂纯粹的农村本土食材，个个啧啧赞叹。好多人当场就要购买，可陈智清笑着婉言谢绝，说要养一年以上才卖。"到那时，你们只要不嫌贵，要好多有好多！"陈智清说。

快到年底了，鸡长到三斤多重了。那些黑鸡，全是在树丛里长大的，那走路的架势和鸣叫的音量，无不宣示着满满的野性。且这些家伙个个羽毛黝黑发亮，乌头乌脚乌脸，皮肤甚至内脏都是乌的，据说营养价值相当高。

陈智清向参观者介绍，这种黑鸡是从一个边远山区引进的国家地理标志品种，属本省独一无二的珍品，如果完全按土鸡养殖方法养，市场上每斤可卖到七十元。那些梅花鸡，黑色的羽毛间杂着点点白斑，就像是一朵朵傲雪绽放的梅花铺展在黑色的树枝上。猛地从树丛中钻出一只，昂首咯嗒一叫，再扑扇扑扇翅膀，顿时呼呼生风。陈智清说，这种鸡也是从一个偏远乡村引进来的，对其进行培育，省农科院专家颇费了些功夫，而今是全省畜禽类重要品牌，市场上销售价格逐年攀升，很有前景。

凡是到过陈智清养鸡场的人，都按捺不住购买的冲动，朱雪松手中掌握的确定订数达到了两千余只，仅县农业系统的需求就占了一半，而且个个都想年底拿到货。没办法，朱雪松只有给陈智清说好话，年底卖一批，一来他们能回流一部分资金；二来可以用鲜活的事例让贫困户明白，他们是可以自立自强、获得成功的。

陈智清同意了，以每斤七十元的价格卖了五百只黑鸡和五百只梅花鸡，收取货款二十余万元。朱雪松刻意让购买者现场交款提货。当时，白花花的钞票着实引起了一场不小的骚动。围观的村民个个看得眼热心跳，但喊他们明年也跟着养鸡，不少人又笑着摇头。

这个春节陈智清两口子过得很开心，张疏琴接连几天在家大宴亲朋，场面之热闹，自陈智清的手被机器轧断后从未有过。苦日子总算有熬出头的希望了！

可陈智立却过得郁闷。打工十余年回来，儿子陈传文对他们一点儿都不"巴皮"。

年三十晚上陈传文都在爷爷奶奶家睡，陈仁江老两口拿起棒棒撵都撵不走。孩子说：打从有记忆起，这边才是家，那边只是座空房子，陌生。也难怪，传文三岁时陈智立和吴秀娟夫妻就走了，现在传文都上初三了。传文一米七八的个头，面貌清秀，性格内向，在家里不是看电视就是玩手机。"再晚些年回来，怕是你儿子都不认你们了！"吃年夜饭时，陈仁江对陈智立说。陈智立瞪了传文一眼："敢不认！我是他老汉儿，雷都打不动，不认我他认哪个？"

传文剜了父亲一眼，端起碗便跑到电视机前，把陈智立气得没有言语。吴秀娟心里一酸，也端起碗来到电视机前，夹了块肉给儿子："幺儿，妈妈这些年没照顾到你，莫生气哈，爸爸妈妈辛辛苦苦挣钱，还不是都为了你呀！""你们挣的钱呢？拿来看看！"传文这么说，更让陈智立火气上涌，他把碗往桌上一砸："没给你钱你长这么大？你从一年级到现在上初中，读书哪个给你拿的钱？再说，老子挣的钱，现在还是老子的，要等我死了才是你的！"

眼看一顿年夜饭吃得剑拔弩张，陈仁江立马出来制止："狗东西，当老子的不像当老子的，当儿子的不像当儿子的，要吃就吃，不吃就都给我滚！我还想过个清静年呢。"张旺菊下桌来拉陈传文："孙儿，你莫跟你爸爸吵，你是小辈，咋个跟长辈吵架？快上桌吃饭，今天过年，不要一家人搞得气鼓气胀的。"

大年初一，陈智立两口子在自己家待客。一大早，吴秀娟就来喊陈仁江老两口。"你先回去，我们收拾下就来。"张旺菊说。可快中午了，仍不见陈仁江老两口的人影。吴秀娟再次登门奉请，老两口早已经穿好新衣服，但陈传文还睡在床上没起来。吴秀娟在窗外紧喊，传文就是不答应。吴秀娟一脸无奈："我们先走，等他睡，看他睡到好久！"陈仁江老两口便跟着儿媳来到儿子家。

饭菜准备得十分讲究，鸡鸭鱼牛羊兔，还有海鲜，样样俱全。吴秀娟的父母也来了，一家人围坐一起热闹非凡，但吴秀娟始终高兴不起来。"哎！过了年不打算出去了，就待在家里。"几杯酒下肚，陈智立感慨万千。"可不出去，在家又能干些啥呢？这次回来，感觉我们都不是这里人了。"吴秀娟说。两人的话感染了父母，陈仁江老两口也劝儿子儿媳："是该考虑在家待了，传文现在越来越古怪，还不是因为你们长期在外没管。我们又管不到，孩子大了，哪个的话都不听。"吴秀娟父母也帮腔，说老家条件在改善，尤其是这几年来，到处都在修整，不愁找不到活路做，钱是少挣些，可也省了压车滚子的钱，还把父母和娃娃照顾了。陈智立、吴秀娟连连点头称是。

正说着，忽听外面有摩托车声。吴秀娟出门看，见一个看起来三十多岁的男人把摩托车停在院坝边上，还冲她笑，可她不认识。陈智立问是哪个，吴秀娟说"你来看看"。陈智立走出来看了半天，见那人既有些熟悉又有点陌生。"你是智立哥吧？我是陈智峰。"来人说。陈智立"哦"了一声，连忙把陈智峰拉进屋："来来来，我们正吃呢。"陈智峰说已经吃了。陈智立新开一瓶酒："吃了也陪你喝一杯，好多年不见了，都快认不到了！""是啊，你在外面发财了，当然认不到我们了哟。"陈智峰说。"睡梦里砍木头，是伐材！你咋偏要回来当个小小村主任呢？"陈智立将一杯酒递给陈智峰说。陈仁江呵斥他："人家'小小村主任'？你在外头晃再久，也还是个土农民！""我们都是土农民！"陈智峰说完，仰头将酒吞下肚。两人一杯接一杯，聊着聊着便谈起了许多往事。"还记得读小学的时候吗，我家里当时穷，你们屋头条件好，冬天里打霜下雪我都是一双光脚板，你是穿棉鞋的，我冻得遭不住了，硬把你棉鞋脱了穿上……"陈智峰笑笑说："是啊，想起那时的岁月，我现在心里还时常不畅快的。"

"回想起来，那也是八几年的事，都改革开放这么多年了，别的地方生活都好转了，可我们这里偏偏还是那么穷！"陈智立说着，眼眶湿润了。"这次回来，感觉还是没多大的变化，只是从白龙河到村里的路修好了。听说还招了个老板把全村的地都租去了，这能让老百姓过上好日子吗？""说到这个，我正要找你呢！"陈智峰给陈智立倒了一杯酒说："首先恭贺你衣锦还乡！现在我们正大力推行家庭农场反租倒包，你也来搞一块，保证不比在外打工差！"

陈智立详细询问了反租倒包的有关情况，说："我怕是没有多余的钱来投入，我的钱是准备修房子的，我打算建一幢三层的房子，图样都拟好了，就在我现在的屋基上起。""我建议你先别修，我们马上要启动易地扶贫搬迁和新村建设项目，正在请市建筑规划设计院设计，国家会有项目，比如土地增减挂钩项目，那样会省很大一笔钱的。"陈智峰说。"啥土地增减挂钩？"陈智立问。"就是把你旧房子拆了，在聚居点统一建新房子，把节余出来的宅基地拿出去交易，卖的钱用于公共配套和基础设施建设，并给每家每户建房补贴，不足的才由农户自筹。一套一两百平方米的房子，算下来自己只出几万元就搞定。"陈智峰说。

"有这样的好事？"陈智立惊讶地说。但说归说，听归听，陈智峰说的，陈智立也只是听了个大概，没在心里实实在在地消化，他还是铁了心要自己建一幢特别显眼的房子。如果回来不声不响地融入群众，跟大家一样地生活、劳作，那别人怎么会对他陈智立另眼相看呢？还不是慢慢被遗忘、埋没了呀！"你说现在要让大家都过上小康生活，就凭你们给每家每户发点儿果树苗子，发几只鸡鸭的，就能实现？"陈智立说。"那你认为该哪样？"陈智峰说。

"我也不晓得，"陈智立说，"但我看沿海那边的农村，为啥那么富？因为人家有工业，一个村遍地是工厂。我们这边呢？工业就是铲炭丸儿！没有工业就没有就业，没有就业大家哪里挣钱，挣不到钱谈啥子脱贫奔小康哦！都是政治口号，当不了饭吃。""工业会有的，我们村主攻食品加工。现在的村支书，也就是流转全村土地的王总，他是有整体设想和规划的。而且不仅是工业，我们以后还要发展旅游业，等新村建起后，那一定是个好景观，加上这里的好山好水，发展乡村旅游一定大有前景。"陈智峰说。"哪个来？请问哪个到西滩村来耍？一个到县城都要跑几个小时的村，县城也就那么十万人不到的规模，会有多少人到西滩村旅游？"陈智立还是不看好西滩村的发展。"你晓不晓得，有一条高速路经过白龙河，等这条路修通了，县城过来最多半小时。""那咋还没见动静呢？"陈智立说。"不出明年就动工了，年底前这条高速路要通车。"陈智峰说。"当前我们只管把产业发展好，机会只会留给有准备的人。产业发展好了，高速路一通，西滩村就正式融入全国快速交通网络，就不再是无人知晓的穷乡僻壤了！"陈智峰拍了拍陈智立的肩膀，并给他倒了一杯酒，"所以，你别错过良机。"

趁春节入户动员返乡人员留村创业，是年前村上开会决定的。所有干部划片包任务，效果还是有的，果真有四五个返乡人员没再外出，成了新的家庭农场主，融入全村产业体系。

但陈智立仍然不为所动。

年后修村道，目的是通到各组各户。县电力公司支持了一笔钱，但不够，还需村民自筹一部分。为了减轻各户负担，村里决定先组织一次捐款，看能否解决一些。

王朝晖的公司率先捐了五十万元，陈仁兴捐了三万元，陈智健捐了三万元，其余便几百一千地凑，最终凑足了一百万元。外出务工多年归家的人大部分都捐了，除了陈智立。

朱雪松狠狠地批了陈智立一顿："像你这样自私的人，就该在外头一辈子不回来！回来干啥？既然回来了，说明你认这个家乡，既然认家乡，就得出一份力！我们农业局作为帮扶单位，人人都捐了。"陈智立说："你们是在扶贫嘛，咋个说都该出钱。""扶贫的关键是扶志，是要把你们的志气和志向扶起来，不仅仅是给两个钱了事。如果说给钱可以解决问题，倒简单，算一笔账，全村人均收入离脱贫线还差多少，给补齐就完了，可这样脱了贫管用吗？第二年呢？怕是又打回原形了。"朱雪松说。"扶贫扶贫，既然是扶贫，喊我们自己出钱，还算啥子扶贫嘛！"陈智立嘴里念叨着。"咋给你说半天不开窍呢！"朱雪松恨铁不成钢地叹息一声，"也难怪，像你这种把钱捏出水的人，难怪你妈老汉儿是贫困户。我没见过，一个独儿子娶了媳妇跟妈老汉儿分家，自己手里捏几十万元要盖别墅，妈老汉儿

178

住烂房子当贫困户！"

　　吴秀娟在屋里熨衣服，听自己男人被一个陌生人训斥，忍不住把熨斗一架，跑出来说："你是哪个，恁么凶！是他爹还是他爷，还是他祖宗？"老向见势头不对，忙好言相劝："你莫激动，这是我们朱书记，西滩村第一书记。""管你啥子书记！国家哪条法律规定修路要老百姓出钱？不出敢哪个，还敢把我关起？"吴秀娟指指戳戳，身子往后斜仰，像一只挑战的公鸡，踩着碎步往朱雪松面前扑。"要干啥？要干啥？"小刘跟宋师傅一个挡前，一个护后，"不捐只能说明你觉悟低，素质差！你那么凶干啥？"吴秀娟立即将矛头对准小刘和宋师傅："哪个在凶？哪个素质差？嫌我素质差，你找素质高的人捐去！我们就素质差、觉悟低，哪个？青天白日的，哪个跑到我屋头来喳喳喳的？""你个女同志，本来多体面的人，看你撒泼的样子，一下把你美好的形象给整差了！快莫闹了，你看你闹起来，眉毛也不那么勾了，眼睛也不那么水灵了……女人嘛，本来是水做的，该温柔噻，一出来就燃起一团火，把我们都快烤煳了，要不要舀一瓢水给你灭一下？"宋师傅三言两语把吴秀娟逗得忍俊不禁。"你说是不是，我们有钱，也是多少年辛辛苦苦挣来的，又不是偷来抢来的，捐不捐在我们自己，第一书记好了不起？"吴秀娟语气缓和下来，对宋师傅说。"对嘛，捐款的事就不说了嘛！看你年纪轻轻的，人嘛也算是精巧能干，那你有本事的话，跟你妈老汉儿合户，把他们的日子改善一下，修了别墅住到一起，真正成一家人，趁早把你妈老汉儿的贫困户帽子摘掉。那样的话，我给你烧香作揖！"朱雪松说。"那也没说分户就犯法呀！我们分不分、合不合关你啥子事嘛？"吴秀娟气又来了，歪着身子踩着碎步又要往朱雪松面前扑。还是宋师傅能解围，他从后面一把箍住她的膀子，一边劝一边往屋里推："好了好了，你愿合就合，愿分就分，莫哪个管你，这下对了嘛！"吴秀娟被宋师傅箍着，气愤转成了羞赧，红着脸笑了起来，虽仍在往朱雪松面前用劲，但力道显然渐渐减弱，脚步跟着宋师傅挪进了屋。

宋师傅又在屋里安慰了一阵，出来手一挥说："走，我们走。"几个人才离开了陈智立家。

8

新年一收假，县委、县政府便出文，所有财政供养人员，每人每月必须下乡结对帮扶两次以上，每次不得少于三天，纳入绩效考核。西滩村又来了几个扶贫人员，村小已经没有空余教室了，安排他们住哪儿呢？陈智峰想来想去，找不到合适的地方。

"陈仁宇家不是空着吗，可以借来安顿，实在不行给点儿钱也行。"有人说。提起陈仁宇，陈智峰便想到了张旺霞，这女人没走前每天一早起来便扫地、擦家具，随时去她家都是一尘不染。上次碰见张旺芸去收拾，她家许久没人住，已经显得十分颓败了。家还得人住才像个家，没有人，缺乏人气的浸润，久而久之便阴郁森冷起来。

不知张旺霞是什么意见，得与她通电话说说。张旺霞很爽快就答应了，末了还强调："不是你陈智峰说肯定不行。"刚挂断电话，陈智峰便感遗憾，自己竟没多问她几句，不知她现在情况怎样。宇书记据说被判了三年刑，女儿又在外省上大学,她独自在省城待着,心里是个什么滋味?想不想念家乡?有没有打算回来看看?

向张旺芸要来钥匙,陈智峰平生第一次开启张旺霞家的大门。院子里的桃花含苞欲放,微风吹来,粉面翠眉,风情万种。此情此景吸引了众人围观惊叹。陈智峰忙借口去厕所撒泡尿,待神情定下来,便招呼大家选房间。张旺霞说除了她的卧室,其余房间都可以安排人,所以陈智峰就没开那间卧室的门。其余房间就已经足够让大家欣喜了,房中的装饰与摆设跟城里没有两样。

安顿完众人后,陈智峰往村委会走,走着走着,他的手机提示微信有新信息。他拿出手机一看,是殷雪发来的,因自己一直对她不理不睬,她好长时间都没来信息。看看今天发了些啥——"智峰,难道你是冷血动物吗?作为一个女孩子,我那么主动,都有些不要脸了,你还是那副冷冰冰的样子。你胸膛里到底有没有一颗正常男人的心?!"陈智峰心头如点燃了火,本想回复:我不喜欢你,以后不要来烦我!但最后没有这样回复。他心想:你既然认为我是冷血动物,那我就冷到底吧!依然对你置之不理,看你能坚持到何时。

这样想着,他的心不免又痛起米。一个女孩爱上一个男人也不是她的错,他能换位体会到殷雪心里的痛苦,可他不是救世主,他不能因为她的爱就牺牲自己的幸福,勉强答应跟她结合吧。如果是那样,人生还有什么意义和价值呢?那还不如不出生或者是立即死!他这条生命既然来到这个世界,他就要珍惜、爱护,不能枉度一世。这不是自私,执着地追求生命的意义和人生的价值绝不是自私!

陈智峰刚把手机装进衣兜,微信提示音又响了,一定是殷雪追来了一条新信息。唉！干脆不看吧。可没过两秒，他又忍不住掏出手机，迫不及待地翻看微信。果真又是殷雪发来的："智峰，不管你对我态度怎样，我就认定你了！想躲我，没门！我不会轻易放弃的！"

天啦，有时候一个不爱的人的爱就如同一把杀人的刀！陈智峰一阵胸闷气短，看来不理不睬是不行了，他必须郑重其事地告知殷雪："请你一定要面对现实，我不爱你。"

这样僵硬地回怼过去后，陈智峰听到手机接二连三地响起信息提示音，他没有再管，大踏步地走向村委会。路上有人跟他打招呼，他都充耳不闻，面带愠色地与人擦肩而过。

一群鸡在追逐，大红冠子的公鸡扑撒开雄壮的翅膀，血红的眼睛盯着几只母鸡，仿佛在说："爷们儿今天踩哪个呢？"而母鸡一边跑一边相互挤对，争风吃醋的样子跟人类没有两样。陈智峰无心观赏这样的"风景"，脚一抻把鸡踢得咯咯叫。鸡主人看见了说："陈主任吃枪药了？鸡没逗你又没惹你，你踢它做啥？"陈智峰自觉失态，扭头看见油菜地里正开着花，那群鸡已钻进花丛，伸长脖子啄油菜叶子，就说："鸡要关起喂，咋老是不听呢！这地又不是你们的，是公司的，油菜被鸡啄，你不心痛嗦？"鸡主人说："你说关鸡就说关鸡嘛，你踢鸡干啥？是一回事吗？""我不该踢你的宝贝鸡，行了吧？赶快关起来哈！"陈智峰撂下这话，立马扭头走了。

来到村委会，陈智峰见操场上几名工人正在放置一些运动器材，何海带着一名陌生女人跟陈智蓉说着话。见陈智峰来了，何海忙向他招手，意思是让他过去。何海说："这是我们赵书记的夫人，白龙河初中的老师周红娟，他们也有扶贫任务，因此联系我们村，主要是帮助陈老师把教学工作搞好。"陈智峰连忙与周红娟握手。

周红娟三十四五岁，长发绾成髻，用一根漂亮的长簪横着穿插。她细眉大眼，鼻梁高挺，嘴唇轮廓分明，里穿浅蓝色贴身高领衫，外罩一套毛质咖啡色筒裙，随便往那儿一站就十分惹眼。而手拿一本书，短发齐耳，一身休闲打扮的陈智蓉便相形见绌了。

"这些是?"陈智峰指了指正在忙活的工人问。"我去'化了些缘'，向我的原单位要了些钱，给学校添了几样运动器材，有篮球架、乒乓球桌等，农村孩子也要加强体育锻炼。"何海说。陈智峰点了点头。何海又转过脑袋对两位女教师说："陈老师，你要向周老师好好请教，她可是县城一中初中部的骨干。"想了想又问，"陈老师取得大专文凭了吧?"陈智蓉说："大专文凭早就拿了，本科还有两科没过，今年夏天估计就能拿到文凭。"何海惊讶地说："了不起！你的编制问题不用担心，我一直放在心上的，上次回去我专门找了教育局宋局长，给他介绍了你的情况，他也说在贫困村坚守教师岗位的人难能可贵，有机会他还要来看看。只要他一来，我想这不是多大的问题。"

陈智蓉万分感激。何海说："再给你们透露个内部消息，县教育局正在做全县教育资源优化配置的调研，像白龙河这样的大镇，仅一个中心小学是不够的。我听宋局长说，有可能会选几个点再建几所二级中心小学，一个学校辐射几个村，我们尽量保留西滩村小学。""这确实是个好消息！"周红娟说，"不仅是小学，初中的学生都显得过于饱和了。"陈智蓉说："那不知是什么时候？估计等到那时，我们都老了。""那应该不会，"何海笑着说，"县上正在广筹社会力量资助教育，如果得到哪个大企业、大集团的支持，建一所学校也不是多难的事。"陈智峰正要插嘴，朱雪松和老向进来了。老向一边走一边抱怨："今天啥日子，出门眼皮跳，才走一户就收个干儿子。""收个干儿子还不好？你在抱怨啥？"陈智峰说。

早晨，朱雪松跟老向走的第一户是陈袭勇家，刚一踏进院坝，就听见哇哇哇的婴儿哭声——李淑华又生了个儿子。张族英满面笑容地从屋里出来，她身子矮小，加上又是个驼背，像个蜷缩成一团的刺猬。"我来看看给我孙子逢生的是哪个贵人。咦，朱书记！好好好，好得很，我孙子要当官！"朱雪松和老向连连道喜，陈袭勇家硬要留下两人中午在家吃饭。陈袭勇吩咐陈仁刚赶快去通知各路亲戚，不到一两个小时，院坝里就聚满了客人。踩着主人家的喜气，大家争先恐后地说些吉利好听的话。

"本来就是贫困户，又添一张嘴，岂不是雪上加霜？"老向感叹说。朱雪松笑了笑："不能那么说，孩子是国家的未来，也是家庭的未来，别看这辈人造孽，以后说不准就得指靠这两个小的呢。""那也是，"老向说，"可眼下的日子不是更困难了？"

陈袭勇怀里抱着大孙子，走出来招呼客人，嘴巴笑得合不拢。见朱雪松和老向坐在一旁，他连忙把孙子放下，从衣服兜里找纸烟。朱雪松摆手说："我们不抽烟，老人家，你莫找。"

陈袭勇就像没听见一样，仍旧把烟盒掏出来，用粗糙的手指抠出两支递给朱雪松和老向。老向摆手，朱雪松用掌推着陈袭勇捏纸烟的手："真的不抽，莫客气。"陈袭勇说："不抽也拿着，这是我的心意。"接着对两人咧嘴笑。

朱雪松接了纸烟挂在耳朵上。尽管老向侧过一旁，陈袭勇还是硬把那支烟塞到了他手里。

"我们是扶贫干部，不能嫌弃老乡的。"等陈袭勇进了屋，朱雪松对老向说。

一会儿陈袭勇又出来，找了只小板凳，在朱雪松面前坐下，身子缩着："朱书记，跟你俩商量个事。""啥事？"朱雪松问。"按照我们这里的风俗，娃娃哪个逢的生，就拜哪个为干爹，不晓得你们嫌不嫌弃我们农村人？"朱雪松着实没想到这一点上，有些为难地抠起脑壳。"那要是女的逢的生呢？"老向问。"是女的就拜干妈。"陈袭勇说。"那要是个小孩子逢的生呢？拜个啥？"老向又问。"那又是一说嘛，但今天真巧，是朱书记逢的生呢。"陈袭勇说。"我们两个同时来的，究竟哪个逢的生？"朱雪松说。"哪个走的前头？"陈袭勇问。朱雪松和老向面面相觑，明明是老向走的前头，可朱雪松不好抢着说，如果说了，老向一定会埋怨他多嘴；但要是不说，肯定会推给他。"你去问下你屋里，她看见我两个哪个走在前头的。"朱雪松说。陈袭勇把张族英喊出来，张族英出来只是抿嘴笑，不开腔。"你说嘛，哪个走在前头的？"朱雪松说。"哎呀，好像是朱书记走在前头，又好像是这位领导走在前头，究竟是哪个我也忘了，反正是你们两个中的一个。"张族英说。"你真聪明！你要是把你这会儿的聪明早些发挥出来，你家早就脱贫了。"朱雪松说，"这样，反正我们两个，无论哪一个，是跑不脱的，我来决定。我喃，五十好几的人了，论年龄是给娃娃当爷爷的人了，不好意思当干爹。老向年轻些，他当干爹合适，你们看呢？"围在一旁看热闹的亲戚朋友齐声叫好，老向想反对也没法，只好闭着眼睛点头认了。

"干爹不是那么好当的哟，怕是要表示两个才行哦！"有人这样说。朱雪松便扯老向的衣服："听到没？孩子他干爹！"老向被逗笑了，说："既然认了这个干儿子嘛，那是肯定的嘞！"他从裤兜里掏出钱包，抽出六张百元钞票，"我祝干儿子六六大顺，健康成长，早日成为家庭的希望！""好！"一阵掌声喝彩。"嗨，你呢，朱书记？你不能梭边边哦！"老向扯起朱雪松的衣服大声说，"我是孩子干爹，我们是一起来的，朱书记就是干大伯，你们说对不对？"众人齐声说对。"干大伯是不是也要表示两个？"老向说。众人又鼓起掌，说要，必须的！朱雪松笑着说："我不当干大伯，我要当干爷爷！"老向朝朱雪松膀子扇了一巴掌："想占我便宜？不行，只能当干大伯！"众人又起哄：对对对，当干大伯合适。

　　朱雪松也从钱包里掏了六张百元钞票。陈袭勇端一个掌盘，铺一块红布，把两人的礼钱收了，笑呵呵地进了屋。中午吃饭，朱雪松和老向被推到上席坐下。客人纷纷举杯向两人敬酒，还非要朱雪松说两句。朱雪松端起杯子，说："借今天这杯喜庆的酒，我就说两句吧。本来嘛，你们家是贫困户，我们还在考虑怎样才能让你们家摆脱贫困呢，可你们又添了个孩子，以后生活就更加不易了！当然，这也是符合国家政策的，既然生了就好好养！"见朱雪松对着陈袭勇说，众人笑："你对他说有啥用？对他儿子说。"张族英说："他是个莽子，对他说也没用。""我在想啊，你们老两口没什么劳动能力了，媳妇要带孩子，你们家刚莽子呢，头脑不好使，力气是有，我们马上要启动很多建设项目，到时候优先安排他去干活，一个月也能挣几千块，这样一家人的生活就松活多了。"朱雪松说。

听到这里，陈袭勇两口子眼里噙着泪水说："太感谢朱书记了！"众客人说：啥子朱书记哦，孩子他干大伯。还有他干爹，真是好干部啊！

听完他俩今天的故事，何海笑着说："这是好事嘛。"老向仍皱着眉头："哪个不晓得，干儿子是条牛，干老子是根草。"

大家说笑一阵，突然，朱雪松惊呼："糟糕，昨天晚上就忘了吃药，今天中午还喝酒！"说完立即跑进屋去找降压药了。

第四部分

1

即将举办第三届荷花节，王朝晖说这次要搞得盛大空前，并选拔出西滩村荷花节的形象代言人"荷花仙子"。经过激烈角逐，十名优胜者将在荷花节当天现场比赛，评出冠、亚、季军。

当然，荷花节期间还要穿插精彩的文艺节目，崇岭县映山红歌舞团将是这些节目的挑大梁者。这个映山红歌舞团，前身为县川剧团，20世纪90年代末正式盖箱转型走现代歌舞路线，根据客户需要，偶尔也串演一些小折子戏，或坐唱、清唱川剧片段。

何海原先就是县川剧团的副团长，剧团转型时进入公务员队伍，而妻子钱丽原是剧团花旦名角，因酷爱演艺事业而没有选择离开，这些年一直跟随歌舞团东西南北地闯荡。

这次荷花节让夫妻俩有机会一聚，钱丽提前两天就来了白龙河，目的是跟何海好好沟通一下感情。晚上，在镇政府宿舍里，钱丽沐浴喷香，嘴里哼着歌儿，充满欣喜和期待地等何海回来。晚饭是镇政府食堂给钱丽端来的，师傅说何镇长赶不回来吃饭，叫她一个人吃。钱丽心里酸酸的，暗暗责怪何海一点儿都不在乎她，好久不见了，她大老远跑来，可他在外面迟滞不归，心里想着，眼里便滚出一颗清泪。饭吞了几小口，钱丽就放下不吃了。不回来吃饭就不回来吧，睡觉总得回来呀！钱丽想着想着还是原谅了何海。随着天渐渐黑下来，她心里再次升腾起等待的紧张和激动……

镇政府的灯熄灭完了，何海才回来。进门的一瞬间，夫妻俩四目相对，都痴愣愣地看着对方，像不认识似的。然后，两人不约而同一笑，打破了短暂的尴尬。

钱丽小步扑了上去，没有拥抱何海，而是双手擒住他的双臂："怎么这么晚啊，还以为你不回来了呢！""我不回来上哪儿去？"何海说着话，带着满身疲惫。"你看你，一天从早到晚地忙，人黑瘦了不少，显得老了许多。""这不是坐办公室，得天天下乡，日日走田坎，日晒雨淋的，怎能不黑瘦？""镇政府偏就你忙，赵书记咋没见下乡。周老师回来，两人成双成对地在街上走！""你是碰巧遇上了他今天不下乡，人家跟我一样，也常常日不落户，夜不归家的。""真有那么多事？还得你们这么去做？""好了好了，跟你说你也不明白，"何海说，"睡觉吧。""你不洗洗就睡？"钱丽问。何海闭上眼睛瓮声瓮气地说："洗啥呀，明天一早还要下乡，后天又是荷花节，哪儿有时间洗澡啊！"说着说着，便小声打起鼾来。

钱丽帮何海脱了衣服，说："不行，今晚必须洗，哪怕用水擦擦也好。"何海蒙蒙眬眬地说："你，你帮我，擦吧。"钱丽摇摇头，只好打盆水来，给何海洗脸和手脚。渐渐地，何海感觉自己像一只暮色中的燕子，飞越高山深谷，飞过原野花海，落在一片萋萋芳草之地，栖在一方麦熟稻香之地……

　　"何镇长，能不能给我换一户结对？那户人太邋遢了，两个孤老，屋里尿桶子溢出来，弄得满屋恶臭，他儿子媳妇都不管，难道要我去给他倒尿桶子？""你不需要给他倒尿桶子，你的任务是教育他儿子媳妇孝顺老人，照顾老人的生活起居，定时给老人打扫卫生，给老人洗澡、洗脚、洗脸，定时给老人称粮拿钱。"

　　"何镇长，像我们这样的家庭，一莫劳力，二莫钱，屋里又是几个病人，我婆娘去年做手术花了好几万；我这气管炎、哮喘病，一攒劲就咳得出不赢气，咋个才能脱贫？""放心，你们这样的家庭，有国家政策兜底，比如低保、困难补助以及各种政策性补助。我们再想想，看能不能给你们这样的家庭量身定制一些公益性岗位。"

　　"何镇长，上次你帮我联系的养羊的项目，说是借一只公羊、二十只母羊，三年后照数还回去，其余都是我的，这个事现在怎样了？我可是把羊圈都修好了，就等着你的羊了。""哦，这个已经没问题了。不止你一户，整个村家家户户都可以这样养羊，因为你们村山林资源丰富。你们好好地养羊，保准三年后家家都有一个存栏上百只的羊场。"

　　……

　　钱丽把何海推醒："你怎么说睡就睡着了？""我哪里晓得呢，可能是太累了的缘故吧。"何海说。钱丽叹了口气说："那先休息吧。"两人躺在床上，虽然都闭上了眼睛，可彼此都没有了睡意，不是唉声叹气就是辗转反侧。

　　荷花节上，十位"荷花仙子"候选人让村里人大开眼界，每出场一个便激起观众席阵阵哇哇的惊叹声。她们或歌或舞，或边歌边舞，无不是才艺上品、姿色超群。

舞台搭在陈智峰那块荷塘边上，背面是荷花竞相开放在绿叶间的画面，对面的一座小丘便做了观众席。人们在青草上和灌木丛中席地而坐，天然的田园大舞台别有一番情趣，大家无拘无束，谈笑风生。最靠近舞台的位置留给了领导、嘉宾和评委，齐刷刷的一溜，从学校搬来的课桌上搭盖了月白的毯子，椅子上也罩了层布套，每人面前还放置了茶杯、湿巾等物品。

　　"荷花仙子"的才艺表演是和歌舞团的节目穿插进行的，推介到第八位，主持人说这位选手是大庙乡一位女大学生村官，报名后网络人气一直走高。台下观众无不伸长脖子、张着嘴巴、摇晃着脑袋东瞅西瞧，巴不得望穿幕布先睹为快。

　　主持人总算卖完了关子，在观众的千呼万唤下，这位人气王女子终于亮相了。一身翠绿纱裙罩着玉笋一般光洁的肌肤，长腿纤手收放自如，细腰丰乳随律而动，一张面孔白里透红，如同朝露浸染荷瓣；一对眼眸顾盼流转，好似碧潭飞泻山泉。台下先是骚动不已，然后便鸦雀无声，仿佛整个世界都被这位"仙女"施了法术。她表演完毕，台下掌声经久不息，看来对美的喜爱和渴望，无论是城里人还是农村人，大致是一样的。

　　下一个节目便是钱丽的印度舞。主持人简单介绍了钱丽的从艺历程，何海听着，心中五味杂陈。尤其是提及钱丽曾经是县川剧名旦时，他感慨起人生的起伏回环。每一个人的一生都是一曲荡气回肠的歌，是一本悲欢离合的书……

　　随着一首婉转悠扬的印度舞曲，钱丽蛇一样盘扭着身躯滑入舞台中央。她一身短版沙丽，头饰和鼻饰金光闪闪，虽是粉纱遮面，但两眼神情藏匿不住，无论你在哪个角落看她，仿佛她都在对你眉目传情，对你抿嘴微笑，感觉只要你一勾手，她就会立马舞到你面前。

何海还是第一次坐在观众席看妻子起舞，他说不上是什么感觉，只觉脸上、手上和前胸后背顿时冒出一片片鸡皮疙瘩。说真的，钱丽舞起来还真美，可他以前怎么就没发现呢？忽然背后隐约传来村民议论："你猜，这女人有好大岁数了？""好多岁？估计三十多岁嘛！""不止，起码四十几岁！""你从哪儿看出来的？""你看她露着的精肚皮，一扭便起了几圈圈。""你眼睛看得邪！""女人化了妆，又那么远，别的地方你看不出，就那肚皮一看就晓得。"……村民谈论钱丽的话如同一根根钢针刺痛了何海的心。他十分厌恶那些谈论钱丽的人：这些人真可怕！他的脸热辣辣的，仿佛有一团火对着他在烤。

这一刻，何海深刻地感受到他是那么地爱自己的妻子，哪怕听到一丁点对她的恶语都难以忍受。如果不是党员干部，他一定会冲进观众席，将那几个人一阵拳脚猛揍！可转念一想，他们根本就不知道台上表演的是他的夫人，不知者无罪嘛，要是他们知道，他敢断定那些人不敢那么放肆地品评。

何海心情稍稍平静了下来，他希望钱丽这时能来到身边，可台前台后都没见她人影。节目尚在进行中，他还得继续坐在位置上，"荷花仙子"的冠军还得由他宣布，奖杯奖状虽然不是由他颁发，但也要等别的领导颁发了他才能走。

接下来，何海魂不守舍，他留意着后台的一举一动和一人一物，他奇怪自己此刻怎么那么迫切地想看到钱丽的

192

影子，哪怕只是幕布后露出一只胳膊或一缕头发，他都会满足而激动。可尽管他是这样全神贯注，偏偏钱丽的身影丝毫也捕捉不到。今晚一定早点儿回去，好好地爱她一回！何海想，自己确实亏欠妻子太多了，他要好好地弥补一下。他拿出手机给钱丽发了条微信：在家等我，今晚早归。

可是，等何海忙完，歌舞团已经先一步走了。他急忙往镇政府赶，一边走一边拿出手机看，钱丽没有回他的微信。他拨打钱丽的手机，回音是：您拨打的电话已关机。

2

挂在树上的喇叭放着音乐，都循环播放好几次了，还不见村道那端有车队露头。一些人开始稳不住了：咋还不来呢？本来上午有事的，就这样耽搁了，硬是焦人得很！正说着，只听见一声高亢的警笛声：来了。大家纷纷站直身子，踮起脚尖看，果然从村道上过来几辆车。打头的是一辆草绿色越野车，脑壳上涂着"警察"标志，车顶上有一排闪着红绿光芒的灯。接着是两辆大巴车，车内有人拉开帘子往外看，见田边地头已是人山人海，便笑了起来。后面还跟着几辆小车。车队在一开阔处停了下来，车里人下来，不停拿手机拍照。

来的人十分讲效率，领头的用话筒简单说了几句，便指挥大家往田边走。一个戴眼镜的小伙子，背上背着个黑匣子，像早些年放露天电影时银幕一侧杆子上挂着的那个东西。领头人的声音从话筒里传进黑匣子，放大后再丢出来，砸在田土上、田边石头上、河边树枝上，都有很硬的回声。"同志们，老乡们，今天，全市油菜全程机械化直播技术现场会在西滩村举行！这是一次难得的机会，请大家一定要认真观看……"

种了一辈子油菜的西滩村人觉得稀奇，老早就守候在田坎边上，听领头的人这么说，便翘首眺望。"今天我们要展示的是利用六行精量直播机、无人机、机动喷雾器的三种直播技术，现在请观看六行精量直播机直播技术展示。"领头人话音一落，一个穿黄衣服的人轻捷地跳上拖拉机，然后发动机开始嘭嘭嘭地吼叫，把脚下的土地都震得发颤。

拖拉机屁股后面挂着一串像犁耙一样的器具，前面是稻茬密布的僵硬田土，待拖拉机一过，后面便一次性完成旋耕、施肥、开沟、播种、掩土等流程。一次六行，一亩田不到十分钟就搞定，看得人目瞪口呆。

"西滩村大部分土地是平坦的，很适合用这种六行精量直播机直播，像那种地方——"领头人指向平坝上隆起的几座土丘，"大型机械去不了，怎么办呢？无人机直播技术就可派上用场了。还有一些小块田地，就用我们的机动喷雾器直播。"附近的一块土丘上有人招手，示意可以操作了。领头人发了令，只听得一阵嗡嗡嗡的声音，一架无人机平地起飞，迅速飞到那座土丘上空。在操作者的控制下，无人机精准地对准作业田块，不一会儿便完成了播种。"这种直播须先用小型机械把地耕好，机动喷雾器直播也是要先耕好地，我们拿一块地来展示，大家随我走。"像有根绳子捏在领头人手里，听的人都悄无声息地跟随。

展示完后，领头人面向群众热情洋溢地说："老乡们，通过我们刚才的展示，事实证明，不管是在平原、平坝，还是在山区、丘陵，粮油作物的全程机械化是完全可以实现的。我们要相信科学，相信现代化，要敢于运用科学技术，敢于实施现代化技术手段，来提高我们的生产效率，进而提高我们的土地产出效益。"

开始抱着看热闹心态的村民此刻内心都似有触动，他们不再嬉笑打哈哈，个个表情十分严肃，认真地听着，仔细地想着，有的人还连连点头。

送走现场会的人，王朝晖扯起喉咙对意犹未尽的群众说："我可是费了好大劲才把现场会争取来，大家看到了吧，全程机械化，种那么几十上百亩地根本就不是个难事。""大家要勇敢地到公司来拿地搞家庭农场！公司将采购一批机械，今天大家看到的那些都会有，还会成立一家农机专业合作社，以最优惠的价格为大家服好务。"陈智峰说。围观的群众稍许激动后又默不作声了，还有的淡淡地笑着，转身走开。就像灶膛里的柴火燃尽了，锅里的水也渐渐没了泡，渐渐地冷却了。大家热情减退的主要原因是，担心现代化手段种地成本高，种子、肥料、农药、机械等都是公司的，鬼晓得到头来他会给你算好多钱；种出来的东西又是他收购，鬼晓得他开啥价。

"请大家放一万个心，公司把种植环节、田间养殖环节一切利润都让给你们，公司只图在后面的环节赚钱。我们马上要建粮油加工厂、莲藕产品加工厂，就建在本村。"王朝晖苦口婆心地解释。

为这次现场会，村镇干部操了不少心。何海本来打算周末回去陪钱丽的，叵现场会临近，他不得不放弃休息。

现场会结束，紧接着便是一系列建设。王朝晖从省农科院拿回一本规划设计图，召集干部一起研究，指出近期必须启动的两大项目：一是粮油及莲藕产品加工厂，冷链物流基地和电商基地；二是"6+1"公共服务体系和西滩村新村聚居点建设。

建设就要用地，西滩村虽然耕地全被流转，但每家每户房前屋后毕竟还有些自留地，某一个项目涉及哪家，要是碰到那种"摸不得毛毛"的人，你哪怕伤他界内一根草，他都要跳起八丈高，给工作造成极大麻烦。村口靠近场镇一端的那几户，就是这样的人。

陈仁河、陈仁海、陈仁山几家，上下三代在白龙河是出了名的霸道。三人的父辈是堂兄弟，曾经打遍白龙河无敌手，从上场打到下场，又从下场打到上场，别人只有跑的份。

偏偏两大加工厂、冷链物流基地、电商基地就选址在这几家中间，虽然大部分用地占的是荒着的小土丘，但还是有几处边角须占用几家人的菜地，村干部只好跟几家人商量。

陈仁河、陈仁海、陈仁山三人都六十多岁了，像约好了一样，一天啥事不做，就端个板凳坐在院坝里瞅。只要挖掘机一靠近哪家的菜地，就大吼一声，随即从屋里扛来一把大锤，凶神恶煞地蹿拢来，指指戳戳地骂，还扬起大锤要砸挖掘机。

王朝晖去说情，几人又是笑脸又是烟茶地伺候，一说起占地，立马把脸一板："王书记，你把全村的地都拿了，各家各户只剩这点菜地了，现在又要占，你还让我们活不？""莫说那些，你说好多钱？"王朝晖说。"好多钱都不行，金山银山给我都不行。""莫把事做绝了，建厂也是为村里好，为大家好，你往开里想。""我没得那么好的思想，我只认一个理，是我的就是我的，任何人都别想拿。"

王朝晖说不动，便叫陈智峰去说，心想他是本村人，又是陈姓本家，动之以情晓之以理，说不准就能搬掉这几墩绊脚石。可陈智峰去了还是不管用。"你才几年的屎沟子娃儿，给你叔老子们讲啥屁道理？我过的桥比你走的路多，吃的盐比你吃的饭多，你趁早滚回去，莫跟我废话。"

陈智峰败下阵来后，朱雪松又上。朱雪松走拢给几人各散了支好烟，打火点燃。几人看起来十分客气，朱雪松跟他们拉家常，他们十分配合，你说南他们也说南，你说北他们跟着说北。说着说着，朱雪松问："三个哥子，你们的娃娃都在外面打工？""嗯呐。""那该挣了不少钱吧？""挣的钱在哪儿？我反正没见到一分。""那还不如不出去，就在屋头。""在屋头做啥，喝西北风？""嗨！村里两大厂办起了，还愁莫事做？""粮食加工，不就是打米磨面榨油，用得了几个人？挣得了好多钱？""再是用不了几个，也得保证你们几家的子女。"

"咦！不对呀，你是不是来说占地的事？"陈仁河几兄弟警觉起来。"就是说占地的事。"朱雪松也不再绕弯子了。"还是那句老话，免谈。""不就是说钱嘛，你们开个价。""哪个在说钱？你在说钱，还是你在说钱？"三人你指我、我指你，又一齐摇头。"哎呀！哥老倌些，何必呢！你们这样横起，难道村里的厂就不办了？"朱雪松显得有些不耐烦了。"办厂我不反对呢，举双手赞成。但不能占我的地。""这里交通便利，以后离高速公路出口也近。""不管哪个说，办厂可以另选地方，占我的地不行。""咋就说不动你们几个呢，你们心肠是石头长的？"朱雪松动气了。"铁铸的，又哪个？"三人围成一圈跟朱雪松争吵。

朱雪松不再与他们争辩，突然，他感觉脑子里一股热血往上涌，眼前的三个人像被搅进洗衣机一样飞速旋转起来。他腿脚左右闪了闪，感觉站立不稳，伸手想抓住东西，而那三人以为他要动手打人，顺势用手一推，朱雪松便倒在地上，再也没起来。

"我没挨你哈，我们都没挨你哈，你莫装……"三人开始以为朱雪松躺在地上要讹诈他们，后来发现不对，他们趴下身子去推朱雪松，见没动静，怕了起来。

朱雪松睁开眼睛，发现自己躺在医院的病床上。赵启来、何海、王朝晖、陈智峰等村镇干部都紧张地望着他。见朱雪松没事了，大家才长长地舒了一口气。"我这是怎么了？"朱雪松想坐起来，但一用劲就头昏脑涨。"你呀！说不动就算了嘛，干吗跟他们几个动气呢，把自己搞得血压急剧升高。医生说幸好没发生脑梗心梗，如果是那样，就危险了。"赵启来说。"唉！"朱雪松叹了口气。

3

沉寂许久的东山村一鸣惊人了，村委会彩旗招展、锣鼓喧天，预计出栏十万头生猪的繁育场落成仪式即将举行。县上相关领导参加了，还有邻近几个乡镇的领导及白龙河镇西滩等村两委班子。赵启来、何海要求，会后各村须研究相关产业对接。

"哎呀！何镇长，咋一下子变得这么瘦了呢？"会场上，认识何海的人都说。何海只是苦笑，没有应答。陈智峰细看何海，果真不假，那件往日也穿过的西服不是紧紧地贴住胸肌，而是颈窝下笔直一条线垂到下腹，两腰处的空当能装下两只皮球；鼻子挺得更高了，眼窝明显深了，嘴唇的轮廓更显分明，脖子上也多了些皱纹。

"一年四季在乡下扶贫，大假回到家，跟婆娘还不来个呼儿嘿哟？"有人还在调侃。何海还是苦笑："没你们说的那么严重哈，大概是应酬多，觉没睡好的原因吧。"

一阵掌声响起。张旺芸大步上前，县长握住她的手说："这就是张主任？没想到这么年轻！""哪里，哪里！"张旺芸谦虚地回应着，伸手将县长引到他的座位上。大家都找到自己的位置落座后，仪式便开始了。主持人介绍了项目的情况，然后张旺芸代表东山村做专题汇报，接着是镇上领导讲话，最后是县长讲话。

张旺芸算是出尽了风头。她今天特意打扮了一番，看得出是费了些心思的：头发朝后梳理得整整齐齐，将额头亮了出来；略施脂粉，不浓不淡恰到好处；白衬衣加黑色西装裙，似乎刻意将小女人的蛛丝马迹掩饰得干干净净。

张旺芸汇报说，她是跟村支书张旺柏跑遍了大半个省才引进的这个项目。该项目利用了东山村的地形地貌，从那座大水库引水至猪场，猪场的沼液通过自然落差灌溉漫山的水果。首批五千头繁育母猪即将入场，猪场最高可容纳一万头猪，年产仔猪十万头以上。集团公司正在大力推行生猪代养模式，至少可带动周边三个乡镇发展养猪产业。

何海随西滩村两委干部回到村委会，立即会商如何在西滩建设生猪代养场的问题。

"今年你们摸的情况如何？有好多人不打算再外出了？"何海问。"我跟几个村社干部汇总了一下，有八九个吧。我跟王书记商量了下，可鼓励他们从公司拿地搞种植，也可把那些小山丘流转下来，建生猪代养场。"陈智峰说。
"坝子上一共有几个小山丘？一个的面积有多大？"何海问。
"十几个吧，有好大我估不准。"陈智峰说。"大的少说有
一两百亩，小的至少也有四五十亩。"王朝晖说。"很好！
把代养场建在小山丘上，还可以种点儿什么。沼液除了灌
溉山丘上的作物，还可引到山丘下坝子上的农田里。"何海
说。"山丘上种点啥子好呢？"陈智峰问。"以前我们在每
家每户屋前屋后种了一批青脆李，干脆也把山丘统一规划
成青脆李吧，这样规模就更大了，春天开花也是一大景
观。"老向说。"对对对！县上对青脆李产业很支持，还有
树苗补助。"何海说。"到那时，春天有金黄的油菜花、雪
白的李子花，夏天有荷花，等'6+1'公共服务体系及新村
聚居点建好后，我们把周围一圈田调出来，专门种各个品
种的荷花，形成一个荷花品种博物馆，也可成为科研院所
的教学、实训基地。"王朝晖说。

　　"呜——哧！"一辆车驶进操场刹住。宋师傅今天没开
会，一早就去白龙河镇赶场了，而且是开车去的，回来时
车上装满了东西，大部分是吃的喝的。老向听到刹车声，
知道是宋师傅回来了，便给小刘挤了下眼。老向侧过头对
陈智峰耳语一阵，陈智峰笑着点了点头。小刘也咬了咬王
朝晖的耳朵，但王朝晖暗笑后摆了摆手，并附在小刘耳边
说了些什么，小刘面露难色，但还是点头答应了。陈智峰
跑到何海身旁小声说："会完后不忙走。"等人走完了，何
海满面狐疑地看着陈智峰："还有啥事？"陈智峰无言地笑
笑，把何海拉进了村小的厨房。

　　何海见宋师傅系了条围裙忙着择菜、洗菜，案板上也
摆满了鸡鸭鱼肉，明白了意思，只是不知个中缘由，于是

问："今天是啥好日子，宋师傅亲自下厨做饭？"小刘要说，宋师傅用眼色制止，然后扯谎说："莫啥好日子，大家一年到头忙忙碌碌，也没在一起聚过，今天算是补起，晚上大家都喝点儿。"何海说："喝酒？好不好哦，这期间不能喝酒，上面有规定的。""有啥不好？我们一没喝公家的，二没喝群众的，喝我们自己的酒；又是在工作忙完之后，晚上喝，掌握量，不耽误第二天的工作，我不信还有哪个多嘴的去告状！"老向说。"对嘛，还是小心为妙。"何海说。"所以我叫老朱和陈主任只小范围通知呢，就是怕一起喝酒的人中出个甫志高。"大家听了这话，都笑了起来，说这几个人都是信得过的。

7点钟左右，菜便上了桌，色香味俱全。何海惊讶地说："只说当司机的见识广，没想到司机大都是好吃嘴儿，好吃不奇怪，既好吃又会弄好吃的就难找了！""才晓得我会这一手？他们几个都被我催肥了！"宋师傅得意地说。几人杯子一碰，除陈智峰喝水没干外，其他人杯中酒全下了肚。

突然，门外闯进个不速之客，一进门，二话不说便用手机噼里啪啦地拍照，大家都惊呆了。仔细一看，那人头发蓬乱，浑身狼狈，脸上还有被抓伤的痕迹。那人不是别人，正是陈仁毅。他嘿嘿一笑说："都在呢？喝酒呢？这么高兴哈？""你个歪火药，又想做啥？"何海说。"不想做啥，这么高兴的场面，留个纪念噻。"陈仁毅嘴上说着，眼睛盯着桌上骨碌碌地转。几人相互看着，不知如何是好。"陈仁毅，你是不是被别人打了？看你那副熊样儿！"宋师傅强装一副笑脸说。陈仁毅摸了摸自己的脸，略显不自在地说："哪里是被人打了，自己不小心摔了一跤。"小刘起身走到陈仁毅身旁，仔细察看他脸上的伤痕："摔了一跤？不得哟！咋个摔的？在哪儿摔的？为什么不偏不斜正好把脸摔烂了？看样子不像，明明是被人抓的。"陈仁毅说："就是摔的，在鱼背儿田边那条沟里，摔下去遭刺把脸划伤了。""鱼背儿田边那条沟？……那里挨近刘碧红的家哟。"陈智峰说。

几人笑了起来："肯定又跑去勾搭人家婆娘，遭人家男人打了的嘛！你难道不晓得人家男人回来了？你以为你是哪里的太子爷、公子哥儿！"老向说。陈仁毅把脑袋埋了起来。宋师傅走过去，伸手说："拿来！""啥子拿来？"陈仁毅将拿手机的手往后一背，宋师傅便去抢，两人扭打起来。"好哇！打人啦——抢人啦——"陈仁毅吼了起来。小刘和老向也上前帮忙，一个捂嘴巴，一个攥手臂，一个夺手机。别看陈仁毅平时是个酒囊饭袋，认真使起劲儿来还真要几个人才对付得了，几人好不容易把手机抢过来，迅速把几张照片删除了。

这时何海发话了："陈仁毅，你到底想干啥？一天啥事不做，专干讨人嫌逗人恨的事！你以为拍几张我们喝酒的照片，就可以要挟我们？"陈仁毅似有愧疚，看了眼何海，欲言又止。"唉！那你去告吧，谁叫我们被你逮着了。你要拍？让你拍个够！"何海说完，宋师傅不待谁给倒酒，抓起瓶子就往嘴里猛灌，灌了几口，歪着头对着陈仁毅说："拍呀！你怎么不拍了？这比刚才那一幕还精彩，快拍呀！""……其实，我也没想怎样。"陈仁毅吞吞吐吐地说。老向用一只塑料袋装了些菜，又拿了几个"歪嘴儿"递给陈仁毅："我晓得你好这口儿，拿去，各人回去吃，不要在这里影响我们的心情。"陈仁毅推托不要，老向笑着说："还

202

装啥？快点儿拿着！"陈仁毅讪讪一笑接过去了。

等陈仁毅走了，宋师傅长长叹息一声说："这个生日真是过得好哇！"大家听他这么说，又坐回原位，纷纷举杯向他表示祝贺。宋师傅苦笑说："被这个搅屎棒一搅，我还有啥心情呢?!"大家虽然仍旧吃着喝着，但喉咙里总觉得堵着什么东西，要咽咽不下，要吐吐不出。他们就这样勉勉强强地把一顿饭吃完了。陈智峰没有喝酒，主动提出送何海回镇上。他没等宋师傅收拾完毕就发动摩托车，载上何海先走了。

何海靠在陈智峰的背上，不一会儿便睡着了。陈智峰听到何海迷糊中几次梦呓，他在不停地呼喊：钱丽，你好狠心，你好绝情啊！钱丽是谁？狠心、绝情是什么意思？陈智峰不明白，又不好问，就默默听着。到了镇上，陈智峰把何海搀进宿舍，帮他脱了鞋，把他放倒在床上。他正准备离开时，何海嘴里含混不清地说："兄弟……我胸口好闷啊……好难受啊！"

陈智峰止住脚步，给他倒了杯水，又把他扶起来，往他嘴里喂水。何海喝了几口水，微睁眼睛："兄弟，陪我坐坐吧，哥有好多话想找个人说啊！"

夜已经很深了，镇政府大院里黑得如罩了只铁桶。外面静得啥声音都没有，陈智峰仿佛只能听到自己的心跳声，他默默地等待何海开口说话。何海定了定神，突然问起陈智峰的感情问题来："兄弟，你不是处了个女朋友吗，怎么样了?"陈智峰说："那哪儿是我的女朋友啊，或许她是有那个想法，但我一直对她没有那个意思。""为什么呢？是她哪一点儿配不上你吗？"何海问。"客观来讲，我一不高，二不帅，三不富，又老大不小了，我能有啥骄傲的呢，以她的条件，没有啥配不上我的。"陈智峰说。"那我就不明白了，究竟是为什么呢？"何海接着问。"唉！或许就差那么点儿感觉吧。我也说不清。"陈智峰说。"感觉？你不是青春少年了，还在寻求感觉？"何海说。陈智峰将头一低，说："是啊，虽然我已经快三十七岁了，可总觉得自己还停留在十七八岁，对女人的那种感觉，或者说那份心智，还是没有成熟。""唉！'问世间情为何物，直教人生死相许。'我听说她爱你爱得是死去活来啊！"何海说。"你听谁说的？"陈智峰心想，一定是殷雪好几次从广东飞回来，跑到村委会来找他，甚至好几次又哭又闹地纠缠他，被朱雪松、老向他们几个看到，说给何海听了。

陈智峰其实已经将殷雪彻底忘记了，或者说他压根儿就没把她往心里装过。"你不晓得，最后一次我跟她谈，就在白龙河边上，她差点儿跳河呢。"陈智峰说。"是吗？那结果呢？"何海的酒似乎已经醒了大半，追问着。"还有啥结果？好说歹说总算说通了，"陈智峰说，"她答应不再纠缠我。奇怪，之前我对她眼睛角角都不想瞧，甚至有恨之入骨的感觉，自从她答应不再纠缠我之后，我突然觉得她并没那么讨厌，甚至还觉得她很好。""人的感情真的很奇怪。"何海说，"她做得对，懂得放手反而会赢得尊重。"陈智峰默默地听着。"就拿我跟钱丽来比吧。哦，钱丽是我的妻子，现在应该叫前妻。"何海看了眼陈智峰，"我们这个大假吵得不可开交，她坚决要离婚。我开始不答应，后来她的火越燃越旺，恨不得把我烧成灰烬。我同意离了，她立马又泪如雨下，哭着说是她对不起我。我又哪里对得起她呀！她要的生活，我根本给不了，我也无法改变现状。""十几年夫妻，就这么离了？……"陈智峰喃喃地说。

"她出轨了。你也许会想，这是原则性的错误啊，应该毫不犹豫地答应离，可是……你不知道，我们也算是患难夫妻，过去那么艰难都走过来了，现在为什么不能忍一忍呢？"何海喝了口水，继续说，"她出轨也有我的责任，我刚才说过，她要的生活我给不了，那就是我亏欠她在先，那就放手让她走吧。我放手了，她带着感激，甚至怀着一份内疚，主动提出净身出户。唉！都到这一步了，财产又算得了什么呢？""一对原本恩爱的夫妻，怎会走到这一步……"陈智峰顿感一阵寒意，他不由得哆嗦。"没有原因，没有对错，人生充满了太多未知数，在主动或被动求解的过程中，恩爱的夫妻也难免发生分歧。分歧无法调解，只有放手道别。"何海说。

"接下来怎么打算？"陈智峰问。"还能怎样？等现在的大事结束了再说。或许那时候，我会有时间、有精力、有智慧重新思考一些问题。但是现在，我根本就不是我自己的。"何海说。

4

这一年是个十足的建设年。生猪代养场如雨后春笋，出现在那一座座小山丘上，白色的顶子掩映在树丛中，如一朵朵巨大的蘑菇。食品加工基地及冷链物流、电商基地，最终也顺利建起来了。

朱雪松住院期间，不少村民去医院看望。陈仁河三兄弟也感到愧疚。村干部也来劝他们兄弟，一些袭字辈老人对他们蛮不讲理的行为进行了批评。三兄弟细想起来，如果朱雪松有个三长两短，他们脱得了干系？再者，人家不是西滩村人，身上又有病，且这病受不得刺激，人家冒着风险来拔他们几个刺头，又为了啥？难道是为他自己的利益？显然不是。镇上和村上干部说得对，厂建起来，是对自己、对西滩村都有大好处的，没有理由不支持配合。最后，三兄弟都认识到错误，并到医院看望了朱雪松。

村上产业发展起来后，村干部做了分工，陈智峰主抓生猪代养场建设，王朝晖主抓食品加工基地及冷链物流、电商基地建设，朱雪松等扶贫干部仍集中精力帮扶贫困户，其他干部负责日常事务。

这一年留下来不再外出的人中，有五个选择了养猪。根据政策，凡养殖规模在五十头以上的，均可获得一定的补贴，标准是新建圈舍每平方米补四十元，新建沼气池每立方米补一百五十元。村里刚决定时，陈智峰就给哥嫂打了电话，劝他们回来养猪，可哥哥并未动心。"养猪最不靠谱，差不多几年一个猪周期，要是赶上了好价钱，倒能赚几个；要是碰巧赶在谷底，那就亏得内裤儿都莫得了！"看来，哥哥并不是对此毫无研究。陈智峰知道嫂子头脑比较灵活，遇事也相对冷静，哥哥一般都听嫂子的。可是，张疏梅也没对回家养猪表现出多大兴趣。"等几年吧，目前我们在这边还行，不想冒太大风险。"她说。陈智峰不再多言了，他知道嫂子的话一锤定音。那就只有动员其他人了。面对那些手里捏着钱，脸上写满纠结的同村人，陈智峰心情很复杂，他那样白沫横飞地劝人家，万一搞亏了呢？他想起当初自己创业失败的经历，心仍一股一股地抽着痛。都是劳动人民啊，手里几个钱来之不易，一旦用来搞事情，钱就如同洒进沙地的水，想抓回来是不可能的。钱分散到别人之手，再几经周转，慢慢就化成烟雾，飘散得无影无踪了，就是神仙也无法再还原到你手上的。所以，陈智峰在劝说别人时留了一些余地。"从各方面分析，生猪代养是比较稳当的。当然，最终决定权在你们。"他说。最终五个人挣脱心中的犹豫。"哎！不想了，赌一把，亏了就亏了！"

其中一个叫陈智松，以前在福建沿海一学校食堂炒菜，十多年下来存了些钱。陈智峰动员他养猪，他也咨询过家里人和亲戚，意见很杂，他一直下不了决心。但他毕竟是见过世面的，晓得沿海人搞事情都很大手笔，没有敢拼敢闯的精神是挣不了钱的。就像他在食堂炒菜，给再高的工资也顶不上包食堂的人，人家动动脑子、动动嘴皮就大把大把地揽票子，自己呢？起早摸黑，油里熏烟里钻，只能拿可怜巴巴的工资。陈智松也是想赌一把的人。他想通过自己当老板改变命运。

陈智峰将心比心、换位思考，他很清楚几人口头上虽说赌一把，但内心真实的话语是：老天保佑，千万不能亏呀！所以，不能让他们亏。有龙头企业依托，应该不会亏。可事事都有万一，万一亏了呢？谁敢把话说得那么满呢？陈智峰把东山村繁育场技术指导员请来，天天好酒好菜好烟好茶地伺候，为的是让相关环节不出差错，更为了回购商品猪时能有个感情亲疏上的区别对待，以保住几人的投资。

西滩村的养猪产业完全依附于东山村，张旺芸作为引进这个产业的大功臣，东山村所有人对她十分佩服，县里也对她青睐有加。企业呢，对这个年轻的大学生"村官"也十分赏识。从某种意义上来讲，张旺芸在这个项目上是很有话语权的。全镇受东山村生猪繁育场辐射的村不止一个，如众星捧月一般围着东山村。不管是地理位置还是人情纽带，西滩村都称得上近水楼台，理应先得月。因此，陈智峰想跟张旺芸走近些，这丝毫没有私藏个人某种目的，完全是为村里的产业。

想见张旺芸，陈智峰不觉又将她与"天边的云"联系起来。这是他一直未解的心中谜团。因诸事繁忙，陈智峰很久都没写微博了，另一个重要原因是，微博也越来越淡出了公众的关注热度。但他还是偶尔进入自己的微博空间，虽不写，但他会一篇一篇地去回看过去写的那些文章。当看到"天边的云"给予的每一条回复或者评论，他心里暖暖地，也自然地点开"天边的云"的微博空间，跟他一样，他（她）也很久都没写了，也是忙于诸事，无暇写了？怎么跟张旺芸那么像呢？陈智峰决定找个时间旁敲侧击，以揭开这个秘密。

但陈智峰几次去东山村见张旺芸，她都神龙见首不见尾，即使见到了，往往匆匆忙忙说一句话又被人叫走了，或者老半天才盼到她气喘吁吁地赶回来，说上几句又得扬手道拜拜。她一天到晚都很忙，来自全县各乡镇甚至外县市的参观考察团接二连三，迎来送往就耗费了她大部分时间，还有本村的事务等着她。过去，她是张旺柏的助手，而今张旺柏尽管还是村支书，实际上却充当着也甘愿充当副手的角色。

开始，陈智峰在张旺芸面前还能收放自如，可渐渐地他便虚怯起来。过去，他常以大人对孩子的视角去看张旺芸，认为即使她读了大学也还是个乳臭未干的黄毛丫头，再怎么咋呼也蹦跶不出多绚丽的色彩。可眼前的事实不仅打了他的脸，还刺激了他的心。这是个能翻江倒海的小哪吒，是个能将黑夜照亮的星星。细看她，跟常人一般，一双手、一双腿、一个脑袋、一颗心脏，咋她就能干出十双手、十双腿、十个脑袋、十颗心脏才能干出的事儿来呢？

陈智峰不由觉得自己越来越虚空，曾经引以为傲的一切，像是一袋水从漏眼直往外泄，水泄完了，袋子空了，耷拉下来成了一具轻飘飘的皮囊，而且，这皮囊还陈旧不堪、丑陋无比，即使再怎么修补，即使重新充气，也难以站立成意气风发的姿势了。

想到这儿，陈智峰脸皮下冒起一阵寒气，脸皮刺啦啦鼓起一层疙瘩，一摸都有扎手的感觉；然后是一阵熔岩般滚烫的血涌上来，脸皮和耳朵立刻红如晚霞映照。

张旺芸的能耐还体现在，她发动全村种起了柑橘。陈智健试种后，她发现东山村适合种柑橘，又有这么大一个猪场，天天生产着免费的有机肥，如此得天独厚的资源优势，怎能不利用呢？于是她纤手一挥，全村剩下的近两千亩地，都种了柑橘。张旺芸走的是集体式股份合作制道路：村上成立合作社，以水库、渠系等基础设施及上面给村集体的各种项目资金为股份，同时鼓励全体村民以土地、现金、投产前几年的务工收入或土地流转费入股，投产后按股分红。这样，既减轻了合作社前几年资金投入的压力，又充分调动了全村人的积极性，相当于大家齐心协力，只用少量的资金就干成了一件大事，而且几乎人人都从农民变成了股东。

县电视台闻讯来东山村采访，之后市报、省报均做了报道，东山村全员股份制合作社的模式引起了省上有关领导的关注，张旺芸头上的光环就更加闪亮了。"你是怎么想出来的呢？"县里的记者问她。"也不是我发明的呀，"

张旺芸说，"新闻早就有报道，省内好些地方已经探索出成功的经验了。你们记者难道不知道吗？"记者略显尴尬地一笑："县外的事，我们关注得少。这期间，县内的采访报道任务都压得人喘不过气，哪儿顾得了关注其他地方呢。其实……是应该放眼四方。"张旺芸注意到了记者的尴尬，也觉自己的话有些冒失，便笑着说："这也正常，我也是偶然从网上看到了报道，于是想在本村实践。哪晓得一推，效果很好。""你觉得你们这种模式最大的特点是什么？"记者接着问。"首先，我们是真正的合作社。"张旺芸说，她了解过其他地方的一些合作社，其实只是背了一张合作社的皮，成员除了领头的企业或某新型经营主体，其他成员——流转了土地的农民并未在其中产生多大作用，只是拿点儿流转费，打点儿工。"你们呢？"记者问。"我们的每个成员都是合作社的主人，因为他们是持股的。"张旺芸说，"尽管股份有多有少，但只要持了股就有话语权。一些合作社尽管约定了所谓的二次分红，但村民参与不到管理中去。没有话语权，怎么保障他们能真正得到二次分红呢？""有道理。"记者点头赞同，"还有什么特点？""其次，我们是真正的集体经营模式。"张旺芸说，村集体带头携资产和资本入股并控股，集体所得的部分，还不是最终再分配给了全体村民？况且我们几乎所有村民参股，有现金的投现金；没现金的，有前几年未支土地流转费；不愿意以土地流转费入股的，有前几年未支的务工费。那种既不愿意拿现金，又不愿意以流转费或务工收入入股的少之又少。"如何保障这个合作社正常运行？"记者问。"两块牌子一套人马。"张旺芸说，村两委班子成员既是村干部又是合作社理事会干部；除理事会外，他们让合作社成员自主选举成立了一个监事机构，监督合作社的运营管理，随时可查阅、核对合作社的财务情况，甚至可以对理事会人事任免提出意见。

采访完，记者对张旺芸竖起大拇指："你是当支书的料！"张旺芸笑而不语。记者又说："岂止是村支书，以后的镇委书记甚至县长、县委书记。"张旺芸赶忙摆手："过了，过了，我从不敢奢望这么高远的目标，眼下集中精力把村里的事情干好就是。"

一次不知哪里的记者采访，陈智峰正好也在场。张旺芸说："有次一个记者问了我一个很莫名其妙的问题。"记者问她是啥问题，她说："问我现在究竟搞的是什么事。"记者问："那你是如何回答的？"张旺芸笑了："我很是愣了一阵才回答，我脑子里第一反应是，这个记者怎么这么幼稚可笑，怎么连这个问题都不晓得，记者不是见多识广吗？""你究竟是怎么回答的嘛？"记者追问她。"这个问题很大，一句两句怎么说得清楚呢？我告诉他，今天你在现场看到的一切都是帮扶脱贫。要对这个问题有深入的理解和体会，建议你多下基层，多到农村，多看多问多思考。"张旺芸回答说。记者拍了下手："漂亮！估计这个记者是个混混吧，是有资格的记者吗？""那就不晓得了，不过也是县委宣传部介绍来的。"张旺芸说。"那……我估计是平时没跑农村这条线，的确不熟。"记者讪讪地说。张旺芸笑了："估计是吧，比如都市类媒体的记者。"这孩子，真是初生牛犊不怕虎啊！陈智峰在心里说。

此刻，他又将张旺芸视为孩子了。的确，张旺芸尽管有知识有文化，有想法有干劲，但她毕竟经历的人情世故少。她谈起村里的事，谈起什么集体式股份合作制，是条分缕析、头头是道，可一脱离这个范畴，她就有些口无遮拦了，这对她今后的发展不好吧。陈智峰找机会想提醒她，她却不以为然："做人要真实，何必那么扭扭捏捏、遮遮掩掩的呢。我从小就是个心直口快、敢爱敢恨、敢说敢骂的人，娘胎里带来的，改不了了。"陈智峰被弄得哭笑不得。那是在送他回西滩村的路上，夕阳的光从西边的天空打过来，把他俩都照成了红人。他饶有兴趣地盯着眼前这个大孩子，见她脸颊格外红，嘴角翘起，心头有一股子不服的气在往上冲。"我就曾经是都市类报纸的记者。你那样说，不仅刺激了采访你的记者，连我……心头都有些难以接受。"他说。"哦？你那么小心眼儿吗？"张旺芸突然笑了起来，这瞬间的变脸让陈智峰措手不及。张旺芸接着说："你回农村磨了这么些年，还没把你的心磨实，把你的脸磨厚吗？"陈智峰一下子脸红了，他赶紧面对夕阳，想让红彤彤的晚霞掩饰他的窘态。"看，脸都红了！嘻嘻……"张旺芸掩嘴笑个不停。陈智峰也尴尬地笑："你真是个孩子！"

走了一阵，陈智峰突然想起什么，指着夕阳映红的天空说："你看，那片天边的云，是不是很美？"张旺芸淡淡地瞅了瞅，说："那不是云，是霞。"陈智峰心头如被蜂刺一蜇，不再言语了。

5

据县电视台新闻报道，西滩村的食品加工基地和冷链物流、电商基地建成后，可让上百人直接就业。而且，县上配套的项目资金已量化成村上的股份。大家听了都很高兴。

陈仁毅常跑到工地上来，他晓得这里的工地是管饭的，所以他来一般都是午饭或晚饭前半小时左右。为了成功地蹭到饭，他也会厚起脸皮掺和进来，给这个那个搭把手。

"过去，这里莫你的事！"人家说。陈仁毅不管，说："我又不要工资，白帮忙不行吗？""晓得你来混饭的。"人家笑他。他也跟着笑："晓得还说。"人家拿他没法，只好由着他。等喊吃饭的时候，他比哪个都理直气壮，抓一只碗就舀饭，菜还专挑肉多的夹。要是碰上王朝晖，陈仁毅便端起碗凑上去："王书记，厂建好了给我安排个工作哟！"王朝晖乜斜他一眼，淡淡地一笑："想要工作？你能干啥？"陈仁毅一拍胸脯："啥都能干。""那好，从现在开始，你天天来工地上。"王朝晖又补充说，"不是吃饭的时候来哈，是早上就来，晚上才准走。"众人差点儿笑得喷饭，有的说："他得行？"陈仁毅面作难色地说："干这些重活确实不行。"王朝晖手一摆："那还说啥？哪儿有那么多轻巧活路！""有啊，比如以后开个机器，看个流水线，管个人什么的。"陈仁毅说。王朝晖白了他一眼："你还想啥？""王书记，我好歹上过几天高中，也算是有些文化噻。"陈仁毅涎皮赖脸地说。众人笑得不行，有的说："那我高中毕业，可以当教授啦？"

一次，何海到工地视察，中午就留下吃饭。陈仁毅又凑上来找何海："何镇长，给我搞点儿贷款嘛！"何海一怔："你要贷款做啥？"陈仁毅说："搞点儿脱贫致富的项目啊。"何海一笑说："你还需要脱贫？天天烟不离手、酒不离口，牌儿打得悠哉乐哉的。"陈仁毅叹息一声，说：

"那也不是经常嘛，那也是无奈嘛，多数时候还是想搞点儿事。"何海说："贷款你没资格啊，只有贫困户有小额信贷。""那好，我就当个贫困户。"陈仁毅说。"又来了！'贫困户'这三个字不是人情，想给谁就给谁。贫困户也不是荣誉，给你戴个帽子，你就光荣了?"何海说。"但贫困户得的实惠多，这是事实吧?"陈仁毅说。"就算是贫困户，也要看有没有'我要脱贫'的决心和意志，不是哪个都可以给贷款的。"何海说。"如果给我贷了款，我就有那个决心和意志。"陈仁毅说。"可你不是贫困户！你还是找你哥'贷'吧。你哥不是省上的干部吗？找他，或许能多'贷'。"何海说。陈仁毅凑近何海耳边说："我哥现在也精了，给老太爷拿钱不晓得走的哪个渠道，我是看不到一分了。"说着，他哀叹一声，"想来想去，还是要靠自己啊!"何海仔仔细细地盯了陈仁毅半晌："你真的想靠自己挣钱了?"陈仁毅说："这还有假?""若你真的浪子回头，等我消息。"何海从陈仁毅身边走开了。

村上的农民夜校开办有半年了，因没有专门的场地，只有用学校教室。周末两天学生不上课，农民夜校便周末开课。这次请了县农业局种植、养殖方面的专家，还有县委党校、县妇联、共青团县委、县工商联、县个体经济协会等机构的老师来讲课。

头一节课，何海也赶来了。"陈仁毅呢？把他喊起来。"大家四处寻找，不见陈仁毅人影。"唉！提前说了多少次了，跑哪儿去了?"何海骂了阵，还是叫人打电话通知他。

陈仁毅来了。"听着，你要是真想靠自己的能力挣钱，就规规矩矩地给我听一个月课！技术学到了，你也想好了，要搞啥项目我负责给你弄到位。"何海说。陈仁毅鸡啄米一样点头，像个小学生一样进门喊报告，老师一声"请进"后，满堂哄然大笑。陈仁毅不好意思地摸了把脸，乖乖地坐到最后一排听起来。

头一节课讲的是养牛，陈仁毅开始听得还认真，听老师说一头牛卖一万多元，他心里想：我要是养十头牛不就是十几万元？养一百头呢？哇塞……轻而易举就成了百万富翁了。对，就养牛！我一定要好好听课，一定把养牛技术学到家。可听着听着，他又犹豫了。老师说母牛一年只产一胎，如果不是自繁自养，买一头小牛就得四五千元，这样算来，除去成本还能赚几个钱？打比方说能赚个三千元，可得一年啊！就算养十头也才挣三万元。而且还得像伺候爹一样伺候着，千万不能生病，要是得一场瘟疫，瞬间就血本无归了。算了，养牛不划算。

几分钟热情后，陈仁毅便对老师讲的课听不进去了。他开始东张西望，开始胡思乱想。望着望着，想着想着，就觉得困倦起来，手不自觉地伸到兜里去找烟。他摸出一根正要点，突觉不对，朝四周看了看，别人都在专心致志地听，不少人还认真在本子上记，就他心不在焉。他赶紧把烟放回兜里。可他实在坐不住，想抽一根。他瞅老师，老师是个男的，他将他那一点五的视力聚焦到老师的手指上，见手指泛黄，知道老师也是杆烟枪，心里乐了。他轻手轻脚地走到讲台上，掏出一根烟递给老师。老师笑着摆手，他还是把烟放在了讲桌上。老师朝他点头致谢，他心里踏实了，回到座位上，啪地把烟点燃，深深地吸了一口。

第二节课讲的是留守儿童心理辅导，陈仁毅就丝毫没有兴趣了。讲课的是个漂亮的女老师，他目不转睛地盯着，看似很认真的样子，实则心思全在女老师身上，逐渐心猿意马起来。

他打了个哈欠，又不自觉地将手伸进衣兜。这回他触及两样东西，香烟和口香糖。是拿烟还是糖？他短暂思考了下，决定拿糖。这回，他故技重演，抽出一片口香糖走上讲台。女老师警惕地问："你要干啥？回去！拿回去！……"满教室人都惊讶地望着陈仁毅，他的脸顿时红了。

第三节课讲的是家庭与法制。老师首先拿家庭中的男人说事："男人在家是顶梁柱，但如果是个吃喝嫖赌外加家暴的主儿，等于是根朽木加蛀梁，出于一家子安稳的考虑，还是尽早拆除的好。"大家嘻嘻哈哈地笑了，都把目光移向陈仁毅，那表情不言而喻，仿佛每道目光都长了一张嘴，在说：老师讲的这个主儿，怕就是你吧？陈仁毅顿觉浑身不自在，将脸藏在衣服里装睡觉。

"……你看，这好吃好喝的人一般都懒惰；沉溺赌博的人小事看不起，大事又干不了，成天痴心妄想一夜暴富……"老师继续讲，台下人继续小声嘀咕，陈仁毅不敢抬起头来。又过了片刻，他实在坐不下去了，便借上厕所的理由悄悄溜了。

"妈的，这是在蹲学习班吗?!"他在心里骂道。陈仁毅这个年龄，虽没上过学习班，但他听曾当村主任的父亲讲过，过去学习班是专门教育那些不安分守己者的，比如投机倒把、偷鸡摸狗，甚至违法乱纪的人。陈仁毅感到心里憋着耻辱。

何海得知陈仁毅一天都没待够，问他咋回事儿。陈仁毅说："那些老师只懂纸上谈兵，讲些脱离实际的东西，有个屁用！""那你想学啥子实际的东西？"何海问。"还是到真正掌握实践技术的人那儿去学，这些老师都是二传手，误人子弟呀！"陈仁毅说。"那好！"何海笑了起来，"陈智峰的荷塘、陈仁昊的农场，还有陈智清的养鸡场，你任选一个，那儿就是实打实地学实践技术。"陈仁毅嘴巴一撇："都是半罐水，懂什么！"何海把脸一沉："你有好大本事？这个是纸上谈兵，那个是半罐水，你算老几？"陈仁毅想了想说："好吧，你让我考虑一下。""耶，倒像是我在求你哈！"何海说。

陈仁毅最先选的是陈仁昊。"谢谢你！谢谢你！不说帮忙，你不来捣蛋我就烧高香了！"陈仁昊双手合十，不断朝陈仁毅勾头，表面十分恭敬，实则忍着气。接着，他又去找陈智峰。陈智峰不好直接撵，借口说现在是闲时，让他明年忙时再来。但陈智峰毕竟是村主任，陈仁毅既然是何海建议来的，他不能一推了之。于是，陈智峰建议他去找陈智清，并带他去了陈智清的养鸡场。

陈智清一见陈仁毅，脸色顿时铁青，随即满脸涨红，低声问陈智峰："你把这个二百五引来做啥？"陈智峰低声对陈智清说了些什么，临了嘱咐他："磨他一磨。"陈智清把陈仁毅喊拢说："我本来是不欢迎你的，看在何镇长和陈主任的面子上，你来吧。不过有个条件。"陈仁毅问啥条件，陈智清说："你每天只干一件事，早上把鸡放出去，五间鸡舍清扫干净，如果你能干上半个月，我就留你，而且啥技术都教你。"陈仁毅心想：怕是故意整我吧！但若直接不答应，显得自己太怂了，今后真落一个小事看不起、大事干不了的名。也罢！他一咬牙就答应了。

陈智清当即安排他上工。陈仁毅捏着鼻子勉强干完了。第二天，鸡刚放出去，鸡舍里还有余温，这余温将鸡粪味道酝酿得更加浓烈刺鼻。陈仁毅一边捏着鼻子一边用扫帚扫，有时还要用铲子铲，一不小心就踩一脚鸡粪，连连跺脚就是甩不干净……

第三天早上，陈仁毅在床上纠结了许久，最终决定还是不去了。

6

高速公路终于开建了，而且真的在西滩村有一个出口，大家不由佩服王朝晖的眼光。其实，不是他眼光有多准，而是他消息比一般人灵通。因此，接下来王朝晖说什么都特别具有号召力。他说"6+1"公共服务体系和新村聚居点建设规划最终定版，图纸张贴在村委会门口，希望大家去看看，有啥意见就提。话音一落，村委会门口便挤满了脑袋。

大家见设计图上整个项目呈四方形，东南西北面均有大门，俨然一座城池。中轴最北为陈氏宗祠。宗祠坐北朝南，门外是一道照壁，往南便是乡村大舞台。舞台往南是乡村文化广场，再往南便是"6+1"公共服务体系，小四合院格局，里面分别为村两委办公室、便民服务中心、村卫生室、村农家书屋、便民超市等。再往南便是"礼字院"，该院也是一套四合院，南面有大门。中轴东、西两侧各有两套四合院，分别是"仁字院""义字院""信字院""智字院"，各院均为上下两层，之间有连廊相通。

为建不建宗祠，村里几番讨论，大多数群众认为该建，因西滩村原来就有，早些年被毁，如今宗祠建起了，也算是全村一个凝聚人心、商讨大事的地方。

　　看罢设计图，村民无不拍手称赞。大家尤其对新居十分期待，主动报名和咨询政策的络绎不绝。村两委还分组下户进行了宣传动员。朱雪松跟小刘一组，老向跟宋师傅一组，王朝晖、陈智峰等村干部各带一名小组长组成一组。

　　老向和宋师傅走的第一家是陈仁江家，一进院坝，见陈仁江在扫地。"对嘛，自己打扫卫生了。"老向说。陈仁江见二位扶贫干部来了，笑着去端茶拿烟。宋师傅忙阻止说："别忙活了，我们说几句话就走。"

　　张旺菊端了两根板凳放在院坝里。宋师傅见院坝里没有鸡屎，说："鸡都关起喂了？""是啊，你们喊关起喂，就关起喂了噻。"张旺菊说。"今年发的这批鸡，下蛋如何？一年卖了好多钱？"老向问。"好多钱？哼！"陈仁江直瘪嘴。"咋喃？"宋师傅问。陈仁江说："关在屋后笼子里的五十多只鸡，虽是半大鸡，但还是养了两个月才下蛋，一天也就三十多只鸡下；其余的不下呢，不晓得啥原因。昨年那批就半年时间下蛋，卖了五千多块钱，除去成本就只有一千多块钱。你说有啥搞头？莫账算！""咋不说今年这批呢，那可是下一整年，就是两三千块纯利润了哟！"老向说。"问题是又要淘汰了得嘛！明年又进半大鸡，又只有半年下蛋期。"陈仁江说。"淘汰时卖鸡还有个差价收入呢？一只有二三十元利润，五十只也有一千多元嘛。拉通算起来，养鸡一年三四千元纯利润，可以了噻，你想一口吃个胖子？"宋师傅说。"莫急，老太爷，去年春上栽的李子树，等结了果，卖了也是钱。"老向说。"说起李子树，今年开花了，花开得很喜人！今年就可结果了吧？"陈仁江说。"不得行！"老向说，"赶快把花全摘掉，或者等果子有小指蛋大的时候，赶快摘了扔掉。""为啥子？"陈仁江诧异地问，"就盼着它结了，去年栽的就是大拇指粗的树。""先让它长一年树，明年再让结，明年也不能让结多了，后年才让它敞开结。"老向说。"那不是等于说务了三年空树？"张旺菊说。"打个比方说，"宋师傅突发奇想，"假如让你屋孙娃子马上结婚生娃儿，可以吗？"

陈仁江一下笑了："那咋不可以？以往有些男娃儿就是十四五岁结的婚，十五六岁就生娃儿。"

"那活得到好多岁呢？"宋师傅说，"雀儿都没长抻展就生育，等于在伤老命！"几个人都笑了起来。老向说："反正照我说的去做，你不会吃亏。今天来主要是说村里新村聚居点的事，你们老两口还是单独的户，不跟儿子媳妇合户？""我们还是分开好些，各住各的，眼不见心不烦。"陈仁江嘴唇绷得紧紧的。"你儿子修的是别墅哦，上下三层，还带那么大的院坝，院坝里还有花园，你不想跟他们住？"老向问。"不想。听说聚居点是建四合院，住那里热闹。"张旺菊说。"那先说清楚哈，你老两口是贫困户，就只有五十平方米，一室一厅带厨卫。根据政策，你们还得出部分钱，不过不多，总共不超过一万元，估计五六千元搞定。"宋师傅说。"可以，没得问题。我们老两口，住那么大就行了，大了也是浪费。"陈仁江说。

其实，陈仁江两口子想跟儿子媳妇合户住一起，可陈智立心里打起了算盘：如果合户，父母贫困户帽子没了，就享受不了优惠政策，更别想有聚居点的房子了；不合户，几千块钱就可得聚居点一套房子，最终那房子还是他们的，哪样划算？当然是不合户更划算。于是，陈智立便多次在父母面前低声下气地恳求，陈仁江两口子也就答应了。

对于非贫困户，在拆旧复耕的前提下可获得一定的资金补助，标准根据人口和房屋面积递增。三人户七十五平方米以上补助七万元，四人户一百平方米以上补助八万元，五人及以上人数的户一百二十平方米补助九万元。补助资金来源于土地增减挂钩项目。

　　有人算了笔账，非贫困户各户自筹资金，一户最多也只要几万元。村民这才明白，当初测量的每家宅基地及房屋面积，而今变成了真金白银。但还是有人眼红贫困户"捡了大便宜"，尤其是对陈袭勇一家，老两口加小两口，带两个孙子，六口人可住一百二十平方米的房子，自己出不到一万块钱。于是，在工地上干活的陈仁刚便成了大家戏谑的对象。

　　"还不赶紧卖力干，这等于是在给你自己家修房子！"这个推陈仁刚一掌，他嘿嘿一笑。

　　"你硬是运气挡不住！捡了个婆娘一分钱没花，还生两个儿子，现在又捡一套大房子住！就你屋现在那几间垮房子，给一两千块钱都莫哪个要！"那个打他一拳，陈仁刚又嘿嘿一笑。

　　陈仁刚像被炒麻丸儿一般，遭人推过去搡过来。有些妇女也加入进来，你摸一下头，她扯一下耳，你胳肢一下腋窝，她踢一脚腿，陈仁刚嘻嘻哈哈、嘿嘿哼哼，乐得跟什么似的。

　　李淑华看不过去了，双手往腰杆上一叉，指着那些人骂："你们哪个羡慕吗？我开个绿灯嘛，男的来给刚莽子当儿，女的给刚莽了当小，都可以沾光了噻！"哈哈哈……工地上一阵大笑。李淑华也忍不住笑了起来。"李淑华啊李淑华，原先跟林娃子的时候嘴巴没那么岔嘛，咋跟了刚

221

莽子了，就变了？刚莽子硬是根金刚钻儿，把你嘴巴越撬越岔了？"有人说。

大家听了，笑得更厉害了。

"6+1"公共服务体系和新村聚居点正式开建，可村小仍无搬迁重建的消息。陈智蓉问周红娟："周姐，你听赵书记说没？我们村小会不会不办了？"周红娟一整天心神不宁，没听清，抬头问："啥？你说啥？""我说村小是不是要撤哟！"陈智蓉说。"哦……那……我也不晓得呢。"周红娟说。"你今天咋了呢，好像魂没在这里一样。"陈智蓉走过去，捧起周红娟的脸仔细看。周红娟脸色苍白，嘴皮微微颤抖着说："今早起来就这样，只想是受镇政府紧张气氛影响，没想从镇上来到村里还是这样，就像偷了人家东西一样，心慌得很。"陈智蓉说："是不是太累了？那你早点儿回去休息吧。""你说累吧，也不是，脑子倒是兴奋得很，一会儿这一会儿那的。"周红娟说。

周红娟心里慌乱是有原因的。前两天，县委书记突然被省纪委带走，这一走怕是回不来了。赵启来曾给县委书记做过六年秘书，也就如惊弓之鸟，日不能食，夜不能寐。

突然，远处传来一阵噼里啪啦的响声，周红娟如同黑夜遇见鬼，惊恐地叫起来："什么声音，哪里传来的？啊？"陈智蓉也听到了，她跑出学校大门，搜寻声音的来源。"好像是从白龙河场镇方向传来的，有人放鞭炮呢。"陈智蓉说。"啊？……放鞭炮？怎么会有人放鞭炮？"周红娟浑身颤抖不已，顿时面无血色。

陈智蓉把周红娟扶出门，两人又仔细听了阵，鞭炮声仍响个不停。

这时，周红娟的手机响了。"蓉……帮我……帮我接

222

下电话……"周红娟已无法完整、连续地说出一句话了，两眼翻白仁。她的样子把陈智蓉吓到了。陈智蓉的手也抖起来，好不容易才从周红娟的挎包里找到手机，接了。"快！快！快！赵书记出事了……"那边也不问是谁，就那么急促地说。陈智蓉"啊"了一声，手机掉在了地上。本来就极度恐惧的周红娟，两腿一软便瘫了下去。

陈智蓉急忙跑到村道上拦车。她焦急地四处张望，碰巧有辆车往白龙河场镇方向开，她便在路中央张牙舞爪地阻拦。车停下了，是陈智健。"妹儿，咋啦？"陈智健问。"快！帮我把周老师扶上车，赵书记出事儿了。"陈智蓉说完就往村小跑。陈智健意识到问题严重，跟着陈智蓉跑到村小，从地上抱起周红娟，又跑回村道上。等把周红娟放进车里，陈智健一踩油门便飞快往镇政府奔。他也不好问究竟出了什么事儿，一路按着喇叭，超着车辆。他听到有人在路上骂他："跑恁快做啥，鬼把你撵忙了？"要是平时，谁这样骂他，他定会停下车跟别人对骂，直到气势上压倒别人为止，可今天他忍了。从陈智蓉和周红娟反常的表现来看，镇政府那边肯定发生了天大的事情。

镇里的街上挤满了人，跟逢场天差不多。陈智健透过车窗斜眼瞟了瞟街上的人，有人表情严肃，有人面露惊恐，有人淡定，有人焦灼，但没有一个人笑，还有个别妇女直抹眼泪。

"咋的啦？你们都咋的啦？"陈智健头伸出去问。有人说："自己去看嘛，镇政府办公楼底下警察拉了警戒线，人多得很。"

车终于开到了镇政府，他们刚走到大门口，何海跟镇政府的几个工作人员跑过来，一起搀扶周红娟。"把周老师挽到办公室，不要她去现场。"何海对几个工作人员说。

陈智健往人群那边靠，心怦怦直跳。他挤进人群，探头往前看，见警戒线内，地上一摊血迹，一张白色床单盖着一个形状扭曲的东西，无疑是赵启来的尸体。尸体周围落满鞭炮碎屑，落在血中的纸屑被染得更红了。陈智健不由心惊肉跳，问："哎呀！他是咋个死的？"

旁边人奇怪地看了他一眼，说："你还不晓得嗦，跳楼死的。""为什么跳楼？""听说是怕组织上查，一定是个贪官，算畏罪自杀。""没看出来，他咋就是个贪官呢。""跟了县委书记那么多年，县委书记遭了，他还跑得脱？""唉！遭了就遭了嘛，干吗要寻死呢。""你不懂贪官的生活，没遭过的是神仙日子，遭了就没好日子了，还不如死了呢。"

陈智健对这些议论渐渐失去了兴趣。他因一个在县城开酒吧的同学约着晚上聚会，开车往城里走时碰到陈智蓉拦车，就被这档子事牵扯到镇政府来了。陈智健继续他的行程。路上，他看到殡仪馆的车飞快地往白龙河镇政府方向跑，就晓得是去拉赵启来的尸体的。陈智健觉得腿和脚很软，踩起油门和刹车竟没了轻重感，有时感觉只是轻轻点了下油门，但车呜地一下像发了疯，他又赶紧踩刹车，明明感觉用了力，但车速仍然很快，再一使劲，车猛然一停，车屁股一摆竟横在了路上，把他吓出一身冷汗。

天渐渐黑了，到县城要经过一道深山幽谷，两旁树木葱郁，夜风摇动枝叶，仿佛千万只鬼魅蠢蠢欲动。要是往昔，陈智健根本就不会害怕，可今天他想起就冒虚汗。干脆不去了！陈智健给在县城的同学发了条微信，便掉头往回走。他把车内的音乐放得很大声，一边开一边跟着唱。

渐渐地，陈智健的心稳定了下来。就在快到白龙河镇的时候，他遇上了返程的殡葬车。随着殡葬车离自己越来越远，陈智健感觉浑身的生气才逐渐恢复正常。

一进入西滩村境内，仿佛世界又是他的了。

7

赵启来出事后，何海被任命为白龙河镇党委书记。陈智峰经组织考察，成为一名预备党员。王朝晖向他表示祝贺的同时，说：“等明年你转了正，我就把担子移交到你身上。”

被宣布为预备党员那天，鸡刚叫头一次，陈智峰就睡不着了。其实，整夜他都没睡实，从躺在床上起，虽然眼睛闭着，四周黑乎乎的，但眼前却是个明媚鲜亮的世界。陈智峰辗转反侧，寂静的夜里仿佛有各种虫子在鸣叫，待虫子都歇息不叫了，耳边却总是还有似蝉鸣般的幻觉，即使用棉花堵也不管用。两鬓的血流快速而激烈，充足的供氧让大脑一直亢奋不已。他试着数羊来平抑情绪，但数着数着，羊就变成了人，人又牵扯出许多事来，一事连着一事，搅成一锅粥，诸多人和事杂乱无章地在脑海里翻腾起伏……

看来是睡不着了！陈智峰干脆从床上坐起来，这下感觉好了许多，刚才还在脑子里沸腾的诸多人和事一下子安静了下来，慢慢地下沉，慢慢地冷却，然后一件件地如云雾般慢慢地消散。唯有刘欣楠劝他入党的每一句话，还十分清晰地回响在耳畔。想起刘欣楠，陈智峰刚刚平静点儿的心又躁动起来。已经很久没想起她了，但她的一颦一笑依然在他的头脑中保持着高清状态。她是他向党组织靠拢的引路人。他即将成为一名光荣的预备党员了，不知她知不知道这个消息，他应不应该告诉她？她会不会为之感到高兴呢？

陈智峰极不情愿地把思绪从刘欣楠身上拉了回来，想起自己写入党申请书的情景，想起多次在镇党委上党课的情景。老党员们的言传身教，使他明白了一个共产党员对自身的要求和原则。自己真的就要成为一名光荣的共产党员了？陈智峰有点儿不敢相信这是事实。他内心真实的想法是，希望再晚一些。如果再晚一些，或许自己能准备得更充分，更称得上一名合格的共产党员。面对神圣的党组织，他心中还有许多愧疚，认为自己离那面神圣的旗帜还有距离。

早晨起来，陈智峰仍然没有完全摆脱紧张和激动的状态，脚步轻快如飞燕，浑身上下如罩着一团燃烧的火焰，这火焰还带着耀眼的光芒。洗脸、刷牙、吃饭时，他的手一直颤抖不已，仿佛身上每一个细胞都在一刻不停地充着电，都显得活力四射。他目光所及的每一个物件，都洋溢着红彤彤的色彩。面对鲜红的党旗，跟其他新党员一起举起右手，宣读入党誓词那一刻，他感觉胸中如同长江黄河奔涌，自己则是那个乘风破浪的舵手。

回到村里，王朝晖有意大小事务都让陈智峰做主，目的是让他尽快成长起来，早日担当起一个基层组织领头人的责任。王朝晖自己，则潜心经营公司，带动村里的产业发展。此后的工作，王朝晖总是让陈智峰充分表达个人看法。以往总是他说得多，而今他尽量少说，让陈智峰毫无保留、敞开地说。起初，陈智峰很不好意思，但王朝晖一再坚持和鼓励，其他班子成员以及两委干部都支持他，而且面带善意的微笑。他认识到大家满怀实诚和尊重，甚至还有期待，也就慢慢坦然起来，恭敬不如从命了。

一次讨论怎样顺利推进家庭农场建设，陈智峰慷慨陈词："常言说百闻不如一见。此前我们的工作，只是动嘴，但好话说一百遍也成了废话，村民听了大多一个耳朵进另一个耳朵出。要想立竿见影，必须改变思路，独辟蹊径。""那该咋办呢？""得让他们见到别人实实在在赚了钱。赚钱才是硬道理，只要能把真金白银赚到自己腰包里，这样铁的事实胜过我们千张嘴万条舌登门劝说。""现在几个家庭农场是赚钱呀，也是明摆着的事实呀，可为何大家还是不动心呢？""我们必须主动作为，把他们拉到明摆着的事实面前去。""怎么个拉法？""转眼就是收稻谷的季节了，我们可以组织一次现场会，主要展示几个家庭农场机械收割、烘干结算、现款支付以及稻米加工、包装、储存、销售等过程，让大家亲眼看看各家庭农场在公司带动下赚到钱的过程，吸引更多的村民抛开顾虑，大胆地参与。"陈智峰说。

村里自己组织一个坝场会？这确实没有先例。陈智峰一提出，与会的人无不惊诧万分。大家都知道，一个现场会，连筹备、举办到后续工作，又会有一阵"五加二"了。陈智峰的想法如一块大石头丢进了白龙河，砸起四面飞溅的水花，大家经认真讨论后一致认为可行，而且很有付诸行动的必要性和紧迫性。

陈智峰立马将村两委干部和扶贫帮扶驻村工作队人员分成几个组，各组分片包干负责，必须把人请到现场会，且必须坚持到会议最后一个议程，决不允许中途开溜。

现场会上，村民把陈仁昊的情况看得十分清楚。他一百余亩地，稻谷收割、烘干后卖给公司约为十二万斤，按双方协议保底价每斤一块二计算，毛收入为十四万多元，加上政府的各项补贴，收入约为十六万元，除去成本，最终落到手的纯利润为六万元左右。稻田养鱼每亩纯利达一千多元，一百亩地算起来将近十四万元。这样算起来，一百亩地总共有约二十万元纯利润。

几天下来，效果还是有的。又有五户人跟公司签订了反租倒包、组建家庭农场的协议。至此，全村一共发展起来了二十余个家庭农场，离理想中的六七十家还有差距。

当然，这点儿钱某些人是看不上眼的，对陈传国这样的木秀于林者更算不了什么。陈传国的思想总是比别人超前一步，在村里，他最早租别人的地种粮，是村里第一个种粮大户。可近几年他把自己那一百余亩地交给他岳父打理，两口子开始养蜂，仅水稻生长这短短几个月时间，他的蜂蜜销售收入就达十余万元！两口子从油菜花谢过后便开车载着一百余箱蜜蜂一路往北，追逐春天的脚步，沿途采集油菜花蜜，随采随卖，既看了风景，又挣了钱，日子过得不亦乐乎。

这次陈传国夫妻又是满载而归。拉蜂箱的车行驶在稻浪翻腾的西滩坝子上，像一把银色的剪刀划过一匹巨大的金色绸缎。他们按着喇叭，那声音在寂静的秋天传扬得更快更远。

村民老远就跟他们打招呼："传国回来了，钱挣安逸了，耍也耍安逸了?!"陈传国夫妇把头从车窗里伸出来，左右同时答应着村民的招呼。"是呢，是呢!""挣啥钱哦，钱没挣到，倒是耍安逸了耶！"答应"是呢是呢"的一定是陈传国，说"钱没挣到"的一定是马萍。

马萍一直不希望陈传国在村里太张扬，其实陈传国也从来没张扬过。可几个月搞十几万元在腰包里，再沉得住气的人也是按捺不住的，陈传国的骄傲和自豪是完全可以理解的。

家里随时都有熟人亲朋来，陈传国便得意扬扬地讲述这一路的浪漫故事，把人听得直发愣，那羡慕忌妒的心情呀，简直就快要从听者的眼睛里、嘴巴里流淌出来了。

"西滩村的油菜花漂亮吧，可比起黄河源头一带的油菜花，那可是小巫见大巫！一眼望出去，尽是奔腾流淌的金黄色，无边无际、气势磅礴！去过三江源吗？那可是我们国家三大母亲河的发源地！那里天明水净，那里有辽阔的草原，草原上有五彩缤纷的野花，还有膘肥体壮的牛羊……我们在三江源安营扎寨，空了也骑一会儿马，跟藏族朋友大碗喝酒、大块吃肉……我手机里有好多全国各地养蜂人的微信……我的朋友遍及祖国大江南北，每次出去都收集到许多来自五湖四海的趣闻……"

陈传国极富感染力的讲述，让听的人莫不啧啧赞叹，并表现出十分神往的样子。有人问陈传国啥时候又走，陈传国说等明年春暖花开的时节。有人问："你们养蜂，为什么非要拉起蜂箱跑那么远呢？"陈传国说："这你就不懂了，我国处于北半球，季节是从南到北逐步推移的，西滩村的油菜花3月初就开了，可三江源头的油菜花得6月份才开呢！我们是追着花儿，放着蜂儿。不是有首歌吗？'你是风儿我是沙，缠缠绵绵到天涯……'我把它改了！改成'我是蜂儿，你是花，缠缠绵绵到天涯'，我们俩也是一对蜂儿，是追花逐蜜的蜂儿……"

陈传国说到动情处，马萍也跟着沉浸其中，幸福的笑容盛满脸庞，被感染了的两团高原红，就像两朵红牡丹，映得被风霜割裂而成的皱纹愈加明显了。

有人为求心理平衡，找到些泼冷水的话题："唉！钱倒是挣到了，可人也催老了，世上哪有轻轻松松就能挣到的钱呢！"西滩村大部分人都有这个毛病，想挣钱，但小钱看不上，大钱又怕吃苦。陈传国夫妇听了，心里很不是滋味，但还是以笑回应："那是的。"这话十分精准地触到了陈传国夫妇的痛点。他俩生来就是南方人，南方人皮肤嫩，尽管追逐春天的脚步一路向北，在文化人看来有诗与远方的潇洒和惬意，但对农村人来说，那是跟地域和气候在较量。尽管有物质上的收获，但与同龄人相比，却过早地逝去青春模样，是再多的物质也无法换回的。不过，这仅仅是一时的感慨，随着回到西滩村的日子一天一天地过去，夫妻俩又踏上了正常的欢快的生活节奏。是的，谁又能死死地拽住青春不放手呢？只要夫妻能恩爱如初，只要两人在慢慢变老的过程中始终能相濡以沫、相敬如宾，便是最大的幸福。

然而，在传国夫妇的归来正成为全村热议话题的时候，一件令人悲伤的事情发生了。一天早晨，老向打电话给陈智峰，火急火燎地喊他马上赶到村委会，说朱雪松中风了，手脚不能动弹，语言含混不清，脸上的表情扭曲僵硬，样子十分吓人。陈智峰和王朝晖迅速赶到村委会。在朱雪松住的小房间里，宋师傅、老向和小刘把他扶起来，让他坐在床沿上。宋师傅和老向左右两边用力，方能支撑住朱雪松的身体。

小刘看见陈智峰和王朝晖，泪水像断了线的珍珠纷纷滚落。朱雪松朝陈智峰和王朝晖张了张嘴，发出啊啊啊的叫声，他已经无法用清晰而完整的语言表达自己的想法了，仿佛一下子回到婴儿时期，只能用非常简单的单音节词语传达让人费解的意思。

　　陈智峰心如针刺，上前握住朱雪松的手，嘴唇颤动了几下，但不知拿什么话来说，只能默然相对，仿佛自己也失去了语言功能，脑子里一片空白，比深秋的天空还要空寂。

　　"怎么突然这样了？"王朝晖问。"早晨起来，我们叫他，他便啊啊啊的，不能说话了，也无法自己翻起来，手脚虽还能动弹，但明显看得出来不正常。"老向说。"叫救护车了吗？"王朝晖又问。"叫了，估计就要到了。也报告给局领导和镇领导了，局里叫立即送县人民医院，何海书记马上就到了，估计跟救护车一起来。"老向说。

　　外面由远而近地传来一阵呜啊呜啊的声音，救护车开进了小学操场。何海从车上跳下来，指挥医生用担架把朱雪松抬上车，并吩咐老向和宋师傅随车进城。救护车在操场上画了个大大的问号便从大门口驶出，又一阵紧促的呜啊呜啊声跑远了。

　　"从现场会筹备起他就没有降压药了，白龙河买不到那种药，打电话托局里寄来，谁知局里人也忙，把这事给忘了！后来几天便是白天黑夜地忙，加上没吃药，我估计是他的血压失去了控制，昨晚血压急剧升高，导致了脑梗死。"小刘说。小刘的话语如一条带刺的鞭子抽打在陈智峰的心头，他的心快流出血来了。如果朱雪松有个三长两短，他陈智峰怕是要永久地背上沉重的负罪感！都怪自己逞强显能，搞什么本村范围内的现场会，而且搞得比县上乃至市上组织的现场会还要正式，还要过硬，结果把有病在身的好干部、好大哥拖得生死未卜！此刻，陈智峰除了默默地祈祷朱雪松能奇迹般地转危为安，念叨最多的就是，如果能用身体乃至生命去替换，他会毫不犹豫地把自己这副还算健康的躯壳奉献给朱雪松。是的，除此之外他还能怎样呢？当他准备把这种想法表达出来时，又立马遏制住了自己：就算是十分真诚地表达了出来，会有人信吗？

"其实应该怪我！"小刘说，"朱书记叫局里给他寄药，电话是我打的，我应该随时把这事放在心上，随时提醒一下局里的人。哪知……哪知我也搞忘了……"

第五部分

1

朱雪松确定回不来了，医生诊断是高血压导致脑梗。但是任何个人的坎坷也无法影响时代前进的步伐。乡村振兴的号角正式吹响，让全国人民为之振奋，也让崇岭县领导班子倍感压力。条件较好地区的贫困县纷纷甩掉穷帽，成为乡村振兴规划试点示范县，而崇岭县还在为2020年前顺利脱贫奋斗。

作为最基层党组织的干部，陈智峰意识到身上肩负的任务重大，负重前行是没有选择的选择。朱雪松住院后，组织上很长时间没有派相应的干部来。王朝晖为自己公司和全村产业的事情也时常耽搁村两委的事务。显然，他是有意将陈智峰往村支书位置上培养。这样的信任和支持让陈智峰感激不已，但他还是深感力量单薄，深感团队作战是多么重要！他渴望有一个能彼此心领神会的帮手，渴望有一个能默契配合的战友。

人往往在最渴望的时候盼来喜从天降。就在陈智峰快心力交瘁时，上面通知新的第一书记就要到位了，据说还是位女博士，北方人，曾在德国某大学做过交换生，被省委组织部选调，分配在省社科院，脚跟尚未踩稳便主动申请来贫困村担任第一书记。

闻听是个女博士，陈智峰笑了：一是为总算有了搭档而高兴；二是想到留学归国博士到偏远乡村当第一书记，未免太滑稽了吧。社会上有关女博士的偏见很多，归纳起来，主要还是认为"女博士"是丑女兼才女的代名词。大凡形象姣好的女子，到高中便会有络绎不绝的追求者，即使成绩优秀，也难敌青春的骚动和诱惑，于是大多学业受到影响，即使考个大学，毕业后便急着结婚生子。似乎只有模样一般的，方能在大好青春年华抱守清静潜心攻读，最终在学业上取得更高成就。

人家是被省委组织部选调的，足见优秀！但既然如此优秀，明明在省社科院可以有更高的起点和更顺利的发展，怎么会主动申请来西滩村这样偏远的地方当第一书记呢？如此大材小用，到底是组织上用人不当还是她个人确实难当大任呢？大概还是因相貌丑陋而怕遭排斥吧！否则，以正常的逻辑无法推断出这样的结论来。

陈智峰这样想着，眼前仿佛已看到了她的容貌，脑子里储存的所有有关丑女的词汇都难以形容这么个人。她来了，即使成了工作上的好帮手，可朝夕相处……好在任务结束后她就要走人，这样想来，也不是什么可怕的事情，眼睛一闭一睁几年就过去了，大不了再咬咬牙呗。想到这里，陈智峰心态平常了，盼望着第一书记早日到来。

眼看新村聚居点基础工程就要完工了，全村人心里的期待如春夏之交的河水，日渐看涨。

陈智峰正在工地上安排活路，何海打来电话说，新的第一书记马上到任，他会陪她一起下来。陈智峰顿时心跳得如暴雨前的池鱼，一阵缺氧的感觉让他慌乱不已。何故如此激动呢？陈智峰一边往小学走一边对着天空深呼吸，可越是这样，他的心跳得越是厉害，自己都难以理解为何会有如此强烈的心理反应。

镇政府的车开进了小学操场。陈智峰迫不及待地迎了出去，并目不转睛地盯着车门。

何海从前排下来，打开了后排车门，一个留着齐耳短发的女子勾着腰从车里出来，待她仰起头微笑着跟大家打招呼时，陈智峰差点儿晕了过去：天啦！这不是开玩笑吗？

这女子非但不丑，反而美到极点！

先看个头儿，她穿着高跟鞋，陈智峰抬高眼睛方能望其头顶；细胳膊长腿儿，高胸脯翘臀儿；典型的鹅蛋脸，皮肤毫无北方人那般粗糙干涩，而是粉白水嫩，如剥了壳的熟鸡蛋；两道眉毛经简单修饰，细长斜挑，如春风掀动的柳叶；大眼睛、双眼皮，黑而发亮的眸子如早晨草尖上的露珠，还闪耀着朝霞的光芒；尤其是那张嘴，一张一合之间，便有金属质感般脆响的声音传出，正宗的北方腔调，刹那间便镇住了气场。

"这就是新的第一书记，郑菁，河南人。虽从小在城市长大，没有一天农村生活和工作的经历，但她一直有很浓的乡村情结，从大学本科起就希望以后能到农村工作，甚至是全中国最贫困的农村。我说得没错吧？"说到这里，何海偏过头问郑菁。

郑菁轻轻颔首并微微一笑说："是啊，长这么大没在农村生活过，如果工作后依然在城市，那毫无疑问是人生一大遗憾！""你是为了弥补这个遗憾才来农村的吗？"王朝晖问。"这仅是我来农村的一个动因，"郑菁说，"这几年国家把工作重心放在农村，党的十九大提出实施乡村振兴战略，更为乡村进一步发展注入新的动能，当前农村大有用武之地，所以我就来了。"

有人提醒她说："可别仅靠激情和冲动哦，乡村尽管美好，但也有苦痛啊！"郑菁说："这些我都有心理准备，毕竟也是挨近三十岁的人了，又不是小孩子。""我们相信郑书记能在西滩村充分发挥才干！"何海说，"谈谈你的想法吧。"

郑菁似乎一下子站上了制高点，这里一下变成了她的主场。"我想先听听大家这几年都干了些啥，然后我再谈谈如何切入，如何衔接，如何开展我的工作吧。"

大家万分诧异，事发突然，谁都没有准备，但看她满怀期待的样子，加上何海完全支持和鼓励的眼神，不照她说的进行似乎不行。于是，大家纷纷向郑菁作了"汇报"。"哇！……你们干得那么出色！先为你们鼓掌……"大家"汇报"完，郑菁像个孩子，说鼓掌真就鼓起掌来，大家也笑着跟她鼓起了掌。"那么……雪中送炭的事我恐怕做不了了，有你们呢。争取能锦上添花吧！你们已经打下了很好的基础，按照这个节奏推行下去，绝对是很棒的！我呢，就思考如何与乡村振兴衔接吧，主要是结合那二十个字——产业兴旺、生态宜居、乡风文明、治理有效、生活富裕，这是中央对乡村发展更高层次的要求和期盼。不知过去几年中，你们有没有往这方面去铺垫，去做一些前瞻性的准备呢？"郑菁的目光把会场所有人的脸扫了一遍。

几乎所有村组干部都羞怯地低下了头。"如果有，我将扬长补短；没有的话，我就得从头开始！"郑菁说。

会场一片寂静。包括何海在内，大家无不洗耳恭听。

陈智峰身上冒出一层又一层的鸡皮疙瘩。他仔细审视郑菁，这个二十八九岁的北方女子，在众多陌生人面前说话，没有一丁点虚怯，真不愧是一个博士生，一个留洋归国的学者型人才！她的书没白读，没往死里读，简短的话语便切中了时代的脉搏！

"接下来我首先是熟悉村情，要在最短的时间里走进全村每家每户，记住所有村民，熟悉他们的家境。然后，我将尽快地把自己定位在西滩村乡村振兴主要领导人的位置上，带领大家为全村群众服好务。当然，我还要完成我的课题。"郑菁说到这里，何海补充说："郑书记同时承担了社科院乡村振兴方面的课题研究，所以她到西滩村，一是为了工作，二是为了科研，今后大家要多多支持和帮助。"

带领大家？这女子也太不客气了吧！初来乍到，毫无保留地把自己的想法说出来，这固然无可厚非，可在场的还有这么多在基层打磨多年的老同志啊！听你这话，不知他们作何感想？难道有知识、有学历就可以任性吗？难道你真的以为，第一书记真的就是排序第一了吗？陈智峰心头冒起一股酸酸的味道，暗自嘀咕。

"哦，差点儿忘了交代一句，县委组织部特别强调一点就是，郑书记到西滩村，主持全面工作。王书记，你可以全身心地抓你的产业了！"何海说，"陈主任，你就多配合下郑书记的工作，向她多学习，这对你个人的成长也有好处……你没有什么问题吧？"

王朝晖听罢，表示十二分的赞同："我早就期盼着有一位能人来代替我的位置了，这一点我心里清楚，选我就是个过渡。我自认为还是比较称职的，你们说呢？"大家都笑着说：那还有啥说的，你王书记对我们村，是真心付出了的！陈智峰脸唰地红了："我能有啥问题呢？我本来就是村主任嘛，村主任当然听书记的。不管是支部书记还是第一书记，都是我的领导。"说完这话，陈智峰颇觉不自在。因为这样冠冕堂皇的套话，依他的本性，是绝对不愿意说出口的；但此刻，他竟脱口而出。

刚才还在心里批判郑菁太把自己当回事儿了，没料想这正是上级组织的安排！陈智峰不敢说组织安排得不对，但让一个从未在农村生活和工作过的人，一来就挑起一个村主要领导人的重担，是不是太冒险了呢？突然，陈智峰又想，自己也仅是个高中生，不也在省城把记者工作干得那么好吗？回到村里，不也把村主任工作干得那么好吗？

从村委会到家的途中，陈智峰都在默默地开展批判与自我批判。开始批判的对象是郑菁，可批判来批判去，不就是一来组织上便让她主持全村工作嘛，具体工作还未开展，是骡子是马还没开始遛呢，评判其成败还为时过早。反而是自我批判后，陈智峰越来越发现自己身上存在问题了。最近几个月，他就像一只上紧发条的钟，时刻发出嘀嗒嘀嗒的声响，催促别人跟上他的步伐。否则，时钟的每一根针便会变成刀斧，非要针对某个具体对象，毫不留情地进行斗争。郑菁的出现似乎打乱了他的节奏，他便自觉不自觉地将她作为斗争的对象了。这是一种什么样的心态呢？是什么问题呢？说到底，这都是"权力"造成的！想到这里，陈智峰不寒而栗。

一个村主任，究竟有多大的权力呢？竟然也会让他这个刚刚踏入"权力之门"的无名小卒迷失方向，那职务更高、手中权力更大的人呢？古往今来，为权力进行残酷斗争，因权力丧失理性、丧失信仰、丧失人格甚至丧失生命的例子举不胜举啊！幸好自己向权力的陷阱滑落得还不深，幸好自己有一颗多年修炼而成的淳朴而实诚的心！既然已是一名共产党员，那就不应该为个人得失而错选方向，应该有为村民全心全意服务的心态，有为事业无私奉献的精神。

何海不是叫他跟郑菁好好学习吗，不是说这对他个人的成长很有好处吗，他怎么就听不出其中的弦外之音呢？这说明自己过去的表现尚未得到镇党委的充分认可，离组织上的期望还有很大的差距，唯有谦虚谨慎、认真学习、团结奋进才能缩短那段差距。所以，他没有理由不向郑菁学习，没有理由不服从她的领导。人家一个博士生，而且是留洋归国博士，他就一个高中生，学识和学历差了十万八千里；人家是省委组织部选调生，是省社科院的学者，他唯一能拿来夸耀的也仅是曾经的记者身份；人家是抱着浓烈的三农情怀主动申请到贫困村来工作的，他是在城里混得没有颜面了不得已回到乡下的……无论从哪个方面来讲，他都配不上心怀"既生瑜，何生亮"那样的嫉恨与悲悯！

这样想来，陈智峰一阵耳热心跳，仿佛自己的身体在迅速萎缩，最终变成了一粒细微的尘埃；而郑菁的身躯却越来越高大，高大得直耸云霄。自己好比如来佛祖金钵照耀下立显原形的六耳猕猴，郑菁则是高举金箍棒要将自己一棒打死的齐天大圣……郑菁就好比一面镜子，让陈智峰真真实实地看清了自己的模样。过去，陈智峰也常照镜子，但过去照是为了印证身上某种自以为是的优点；现在，仿佛是专门为了照出他身上藏匿的缺陷，照出他思想上的隐患。这一照照得好，照得及时！他应该感谢这面镜子，应该珍惜这面镜子。

父亲见陈智峰独自坐在院子里，傻乎乎地望着星空，便提醒他该休息了。陈智峰这才从汹涌澎湃的臆想中抽出神来。向父亲点头微笑后，他打了一盆冷水，捧了一捧浇在脸上，顷刻间，所有烦恼、迷惘、嗔怒、怨恨，所有不快，所有负面的情绪，统统消失殆尽了……

2

陈智峰安排郑菁住在张旺霞家。

村里来了个既高挑又漂亮、既热情又爽朗的北方姑娘，不少村民不等郑菁登门拜访，自个儿跑来看稀奇。郑菁总是用一口标准的普通话跟村民打招呼。

陈仁毅本来就长着一个狗鼻子，这么香艳的味道他也闻到了，跑来一睹郑菁的风采。陈智峰怕他乱来，很不客气地说："你脸皮有城墙倒拐那么厚吗，哪儿都有你！"陈仁毅心中不快，跟陈智峰争吵起来。由于两人"交锋"用的是方言，郑菁没有听懂，便走过来问："你们说的什么？"未等陈智峰开口，陈仁毅抢着用蹩脚的普通话说："他说我不该来这里。我为什么不该来，我也是西滩村合法村民！""那你说你来干什么！"陈智峰也改用普通话。郑菁笑了笑说："陈主任，可不能这么对村民说话！""就是嘛！"陈仁毅嘚瑟了起来，"他们长期狗眼看人低，没有一个把我当正常人看。"郑菁吃惊地问："究竟怎么回事？"陈智峰不好细说，把郑菁拉到一旁："反正你以后离他远点儿，这样是对你好。"可郑菁偏偏大声地问："可这是为什么呢？他有那么可怕吗？"陈智峰无言以对了。陈仁毅笑嘻嘻地凑过来："郑书记，我太崇拜你了，你真伟大！"郑菁严肃地对陈仁毅说："别那么说，我最不喜欢别人虚情假意地拍我马屁了!"郑菁话锋一转，让陈仁毅碰了一鼻子灰，尴尬得手足无措。"今天有事儿吗?"郑菁问陈仁毅。"没……没有。"陈仁毅木讷地摇了摇头，不知郑菁何意。"那跟我走吧，我正好缺个向导兼翻译。"郑菁说。她的话把陈智峰吓了一跳，陈智峰正要阻止，郑菁却示意不用担心。陈仁毅自然是大喜过望。出于责任，陈智峰还是对郑菁说："我派个干部陪你吧，要不我陪你也行。"郑菁说："你们该干啥就干啥去吧，本来事儿就多，派个人还不耽搁一个人的事儿? 那样的话，一加一就还是等于一，我们不求一加一等于三，但至少得等于二。"

"可是……"陈智峰瞄了眼陈仁毅，"你让他陪你……"郑菁大方地拍了拍陈智峰的肩膀说："不用担心，青天白日的，他还能把我给吃了?"然后把陈仁毅叫到跟前："你说，青天白日的，你能把我怎么的? 借你一万个胆儿，你敢吗?"陈仁毅连连摇头："不敢!"

村道以及田间地头的羊肠小道上出现了一道奇特的风景。英姿飒爽的郑菁身后跟着流里流气的陈仁毅，那情形就像癞蛤蟆跟着白天鹅，土狗子扛着一面漂亮的旗。陈仁毅大多时间跟在郑菁后面，时而也蹦到她前面，又是点头又是挥手地跟她说着什么。这道风景十分惹眼，很快吸引不少人驻足观望，议论纷纷。

"陈仁毅，到哪儿去喃?"有人看见了喊道。"跟郑书记搞调查!"陈仁毅神气活现地说，"这是我们村第一书记，郑书记!"郑菁立马朝喊话的人挥手致意，问话的人本来想调侃几句，也就不好再多嘴了，只是说："那你把郑书记陪好，莫让她的嫩肉遭狗咬了!""除非你个狗日的没眼水!"陈仁毅笑着说,他明白问话人的意思。

又有人从屋里伸出脑袋,或是从地里直起腰杆,大声问:"陈仁毅,走哪里去喃?"陈仁毅还是装模作样地说跟郑书记一起去搞调查。问话的人就说:"你调查的时间不对嚛,还没到晚上得嘛,未必然你不摸夜螺蛳了?"陈仁毅便对问话的人指指戳戳:"说话要注意场合哈!"郑菁还是友好地朝每个碰到的人问好,甚至会停下来跟人攀谈:你叫啥名字呀?哪个小组的?家里有啥人啊?有多少收入?是不是贫困户?她用普通话问,人家用方言答。

每次人家答了,她都会皱着眉头看陈仁毅,陈仁毅便立马用蹩脚的普通话给她翻译。然后,几人都笑,陈仁毅便自豪地说,他是郑书记的向导兼翻译。众人又笑,有时候笑着笑着就跑题了。郑菁见陈仁毅跟别人一说笑便没了止境,也能从他们的神色上判断出,说笑的内容多半是些粗俗、难以用文雅的语言来翻译的,就咳嗽提醒陈仁毅。

陈仁毅跟郑菁跑了几天,这短短时间,仿佛是他一生中最快活的日子。每次傍晚与郑菁分手道别,他都恋恋不舍,走远了还不停回头去看郑菁的背影。躺在床上,闭上眼睛,他就会回味这一天的每时每刻,回味郑菁的一举一动和一言一行。想着想着,他会一个人笑起来,但笑过之后会连连惋叹:要是村里哪个女人像这样在一起跑几天,没有他摆不平的;可郑菁不一样,除了幻想,他不敢有啥动作。

一天下午,夕阳的余晖温柔地洒在西滩坝子上,白龙河泛起白花花的细浪,岸边的青草嫩得出油,田边的荆棘和灌木丛里,各种野花香得扑鼻,蜜蜂嗡嗡嗡地穿梭其中。

陈仁毅陪郑菁入户调查归来,须跨过白龙河一条小支流，难题和机会同时出现了。那是一条小溪，这样的小溪在坝子上纵横交错，构成了白龙河局部的小水系。溪上有一些不知年代的石桥，说是石桥，其实就是村民用一些未经打磨的石头砌成的桥状建筑物，虽然粗糙，但结实。溪水一般不湍急，因此也不担心被冲垮。水浅的溪上没有桥，便有些石墩，石墩就是由未经加工打磨、随意搬放在水中的石头，过往村民一步可以跨过。从石墩上被鞋印磨出的痕迹可知，那颇有一些年头。

郑菁毕竟从小在城里长大，尽管胆子不算小，但在过这些石墩时还是虚怯得发颤。她几次试着迈开长腿跃过去，但还是没敢。陈仁毅像一只猫，敏捷地跳跃过去了，郑菁还在第一个石墩前踟蹰不前。"快过来呀！腿一抬就过来了嘛！"陈仁毅说得很轻松。郑菁脸都憋红了，右手提起她那条羊毛长裙，嘴里啊啊地叫着，就是不敢。陈仁毅又猫一样几步跳了过来，伸出手。郑菁犹豫了一下，还是把手交给了他。陈仁毅拉着郑菁，一步，再一步……最终两人都过了小溪。郑菁不停地拍着胸口，呼哧呼哧地喘息。"吓死我了！"郑菁一屁股坐在草滩上，斜靠着一块大石头，眼睛闭着，胸脯一起一伏地。陈仁毅死盯着郑菁，呆住了。

夕阳的光从前方斜穿过来，在郑菁的头发间形成无数细小的彩虹圈，晚霞洒落在她的脸上，她的眼睑、鼻子、嘴唇和脸颊，都似涂了层浅浅的玫瑰红。她那双玉笋一般的手，压在高挺的胸脯上，仿佛里面藏着一对不安分的鸽子，需要用手轻轻地按住，以防它们跑了出来。

陈仁毅不由慢慢靠近，慢慢靠近……但就在离郑菁仅一米的距离时，他停住了。这倒不是他理智的驱使，而是他感觉到了一种强烈的斥力，仿佛郑菁身上被什么神仙施了法，任何心怀不良动机的生命要靠近，都会立刻释放出一种强烈的斥力。陈仁毅是被这种力量给唬住的。

回到家，又一次陷入回味时，他心中充满了懊丧和悔恨：明天，明天若再有这样的机会，你可别再当缩头乌龟了！……可要是她反抗呢，呼喊呢，怎么办？呵呵，她又能怎样？难道还要到处宣扬，弄得满城风雨，搞得她本人名声扫地？

可是，待到次日再次与郑菁相见，昨夜的任何胡思乱想和损招歪术顷刻间便软弱无力了，甚至一旦触及郑菁那灼灼的目光，陈仁毅的腿脚都有些打战。每调查完一户，户主热情地送他们出来时，对郑菁十分热情地道别："郑书记，慢慢走哈，二天有空多来耍哈！"但对陈仁毅，往往嘲讽地上下打量："你天天跟怎么紧做啥？注意点儿哈，莫盯到人家看哈！盯一眼也莫来头，你莫还想啃一口哈！"陈仁毅羞得面红耳赤。是的，他居然知道羞了，这简直是奇迹！这种强烈的羞耻感是从心底十分隐秘的地方蹿上来的。他奇怪往日咋没这种感觉呢，往日要是碰到有人说，他也仅仅当作一个玩笑罢了；而此刻他意识到，人家那可不是仅仅开个玩笑。在他们心里，他陈仁毅就是畜生，不是人，不忘盘算肮脏不堪的事儿的主。难道他真就是那样的人？回想起过去干过的那些事，他曾经是那么骄傲，认为村里没哪个男人有他那样潇洒，没哪个有他那样风光。可此刻，面对那些他过去鄙视过的男人女人，他顿时自惭形秽起来。

他抬头看着前面走着的郑菁，思索着村里人对她是那么尊敬、那么钦羡，她走到哪里，哪里便充满阳光，充满欢笑。很难说郑菁这种气质、这种魅力、这种磁场、这种氛围没感染到他陈仁毅。这么好的一位姑娘，他陈仁毅竟然还怀揣不可告人的动机，他简直是卑鄙、无耻，他简直就是个流氓、无赖！不，他实质上就是个村民眼中的畜生！猛然间，他打算退却，打算彻底放弃。但为了面子，他不愿意承认是郑菁身上的某种东西摧毁了他的蠢蠢欲动，他把这归结于自己灵魂的觉醒。

"郑书记，我……"陈仁毅因为紧张，吞吞吐吐地说。郑菁疑惑地问他："你有什么事？就直说吧。""这几天你也跑熟了，我想……明天我就不陪你了。"陈仁毅埋着头，脚尖趾着地上的青草，像一个做错了事的小学生。

郑菁笑了笑说："那好吧，有什么困难就来找我。"

这几天，陈智峰一直提心吊胆。他给几个小组长打了招呼，吩咐他们给各自组里的村民讲一下，多睁几双眼睛盯住陈仁毅，以防发生不测。每次他都要看到郑菁回到张旺霞那座房子里，才会彻底放下心来。每次他都看见陈仁毅跟在郑菁屁股后面，直到她到了房子里，陈仁毅才依依不舍地离开。这次，陈智峰没有发现陈仁毅，他感觉不正常，但没来得及问，郑菁就回住地了。

天彻底黑了下来，没有月亮，也没有星星。恰逢周末，那些来自本县各单位的对口帮扶人员都已经回家了，张旺霞家就只剩下郑菁一个人。不知这个一直在城市长大的娇娇女会不会害怕呢？陈智峰心头像被猛兽突然抓了一把。这么黑的天，假如有人趁机溜进张旺霞的院子，那郑菁岂不是……谁会那样做呢？整个西滩村，除了陈仁毅就不会有第二人，他是绝对做得出来的！当初张旺霞独自住在那里的时候，陈仁毅连续多次上门骚扰，他是见过的。

那这次……陈智峰越想越坐不住，毫不犹豫地往张旺霞家走去。

　　看到张旺霞家的院门从里面锁死了后，陈智峰心里稍稍安定了些。抬头看楼上，郑菁所住的那间屋还亮着灯，她大概还没睡吧。他用手推了推院门，虽然力度不算太大，但哐当哐当的响声还是把他吓了一跳。转身离开已是不可能了，他听到郑菁在上面大声问："谁？"他只好也大声回答。郑菁立马下楼将院门打开。

　　一进院子，他的目光便不由自主地落到那株桃树上，又是桃花盛开的时节，真是应了那一句古诗："人面不知何处去，桃花依旧笑春风。"如今，与桃花相映红的人面也是新的面孔。借着微弱灯光，他大胆地正视郑菁的面容，她裹着一件棉绒睡袍，红扑扑的笑脸真像一朵艳丽的桃花！一阵带着温度的芬芳从她身上散发出来，他的心顿时要融化了。

　　"这几天还好吧？"一进屋，陈智峰便问。郑菁把电烤炉挪了挪，略带腼腆地笑了笑说："我们北方人怕冷，一进屋就离不了暖气。还好，通过几天调查，掌握了一些情况。"陈智峰见她面前的书桌上摊开一个笔记本，中间搁了一支取了笔帽的笔。"在写什么呢？""把这几天调查的情况做一些记录，以作今后工作中的备忘录，同时为我的课题收集材料。""哦，真是名副其实的学霸啊！"陈智峰笑着说。郑菁则一本正经地说："本来就该这样啊，难道你们不写工作笔记？"陈智峰尴尬地说："我还没发现有这习惯的人。"

　　两人闲聊了一会儿，郑菁问："陈主任找我有事吗？"陈智峰这才想起他来此地的缘由，可该如何开口呢？郑菁一直目不转睛地看着他，显然不说不行。于是，陈智峰便问郑菁，为何陈仁毅下午没有跟着回来。郑菁根本不觉得这是个问题："他说明天不陪我了，我答应了，他就走了。""你们之间没发生啥吧？"陈智峰问。"我们能发生啥？"郑菁有些莫名其妙。

陈智峰说："你不了解他这个人，这几天我一直很担心你的安全。"郑菁笑着说："我觉得他人挺不错啊，给我当向导和翻译都很称职。"陈智峰便把陈仁毅的经历和他在村里干过的那些事对郑菁简单说了一遍。郑菁神色立变，眼瞪得浑圆，先倒吸一口凉气，然后慢慢地从胸中呼出。"真没想到！"她呢喃着，似在梦呓。"还好，还好！可是……我总觉得他不像这样的人呢？"她似乎对陈智峰的话仍有怀疑。"'人不可貌相，海水不可斗量。'我犯不着在你面前瞎编一个村民的故事吧？"陈智峰说，"总之，你今后不要跟他一路，最好是避而远之。"

郑菁仍在歪着头默想，片刻，她突然问："这个人为什么就不找份正经事做呢？""他若是想干正经事，就不会是那副模样了。"陈智峰哧地笑了一声说。"我觉得你们不能老是嘲笑和防范他，可以给他安排点儿事做啊，比如修聚居点，那么多活儿，让他也去承揽一份来做，有了事情做，人就不会闲着无聊，或许会改变一个人的。"陈智峰笑了笑，摇头说："你天真起来，真的很可爱！"郑菁没把陈智峰的话当回事："让我来试试，明天我去找他谈，劝他去聚居点干活。"陈智峰惊讶地看着郑菁："你……你……"他是想说："你疯了？"但最终没说出来。因为郑菁示意他不要说了，看来她已下定决心。

3

在郑菁的安排下，陈仁毅果然来到聚居点工地上寻找活路。

可给他安排啥活路呢？水泥浇筑、砌砖、抹灰、架梁、铺檩椽、安石条、铺地砖等活路都需要一定的技术，显然他不会；栽树栽花等精细、轻巧活儿，自有一帮妇女；唯有往来搬运建材，搅拌砂石、灰浆等需要一定力气而技术含量不高的活儿能行，但又怕他干不下来。

陈仁毅却表现得十分豪爽，说力气活儿就力气活儿吧，便高高地挽起袖子，信心百倍地干起来。可扛了几包沙袋，他便上气不接下气，身上体面的衣裳也变得皱巴邋遢。

有人说："陈仁毅，赌你这活路能干上三天！""三天？恐怕两天都干不了！你不信？赌个啥？"有人说。果不其然，陈仁毅两天都没做满就偷偷地跑了。其实，第一天干完他就在家里哭爹喊娘地叫唤，陈袭富听了直瘪嘴，说："你才晓得活路不轻巧？哪儿有恁轻巧的活路！"

听了父亲的话，他也曾在几秒钟之内意志坚定地给自己鼓劲：明天还是要去！可几秒钟后他又耍起了奸猾。如果长期干那又脏又累的活儿，自己确实吃不消，得想办法既把活路干了，又能偷奸躲懒，那该咋办呢？他突然想起陈仁刚也在工地上，那莽子就是条牛，身上压辆汽车也不晓得累，何不诳住他，跟他搭伙呢？

陈仁毅看到陈仁刚，便热情地给他散了支烟，还给他点燃，甚至把剩下的小半包也揣进他衣服兜里。陈仁刚高兴得不得了。陈仁毅见火候已到，便说出了自己的想法。"我们同时都扛一袋，你在前面跑快些，我在后面跟着，你到了后就跑过来接我哈！"陈仁刚毫不犹豫地答应了。就这样，每扛一袋沙或水泥，陈仁毅就在后面像吆牛一样："刚莽子，快跑！"陈仁刚就翻起脚板跑得飞快，他则在后面慢腾腾地走，往往是那一趟路还没走三分之一，陈仁刚又回来接他的了，他肩上的沙袋便落到了陈仁刚肩上。

有人见陈仁毅借陈仁刚躲奸，就偷偷告诉了李淑华。李淑华闻讯赶来，不由分说在陈仁刚脸上就是两耳巴子："他是你爹，是你爷，还是你是他后老汉儿，他是你后儿子、后孙子？你那么给他砸笨卖憨地干？"在场的人听了，都幸灾乐祸地嘻嘻直笑，相互挤眉弄眼地说：这下有好戏看了！陈仁毅被当众辱骂得脸像涂了大红油彩，气得冲上来就要抓李淑华。陈仁刚见他婆娘要挨打，瞬间站稳了立场，一只手把陈仁毅像逮小鸡一样提了起来。

众人见不好收场，便都来拉架，陈仁毅才灰溜溜地跑了。他憋了一肚子气来到白龙河场镇，本想找个麻将馆打几圈，不料街上的麻将馆都关门了。老板们说何海指示派出所查赌，因麻将馆不仅涉赌违法，还养了懒人，现在白龙河处处是工地，正是发展的大好时机，岂容一些人游手好闲呢？查，抓，哪个还敢开呢？陈仁毅放眼一看，果然，镇初中和镇中心小学都在紧张扩建，镇卫生院也正在建新院区，工程车穿梭往来，做工的挥锹舞锤，都干得热火朝天。街上饭馆的生意倒是比以前好了，老板个个笑得脸上开了花。一阵阵酒肉香味飘出来，勾起了陈仁毅肚里的馋虫，他吞了下口水，挑了家干净些的馆子，独自吃喝起来。"这才一杯酒下肚，咋耳朵这么烧呢？"陈仁毅嘀咕。"估计是哪个在背后说你嘛!"饭馆老板说。

　　没错,就在陈仁毅自斟自饮的时候,西滩村村委会正在开会。郑菁问陈智峰:"陈仁毅还在工地上干没?"陈智峰笑着说:"已经溜了,他哪儿是那块料嘛!"郑菁就摇了摇头:"真是块狗肉上不了席面。"随即,她又连连道歉,"对不起,我不该这样去评论一个村民。"

　　郑菁顺势提及这几天入户调查的感受:"最大的感受是村里人说话太粗鲁了,有些话简直……我都不好意思重复。这种出口成脏的现象,长期下去怕是不行哦。"大家都笑了起来。有人说:"郑书记,你在村民家吃过饭没?"郑菁说:"吃过啊,咋啦?""那你觉得口味跟你们城里有啥不同?""就是普遍偏咸。""对了,我们农村就喜欢重口味,农民干活累,流的汗多,不来点重口味的,没劲!"

　　大家顿时哄然大笑。郑菁许久才反应过来:"我们现在做的事儿,就是要让农村向城市看齐嘛!这得改。"有人说:"咋改呢,不是一件容易的事。"郑菁说:"全面脱贫后就是乡村振兴,其中有一条就是乡风文明,一个出口成脏的村子,能算乡风文明吗?改,固然难,但只要我们坚持,首先干部带头,慢慢纠正、慢慢引导,我想是会改过来的。"

　　大家沉默不语了。郑菁接着说她还有个发现:"村民们太不讲卫生了!好多人家,那哪儿是家呀,你去了真不敢下脚!"老向、宋师傅、小刘几乎异口同声地说:"这我们早就发现了。""是吗?该怎么办呢?"郑菁说。"朱书记没生病的时候,我们常下去帮他们打扫,我们帮着打扫的那些户,后来清洁卫生好多了。"老向说。"这就是示范引导的作用。"郑菁说。

"不可能家家户户都去示范引导，"小刘说，"那样他们反而认为是我们该做的。""对有劳动能力的人户，以说教为主；而没有劳动能力的人户，尤其是一些身患疾病的老人，我们还是要多去帮助。"郑菁接着问，"村里这样的人户有多少？"大家面面相觑，不知郑菁要说啥，也就没有回答。"我有个想法，成立一个志愿者服务队，党员干部带头，还要动员一些村民参与。干什么呢？帮助那些儿女不在身边，甚至长期卧病在床的老人。我见过一个九十多岁的老人，说有一整年没洗澡了，我们就去给他洗个澡，以后还要定期去。"郑菁说。

所有人都表示赞同。"这我们咋没想到呢？！"陈智峰脸红了。郑菁说："告诉大家，我虽然在城里长大，但我奶奶瘫痪多年，都是我侍候的。我既然提出了这个点子，那我首先举手报名。"短暂沉默过后，会场响起掌声。

黄葛树下，陈仁兴靠在椅子上闭着眼，慢慢地有了鼾声。暮春的晚上，外面有点儿凉。陈智峰担心父亲着凉，准备走过去喊醒他。当他靠近父亲身边时，他发现，父亲的头发几乎全白了，但面色还较红润。父亲时常说肩颈和腰背疼痛，他给自己开了些药方，吃了药有轻微好转，但一遇天气寒湿，便又复发。看来，医药挽救不了年龄和劳累给身体带来的伤害。陈智峰顿感喉咙堵塞，他轻轻地咳了一声，没料到惊醒了父亲。

父亲长叹一声说："这一天没干啥呢，咋恁累呢，晚上脑壳一挨东西就睡着了。"陈智峰说："爸，你年纪大了，干脆就不开诊所了，好好在家歇着，有我跟哥呢。"父亲笑了笑说："开啥国际玩笑呢，诊所不开，村里人看病去哪儿？听何海书记说，聚居点建好后，村卫生室还得由我来撑起呢。"

陈智峰知道无法说服父亲，便扯开话题："爸，我问你个情况。""啥情况？只要是西滩村的，我啥都晓得；其他村，我不敢保证全晓得，但大致也能说出个所以然。"父亲自豪地说。

"就西滩村的。"陈智峰说，"你晓得我们村哪些人户有老人特别需要照顾？"父亲偏过头来看他一眼说："你还是个村主任呢，这都不晓得？"陈智峰惭愧地垂下头。"问我是问对了。"父亲简直没用多大劲去思索，便说起来。

"陈袭民那妈，我们该喊婆婆，你们该喊祖祖，今年九十二了，瘫在床上快两年了，头脑还清醒，不过话说不清楚，耳朵也听不见。她大儿子、大儿媳妇都死了，幺儿陈袭民都快七十的人了，幺儿媳妇也死了两三年了。孙子倒是一大堆，可哪个愿意拢身？大部分在外头安家，留在屋头的，各自又是一大家人，早就把个瘫老太婆忘到九霄云外去了……

"还有陈仁学那老汉儿，八十三的人了，瘫是没瘫，但弓起个背，走一步都要挂个棒棒，多年的哮喘病，一咳嗽就像要落气又不落气的样子，咳的那痰就流到胸前，粘在衣服上久了都洗不掉了。哪个给他洗？儿子陈仁学也是个药罐罐，媳妇又见不得他……""孙子、孙媳妇呢？"陈智峰问。"跟陈袭民那妈一样，孙子、孙媳妇一大堆，莫一个拢身。"父亲说到这里，长叹一声说，"人啦，活个七十来岁，最多八十就行了，活久了简直是遭罪呀！"陈智峰听父亲这么说，心如刀割之痛，不觉两眼发热，眼泪唰唰流淌。父亲这话既是在感叹他人的人生遭遇，同时也是在侧面警示自己。"爸，你要是到了那一步，我和我哥绝不会那样

252

对你的！"陈智峰恳切地向父亲保证。"我才不希望到那一步呢！"父亲有点儿生气，"就算你们对我好，但我自己还是遭罪呀！也给你们带来拖累，我心里就好受吗？所以，人啊，健健康康地活，利利索索地死。"

陈智峰无言了。父亲也沉默了片刻，接着说："你的个人问题，打算拖到啥时候哇？"

一句话触及陈智峰的痛处。他不想让父亲继续问下去，便说："爸，天不早了，你去睡觉吧。我还要想想明天要干的事情。"说完，他便丢下父亲进了屋。

这个晚上，陈智峰又失眠了。父亲给他讲的这些人，在他的脑海里，仅有他小时候的印象，现今已是模糊不清。也就是说，自他从省城返回村里，他就没有再见过这些人。然而，郑菁作为一个以往跟西滩村没有半毛钱关系的人，竟然在几天时间里就了解到这些情况，说明他这个村主任是多么不称职啊！

一阵阵羞愧和自责从心头冒起，使这个本不闷热的夜晚变得燥热起来，陈智峰的脸皮像火烧一般烫，郑菁那颇具金属质感的声音回响在耳畔，每一句话都如一团火在他面前燃烧。

如此辛辣的教育，激发他深刻地自省：我这些年究竟干了些什么呢？陈智峰不由旋转思维的制动轴，努力往前去回忆。他起初是想回乡干一点事情，机缘巧合当了村主任后，发现全村土地荒芜严重，他要让西滩村的土地重新焕发生机，于是处处游说心中尚存农业情怀的人，甚至不惜拿出自己全部积蓄带头示范，后来有幸遇到王朝晖，总算初步实现了愿望和梦想……在村主任工作中，他配合村镇干部，也称得上兢兢业业，从没有过懈怠和偷闲，更没有过假公济私。但他和村里几乎所有干部，都把过多的注意力放在了产业发展上，而忽视了对村民生活的关心，尤其是对那些特困人员的关心。抓产业固然重要，但这不是村干部工作的全部，农村生活千头万绪，这些都是需要人一丝一缕地去理的，否则将是一团乱麻纠缠不清。身为农村基层干部，必须从身边鸡毛蒜皮的小事做起，不能只想着干所谓的大事。在农村，每一件小事也是大事，所谓群众利益无小事，大概就是这个道理吧！

身为共产党员，却对身边群众生活疾苦毫不知情！这不是"不识庐山真面目，只缘身在此山中"这么简单，说到底，这是缺乏博爱之心、缺乏服务意识、缺乏奉献精神的表现！

郑菁能迅速发现问题的实质，触及问题的根本，拿出解决问题的钥匙，不仅是因为她有一段侍候瘫痪奶奶的生活经历，更重要的是她有一颗善良慈爱之心，能"老吾老以及人之老"。她虽然没有在农村生活和工作的经历，却丝毫没有对农村的嫌弃和鄙视，这难道不值得像他这样出身农村的基层干部学习吗？

陈智峰也报名参加了志愿者服务队。通过干部们的宣传动员，也有个别村民参与进来，虽然人数还不及干部的三分之一，但郑菁说至少这是个好苗头，时间一长，大伙儿看到志愿者都干了些啥，就会有更多的人参与进来。有了队伍，那说干就干。郑菁把人员分成两组。第一天，她带领的一组主要服务的对象是陈袭民的妈，陈智峰带领的一组主要服务的对象是陈仁学的爹。陈智峰这组的成员有他、县农业局的驻村扶贫干部，还有两个村民。

来到陈仁学家，两口子刚吃过早饭，陈仁学在灶房煎药，老伴儿坐在地坝上剁猪草。屋里屋外的环境脏乱不堪，农村凡有的垃圾这里全都能看见。老向说："以前我跟朱书记都给你们打扫好多次了，咋个还不注重清洁卫生呢？"陈仁学老伴儿只是抬头把他盯了一眼，又继续埋头剁猪草。"仁学叔在吗？"陈智峰问。陈仁学从灶房里出来，端着一碗中药，笑眯眯地说："哦，领导来了，屋里坐。"陈智峰说："今天再组织人来给你们打扫一次，下次希望你们自觉打扫哈。武爷爷呢？"陈仁学嘴巴往旁边一间屋努了努，说："屋里坐起的。"

随即，大家便听到陈袭武一阵剧烈的咳嗽。陈智峰带人进了屋，屋里很暗，一阵浓烈的尿骚味和汗酸味直往鼻子里冲。等开了灯，大家才发现陈袭武弓着背坐在一张快要散架的竹椅子上，那椅子的一条腿都破碎成几块竹片了，要是老人咳嗽使身体失去平衡，很容易摔倒。陈智峰用纸巾帮老人擦去嘴巴边上粘着的黏痰，并轻轻地给他捶了捶背。陈袭武艰难地直了直腰，陌生地望着陈智峰，半天才用含混不清的话问："你是哪个？"陈仁学大声在他耳边说："兴先生屋老二，我们村村主任！"

细看这屋，一张破旧的架子床，上面放了床黑不溜秋的被子，床头一只尿桶，周围一堆炭灰。"那是干啥的？"陈智峰指着那堆炭灰问。"尿桶子溢出来了，撒些炭灰免得到处流。"陈仁学说。"你们就那么勤快吗，都不晓得提出去倒？"陈智峰哭笑不得。陈智峰安排几个人把那只尿桶抬了出去，然后用铁锹、扫帚将地面打扫干净。他看见陈袭武老人的指甲有一寸长了，头发也是肮脏不堪，问："你们好久给老人洗一次澡？"陈仁学说："自去年入冬到现在都没洗过，等天暖和了再洗。""弄些火进来，我不信就不能洗！"陈智峰说，"快去烧一大锅水，把脚盆洗干净，端一根矮板凳进来，长一点的。"

多少年来，许多农村人洗澡都是在脚盆里洗，冬天没有暖气，老人洗澡也的确很麻烦。可办法还是有的嘛，没暖气，用柴火取暖总可以吧？农村有的是柴。只要你舍得去想办法，没有办不到的事情。

趁烧水的时间，陈智峰用和缓的语气对陈仁学说："仁学叔，你也是老人了，上面老人健在，你得给你的儿孙树立榜样。"陈仁学连连点头说："嗯，是的，是的！"

两个村民志愿者烧好了水，把干净的脚盆放在屋中央，上面骑了条长的矮板凳，四周生起几团树疙瘩火，陈智峰便跟老向、宋师傅和小刘帮陈袭武老人脱衣服，然后小心翼翼地把他搀扶到板凳上坐下，两人扶住老人，另两人一前一后地用毛巾给老人擦洗。

洗完澡，陈智峰又给老人剪了脚和手的指甲，并给老人穿上干净衣服。陈袭武已是老泪纵横，抓住陈智峰的胳膊无声地抽泣。"下次来，我们希望看到你和你几个儿子来给老人洗澡，也别洗勤了，半个月一次差不多。"陈智峰交代说。陈仁学点头答应了，眼眶也有些湿润。

陈智峰同其他志愿者又帮忙打扫起卫生，陈仁学老两口脸上挂不住，也参与了进来。

郑菁那一组，是她为陈袭民的妈洗的头和澡，其他人帮忙换被套、床单，并将脏被子和脏衣服全都帮忙洗了才离开。一行人干完活儿往回走时，郑菁实在没忍住，蹲在路边哇哇直吐。有人笑她："郑书记还行，忍到现在才吐。"她红着脸说："好几次想吐又强行咽了回去……实在太超出我的想象了！"

4

"6+1" 公共服务体系终于建成了。一大早，陈智峰先帮父亲把诊所的药品和器械搬到村卫生室，然后才去村小搬村委会办公室。

面对空荡荡的仁兴诊所，陈仁兴在那块带着岁月沧桑的牌子面前久久伫立，心中阵阵潮涌。是啊，这个二三十平方米的小小空间，却承载着他三十多年的心血与汗水，承载着他的青春与希望，承载着他的梦想与追求，眼下就要彻底与之告别了！

在这里，他数十万次给乡民把脉问诊，把一个个垂危的生命挽回到灿烂的阳光下；他多次减免贫困群众的费用，为一个个凄风苦雨的家庭重燃希望的灯火。在这里，收藏了许多乡间田野的趣闻与欢笑，抹去了不少乡亲父老的哀怨与悲戚。在这里，他不仅为病人的病体把脉治疗，还为村民的人生道路指点迷津。在这里，他收获过一句句来自患者亲属的言辞淳朴的感谢，接纳过一筐筐源自西滩这块亲爱的土地上长出来的、寄寓了村民对他的由衷崇敬和感激的瓜果蔬菜……他从这里出发，打着一双赤脚走进百家千户。他从这里起步，骑着一辆老旧的摩托车驶入一个个翘首盼望的病人家的院坝……

三十年是一本荡气回肠的书，是一首起承转合的诗，更是一曲催人泪下、感人肺腑的歌。三十年见证了一个人最辉煌的生命礼花，见证了一个时代奋发图强的伟大变迁。三十年，在岁月的长河中只如弹指一挥，而他本人在这三十年中所做的一切，也仅是全国村医事业中的沧海一粟。然而，此刻，他回首这三十年，心中波涛汹涌……现在，老人最大的心愿是，所有乡亲都有一个健康的身体、一个幸福的家庭，都能充分地享受国家富强所带来的美好生活。

今天，他即将从这里出发，转战全新的战场，再也不回到这个已融入他生命深处的地方了。他的心是充实的，又是寂寥的；是充满希望的，又是略带遗憾的。

在他的记忆备忘录中，还有一件十分重要的事情要做。他使劲地挖掘，使劲地探寻，费了很大的功夫总算想了起来：村小教师陈智蓉的身体出了严重问题！

陈智蓉近一年成了仁兴诊所的常客，她面色苍白，呼吸紧促，并对他说总感觉吃不下饭，再好的饭菜都吊不起她的胃口，有时还莫名恶心呕吐。陈仁兴通过望闻问切及中西医结合方法诊治，药方像雪片一样地开，但总不见明显的效果。一贯勤于学习的陈仁兴心头一直埋着一个可怕的念头：这娃娃怕是得了尿毒症？每当这个念头在脑子里一闪，他又强行将它驱逐，他不希望也十分害怕是这个结果，因此一直以温暖的言语安慰和鼓励这个命运坎坷的侄女，总是尽量朝好的方面去希冀和企盼。但医生的天职又不允许他这样感情用事，故而他一直十分关切她的病情。

有将近两个星期没见她来看病了，出于忙碌陈仁兴也就淡忘了此事，今天因要搬迁诊所，暂时的闲暇使他又想起来了。于是，他毫不犹豫地跨上那辆老旧的摩托车往村小赶。

两个星期来，陈智蓉的确感到病情加重，因久治无效也就有了放弃的打算。她还没有想到那种可怕的病症上来，只想是因为长期劳累和伤神得了一种不至于要命的慢性病。

因此尽管身体渐感衰弱，她还是每天坚持上课。

借用村小校舍的村两委办公室就要搬走了，借住在这里的扶贫驻村工作队也要搬走了，她顿感孤独和寂寞，她一直十分关心的村小命运问题又浮上了心头。此前她多次就此问询过村镇领导干部们，但一直没有得到确切的答案，她想再次问问。

正当陈智蓉准备给何海打电话时，何海的车子驶进了操场。何海下车后，笑盈盈地走到她身旁，兴高采烈地对她说："给你带来好消息了！"陈智蓉微笑着等待何海把话说完。"县上有关农村教育资源布局调整的方案出来了，白龙河镇中心小学正在改扩建，但也并不是所有的村小都要撤并，西滩村小学保留下来了，改名为白龙河镇第二中心小学，附近五个村小撤销合并进来，新的学校由东西部协作扶贫资金援建，马上就要选址动工了！"

"啊！这的确是个天大的好消息！"陈智蓉高兴得眼泪都快流出来了，多年来她所担心、忧虑的问题，顷刻间化作了一团烟云。但一刹那，她忽觉天旋地转，周围的氧气好像被迅速吸走了似的，她的呼吸异常紧促起来。何海脸上的笑僵住了。陈智蓉脸色变得灰白无血，进而开始发青，孱弱的手捂住胸口，一阵干呕。突发的情况把何海吓坏了，他赶紧跑上前将她扶住。

这时陈仁兴骑着摩托车进入了操场。"快！赶快叫救护车送县医院！"

陈仁兴一见陈智蓉的状况，便十分肯定地判断，她终究还是得了他十分不情愿看到的那种病。镇卫生院唯一的一辆救护车在何海的紧急催促下，二十分钟内赶到了西滩村小。何海和陈仁兴将陈智蓉扶上车后，救护车立即拉响警报，呜啊呜啊地嘶鸣着，仿佛车子也有了生命，也感觉到了无法抑制的疼痛，飞快地往县城方向奔去。

经县医院确诊，陈智蓉确实患的是尿毒症！无论采取哪种治疗方法，都需要一笔对农村人来说是天文数字的治疗费用。怎么办？陈智蓉虽然当了这么多年小学教师，但因是民办教师，也就没有社保。西滩村虽然宽容地解决了她重新落户的问题，但仅就当前国家新农合的政策而言，医疗报销的比例远低于城镇。

正在读高中的女儿陈紫婷，自从得知母亲的病情后，日夜以泪洗面地守候在病房。哥哥陈智林也从广东赶了回来，这是他离开西滩村后第一次回村，从精神气度和穿着打扮来看，他经济也不宽裕，要想通过他来解决陈智蓉的医疗费，显然不现实。

"组织一次捐款吧！"郑菁对何海说。"这是唯一可行的办法。"何海肯定地点头。捐款倡议书由陈智峰起草，很快便在全体村民微信群中发布。何海、郑菁率先捐出了一个月的工资，其他干部也都捐了款。陈仁昊、陈智峰、陈智健、陈传国等村民眼中的能人都慷慨解囊，陈仁兴也献出了一份爱心。但这些离陈智蓉所需还相差甚远。

"亲爱的村民朋友们，当你们的孩子给你捧回一张满意的成绩单时，你是否会想到这是他们的老师，也是你们亲爱的姐妹用辛勤的汗水浇灌而成？当你们即将住上新居，过上幸福生活时，你是否会想到，还有一位你们的好姐妹，正躺在医院的病床上，急需你们伸手援助？亲爱的村民朋友们，你们的族谱中有'仁智传家训'这一句，仁者爱人，我相信你们都是遵循古训的陈氏家族好子孙，你们都有一颗宽仁厚爱之心。真诚地希望你们，为我们尊敬的陈智蓉老师开启一道生命希望之门……"

郑菁在微信群编发了一条长信息，短时间便收到一长串的回复，有声的、无声的，言辞简短的、慷慨激昂的，都有。有表示明天拿现金捐；有当即发红包或转账捐；有不想留名，给郑菁私信说通过她来代捐；还有身在外地暂时没有钱，但承诺过两天一定捐的……

第二天统计，全村除了陈仁毅外都捐了款，最少二十元，最高一万元，王朝晖的公司捐出了三万元，总额达到十五万余元。大家都没想到，西滩村这个省定贫困村，因一个村民突遭不幸，一下子能募集到这么大一笔钱。

郑菁奇怪陈仁毅为何不捐，陈智峰说他根本没在群里，且近两天也没看见他人影。

一个星期的治疗后，医生建议最好是换肾。换肾首先得找到肾源，可陈智林和陈紫婷的肾与陈智蓉的不匹配，须另外寻找肾源。中国是禁止人体器官买卖的，肾移植必须有肾源，可哪里来的肾呢？还要匹配得上，这概率便如同大海捞针了。

郑菁想到了网络。她在不少网站上发出了"呼唤爱心天使"的求助信。不到一天，网络跟帖、留言铺天盖地，来自天南海北的网友们的言语充满温暖和鼓励。三五天后，留言、评论便超十万条，还有不少人希望给予资金上的援助，并有人私下添加郑菁的微信，说可以直接将款项转至她的账户。

这让人感动不已。可这超十万人的浏览互动，并无一人表示愿意捐一个肾给陈智蓉。当然，这也在意料和情理之中。"还是发动一下本村人，毕竟大家都姓陈，看有没有人愿意捐肾。"郑菁提出这样的想法。陈智峰想了想：

"不是不可以，但效果估计不会太好。""哪怕有一线希望，我们都得试一试，万一有意外收获呢？"郑菁说。

一直关心陈智蓉病情的何海，常在工作之余来村上了解情况，得知郑菁要动员西滩村人为陈智蓉捐肾后，他说："可以先找县医院沟通一下，让他们派个医疗组下来，在村里做一次抽血检查，找到配得上的再做有针对性的劝说。""难道不会引起村民的怀疑？平白无故叫大家集中起来抽血。"陈智峰说。"干脆来一次全面体检，医院在化验血的时候顺便把肾源配型检查做了。"有人说。"这可具有欺骗性啊，万一被村民察觉，怕会引起不必要的麻烦。"郑菁说。"那我们所有党员干部先带头。我虽然不是西滩村人，也算我一个。我会告诉村民，如果我配型成功，会毫不犹豫为陈老师捐一个肾。"何海说。

何海的话如千钧落地，强烈地震撼了在场的所有人。"嗯，如果是我，我也会毫不犹豫。"郑菁坚定地说。其他人深受感染，也纷纷表态自己照样会这样做。"既然是我们带头，那还是直截了当给村民说清楚。"郑菁说。大家反复研判后，也觉得这样做合乎情理，都表示同意。

经村两委全体干部商议，除去二十岁以下六十岁以上的，其余村民全部组织进行一次抽血检查，并明确告诉他们是为了寻找与陈智蓉相匹配的肾源。消息一时在村里炸了锅。"啥？要割一个肾给她？不行不行！无论咋个都不得行，少了个肾，我还活不活呢？我上有老，下有小，万一有个三长两短，我这一家子咋个办呢？谁又来同情我呢？""放心，少一个肾对身体没有大的影响。就好比你按住一只鼻孔，是不是还能出气？只是刚开始不习惯，时间久了就习惯了，习惯了也就正常了，人体有非常灵巧的调节器。""你说得轻巧，吃根灯草！那既然少一个莫影响，天老爷造人，为啥要造两个肾？干脆造一个好了。人身上两只耳朵，两只眼，两片肺，两个腰子，两条腿，两只手，缺一个都不行。""你说莫多大的影响，那还是有影响嚜，暂时莫多大影响，时间久了就有大的影响了！关键是万一，一个割了，偏偏另一个坏了呢？那就只能由命不由人了。所以割不得。""肾对男人来说就是命啊！肾少一个，那人就不行了。男人不行了，还算男人吗？不等于给骟了吗？就跟太监没区别，那还有脸活吗？不如死了算了，所以不能割。""你说的肾是指中医所说的肾，跟实际的肾完全是两码事。西医说的肾是腰子，就是要让你们捐的那个东西，少一个绝不会影响你做男人的威风，放心好了。""这样的嗦！那也不行。人身上就肾值钱了，白白割一个给她？给好多钱？""中国不允许人体器官买卖。不给钱。我们不是强迫，是鼓励身体健康的陈氏本族人，看在本家族人有危难之时，能挺身而出，救人一命。全凭自愿，决不强求。"

……

县医院开来一辆抽血车，尽管所有村社干部都入户动员，可还是没有人来抽血。

"不能埋怨村民自私，这毕竟不是小事。"何海说。"先抽我们的吧！"郑菁说着，挽起袖子，把胳膊伸到医生面前。医生给她手膀子缠上橡皮管，熟练地将针刺入她隆起的血管，鲜红的血液从针孔里跑出来，就像打开了蓄势待发的泄洪闸，很快就将几支试管装满。

何海和其他村两委干部都挽起袖子，将膀子伸到医生面前。

这时，有村民远远地站着观望。他们仿佛还在说些什么。他们在说什么呢？没有人听清。"我来抽一个。"循声看去，陈仁昊大步流星地朝抽血车走来，一边走还一边挽袖子。

"昊老爷子，不是说六十岁以上老人不来吗？"还用棉签按着臂弯针孔的郑菁诧异地说。"你跟我们西滩村八竿子打不着都第一个抽了，我还是本村本族的老家伙，不带个头那像话吗！"陈仁昊走到医生跟前，一屁股坐在凳子上："来来来，只管抽。""那，我也来抽一个。"几乎让人毫无觉察，陈仁刚便站在了医生面前。村干部们正要说一些感激的话，李淑华心急火燎地冲了上来，抓起陈仁刚的胳膊就要拉他走。陈仁刚劲大，脚板稳稳当当地定在地坝上，身子纹丝不动，只是嘴里嘿嘿地朝李淑华笑。"你这会儿笑，等把你腰子割了，你就哭吧！"李淑华气急败坏地说。"李淑华，这你就不对了，人家刚莽子自愿来查血，也不一定就配得起，你那么着急干啥？再说，陈智蓉还算你小姑子吧，你就那么无情无义？"有人看不过去。李淑华没有开腔，只是一个劲儿地拉扯陈仁刚。陈仁刚仍那样对她傻笑。"就算是配起了，像陈仁刚牛一样的身体，割个腰子算啥，以后照样像牛一样伺候你，你担心啥？"有人语带调侃地劝李淑华。李淑华竟被这话逗笑了："我不是舍不得他，他本来就是个傻子，傻子的腰子有啥用？"这话把周围人都逗笑了，连抽血的女医生都笑个不停。李淑华朝陈仁刚瞪了一眼："我不管你了，你自己看吧。"说完，转身便跑了。陈仁刚还是嘿嘿嘿地傻笑不停。

陆陆续续有村民向抽血车靠过来。他们有的挽袖子的时候嘴里还叼着烟，有的是相互伸手动脚地嬉闹着把胳膊伸到医生面前，有的是像壮士上阵一般豪迈地把膀子挥到女医生面前……"你们是自愿的吗?"陈智峰问。这些村民说:"当然是自愿的嘞!再稳起不动,那就连个莽子都不如了。"陈智峰突然意识到,农民其实十分单纯,只是我们往往把他们想得太复杂了。他看着那些熟悉的面孔,那些以往让他偶尔滋生厌烦的面孔这时都显得无比可爱。

然而,万分遗憾的是,接连五天在西滩村抽取的血液标本,经县医院化验检测,均不符合为陈智蓉进行肾移植的要求。抽血车仍旧每天停在冷冷清清的"6+1"公共服务设施前面,迎候稀稀拉拉前来的村民。

"咦!那不是陈仁毅吗?这段时间去哪里晃了?"有人惊呼。陈仁毅眼皮耷拉着,对人爱搭不理的样子,摇晃着快要耗尽体力的身子走过来。他看到一辆大车停在那里,新奇和诧异让他仿佛来了些精神。"那是干啥呢?"他指着抽血车问旁边的人。得知缘由后,陈仁毅竟没有走开,反而向大车走了过来。

"陈仁毅,村里人差不多都抽血化验了,就你个漏网之鱼。"有人说。"快给老子弄点儿吃的,我吃了也来抽一管子血。"陈仁毅漫不经心地说。医生拿出两块面包给陈仁毅,他夺过来就狼吞虎咽地吃,并把别人喝过的水拿过来,一仰脖了便往嘴里倒。

"我去了趟城里,找了个事做,哪晓得碰到不要脸的人,干了活不给钱。"陈仁毅说。旁人不相信他说的话。陈仁毅嘴里嚼着面包,朝旁人翻了阵白眼,便没再理会。他迅速吃完面包,把袖子挽得老高:"来抽吧,我已经充满电了,血在身体里狂躁着呢。"

让人万万没想到的是,陈仁毅的血经严格检测化验,与陈智蓉多项指标匹配。

5

一夜燥热让陈智峰难以安睡，他几次爬起来洗冷水澡，但只能管一会儿，瞌睡就要占领整个大脑的时候，汗水又把睡衣打湿了。直到黎明，他才勉强到梦乡匆匆一游。

窗外金灿灿的阳光射进来，新一天的鸡犬之声把陈智峰吵醒。陈智峰习惯性地一挺身爬起来，哪怕昨晚睡得再少，多年来养成的习惯成了自然。他洗脸刷牙。面对镜中的自己，他愣住了：眼角已有了皱纹，头上也有了白发！从省城回来，掐指一算快八年了！八年时间可以改变世界，当然也可以改变一个人，且改变一个人是在不经意间，几乎毫无觉察地就发生了。相对于改变世界而言，时光的刀斧改变一个人可是再容易不过了。陈智峰朝镜中的自己无奈地笑了笑。

往村委会走时，陈智峰经过那片凝聚了他多年心血的荷塘，不由停下了脚步。又是荷花绽放的季节，今年的荷花与往年不同，往年荷花品种单一，花是一样的形状和颜色；今年则栽植了多个品种的观赏荷花，高低错落，颜色不一，姿态万千。粉霞、红台、龙飞、玉碗、杏黄、玉蝶、青毛节、小舞妃、红宝石、仙女散花、白雪公主……一共一百余种，好多连陈智峰自己都叫不出名字。

围绕聚居点一周的全是观赏荷花，正面有一座桥梁飞架。为了发展乡村旅游，村上成立了集体资产管理公司，陈智峰、陈智光等原来的业主以股份形式加入公司，待聚居点彻底完工后，多出来的房屋及村民闲置房屋都将入股做民宿。

　　诸多品种中，陈智峰最喜欢玉蝶。玉蝶既端庄大气又清纯高洁，那羊脂玉一般的花瓣，白得生气勃勃，而花瓣尖稍上那一点桃红，由浓渐淡地浸润，好比古典美女粉面中的那一抹唇红，让人垂涎流连。他伸手抓过一枝玉蝶，凑到鼻子前，阵阵淡雅的清香沁入心脾，他长长地吸了一口气，微微闭上双眼，昨夜失眠的困倦顷刻间消散殆尽。渐渐地，陈智峰胸口腾起阵阵波浪。一阵微风拂来，他睁开眼睛，只见满池荷花仿佛在翩翩起舞，而自己也恍惚中步入她们的舞池。他与她们追逐嬉戏，与她们起伏飘飞，久违的心旷神怡让他忘记了身边一切人和事。不，有一个人他没有忘，而之所以忘不了，即使是徜徉在万花丛中也无法忘记，是因为她如这千娇百媚的荷花中的一枝！

　　陈智峰的心怦怦紧跳，模糊的视线从眼前这朵玉蝶穿过去，前面不远处还有一朵活生生的玉蝶！翠绿的衣裙衬托出羊脂玉一般的面庞，还有花瓣尖稍那一点醉人的桃红。这朵玉蝶仿佛成了仙，竟衣袂飘飘地朝他走过来！他赶紧揉了揉眼睛，不觉吓了一跳。

　　"正到处找你呢！你竟在这里犯痴。"郑菁用那颇富金属质感的声音说道。陈智峰的脸顷刻红得像一朵粉霞，郑菁的话正刺中他的软肋，他害怕地朝周围瞅了几眼。陈智峰尴尬地笑笑说："找我有事吗?"郑菁说："好多事呢，聚居点马上完工了，荷花节也快到了，想跟你商量一下，村民新居搬迁仪式是不是跟荷花节一起搞?""你定就可以了。"陈智峰说。郑菁白了他一眼："我什么时候独断专行过?"陈智峰赶忙解释："不是那个意思，你过去做的都正确，所以我想就依你的主意吧。""我可不是永久在西滩村待啊，总有一天，这里的一切事务都得由你来主持。"郑菁说，王书记好几次对她讲，等她走时，就一起推举陈智峰为村支书。

陈智峰不喜反悲，顿感一桶冷水从头上浇下来："你要走？不打算长久待下去？"郑菁有些莫名其妙："第一书记迟早都是要走的啊，这很奇怪吗？"陈智峰立马察觉到自己的失态，自嘲地说："哦，那当然，我是希望你能多待一些时间。你知道，村民都很喜欢你。他们对你的喜爱，远远超出了对我和其他村干部。""我知道。可天下没有不散的筵席。我还有我的事业，还有我的追求和使命。"郑菁说。陈智峰沉默不语了，他明白郑菁话中的深意。两人默默地并肩走向村委会。

在会议室，陈智峰感觉一时热一时冷，一会儿头上大汗淋漓，一会儿身上毛孔紧闭。他的心思时而停留在郑菁的眉宇唇腮上，时而飞奔到姹紫嫣红的荷塘中，时而穿梭在郑菁来西滩村点点滴滴的往事里，时而游荡在他自己认为这八年一事无成的蹉跎岁月里……

会议最后采纳了郑菁的建议：将新居搬迁仪式作为荷花节活动的一环，让上级领导和嘉宾共同见证西滩村帮扶的成果，让两个活动相互增添一份喜庆。

新居搬迁的日子终于到了，西滩村家家户户喜气洋洋。

陈仁江一大早就催张旺菊起来做早饭："今天最后一次在老房子里吃饭，得弄好点，早上也炒两个菜，我要喝一杯。"张旺菊没反对，破例早上让他喝了点儿酒。陈仁江嘴里衔着一根烟，背着手在每间屋里转悠。他盯着那熏得斑驳的土墙，那蛛网垂吊的屋梁，眼睛不由湿润起来。在这座老房子里，他从孩童一转眼就变成了耄耋老人。这期间，有几件大事让他觉得是上天赐给他的厚礼，那就是娶婆娘、生儿子、得孙子。时光飞逝如电，好比一眨眼的工夫。

人真的太渺小了，人生一世真的太短暂了！他感觉自己就像一节快耗尽的电池，不久就要被扔到垃圾堆里，好在进入生命历程的尾端，还能闪烁一次光亮。在这简陋破败的房屋里熬了几乎一辈子，搬进新居他要好好过他几年！就算死了也想得着！他常这样说。

那条喂了几年的狗也意识到要搬新居，见到主人便活蹦乱跳地摇着尾巴，嘴里哼哼不已。陈仁江突然想起，前几天村干部嘱咐过，新居一律不准养狗，这可怎么办呢？他皱着眉头摸了摸狗的脑瓜顶，那狗前爪趴在地上，把头压低，眯着眼讨好主人，仿佛在哀求：千万别丢下我啊！我可是忠实地守护你们这么多年了！

"老太婆，这狗咋办？"陈仁江实在想不到办法，只好征求老伴的意见。"送给儿子媳妇嘛。"张旺菊没觉得是个问题。"哦，那也行。"陈仁江点点头。吃过早饭，陈仁江牵着狗往儿子家走。陈智立修的别墅在村里很有名，陈仁江去过几次，每次去儿子都劝老两口住一晚上，可陈仁江总觉得那不是他的地方，再说家里还有一条狗没人喂。"人家也是一条命，你吃了，它还没吃哒，只是它不像人饿了会说话。"陈仁江总是这样拒绝儿子媳妇的挽留，然后一边说一边扯起张旺菊的衣袖就往老房子走。

陈智立见父亲牵着狗来到他家院子，明白了其中的意思。他上前接过狗绳子。开始，狗还跟他撒着欢，但一见陈仁江转身离开，便拼命往外挣。陈智立将狗绳子在手腕上缠了几圈，仍挣不过狗，只好由着它跑回去。陈仁江眼泪汪汪地摸着狗说："这也是你的老板呀！你放乖些，我二天又来看你哈！"狗趴在老人面前不停地摇尾巴，嘴里低鸣着，仿佛在哀求老人把它带着一起走。但最终，陈仁江狠心地扭头跑了。

村里组织了一些车辆，沿途帮助村民搬家。陈仁江老两口把东西收拾停当，便坐在院坝里等车。县上统一给贫困户配备了床、沙发和餐桌，儿子媳妇专门为他们买了电视、冰箱和洗衣机，因此只需搬衣服被盖及锅碗瓢盆，其余的东西就当废品处理了。

聚居点一下子热闹了！各个院落里人声嘈杂，到处传来乒乒乓乓的响动，说话声、喊叫声、笑闹声此起彼伏。张三问李四：你家的房子好大？王五答赵六：这下串门容易了，一伸脚杆就到！你喊我来帮忙抬个柜子，他喊她来帮忙挂下窗帘，一村人都成了邻居。

陈仁刚一个人不到一个小时就把所有的东西从楼下院坝搬到了二楼屋里。李淑华便在屋里用心地收拾着，哪里该放啥，还缺些啥，应该添些啥，几天前她就在心头列了一本账。陈仁刚在聚居点干活挣的钱，她计划买台大电视挂在客厅，冰箱、洗衣机是必需的，陈仁江老两口都有了，他们也要有。还有呢，床上用品必须是当前最流行的新样式。卫生间里的洗漱用品也得买，每人一条毛巾、一只牙刷。从今往后，也得让公公婆婆养成每天早晚洗脸刷牙的习惯，还得勤洗澡，不能把过去的坏习惯带进新生活！

陈袭勇闲着无事，便坐在门前走廊围栏边，时不时朝熟人打招呼。二楼这一圈围栏可坐可倚，很受村民喜欢，尤其是老人，他们一定会经常倚靠其上，跟对面或斜对面的熟人朋友摆龙门阵。"兄弟！你妈没过来？"看到对面围栏边坐着陈袭民，陈袭勇问道。"唉！我死劝活劝她都不搬，意思是她活不了几天了，死在老屋算了。"陈袭民说。"那嘟个得行嗨？正因为活不了几天了，才要搬过来享几天福噻！"陈袭勇说。两个孙子听见爷爷在外面跟别人说话，一齐跑出来，一个斜歪到陈袭勇怀里，一个爬到围栏上朝下面张望。陈袭勇一只手扯住孙子，呵斥说不准往上爬，谨防掉下去了。"我也是这样说呢，可老人嘛，越老越小，犟得跟岁娃儿一样。"陈袭民叹了口气说。"那嘟个办？不得你两头跑，天天给她端饭去？晚上呢，把她一个人丢那边？"陈袭勇说。"那还能咋办？只能这样。晚上嘛，我回去陪她。"陈袭民说。

"村里的干部说，搬了新居，老房子就要拆呢，房子都要拆了她还不愿意过来？"陈袭勇说。"走一步看一步啦，别的办法我们也没有。吃饭没？"陈袭民想把话题岔开。"中午吗？还没煮呢，今天就在新房子里煮。"陈袭勇笑哈哈地说。"开火饭可不能随便煮哦！得看个日子，再请几个客，我们今天还是回老房子里煮饭吃。"说着，陈袭民便钻进了屋里。"哪来那么多讲究哦，新社会新生活新思想！"陈袭勇说。

陈智峰一家作为随迁非贫困户，住进了仁字院。陈智峰有了真止属于自己的房子，异常激动；可走进空空如也的房间，他又顿生惆怅。什么时候这房子才有一个女主人呢？想到这里，他的脸热辣起来，脑子里迅速闪过几个女人的影子，她们朝他莞尔一笑，无声无息地朝他挥挥手，款款而行，消失了。

其头在荷花节前，村民差不多都搬进了新居，那么，节会上的搬新居仪式就仅仅是一个形式了。谁来走这个形式呢？村里经研究后定下了陈仁昊，他既是村民中的致富代表，又是一名思想积极的老共产党员，关键是他还能说会道——当天有市电视台的记者采访。

陈仁昊的新居，当然只是他老两口住，儿子陈智健早就在县城边上买了一幢别墅。他不仅嘲笑花钱在乡下建别墅的陈智立，更挖苦那些一心想挤进城里按揭买房的"房奴"。陈智健这样的人，陈仁昊打死也不愿跟他住在一起。

接到村上的"政治任务"，陈仁昊爽快地答应了。当记者把镜头对准迎面走来的陈仁昊的搬家队伍时，陈仁昊红光满面，笑容可掬，不断地挥手朝镜头打招呼。"大爷，今天搬新家您高兴吗？"记者把话筒凑到陈仁昊嘴边。"可高兴了，连过年都没这么高兴呢！"陈仁昊说。"为什么这么高兴呢？"记者按预定方案采访。"因为党的政策好啊！我虽然不是贫困户，但沾了国家政策的光，我们老两口住的房子几乎没花多少钱。"陈仁昊说。"几乎没花多少钱？您能说得更明白些吗？"记者继续问。陈仁昊示意搬家队伍暂时停下来，摆出一副要跟记者详谈的模样："我们村是全县土地增减挂钩政策试点村之一，现在的占地面积可以抵扣原来的宅基地，多出来的拿出去卖，卖的钱用来建新居，不足部分才让老百姓筹集，这样，大多数家庭都没出几个钱。""哦，这政策真好！"记者恍然大悟的样子，连连点头说。

接受完采访，搬家队伍继续往前走，他们穿过聚居点正门，也就是礼字院一楼专门开的一个大门，绕过"6+1"公共服务设施，来到广场上。广场上已是座无虚席，荷花节的舞台头天连夜就搭好了，龙灯、舞狮在铿锵有力的锣鼓声中十分卖劲地热场。

陈仁昊的搬家队伍出现在广场后，顿时响起铺天盖地的掌声,电视台记者扛着摄像机在前面退步倒行跟拍。陈仁昊向鼓掌的人群招手致意的同时,用眼睛的余光瞟向舞台前排:但前三排桌上只见座牌不见人,他明白领导还没到来,就连村干部都没到场。

陈仁昊心头飘来一丝失望,但立刻又飘走了。他摇头自嘲地笑了笑,指挥搬家队伍迅速从广场穿过,来到信字院他的家中。旁人问他:"昊老太爷,怎么没见领导跟你来?"陈仁昊没搭理。旁边另有人说:"领导好像都去了义字院和智字院,那里贫困户多。"陈仁昊这才明白他为何在广场没见一个领导,于是抬头问:"来了哪些领导?"旁人回答:"市上的,县上的,镇上的,该来的都来了。"

果真,在义字院,一位副市长在人们的簇拥下来到居民家里,走到哪一户都要拧下水龙头,打下燃气灶,掀掀新被盖,拉下衣柜门,嘴里不住地念着"好好好!"或者是"很好很好太好了!"那些因领导光临而觉蓬荜生辉的人家,个个一副撑得不能再撑的饱满笑脸。

副市长兴致盎然地走了一家又一家,突然他握住一位老人的手。"老人家,住上新居有啥感受?"他问的是陈仁学的爹。从他佝偻着背不断咳喘的样子来看,从他洗得发白且胸前沾满痰渍的衣服来看,从他好奇而又怯懦的眼神来看,这算是最典型的一个贫困户了。

"啊?"老人显然没听明白。副市长略显尴尬,稍稍放大音量又问了一遍,问完后还和颜悦色地笑了一声。何海赶紧跑上去,凑近老人的耳朵,把副市长的话重复了一遍,并强调"这是市里的领导来看你了"。老人总算明白了,眼里泛着激动的泪光,他颤颤巍巍地说:"我的感受啊?一句话,高兴!你想啊,过去的地主住啥房子,哪儿有我们

273

住得好啊！"

众人都笑了起来。副市长开玩笑说："今后你就是地主了！"老人煞有介事地摆摆手说："我还不敢！我们村哪些人才算地主……仁字辈的，像陈仁昊；智字辈的，像陈智峰；传字辈的，就要数陈传国……"陈仁学忙打断他的话说："说你糊涂嘛，你啥都晓得！"

众人又一阵笑。老人还想继续跟副市长谈"地主"话题，副市长抢先说："老人家，祝你晚年幸福，我们今天就谈到这里，好吗？""好好好！"老人只好作罢。

随即，领导队伍带着一群追着看热闹的群众来到广场上，翘首盼望已久的村民一阵欢呼。耐心听完领导讲话后，精彩的文艺演出开始了。

6

第一个农民丰收节，崇岭县定在西滩村举办。县上想请省领导莅临指导，哪怕是退居二线的也行。可谁能去请？自然是寄希望于从西滩村走出去的陈仁康。

陈袭富多年深居简出，对村上的事都不闻不问，更不会关注镇上、县上的事了。镇上领导轮番做陈袭富的工作，说：你是老党员了，要从大局出发，即使没在位也要谋其政，这不仅是村里的事，更是镇上、县上的事，事成了，对西滩村发展绝对是好事。陈袭富只好给儿子打电话。陈仁康在电话中说："除非是省里定的点，否则省领导是不可能出席的。"一句话便浇了县领导的冷水。那省领导请不来，厅级领导总能请来吧？陈仁康的回复是："也难。"

有人说，没大领导就没吧，农民丰收节，本来就是让农民乐呵的节日。理是这么个理，可总觉得搞这么大的排场，没上面的大领导莅临指导，算是一碗鲊肉埋在碗底了！

于是，县上继续向镇上施压，镇上继续向陈袭富施压，陈袭富继续向儿子恳求。最终，陈仁康说："实在来不了厅领导，我来。"

丰收节定在周日，陈仁康周六回来的，借着丰收节的阵仗，从白龙河镇到西滩村，沿途几公里彩旗招展，标语气球让人眼花缭乱。

丰收节头晚，西滩村在聚居点广场安排了百桌乡土宴，村民均可免费入席。家乡的巨变让陈仁康惊讶得目瞪口呆，他不住地喊着惭愧，因为他差不多有十年没回过家乡了。每年春节，他都是雇车把父亲接到省城过，父亲也在他面前提过家乡变化很大，可他想象中的变化万没有眼前这么大。

宴席过后，西滩坝子归于平静，大家清楚真正的欢腾在明日，所以都早早回了家。

陈仁康有时间同家人聊叙了。他热血沸腾，在仁字院那三室两厅的家中转来转去。好些家具是他为父亲添置的，因此触碰到那些家具，他为自己的孝敬感到无比自豪。

"哥，喝茶。"陈仁毅把茶杯递过来，将陈仁康的思绪打断。他也好多年没见过弟弟了。从昔日的记忆，从父亲转述的话语，他对弟弟没什么好印象，他不希望看到他，更不希望他到省城来找自己，因为如果陈仁毅那副样子出现在他的办公室或者家中，势必会大大折损他精心堆塑起来的尊贵与文雅。但最近他听说了弟弟为陈智蓉捐肾的事，对其恢复了些许好感。

"谢谢！"陈仁康接过茶杯，像看陌生人一样打量起陈仁毅。弟弟显得更加瘦削，更重要的是，他整个人像是被抽掉了什么东西似的，坐在那里微弓着背，显出怯懦和猥琐的样子。"你觉得身体有没有啥变化？"陈仁康关心地问。"没啥，感觉走起路来轻便了些，有点儿飘的感觉。"陈仁毅说着便笑了起来。哥哥的亲切让他放松了戒备，早先储备好的用于抵御哥哥严厉训斥的神经也松弛了下来。"那就好，今后要多注意身体。"陈仁毅从来没感受过哥哥如此温柔的关切，眼泪差点儿掉了下来。父亲也不再是一副恨铁不成钢的样子，与生俱来的父爱也流露了出来。"唉！你现在觉得莫啥，等老了就会觉察到的。"陈袭富叹息说，"长在身体里面的器官，不像长在外面的指甲呀头发呀什么的，说割就割、说剪就剪了。"陈仁毅没有作声，只是默默地端起茶杯喝茶。陈仁康劝慰父亲："捐都捐了，说这些还有啥用？再说，要是没哪个给蓉儿捐肾，她的命就保不住了，这也是救人一命，胜造七级浮屠。"

停顿了一会儿，陈仁康问："不知她现在怎样？""你是说蓉儿吗？"陈仁毅抬起头，"情况还好，刚出院几天，我先出来。这段时间还在家里静养，林娃子没出去打工了，照顾着她呢。……你晓得他们对我说啥？"陈仁毅望着哥哥和父亲笑。二人问："说啥？"陈仁毅说："他两兄妹说今后由他们给我养老。我……我又不是'五保户'，要他们给我养老？我比他们才大几岁，我就靠他们养老？我难道就不会有婆娘娃儿了？"

陈袭富听了一阵心酸，拿纸巾擦了擦眼泪："你才晓得该有婆娘娃儿了？再游湖浪荡几年，怕真的要当'五保户'了，人家也是一片好心，但我们不能真那样莫出息。"

陈仁康也很感动，他抓着弟弟的手说："爸说得对！"

陈智蓉住院期间，白龙河中心小学调出一个老师到西滩村小学代课。位于西滩村的白龙河第二中心小学也动工修建了，预计明年9月正式招生。

陈仁毅的事迹传开后，县电视台专门做了一期节目。村民也改变了对他的看法，在推荐村上公益性岗位的时候，他是第一个被村民推出来的，几乎没有反对意见。就这样，陈仁毅成了月月拿工资的人，虽然仅有一千多元钱，但加上哥哥每月的接济，在农村维持基本生活没有问题。他负责一公里村道的清洁，每天骑着三轮车，活儿也算轻松悠闲，工作之余他有大量的时间跟村里人谈天说地，因此好多"新闻"他往往最早知道。

最刺激他神经，也最让村里人震惊的"新闻"是：张旺霞回来了！

没错，就在庆祝第一个农民丰收节的欢快气氛中，张旺霞拖着一只沉重的行李箱，带着跟行李箱一样沉重的神色回来了。她是乘坐从县城到白龙河的班车回来的。到白龙河，她叫了辆摩托车，就像西滩村人赶场归家一样自然地回来了。

张旺霞现在为什么要回来呢？好奇的村民想以探望远行归来的故人的名义打听一些秘密，但张旺霞几天闭门不出，让他们无计可施。后来是张旺霞主动开门迎客，并主动向大家"宣讲"，才揭开了这个谜底。"我为什么回来？我男人死在外头了，我当然要回来。"

原来陈仁宇服刑期间查出肝癌晚期，于是准许监外执行。张旺霞倾其所有为丈夫看病，但还是没能挽救他的生命。陈仁宇临死前恳求张旺霞，把他带回西滩村。就这样，张旺霞打理完所剩不多的财产，回来了。村民听罢，无不唏嘘感叹。

　　还钥匙的那一刻，陈智峰看了一眼张旺霞，她明显苍老了些。前几天一直忙，陈智峰没顾得上登门看望。他想：稍稍闲暇些，一定要去看看。陈智峰每天的行程备忘录中都有这么一条。不觉过去了一个星期才挤出个机会。

　　忙完一天的工作，天渐渐蒙上沉沉黑幕。陈智峰步入张旺霞家的院子，第一眼仍是不自觉地瞄向那株桃树。还未到深秋，怎么树上的叶子都掉了呢？凝重的夜幕中，那株桃树像从地下冒出的一团黑烟，慢慢地旋转上升。

　　一束强烈的亮光从一扇窗户里跑了出来，一个女人逆光倚靠在窗框上，这正是张旺霞。陈智峰用手挡了下亮光，虽然没有说话，但张旺霞已经认出是他了。"……"陈智峰张了下嘴，竟不知该说些什么。张旺霞望了他一眼，喉咙里顿时涌出一阵酸涩，她赶紧捂住眼睛，以防泪水滚落。

　　过了片刻，她稳住了情绪，说："这几年，你们干得不错哦，把村里建设得这么好。""还行吧。"陈智峰说，"所以你回来是对的。今后不再走了吧？""我还能去哪儿？女儿大学毕业后会有她自己的生活，我也不打算长期跟她在一起。我就在西滩村老死算了。"张旺霞的话里充满伤感。

　　张旺霞面无表情、心如止水地给陈智峰泡了杯茶。陈智峰见她虽然动作迟缓，但还是不失优雅。头发不再是往常那样往后绾成髻，而是经过精心修剪，并烫染成型，与那张粉白的大脸庞相得益彰。胸还是大得出奇，略微有些下垂。腰显得细了些，或许是照顾陈仁宇的原因，她变得消瘦了。屋里的灯光再亮，也不及白昼的日光那么清晰照人，将她脸上的皱纹隐藏了许多。陈智峰正出神琢磨着，张旺霞猛地抬眼望了他一眼，顷刻间陈智峰感到脸上一阵发麻，他赶忙把脑袋转至窗外。正是这一下意识的举动，让他发现院子里不知何时进来了个人。陈智峰心头一惊，正待细看时，那人一闪便溜出了门外，脚步轻得如鬼一般。

张旺霞没有发现外面的动静，陈智峰也就没告诉她。那人是谁呢？一张张熟悉的面孔在陈智峰脑子里打转，最后定格在一个人身上。除了陈仁毅还有谁呢？他一直对张旺霞心怀鬼胎，没料想时隔几年还对她念念不忘。他想干什么？要是以往，陈智峰一定会往最坏的方面猜测，但今天他没有。他为什么那么鬼鬼祟祟呢？大概是发现了自己，他不好意思进来，正犹豫间就被自己发现了。他是抱着什么动机来的呢？他不可能在男女关系之外抱其他动机！就算是抱着男女关系之类的动机，陈仁毅也不至于像过去那样卑鄙、龌龊和无耻了吧？从他心甘情愿捐肾给陈智蓉可知，其实他这人本质不坏，只是大家习惯于把他往坏里想罢了。那他是来干什么呢？表达倾慕之意？他真心想跟张旺霞走到一起？想到这里，陈智峰忍不住嗤的一声笑了起来，把张旺霞吓了一跳。

"你笑什么，莫名其妙的。"张旺霞说。"没笑什么。"陈智峰说，"你走后村里发生了许多事，你还不知道吧？"
"发生了些啥事？"张旺霞问。"其他的先不说。陈智蓉得尿毒症了。"陈智峰说。"哎呀！现在情况怎样？"张旺霞瞪大眼睛，十分惊恐地问。"我们组织了捐款，还动员全村人捐肾。你晓得最后是谁给他捐的肾吗？"陈智峰说。"哪个？"张旺霞问。"如果让你猜，恐怕你一辈子也猜不中。"陈智峰说。"你这么说，那肯定是我最讨厌的人了。"张旺霞笑着说，"不可能是陈仁毅吧？""你怎么一猜就中，就是他。"陈智峰说。"啊？……果真是他？不可能吧!"张旺霞眼睛瞪得更大了。"虽然荒诞,但是绝对的真实。"陈智峰说。"怎么可能是他呢?"张旺霞还是不敢相信。"怕是任何人都不会相信。就连我,到今天回忆起当初的情景,还反复问自己那是不是真的。很出乎人的意料,那是千真万确的。"陈智峰说。

从张旺霞家出来,陈智峰总感觉陈仁毅没有走远,他一定是躲在附近的坡坎下或是树丛里。为了证实这一点,他走了一段路又折返回去。他的心狂跳不已,仿佛是在做一件十分不道德的事情。但好奇和一种说不清道不明的刺激感让他停不下脚步,因紧张而跌跌撞撞。

他蹑手蹑脚地回到张旺霞家院门前,侧耳倾听,听到里面一男一女在说话。

"要是以往,以你做出的那些可恶的事情,加上你摸黑跑进来,我一定会把你撵出去。"张旺霞对男人说。"那为啥今天不撵我呢?"那男人嬉皮笑脸,除了陈仁毅没有第二个。陈智峰额上的汗渗了出来,心头很不是滋味,但还不至于对陈仁毅怀以恶恨之意。"就凭你割只腰子救陈智蓉,我可以原谅你过去的畜生行为,也可以对你另眼相看,但你别顺着杆杆往上爬哈,想对老娘有啥想法,趁早死了这条心!"张旺霞说。"嘿嘿,你还是对我有成见。"陈仁毅说。"你这么些年,还没正经把式地做点事情?还没老老实实地找个婆娘?再这样下去,到头来就只有找个老太婆搭伴儿了,那又有啥子意思呢?"张旺霞说。"我心里有你才没找其他人呢。"看来,不要脸真是陈仁毅的特长!他总能抛开现实境况给他带来的不堪,总能把厚脸皮发挥到极致。"再说这些话,我要撵人了哈!"张旺霞不高兴地说。"好好好,我今天就是来看看你。"陈仁毅说。"那现在看到了，是缺了鼻子还是眼睛？"张旺霞说。"没缺，都完好无损，还是我心目中的那个样子。"陈仁毅又开始耍起嘴皮。

张旺霞真拿他没办法。陈智峰听她哎了一声，然后说："好了，你可以走了。"没等陈仁毅起身移步，陈智峰慌忙猫着腰轻手轻脚地离开了。

秋天的夜晚是很凉爽的，但陈智峰的脸火辣辣得烫。为什么要回去偷听？为什么听到他俩的谈话心里不是滋味？陈智峰默默地问自己，强烈的负罪感和羞愧噬咬他的心肝，他使劲啃着嘴唇来抵御这份疼痛，哪料越是这样越是疼痛。尽管他明白自己不可能跟张旺霞有什么瓜葛，过去没有，现在和将来也不会有。既然是这样，为什么不愿看到别人去招惹张旺霞呢？无论从法理还是从人伦上来论，陈仁毅光明磊落地去追求张旺霞，是再正当不过的了。张旺霞跟陈仁毅结合，也没有说不过去的地方。哎！这样也好。陈智峰预感到这对男女终将成为眷属。那就衷心祝福他们吧！可是，我自己呢？

远处传来一声凄厉的鹤鸣，大概是失群的白鹤发出的孤单的求助声吧。在这浩渺的天地间，生灵万物无时无刻不在演绎着因繁衍生存而谱写出的爱情故事。

7

冬天的白龙河，平时淹没于水中的石块纷纷显露头角，就像骨瘦如柴的老人的面庞。地势高凸处，河水被石头分割成道道银线；地势低洼处，仍有数米深的潭渊，水面不惊，显得深沉而诡秘。夏天的时候，常有胆大的孩子在那些深潭里面游泳；而冬天，常有一些人闲坐旁边垂钓。陈智峰则喜欢闲暇时独自来到深潭边，想一些平时无暇思考的问题。他常常呆呆地望着深邃的潭水，仿佛里面潜藏着问题的答案。若是百思不得其解，他便丢一块石头，从溅起的水花和泛开的涟漪中捕捉灵感。

这天，陈智峰又来到离村委会不远的一处潭边。

村里产业发展起来了，聚居点也建好了，西滩村即将摘掉贫困村的帽子，接下来该怎么走？虽然有乡村振兴的政策指向，可怎样才能振兴乡村？怎样才算乡村振兴？郑菁说振兴的基础是人，尤其是人才。可眼下，留守村里的人仅占总人口的四分之一。要怎样才能把人留住？怎样才能把人才吸引回来？王朝晖想通过产业聚人，是有一些返乡创业者成功创业，但绝大多数还是想挤进城市，包括那些返乡创业成功的人，无不在城里购买了房产，仿佛不挤进城市就不算成功，在城里购房才是事业成功的标配。人心不在农村，又何来乡村振兴？这些问题，长久以来盘踞在陈智峰的心头，像一条冬眠的蛇，时而苏醒蠕动一下，他常因这条蛇不安分的蠕动而坐卧不安。

这的确是个值得思考的问题，这么些年，绝大多数地方都建立了相关产业，假如以后人人都思考着如何削尖脑壳进城，那么这些产业谁来接续？产业一垮，乡村振兴便是空谈。郑菁说，人随社会发展自然流动是无法阻挡的，农村人口城市化也是必然的趋势，但任何一个发达国家或地区，农村都不可能绝对空心化，大浪淘沙，必然有一些目光长远、胸怀宽广的人会留下来。乡村振兴不能寄希望于所有生在乡村的人，但绝对要依靠那些有乡村情怀的人，要想办法把这些人留下来或者引过来。

怎样才能激发人的乡村情怀呢？郑菁说文化是人的灵魂，只有抓住了人的灵魂，才能牵引人的肉体。她说眼下西滩村缺乏的就是文化，必须从文化振兴的角度去突破乡村振兴，深入挖掘沉睡在西滩村这块土地上的文化种子，把它重新种植在人们心中，去浇灌、去催化，长此以往才能唤醒大家共同的乡愁，凝聚一股独特的乡风，形成一种具有强大影响力的精神。

可怎么落实？如何找到切入点？路得一步一步地走，饭得一口一口地吃，怎么迈开第一步，怎么张开第一嘴十分关键。

西滩村迎来了今年第一场雪。农谚说瑞雪兆丰年，勤劳奋进的西滩村人已经迎来了一个又一个丰年。纷纷扬扬的大雪降临，预示着又一个丰年正在孕育。

经崇岭县科协介绍，某农业大学教授、博士生导师、著名的循环农业专家钟国正先生一行踏雪而来，考察这里是否适合建立专家工作站。得知这一消息，王朝晖和郑菁都很兴奋，认为必须抓住这一千载难逢的机会——如果项目落地，无疑就给西滩村现代农业进一步发展插上了科技的翅膀。村两委所有干部，连同村里所有从事种植或养殖业的业主，一同陪钟教授行走在田间地头。天上飘着雪花，地上已有一层厚厚的积雪，田里尚能看到冒出雪顶的油菜苗。

钟教授问："你们是怎么实现田间资源循环流动的？""主要是两种模式，"王朝晖说，"一是生猪养殖与田间种植头现循环，达到养殖业废弃物综合利用；二是稻田间的种殖、养殖循环，即稻鱼共生模式。"王朝晖用手指向坝子上那些小山丘："那上面有不少生猪代养场。"钟教授点点头说："说说你们的稻鱼共生模式吧。"王朝晖将西滩村已推行数年的稻鱼共生模式给钟教授作了详细介绍。本以为教授会点头称赞，哪知他却紧绷双唇，半天不置可否。"希望钟教授指点迷津。"郑菁赶忙说。钟教授笑了笑，说："这种稻鱼共生也不是不可以。"接着，钟教授又询问了些细节，沉思片刻后说："你们这种模式，是一种比较过时的做法，现在一些现代农业比较发达的地区，已经采用了另一种全新的模式。"

什么模式？大家不约而同想知道答案。"当然，这里面有很高的科技含量，也需要比较大的投入，但生态效益和产出价值是很高的。"钟教授说。郑菁手握一支笔，时刻准备着把钟教授的精要话语记录在笔记本上。此刻，她像一个虔诚的学生一样，目不转睛地盯着钟教授。钟教授早已发现了她，出于教师的职业习惯，学生的认真劲往往会刺激教师的教授激情。于是，钟教授不再卖关子，滔滔不绝地讲起这种崭新的稻鱼循环模式。

钟教授说，这种模式必须跟有经济实力和科技实力的大企业合作，建一个智能化鱼苗繁育选育中心，选择名贵鱼种养殖效益会更高。"按照一亩稻田消纳六百斤鱼产生粪便的当量来测算建设养鱼池，必须采用高密度养殖，以八米直径圆形池为首选。以每年一个池子产鱼三千五百斤为目标，那么一个鱼池就可附带五到六亩稻田，一个小型家庭农场经营五十到一百亩，十到二十个鱼池即可。""利润呢？"大家十分关心这个问题。"以鲈鱼为例，每个鱼池年产值可达六万余元，纯利润至少两万元。"钟教授说。怎样实现稻鱼循环呢？钟教授特意放到最后专门讲解：鱼池中的水排入稻田，养殖环节的废弃物经稻田消纳后流进净化池，再由光伏发电设备抽到鱼池中，从而实现稻田内循环。"这样做跟我们采用的模式有什么不同？"王朝晖问道。"你们的办法是在田边开沟，既妨碍机械化作业，也不利于防盗。将养殖与种植适度隔开，有利于将种植和养殖业方面的技术充分发挥和利用，且互不受限；其次产出效益会更高。"钟教授说。

教授的话语让大家茅塞顿开。尤其是王朝晖和陈智峰，长期以来困扰他们的问题就是坚持种粮食为主的家庭农场产出效益低，难以吸引村民。如果按钟教授的办法，产出效益大大提高了，势必会在村里催生出新的家庭农场，全村六七十家家庭农场，每家家庭农场再带动一些农户共同发展的愿望就能实现。"我们关心的是，这种模式能否吸引更多人参与？我们目前苦恼的是，村里产业发展起来了，但还是无法吸引更多人回乡创业。"陈智峰说。钟教授笑了笑说："这是个普遍问题。只要能吸引一部分，哪怕是一小部分人回来都算成功。现代农业一个最基本的特点是适度规模化经营和科技引领产生效益上的倍增，如果大家一窝蜂地回来搞，显然是不可取的，靠人多不是现代化。""那……"郑菁向钟教授提出一个问题，"如何通过产业兴旺来实现生活富裕呢？我说的是大多数人的共同富裕，而不是一部分人的富裕。"钟教授说："产业兴旺与生活富裕之间有必然的因果联系，只有产业兴旺了才有可能生活富裕，但生活富裕不能仅寄希望于一个区域内的产业兴旺，应该把视野放到更广阔的空间去探寻问题的答案。"郑菁眉头一皱，歪着脑袋看着钟教授发呆。钟教授知道她没听明白，进一步解释说："你想通过本村的有限产业实现所有人的生活富裕，可能吗？现代农业越是走向高端，人力用工需求量越是少，这势必会将剩余劳动力挤向其他区域或领域。""哦！"郑菁恍然大悟，点头称是。紧接着，她又萌生一个问题："如果今后乡村的产业只能容纳少数人，其余人都得另外谋求出路，那国家提出的乡村振兴如何实现？"钟教授说："看来你是个有思想的年轻人。虽然一部分人另谋生存之路离开了，但他们离开的同时，另外会有一部分人从城镇流入农村。他们来干什么？来旅游，来休闲，来消费，来换取另外一种生活方式。一个流出一个流入，等于没减少，只是各自因需求不同交换了生活空间而已。这种交换的频率越高，这个地方的经济就会越活跃。""所以说，农村要走第一、第二、第三产业融合发展的道路，大概就是这个道理吧？"郑菁说。钟教授点点头说："主要是第一、第三产业的融合，我不主张盲目地在农村发展第二产业。可在第一产业的基础上充分挖掘文化、旅游、服务等产业发展潜力。我们如果建立了专家工作站，那么西滩村就成了一个产学研一体的实践基地，而且还可以不断扩展和放大，以吸引更多学校、更多机构参与进来，无形之中也是对本地服务业的刺激和带动。""啊！这么说来，赶紧成立专家工作站吧！钟教授，我们热烈欢迎您及您的团队早日进驻西滩村，纯朴善良的西滩村人一定会让你们宾至如归、流连忘返的！"陈智峰说。钟教授哈哈大笑："也不是你们想建立就能建立的，当然，我会尽力替你们争取。"

陈智峰的手机响了。电话中的消息让他顿时面如土色，他赶紧向几人说明情况，脚板像风车一样翻动着跑向村卫生所。

卫生所外围了一圈人，眼前的一幕让他腿脚发软。父亲满头是血，几个妇女正笨拙地用纱布包裹着。"爸——"陈智峰悲怆地喊了声，"你这是怎么啦？"听到儿子呼喊，陈仁兴才出声呻吟起来。"哎哟——我的腿……可能断了，头上只是皮外伤，止住血就没事了……"陈仁兴说。"可……您这到底是怎么了呢？"陈智峰抓住父亲的手问。"陈伯上午骑摩托车出诊，在一拐弯处突然遇到对面借道驶来的汽车，他一打方向，连人带车驶出路面，掉到路边的坡坎下去了。"旁边有人告诉陈智峰。"叫救护车了吗？恐怕得送县医院。"陈智峰急迫地说。"叫了，救护车马上就到。"有人说。"峰儿，快给你哥打电话，叫他马上回来。这次摔断腿，怕是以后不能再出诊了。"陈仁兴痛苦地说。陈智峰点点头，走出屋外拨通了哥哥的电话。

镇卫生院的救护车开来了。这辆镇上唯一的救护车，接连几次开往西滩村救人，司机都轻车熟路了。几人搭手把陈仁兴抬进车内。陈智峰钻进车里，帮助医生给父亲固定伤腿。"疼吗，爸？"陈智峰关切地询问。父亲躺在车上似乎安稳了许多，反倒安慰起儿子："不用担心，腿断了就断了吧，正好可以退休，让你哥接班。"看来，父亲一直没有放弃让哥接班的念想。

陈智峰看着面带微笑的父亲，瞬间觉得父亲很可爱，也如孩子一样天真。直到今天，他还一厢情愿地想着让哥哥传承他的衣钵。哥哥无心当医生，他是十分清楚的。再说，就算哥哥勉强答应他的恳求，村卫生所也不是他们家的，说让谁接替就让谁接替？陈智峰无声地笑了。但他不好吹灭父亲心中燃亮的希望，说："我一定劝哥听你的话。"

陈智俊接到弟弟的电话，立马带着妻子和女儿赶回了家。

站在陈智峰面前的侄女陈姝妍，已经出落成一个形象气质都很好的大姑娘了，现在上高三，据说成绩在学校名列前茅。上初中时，陈智俊夫妇本想把她留在白龙河，可想到他们两口子还得在外打几年工，把女儿留在老家，尽管有爷爷和幺爸在身边，可正值叛逆期的女孩子旁人是管不住的，所以他们最终还是把她带到打工地继续上学。

　　陈仁兴在县医院住了将近一个月。陈智峰因村上事情多，只能隔三岔五地去看望，平时都是陈智俊夫妇照料。这使得陈仁兴有充分的时间和机会跟大儿子交流思想。他重新提起让陈智俊接替他行医的事，陈智俊没有正面回答，只是说："等你出院再说吧。"

　　这次回来，陈智俊也不打算外出了，他想在村里寻找合适的项目来做。这几年他听弟弟说村里变化很大，也十分需要人回来做事，可农业投资大、回报慢，他没有兴趣，他想在乡村旅游方面动点儿脑筋。现在父亲老话重提，无疑增添了他的烦恼。

　　"爸还是想让我当医生。"面对张疏梅，陈智俊抱怨着。张疏梅没有答话，只是嗤嗤地笑。"你笑啥？你说咋办嘛。"陈智俊对妻子事不关己的态度很不满。"那是你的事，由你做主。"张疏梅说。"我的事就不是你的事？你还是不是我婆娘?!"陈智俊有些生气。张疏梅只好安慰他说："你就先敷衍着，过段时间说不准他就忘了。"可是，父亲没有忘，反而愈加有意地强化这件事的记忆。在陈智俊扶他从床上坐起来的时候，在张疏梅把饭碗送到他手里的时候，或者是在一瓶液体输完的时候，陈仁兴总要郑重其事地把陈智俊喊到身边："给你说的事，你考虑好了没？"每当这时，张疏梅都会捂住嘴躲到病房外去笑，把陈智俊一个人留在屋里。

好不容易出院了，陈仁兴的腿还是无法行走，只能依靠拐杖。看来，往后的日子，这位年事已高的老村医坐堂问诊是没有问题，出诊看病就只能归入历史了。而对陈智俊来说，痛苦又进入一个新的阶段，父亲无时无刻不在提醒他考虑那个严肃的问题。

他心里十分厌烦，可又无法对父亲发泄，只好对着妻子吐苦水。"我看你还是跟爸去学医好了！"张疏梅说。陈智俊倍感意外，妻子没有站在他这边。"为什么？"他软弱无力地反问。"常言说，'皇帝爱长子，百姓爱幺儿'，行医这门职业，就好比爸的幺儿，是爱到骨髓里去了，你不顺他的意，就好比夺走他的幺儿一样，他心里比啥都难受。"张疏梅说。

妻子这番话让陈智俊惊愕不已，可也无言反驳。陈智俊几天没跟妻子说话，像是在赌气，也像是在理性思考。后来，他对妻子说："可我们原先的计划与打算呢，就放弃了？"张疏梅笑了笑说："有我呢，你的理想由我来帮你实现。你就安心跟爸学医吧！其实，这也是一门不错的职业，很受人尊重的。"陈智俊又一次陷入沉默。他认真思考了一阵，终于在父亲面前给出了肯定的答案："爸，我答应你，学医。"父亲开心地笑了："好儿子，爸会把平生所学全部传授给你。可仅凭这点还不够，你还得去医学专门学校进修，要做就做个好医生！"

就这样，陈智俊进入了省中医药大学成人教育班，父亲给他的规划是先拿到中医药本科文凭，取得医师执业资格证书，再进修西医，然后回到村卫生室实践。

8

郑菁说的文化振兴的突破口算是找到了，西滩村将举办史上第一届自己的春晚。

一次村两委会议上，郑菁说村里要搞一些文化活动，年终不是要开表彰总结大会吗，不如顺便搞个春晚。大家都说好。郑菁当即决定，自今年起，西滩村年年搞一台春晚。

从7月起，西滩村启动了积分制管理，二十条村规民约细化成五十余项评分细则，总分为一百分，每个家庭基础分为六十分，年终根据各自分数及得分侧重，评出孝老爱亲、爱国守法、诚实守信、勤劳奋进、睦邻互助等"明星户"，给予一定物质及精神奖励。春晚表彰会会表彰"明星户"，让他们享受一份特殊荣耀。"我认为还应该增加一个奖项，就是热心公益明星户。"积分制已试行一段时间，郑菁说，"此前我们成立的志愿者服务队，这里面的积极分子该不该表彰？该！我们今后还要成立诸如文艺宣传队等队伍，把全村有文艺细胞的人组织起来，聘请专业的文艺工作者加以培训，碰到重大节庆活动，这支队伍得代表西滩村的文化形象。里面的骨干分子，可通过奖项来给予肯定和鼓励。"郑菁的话得到了一致认可。

眼看春节临近，可村民主动报名的节目少之又少，无论干部怎么动员都不见效果。在陈智峰儿时的记忆里，一到过年，娃娃们总是心不在家里，即使桌子上摆满了平时难得一见的好吃的，嘴巴里嚼着，耳朵却在时刻灵敏地听着外面的动静。人声一嘈杂起来，锣鼓一敲打起来，准是丢下碗筷就往外面跑。龙灯啊，舞狮啊，彩船啊，沿着一条又一条的田埂走进一家又一家，孩子们跑到东家又追到西家，直到追出村外才依依不舍地往回走。

还有白龙河的川剧，那时几乎每个乡都有一个川剧班子。每年正月初一到十五，镇上川剧锣鼓敲得震天响，直敲得十里八乡人心痒痒的。大家实在按捺不住心中的向往，便纷纷锁上门，带上老婆娃儿来到镇上，不大的影剧院被挤得水泄不通。那些没买到票的，便爬上影剧院外面的窗沿，里面拉上了厚实的窗帘，外面的人便用指头敲打玻璃，求里面的人拉开一条缝。外面的人贪婪地往里面瞅，哪怕只能看到舞台的一角也满足。

可这些年，人们对传统文艺的热情和追捧劲儿跑哪里去了呢？村里有几个当年的"文艺痴"，脑瓜特别聪明，川剧看几遍就能唱出像模像样的段子。几人而今都年过七旬，陈智峰逐个去拜访，想动员他们春晚上台献唱几句。哪知这些老者无不婉言谢绝："这么大年纪，上去献啥丑哦！""实在没人上，那我上。"郑菁说。听她这么说，大家无不感到诧异。但看这个学识渊博、气质非凡的女子说得这么轻巧，想必是还有几把刷子吧。

郑菁说她来唱个豫剧。她姥姥当年是市里的名角，她从小跟姥姥学了些唱段，闲暇时戴上耳机常听那么几段，就当作是驱散烦恼和调节情绪的茶饮。"那你来一段！"有人说。郑菁从容地从办公椅上站起来，站在屋子中央，略微定了定神，便来了一个有板有眼的亮相。随即，她那金属质感很强的嗓门里流淌出十分美妙动听的豫剧唱腔："祖国的大建设一日千里，看不完数不尽胜利的消息……"

"好好好！"唱完后，大家无不热烈地鼓掌。"这是《朝阳沟》里的一段，我唱的是银环，还需要个栓保，有人跟我搭戏就好了。""陈主任，你来。"有人一把将陈智峰从椅子上拉起来，推到郑菁面前。陈智峰冷不防地被一拉一推，先是吓得脸色一阵苍白，然后面红耳赤。"我不会唱豫剧。"陈智峰有点儿难为情地说。"没事，我可以教你。"郑菁说着，便憋着男声唱了一句："翻过了一架山转过了一道洼……"郑菁看着陈智峰，用手势示意他学着唱，陈智峰红着脸跟着唱了一遍，惹得在场的人大笑。

郑菁没有笑，而是煞有介事地说："不错哦，很有感觉，多练几次就会了。"陈智峰知道她是不想伤他的自尊，说的假话，便连连摆手说："算了吧，你找别人搭戏，我天生没这个细胞。"郑菁说："谁天生有这细胞，熟能生巧嘛！"

"干什么呢，这么热闹？"屋里正唱得起劲，何海走了进来。大家赶紧给何海让座。何海摆摆手说："老远就听到你们在唱戏，我是三步并成两步地跑来了。""何书记是专家，今年我们的春晚邀请你来唱一段川剧。"陈智峰说。"哈哈，丢了多少年了，恐怕忘得差不多了。"何海说。"那把你记忆最深的、以前最拿手的一出戏拣一段唱给我们听听。"郑菁说。大家一起鼓起掌来，何海只好站起来。"唱个啥呢？"何海仰起头想了想。过了片刻，他手一扬说："我来唱个《怀玉惊梦》。"在场所有人都说好。

何海也如先前郑菁那样移步屋中央，稍稍定了定神，也是一个亮相，之后娓娓唱来：

"更阑静，淡月色，想当初，在原籍，祖宗留下好家业。双亲病，把命绝，陈表兄与我把诗书刻。大比年，赴京阙，一心要把丹桂摘。淮河渡，把病得，旧病复发吐鲜血。恨石宝，那狗贼，盗取我的马匹还有银三百……"

村委会聚拢来许多人，这些来村上办事的村民听到楼上有人唱戏，便跑上来看稀奇。一些脑袋凑在玻璃窗外面，欣喜的神色写在一张张脸上。待何海唱完，屋里一阵掌声，屋外一阵掌声。"你看，谁说传统艺术没有观众，这不是吗？还没正式开演呢，就来了这么多。"郑菁兴致勃勃地说，"今年春晚，我给大家唱一大段《朝阳沟》，跟陈主任搭戏，好不好？"

村民们都笑了起来，齐声说："好！""还没听陈主任唱过呢，到时候也来一段？"陈智峰立刻又脸红了："我是真不会唱，别硬拿我来出洋相啊！""不要怕，我们都有过第一次，只要破了第一次，以后就同喝瓠子汤那么顺畅了。"何海鼓励陈智峰说。陈智峰连连摆手，但心里已经有了大胆一试的想法。

接连几天，陈智峰如同"打了鸡血"，逢人便笑，而且面颊潮红。不知不觉，陈智峰瘦了，眼圈都陷了下去。嫂子张疏梅以为他病了，可他精神又那么亢奋，便很是不解。问他是不是有心上人了，他笑而不答。好几次下午从村委会回来，他一进屋就把自己关起来，然后传来响亮的豫剧《朝阳沟》唱段，手机里面唱，他跟着唱，尽管唱得有些难听，却乐此不疲。

后来，他唱得有些"盐味"了，就把门打开，大声唱给嫂子和父亲听。

父亲问他唱这干啥，他说春晚要和郑菁同台表演。嫂子总算明白了他的心思，说："哪天你把郑书记请到家吃顿饭，并当面请教，会学得更快些。"陈智峰果真把嫂子的话奉为指令，当晚就把郑菁请来了。张疏梅下厨做了一桌好菜招待，饭桌上，两人便你一句我一句地唱了起来。陈仁兴看得呵呵直笑，合不拢嘴。两人兴致正浓，饭后便将客厅当成舞台，先是合唱："走一道岭来，翻过一架山。"然后他唱："走一道岭来，翻过一架山。"接着他俩合唱："山沟里空气好实在新鲜，实在新鲜。"跟着她唱："一行行果树，一道道堰，那个梯田，梯田层层把山腰缠。"然后他又唱："贫下中农把山河打扮，多少汗水浇在里边，浇在里边。"她跟着唱："清凌凌一股水，春夏不断，往上看，往上看通到跌石岩。"紧接着两人又合唱："十里大堤流清泉。"

……

张疏梅神情恍惚起来，她感觉自己有些飘飘然了，仿佛也加入了其中，也很想亮一嗓子来两句。可惜，她不会唱戏，对豫剧更是一窍不通。但她会听，听懂这是异常绝妙的乐曲，剧中所唱的故事，是干净、纯洁、感人肺腑的爱情故事！她突然觉得，这不就是在唱他们自己的故事吗？张疏梅擦了擦眼睛，仔细看客厅中央这一对儿，一个姿态婀娜、顾盼传情，一个举止跟随、心领神会；一个是枝头熟透的樱桃，散发出馥郁芬芳，一个是辛勤耕耘、衷心守望丰硕之秋的农夫……

若是他俩真能结合，那真是天造地设的一对！

可想到这里，张疏梅不由起了一身鸡皮疙瘩，鸡皮疙瘩消散过后，张疏梅清醒了。她明白他们是一个有情，另一个不一定有意；一个痴迷癫狂，另一个则蒙在鼓里。就眼下情景来看，陈智峰对郑菁已超出了一般痴迷的状态，郑菁的一切怕是已经侵入他心脏的每一个细胞了。她怕有

294

一天陈智峰会承受不了郑菁拒绝的打击。

日子一晃就到了登台表演的时候。西滩村第一届春晚，在何海、郑菁、陈智峰的带动下总算勾起了一些有点表演才能的村民的表演欲，最后凑了十余个节目。郑菁还从县上请来了几个有分量的文艺界人士表演节目。年初，崇岭县恢复了川剧团的建制，钱丽重新操起熟悉的行当，由曾经的名角变身为老师，主要任务是培育川剧新人。当然在一些重要的场合，她也会登台表演。这次受西滩村之邀，本可以派学生应付一下，钱丽却答应亲自来。她拒绝清唱，说："清唱还叫啥戏？"坚持穿戴齐备唱一段《凤冠梦》。钱丽是个对艺术十分认真的人，哪怕是没什么人看的演出，她都不会马虎应对。她一大早就从县城赶来，一来就吩咐这样那样做，舞台要怎样怎样，音响还须怎样怎样。化妆候场时，后台的人直听见她吆喝两个学生的声音，有时候是近乎神经质地叫骂。

何海提前几天才晓得钱丽要来，心头涌起一股说不清道不明的滋味。本想不上台了，可一个镇党委书记，总不能临阵脱逃吧？于是硬着头皮上了。他和钱丽的节目都赢得了村民雷鸣般的掌声。不过，场上的高潮还是郑菁和陈智峰掀起来的。

当经久不息的掌声、喊叫声从观众席上传来时，钱丽纳闷儿：谁的节目这么受欢迎？于是，她从后台钻出来看，看了之后，她也忍不住不停地鼓掌。

演出结束后，钱丽忙着收拾东西准备返回县城。何海犹豫良久，决定上去打个招呼，哪怕是互相点头笑笑也好。当何海靠近时，钱丽仍在忙着收拾东西，连头都没抬。但她能感觉到面前来了个人，而且来人一定是何海。"你还可以，丢了这么多年，还算演得顺畅。"钱丽说这话时，仍没有抬头。何海很感动，说："谢谢你的鼓励。你也不错嘛，技艺不减当年。"

钱丽叹了口气，说："不错啥呀，老了，一个戏子，人老色衰是最可怕的。"何海十分伤感，称自己为戏子，不知是她内心真实所想，还是对人生的幽怨。他赶忙劝慰她："快别这么说，要是时光能倒流，我倒是宁愿做一个你所谓的戏子。"

这时，钱丽抬起了头，她盯了何海足足有半分钟，感叹说："你我都老了……时光永远都不可能倒流了。"突然，钱丽眼睛奇妙地一闪，目光移至何海的身后。

陈智蓉走了过来，她胳膊上搭着何海的羊毛大衣。"这么冷的天，你刚卸了妆，不穿衣服不怕感冒吗?"说着，她把大衣给何海披上。何海朝陈智蓉笑了笑，没有说话。

钱丽看明白了，她埋头继续收拾起东西。"祝你幸福!"东西收拾完，钱丽跟两个学生开车径直往县城方向走了。

9

村里的首届春晚成了一针文化兴奋剂，几乎整个西滩村的人，包括那些正在读书的传字辈小辈们，无不饱饱地吃了一顿香喷喷的文化大餐，觉得这个春节尤其有意义。

可还是有例外。有一家人因家庭矛盾导致这个春节很不愉快。陈仁果、陈仁实两兄弟为赡养父母的事长期积怨。陈仁果的岳父老早就说："今年你们来我家过年。"陈仁果答应了，准备腊月二十九就过去，便把父母提前送到兄弟陈仁实屋头。

这下陈仁实起火了："干老汉儿和老汉儿究竟哪个亲？你那几片骨是哪儿来的？"陈仁果按捺住心头的气给兄弟解释半天，没用，便也拍桌子摔板凳："我不就是少供了两天嘛，你就算得那么干净？他们两天就把你吃穷了？你那一坨肉是哪里滚出来的？"兄弟俩都振振有词，都把自己塑造成孝道捍卫者，去批判另一个不孝之子。说着说着，两人越靠越近，不知谁先动了手，两兄弟便手抓脚踢地扭打在一起，惹得不少人围起看热闹。

老两口见两个儿子打得凶，不敢去拉，只一个劲儿地流泪，并对旁人说："我们两口子养了一对报应哦！我们两个老东西哪个不死哦！天老爷，你哪个不把我们收起走哦！……"

村干部来了，好不容易才把两兄弟拉开，并劝他们到村委会调解。无论村干部怎样苦口婆心，两兄弟心头嘴上谁都不服谁。没办法，村干部只好给陈仁果的岳父打电话，说今年陈仁果一家暂不过去团年了，然后呵斥两兄弟各自归家，过年把父母侍候好。

陈仁果嘴上没说啥，可心里很是不服气。初一那天一大早，陈仁果就带着婆娘娃儿走了，把还在床上睡觉的父母亲晾在屋里。老两口起床后，发现其他门都上了锁，便明白是怎么回事了，自己弄了点儿吃的便去了二儿子家。

正月初六，陈仁实打电话给陈仁果，说一起商量下今后赡养父母的事，陈仁果便来了。陈仁实说："这样一人一个月地供，有大月，有小月，有忙月，有闲月，相互之间的亏欠怕是永远也扯不清，不如这样，我们兄弟俩一人供一个，怎样？"陈仁果想了想便点头同意了。可老两口不同意。父亲说："我跟你妈一起过一辈子了，到老了还分开？哪有像你们这样当儿女的！"陈仁实说："爹，你这么大年纪了，在不在一起有啥呢？这一步邻近的，又没隔好远，实在是想妈了，脚杆一伸就到了。"气得老父亲抓起矮板凳就要朝陈仁实砸去。

老太婆哭了，说虽然养了两个儿子，到头来还不如"五保户"。一家人意见不合，只好又找村干部调解。郑菁听完各方意见后想了想说："我提议你们二老单独过，每年由两个儿子均等供给钱粮，若遇医疗费超过三百元以上的病痛，兄弟俩按实际花费平摊。"

可事实上这办法行不通，老两口一直没分家单独立户，他们的名字一直是登记在陈仁果的户口本上的，建聚居点时，也就没考虑单独的住房。如果采取这种赡养方法，仍然得住在大儿子的家里，还得分灶吃饭，可怎样分灶？不可能儿子煮了老子再煮啊，或者老子煮了儿子再煮，那样必然会因争厨房产生新的矛盾，况且这又成何体统？

所以，到头来老两口的赡养方式照旧，故而矛盾未得到解决。

农历二月间，老两口又轮到大儿子陈仁果家。陈仁果承包了六七十亩山地，种了青脆李，今年第一次挂果，需要大量疏花，这些活都得人工去做。六七十亩地靠陈仁果两口子来弄，的确得忙些日子。他们往往是早晨一早就出去了，干一阵活再回来煮早饭，吃了早饭又出去。

那天，两口子从地里回来，见老两口坐在院坝里闲谈，陈仁果老婆心头既委屈又气愤，进屋煮饭时就指桑骂槐地喊叫起来："陈仁果！没说来帮我忙，早点儿把饭煮起吃啊，一回来就悠悠闲闲坐在那里，你是客吗？只晓得张起嘴吃，哪儿有那么松活！"

老太婆晓得她表面骂的是儿子，实际是骂他们，就悄无声息走进厨房帮忙。儿媳妇把瓢往案板上一摔："哪个敢支使你嘛，人家晓得了，还说我这个媳妇下老人婆的苦力！"老太爷实在忍不下去了，气冲冲地跑进厨房："你个舍物婆娘大早晨发啥子疯！她是哪个？是来你屋要饭的讨口子？你那么大声莽气地吼她?!"儿媳妇一惊，大颗大颗地抛洒眼泪："不煮了！辛辛苦苦做了活路回来，好心好意煮饭给你吃，还骂我是舍物，我舍给哪个了，骂得我那么可恶？"陈仁果也跑进厨房，把父亲拉出门后，小声劝着老婆。

那妇人不依不饶，一屁股坐在地上捶胸顿足："陈仁果，有你妈的球本事啊！我遭指指戳戳地骂，你腔都不开！"老太爷又要冲进屋去，被老太婆死死拉住。老两口一个唉声叹气、一个哭哭啼啼地来到村委会。看着这对来村委会求助的常客，郑菁脑袋都大了，陈智峰也显得六神无主。正好碰到陈袭富来村委会办事，他了解情况后说："要是过去，先把两个儿子媳妇拉到祠堂打一顿板子！现在说是新社会，不晓得咋的，讲理讲法偏偏就治不了这些忤逆不孝的人！""现在何不也学学过去呢？"陈智峰说。"不行，"陈袭富说，"过去有族长，族长的威望是很大的，他的话就是这个家族的圣旨。但这封建时代的产物被彻底打倒了。""我们可不可以重新建立一个机构，赋予其族长的威严与权力呢？"郑菁突发奇想。"现在家家户户各是各，哪个都不想得罪哪个，没有人出面来做的。"陈袭富说。"那我们建个陈氏宗祠有何用？也得让它发挥作用嘛。"陈智峰说。

一直在思考的郑菁突然说："可否在村两委之外成立一个全体村民内部的自治性组织，借用群众的力量来处理和解决一些村两委无法解决的棘手问题呢？""说说看！"大家似乎有被启发的迹象。"成立一个什么……西滩村村民理事会，选一个会长，定期或不定期组织大家到陈氏宗祠商议一些事情。像陈仁果家这档子事，就可以让大家来议议，各方都可充分地发言，最后该批评的批评，该表扬的表扬，形成解决问题的方案，并监督执行。"郑菁说。

大家细细想来，都觉得有道理，可以一试。可选谁为会长呢？如果说成立该组织的初衷是解决麻烦事，恐怕人人都会避而远之。"这样，机构先成立起来再说，就给村民说，成立这个机构的目的是联系全国乃至全世界西滩籍的优秀人才，共同为建设美好西滩出力。"陈智峰说。

果然，百分之九十以上的村民同意成立西滩村村民理事会，且大多数人认为会长最佳人选是陈袭富，一是他辈分高，二是他有个儿子在省委工作，更有利于全村优秀人才的联谊。

陈袭富本不愿意当这个会长，但所有干部都来游说劝说，他只好勉强同意。"要想联谊更多优秀的本村人，必先让常住本村的人团结一致，凝聚成一股紧密的力量，这样对外面的西滩人才有足够的吸引力。"陈袭富还主张从村里挑选德高望重的老者组成"理事"，"理事"们具有较大的发言权和决策权，形成综合意见后便可当决议执行。可议事决策的依据是什么？也就是说，西滩村需要一部自己的"法规"。"过去有族规，但不能照搬；现在有村规民约，但仅二十条，无法规范村民的方方面面；还须进一步延展，尽快出台一套内容全面、与时俱进的新村规民约。"陈袭富说。

郑菁把制定这部"法规"的大权下放给陈袭富。得到组织上的认可，陈袭富感到很温暖，他成天不是跑村里古老的墓地去抄录碑文，就是到各家去搜寻老族谱，回到家便戴起老花镜在纸上写写画画，有时甚至达到了废寝忘食的地步。

两个月以后，陈袭富圆满交卷。他将一套《新陈氏祖训》和《西滩村村规民约50条》摆在郑菁面前。他极富成就感地向郑菁解说其中的每条每款，并强调说："老的《陈氏祖训》，大部分内容都是积极的，只是其中有一些宣扬忠君的思想以及一些肉体上的处罚，我结合社会主义核心价值观进行了修订，凡涉肉体的处罚均更改为其他处罚，以当众说教为主，其他形式的处罚为辅。"

经村两委讨论通过的《新陈氏祖训》和《西滩村村规民约50条》征求意见稿发至村民微信群，顿时掀起轩然大波。突如其来的两部"村规"让人猝不及防。有人说，都啥年代了，还搬出百年前的老皇历？有人说，近些年一些人越来越不像话，早就该有严厉的条条款款来收拾收拾了！有人说，看哪个有那个金刚钻儿，能把西滩村这个瓷器活儿做好。有人说，这是促进乡风文明的好办法，支持！也有人说，那快拿件事情来开个刀吧，我们等着瞧呢！

各种意见都有，尽管村民心态各异，甚至有些人是抱着看稀奇玩意儿的态度，但全盘否定或极力反对的人基本没有，大概是谁也不敢当陈氏家族的不肖子孙吧。

农忙过后，西滩村有史以来第一次召集村民理事会，针对陈仁果兄弟俩赡养父母的问题，专门举行一次道德评议会。大家担心他们不会来，出乎意料的是，老两口和两兄弟都同意来，而且很积极。

先让老两口说。老两口的主要意见是：大儿子怕婆娘，啥子都听大媳妇的；大媳妇一心向着娘屋头，没把两个老的当老的，骂起人来脏话牛都踩不烂。二儿子主见是有，就是斤斤计较，老大做到初一，他就必然做到十五，两兄弟斗来斗去，遭殃的是两个老的；二媳妇只管看笑神儿，男人敲鼓，她就打锣。

接着由大儿子两口子说，主要还是大媳妇在说。大致意思是：两个老的没聋没哑没瘸，能吃能睡能走，七十来岁就像五十来岁的人，就不晓得体谅儿子媳妇？一天啥都不做，就该儿子媳妇当菩萨供起？供菩萨嘛你磕个头上个供还会保佑你，白供起他们这么多年给我们带来了啥好处？老太婆嘴巴还臭，一天到晚在外面说二媳妇好，那二媳妇好你咋不就跟二媳妇过？人要将心比心，老的就该有个老的样子！

然后是二儿子两口子说，代表发言的是二儿子。大概意思是：做老的要一碗水端平，从小父母就偏爱大儿子，大儿子生的是男娃他们稀奇得像个宝，他们生的是女儿老两口有些嫌弃，因此多年来就对父母心怀不满。近些年，老汉儿一见他面就是劈头乱骂，说他莫本事，烂泥扶不上墙，不如哥哥嫂嫂……

在场的群众发言了：

这个说老的再错，也不是儿女不孝的理由，有天才有地，有爹娘才有儿女，自古以来天经地义，必须遵从这个伦理，否则就是忤逆。忤逆不孝的人，走到哪里去说都占不到理。

那个说当父母的也应当多替儿女着想，能帮则帮、能扶则扶，这么多年艰辛抚养都过来了，到了晚年，儿女也是一大家人，多张嘴吃饭，也不容易，再力所能及为他们做点事也不算过分，老的帮儿女做了事，儿女是会记得恩、懂得情的。

这个说陈仁果是该像个男人一样，哪能任由婆娘说了算！自己的爹妈不孝敬，还指望以后儿女孝敬你？陈仁果的婆娘骂父母，简直不是东西，该拿章法出来收拾收拾！老二媳妇也有做得不好的地方，你男人对父母不好你就看笑神儿？

那个说父母、儿子都应该反省，没有无缘无故的家庭矛盾，大家多从自己身上找原因，多站在人家的立场去想问题，就没有化解不了的仇怨。好大的仇怨？毕竟还是骨肉血亲，其实就是一些鸡毛蒜皮的小事情。想想人家屋头也有老有小，咋偏偏你们屋头鸡飞狗跳？在村里树立这样的"典型"你们觉得光荣哇？

群众七嘴八舌地发言，说得陈仁果、陈仁实两家人低头不语。

陈袭富最后说："今天借这个事，我提醒大家回去把我们刚刚颁布的《新陈氏祖训》好好读一读，争取人人能熟记于心！下一步，我们要把这些内容镌刻在木简上，悬挂在宗祠里，以后再有这样的事情发生，或者其他有违祖训的事情发生，那就先给我站在祖训面前当众大声朗读一遍，这不过分嘛！"

在场的人嗡嗡嗡地议论开来，都说这样好。

陈袭富敲了敲桌子，继续说："至于陈仁果、陈仁实你们两家的情况，我认为应该给两个儿子和媳妇一点儿教训，处罚他们每月陪父母到广场来跳五次以上的广场舞。"

陈袭富话音一落，满堂哄然大笑，连他自己也笑了，一直板着脸的陈仁果老婆也扑哧一下笑了。陈袭富随即严肃起来说："你们回去把今天群众所说的话各自在心里过一过，想想究竟自己是对是错。希望你们今后都拿出改正错误的实际行动，再次触犯，就会有重罚！"

陈仁果、陈仁实的老婆都走上来，一个牵公公，一个牵婆婆，从宗祠走了出去。

从此以后，西滩村再没出现过父子、兄弟乃至于邻里之间因一些琐事吵闹打架的现象了。村里将农民夜校、道德讲堂和远程教育相结合，每月聘请组织、司法、农业、科技等部门及大中专院校老师前来授课，全面提高村民素质。

也因此，西滩村当年被评为全省乡村治理示范村、全省文明村。

第六部分

1

随着"省检"的指令下达，县农业局、扶贫移民局和白龙河镇相关部门每隔两三天便派领导下来督查工作，村上干部和驻村工作队紧张得日不能食、夜不能寐。

"再这样下去，我要疯了！"小刘说。他的话瞬间引起其他同事的共鸣。"我多么希望'省检'快点来啊！伸头是一刀，缩头也是一刀，迟来不如早来。"老向说。"领导总喜欢在关键时刻加码，可工作又不是靠突击就能取胜的，关键在于平时。"宋师傅也感慨地说，"等结束了，我要休个长假，出趟远门。"

小刘睡不着，在铁床上翻身时床嘎吱嘎吱地响，弄得睡下铺的老向更加心烦："我刚要睡着，就被你这响动搞醒了！唉……今晚多半是睡不好了。"睡在另一张床上的宋师傅说："不要动气，一动气更睡不着。不如眼睛睁开，心平气和地想想事情，或者干脆起来摆摆龙门阵。"大家觉得这样也好，摆着摆着，不觉已是深夜。或许这纾解了许多白天积压在胸中的紧张和烦恼，回归正常的神经提示着困倦来临，有人打了个哈欠，说："睡觉吧，明天还要入户做统计呢。"跟着几人都打起哈欠，鼾声在每个人鼻息间响起。

破晓时分，几个人都默不作声地起了床。这是多年来形成的习惯。县上要求各村首先认真开展自查，那就得再一次分组入户，做详细的核查统计。

"大家按我们昨天分的组行动，下午回来碰头。"郑菁说，"时间很紧，我们必须在这周内完成每个贫困户各项脱贫指标的统计，并如实登记造册，形成完备的资料。""这周之后，该会轻松点儿了吧？"小刘说。"哪儿轻松得了，县里和市里都要过一次，保证顺利通过'省检'。如果'国检'抽到我们，那还得再脱一层皮。"郑菁说完，大家都合掌祷告：上天保佑，"国检"千万别被抽到！

老向跟小刘一组，来到智字院，进入陈袭勇家。这家人正围坐一桌吃早饭，陈袭勇端着碗起身招呼。他拉起跪在凳子上吃饭的小孙子说："快喊干爹！"老向微笑着摸了摸孩子的头："不好好吃饭，干爹要收拾你哟！"说完拍了拍孩子的屁股。

陈仁刚嘿嘿地笑着，李淑华也逗起小儿子说："听见你干爹说的啥？""你们吃着，我们今天来的目的是做一些统计。"小刘说。"统计啥？"李淑华问。"我们村马上就要摘帽子了，上面要来验收，我们先把各项指标核实登记一下。"老向一边说，一边从挎包里取出一沓表格，找到陈袭勇家的，便抽出来准备填写。"我来问，你来写。"小刘说。老向点点头。

"首先，根据国家规定的最基本的'两不愁''三保障'，吃穿不愁，应该是没问题的吧？"小刘问。"没问题，没问题。"陈袭勇说。"我来看你们吃的啥……稀饭、泡菜，没有馒头什么的？""我们农村不像你们城里，每天离不得馒头；我们就是稀饭，但我们的稀饭煮得干，你看……筷子都捞得起来，而且每人一大碗，也就够了。""中午呢，吃些啥？""中午嘛，肯定是干饭嘛，要么用电饭锅煮，要么像过去用箅箕滤了放进铁锅里焖。当然要炒几个菜，一般是一荤两素，有时候还烧个汤。""不错，晚上呢，吃啥？""晚上一般是吃面，一人一大碗。当然有客来还是干饭和炒菜。""你们一年每人都能买一两套衣服吧？""能，像这些娃娃还不止哦。"

"'两不愁'没问题了，'三保障'……住房不说了，这看得到的。你们是几口人？住的是好大的房子？""六口人，一百二十平方米，四室两厅两卫，屋里家具和家电是齐的。""教育，你们家大孙子好久上学？""才五岁，还要一年。""这也没问题，白龙河第二中心小学就在本村，今年9月份就要招生了，这里过去就几步路。""是的是的，我以后就是接送孙子上学，儿子媳妇主要是挣钱。""看病……村里有卫生所，中医西医都可以，还可以输液。这里离白龙河卫生院也就几公里路，通了车，也方便。""是啊，想起过去，我们看个病走路至少也得一个小时。"

"那接下来看看省里和县里定的一些标准你们符不符合。家庭收入，你们一年收入多少？""这个要问他们……李淑华，你来说。"李淑华把碗筷收进厨房，说："收入没得几个，还需要国家支持。""亲家母儿，是啷个就是啷个。说说，你们一年收入到底有多少。"老向说。"一两万总有哇！""算两万的话，平均下来你们就达到了脱贫的标准。但你们哪里才两万呢？我米给你算，你们两个都在村里产业园打工，刚莽子一个顶两个，你们一年才挣一两万？平均一个都差不多两万，两个人就差不多四万。""有哇？

没得那么多你给补齐？""又不是问不到的，到王书记那里一查也晓得了嘛。"

"那你们说达到脱贫标准就算达到了嘛。"李淑华笑着说。"那我们看其他项。家里自来水通了的嘛，电通了的嘛，电视、网络通了的嘛，还有天然气……没通吧，这个也快了，管线已经铺好，最迟下个月就可通到每家每户了。""哪晓得下个月通不通得到，其实我们最盼望的就是天然气了，农村煮饭过去烧柴，现在暂时烧罐罐气，太麻烦了。""你才过上几天好日子哟，就那么挑三拣四的。"

小刘跟老向合计了一阵，说："那基本上没问题了，你们来盖个拇指印。"

李淑华把表拿过去仔细看了看，迟迟不盖印。"还有啥问题，亲家母儿？"老向问。"我们家过去一直在吃低保，为啥今年给取了？我妈是个残疾人，莫劳动能力；爹又是病架架。"李淑华说。"都要脱贫了，还吃啥低保。"老向有些不耐烦地说。"可还没脱嘛，就给取了？""低保是个兜底的政策，是给最困难的，你们家不算最困难的吧？"李淑华还要争，陈袭勇拦住了她："哎呀，算了算了，还争那些做啥？""你看你，还没你老太爷大量。"老向说。李淑华嘴巴张了张，想说啥但最终还是没说，把手印盖了。

老向和小刘在陈袭勇家又闲谈了几句，便去了下一家。

众人忙碌了一周，总算把资料弄完了，原以为可以松口气了，哪知县上检查后说要返工。大家都十分不解，也非常抵触：为什么要返工？针对每一项标准都认真核查登记了的，还有哪些地方没达到要求？县上给出的回答是：我们必须站在"省检"工作组的角度来查找问题，哪怕有一项有毛病，都会不合格。县上提出了具体的再查要求，尤其是每个贫困户的家庭收入、人均收入，必须细化到近三年的每个月，且每月收入须有相关印证，即原始凭证或证明人。仅这一项，就让大家又夜以继日地忙活了足足一个星期。户脱贫资料弄完了，又得弄村的资料，又是一两个星期的加班加点，直到县上检查通过，市上检查通过，就等待省上检查了。

"我感觉今年比前头几年加起来还累！"小刘说。总算苍天不负，西滩村通过了"省检"！当这一消息传到西滩村时，所有村干部和驻村扶贫干部无不热泪盈眶：几年来的辛勤付出得到了肯定。"我想下河洗个澡。"宋师傅说着就往河边跑。

小刘、老向毫不犹豫地跟着跑到白龙河边，几个人三下五除二把各自身上的衣服脱掉，鸭子一样扑通扑通地跳入水里，顷刻间，明净的河水便和他们一同欢畅起来……

2

钟教授的专家工作站顺利挂牌，村委会专门腾出一个房间给专家组办公。为全力推行"稻田种植+高密度养鱼池+光伏发电"这种新型稻鱼循环模式，钟教授带领他的团队全程监督工程建设。王朝晖的公司投资建起了名贵鱼种繁育选育中心，带动村里几个有创新意识的年轻人建起了高密度养鱼池，每个人还反租倒包了一些稻田。

陈智峰再次成为新的生产方式的探路者。他和嫂子张疏梅一人投资三十万元，建了十口高密度养鱼池，反租倒包了五十亩稻田。进入5月，田里的秧苗长稳了根，鱼池正式投入使用。叔嫂俩共投放了一万二千尾鲈鱼苗，到明年5月，这批鲈鱼每条可长到两三斤重，依当前的市价，可卖到五十多万元。这样算来，两人养鱼纯利润可达十六七万元。加上稻子的收入，两人可纯赚二十余万元，对农村人来说，很可观了。

县上推举帮扶先进集体和先进个人，西滩村在全县中表现突出，镇上便把西滩村推举为先进集体，但先进个人推谁呢？

有人说该推王朝晖，因为他虽是携带资本下乡，但没有一味地追求个人利益，始终不忘一个共产党员的责任，总是想着多带动群众尤其是贫困户参与到产业中来，获取更多的收益，进而摆脱贫困，他极力推行反租倒包就是个例证。

也有人说该推陈仁昊，因为他是一名老党员，尽管儿子已是腰缠万贯的老板，但他丝毫没忘记自己农民的身份，老当益壮，充分发挥勤奋、苦干的精神创办家庭农场，且乐于帮助村里人，为全村人树立了一个靠自己勤劳的双手增收致富的好榜样。

还有人说该推陈智峰，因为他是全村第一个吃螃蟹的新型经营业主，又是村主任，是在他的坚持下，才有王朝晖的公司进驻西滩村，全村的产业才会走上新的路子，才有新的生产方式带领全村人打破传统桎梏，不仅让全村产业日渐兴旺，还让全村人日子逐渐富裕。

但这三人都不赞同推自己，且一致推举另一个人：陈智清。大家回过头来仔细琢磨这个陈智清，都认为非他莫属。果然，村里推到镇上，镇上推到县里，县里也顺利通过，最后推到了市里、省里，陈智清最终获得了全省帮扶先进个人的光荣称号。

陈智清的养鸡场目前已"攻下"了三个山头。最初他跟五个贫困户一起养殖黑鸡和梅花鸡，占了西滩坝子上第一个山头，种养循环——林下养鸡，鸡粪发酵成有机肥供给李子树，开创了成功的经验，然后一个山头一个山头地复制。由陈智清带动参与养鸡的贫困户达十多户。他们创立的"黑牡丹""雪梅花"两个品牌旗下的"月子鸡""酵花鸡"一只卖到了三百元。

千百年来，崇岭县的女人生了孩子喜欢吃鸡，用三年老母鸡炖汤不仅催奶，而且大补。可而今，市面上要买到三年以上老母鸡实在难。陈智清是在参加同学二胎喜宴时获得的灵感。同学的丈母娘抱怨说，她跑遍了全城的农贸市场都没买到一只"资格"的老母鸡。回来后，陈智清就决定喂养专门针对孕产妇的"月子鸡"，并派人到各大医院去宣传造势，后来名声日益远播，甚至市里都有人来咨询订货。

"酵花鸡"则是陈智清跟省农科院合作，用酵素混合粮食喂出来的鸡，这种鸡免疫力强，肠道消化吸收能力强，生长速度快，肉质细腻筋道，吃起来香味浓郁。而且，多年来陈智清一直坚持不用饲料，只喂粮食及蔬菜，鸡大部分时间散养在林下，质量一直很稳定，所以市场需求一直很旺盛。

从省城参加颁奖典礼归来，陈智清百感交集。每次领导要跟他握手，结果都是抓住他的光臂膀摇一摇，并对他恳切地点点头。那一刻，他既感到万分失落，又感到无比自豪。命运无情地将陈智清打入残疾人的行列，但他靠自己站在了聚光灯之下。短短几年时光，他充分体会到了人间冷暖。过去，他在同情、怜悯和乞求中艰难度日，夫妻俩吃尽苦头，咽下多少屈辱。此后，他靠不屈与时运抗争，靠睿智向世道追偿，上天终于被他感动，为他打开了一道宽敞的希望之门。但是，他时刻警示自己：你的成功并不代表什么，过去的成功并不意味着前面的路就永远一帆风顺，你要一如既往地谨小慎微、一丝不苟。

陈智清回到家，妻子张疏琴高兴地哭了。这个曾经不幸的女人，这个一直坚强的女人，流下了悲喜交加的热泪。她将丈夫烫金的奖状周周正正地挂在客厅正中央，她要让到家来的客人都看见，这是他们夫妻多年来风雨同舟的信物，这也是他们不离不弃、相互扶持的金玉明证。看着丈夫虽不高大但足以顶天立地的身板，看着丈夫虽不帅气但有诺必践的坚毅面孔，张疏琴心里十分敞亮地说：亲爱的，奔跑吧！……

从此，张疏琴不再四处给别人打工，她注册了抖音、快手，一心一意推销起陈智清的"黑牡丹"和"雪梅花"。她在家里、办公室里、鸡场的每一个角落里开直播，她介绍这里的每一个贫困户如何精心养鸡、脱贫致富；她介绍丈夫陈智清如何从一个濒临绝望的残疾人变成全省帮扶先进个人；她介绍"黑牡丹"和"雪梅花"的由来，介绍每一批鸡的饲养过程……

很快，张疏琴的"粉丝"量爆发式增长。"粉丝"中有本县的、本省的，还有北京、上海、广州、深圳的，甚至有外国的。通过她的直播平台，一只又一只"黑牡丹""雪梅花"飞出西滩，飞向了更广阔的天地。后来，西滩村的两大品牌鸡与国内知名电商企业签订了稳定的供销协议。

张旺霞向王朝晖的公司要回了她的果园和鱼塘。

　　一大早，张旺霞就起来了，到果园里嫁接果树。原来的十余亩脐橙早已品种老化，她又中途走了这么些年，没人打理，那树早就长得奇形怪状了。这次，她嫁接的是"丑柑"和塔罗科血橙，她知道秋天嫁接成活率高，过两年就可以再次挂果，三年就可以重新迎来丰产。到那时，她家的果园又将是西滩村一道少有的风景了！

　　随着她的妙手将那一棵棵新芽嫁接到老树枝上，她的心头仿佛冒出一个个绿莹莹的新生命，那生命从小小弱弱的一芽，渐渐抽出一叶，再绽放一叶，然后伸展出一枝、两枝……最后便是满园翠绿、生机勃勃了！她的心也随之摇曳荡漾，脸上不由浮出涟漪一般醉人的笑来。她正这样独自高兴着，一个人猛然闯进了果园，把她吓了一跳。

　　"一个人忙？也不说声，我来帮你。"那人猴一样地左钻右拱，顶着满头露水来到张旺霞面前。张旺霞定下神来，见是陈仁毅，先前的好情绪便瞬间收了，沉着脸不理他。陈仁毅要帮她拿这拿那的，张旺霞便打他的手："大清早你不去扫村道，跑这儿来干啥？"陈仁毅说："那点活路，我一个小时就完成了。唉！难道就一辈子当个清洁工？"张旺霞乜了他一眼，仍默不作声地干自己手里的活儿。陈仁毅独自感慨了一阵，说："要不，我俩搭伙，干点儿事情？"张旺霞一惊，手里的刀片差点划破手指："啥？"见张旺霞一脸愕然，陈仁毅收住笑容，严肃地说："真的，我俩搭伙，比如……你这果园，还有鱼塘，以后……我来帮你经管。"张旺霞将惊愕的神情又扩张了一倍，说："你来经管？怕是往你屋里偷吧！"陈仁毅见她那样，很着急的样子，脚在地上狠狠踩了一下："我是说正经的！你……

咋还是老眼光看人呢？"他像个生气的孩子，一屁股坐在地上。张旺霞呵呵呵地笑了一阵："你就别逗我耍了！那我也正经把式地告诉你，不需要！"陈仁毅自讨没趣，走了。

但傍晚时分，他又溜进了张旺霞家院子。张旺霞心里一慌，向外面张望一阵，说："短命的！你三番五次来纠缠，人家看见了会怎么说？"陈仁毅满不在乎地说："说啥？让他们说。"张旺霞说："你不要脸我要脸！有啥事快点儿说，就在院子里，大声说，说完该回哪儿回哪儿！"陈仁毅嘿嘿一笑，自己找了张凳子坐下了。张旺霞哭笑不得地看了他一阵，料定他是无事生非来了，索性就挪了把椅子坐在他对面："你莫狗改不了吃屎哈，本来大家对你慢慢印象好了些，莫又各人往粪坑里跳哈！"陈仁毅叹息一声说："印象好了些？真的？你们这些人啦……真对我改变看法了？铲铲！咋我说要干件正经的事情，就偏偏没人信呢？你们就不信我陈仁毅真能干点儿事？""那你说，你能干啥事，你想干点儿啥正经事？"张旺霞问他。

陈仁毅抠抠脑壳，"嗯"了半天，说："具体还没想好，但我是真的想干点儿事。""那我来提醒你，"张旺霞说，"去拿几十亩稻田，再建一两口鱼池。""种粮效益太差，再说，建鱼池我没钱。"陈仁毅摇头说。"那学陈智清养鸡，人家一个残疾人，养成了全省先进，你个好脚好手的，难道还不如他？"张旺霞说。陈仁毅笑了笑："我是想跟他学，可他对我有恨，怕是不得传真经给我。""那跟其他人一样，搞生猪代养场，一年下来也能搞一二十万。"张旺霞又说。"这个……风险也不是绝对没有，再说……我还是没本钱。"陈仁毅说。"说了半天，你是想天上掉馅饼啊！"张旺霞不再理他了。

又过了两天，张旺霞在院子里修剪那株桃树。这几年她不在家，桃树生出了许多病枝，她得赶紧锯掉，再养它几个月，等来年开春嫁接上新枝，院子里便又是一片红艳艳的鲜了。在省城住的时候，她在公园里见过新品种的观赏桃花，有一种"红碧桃"，枝繁花茂，那花红得很妖，且花瓣层叠厚重，一看就是养尊处优的花中贵族；就算是到了暮春花谢时节，那落红纷纷如雨，也别有一番情趣。所以，明年她要嫁接上这种红碧桃。

陈仁毅又来了，而且是兴冲冲的。"有个金点子！"他乐呵呵地说。张旺霞面无表情地盯着他，等他往下说。"把你家的鱼塘改建成高密度养鱼池，也跟着养鲈鱼，听说这个效益很好。鱼池的水呢，引到果园搞滴灌。我咨询了钟教授，他说完全可以。"陈仁毅说完，张旺霞问："要投资好多钱？"陈仁毅说："二三十万吧。"张旺霞把手一伸："你投？"陈仁毅抠了抠脑壳："你答应跟我搭伙不？如果答应，我就投一部分。"张旺霞说："你打算投多少？"陈仁毅说："最多十万……这还得去跟我哥借。"张旺霞眨了眨眼，把陈仁毅仔细盯了几分钟："那余下的钱我也拿不出来啊！"陈仁毅说："你可以贷款嘛！""能贷吗？那你咋不去贷？"张旺霞说。"……我想贷，可人家贷给我吗？"陈仁毅叹息说。

张旺霞认真想了几天，觉得陈仁毅不像是起心讹诈她的样子，但还是做不了决断，这事也就搁了下来。等陈仁毅再来找她，她就打算跟他交心地好好谈一谈。她要到他灵魂深处探个究竟，看他是不是真的良心发现，浪子回头了。如果是，她准备下一次赌注。

果然，陈仁毅急不可耐地来问她拿定主意了没。张旺霞没正面回答，竟抹起眼泪来。

陈仁毅慌了，说："你不答应就算了，也用不着哭啊！"张旺霞说："现在不哭，等以后哭吗？"陈仁毅问："你啥意思？"张旺霞说："你今天说老实话，当初是不是你告的陈仁宇？"陈仁毅没说话，把头埋得很低。"我就断定是你，只有你才是这副狼心狗肺！"张旺霞眼泪扑簌簌地掉。陈仁毅狠狠地扇自己耳光："我不是人！我对不起你！"扇着扇着，眼睛也湿润起来。"你这样害我们，我还能跟你搅在一起吗？就是我不计较，人家还不骂死我？"张旺霞哭着说。陈仁毅扇自己耳光的手更用劲了："我只是想收拾一下他，哪晓得上头那么认真，哪晓得他后来得那病，又哪晓得……唉！我不是人，我是畜生！"张旺霞哭了一阵，收住眼泪，说："好了，也不完全怪你，谁叫他犯错误呢。既然犯了错误，再惨的结局都怨不了人家。"片刻，两人都恢复了情绪。

张旺霞说："你去找你哥想办法吧，贷款的事，我自己想办法。"陈仁毅心头一喜，头点得鸡啄米一样。然后，他欣喜若狂地转身朝门外走，脑袋差点儿撞上院门。

3

年底，西滩村和东山村正式退出贫困村序列。但县上说已退出的贫困村还得扶上马送一程，所有机制、政策和扶贫工作人员均不得擅自离岗和脱钩，待全面脱贫和乡村振兴成功衔接后，再作具体调整。

"……我真的真的好累，谁能给我一些安慰……"小刘

316

斜靠在铁床上，幽幽地唱起歌。老向拍了拍他的脑袋："别埋怨了，顶多不到一年，坚持！""等到脱贫结束，接下来就是乡村振兴了，会不会又要派驻村工作队？"宋师傅说。"哪个晓得呢，总之我们好歹把这一年待满，无论如何都得回去了。"老向说。"假如上面不让回去呢？"宋师傅恶作剧地说。"凭什么？永远流放？"小刘从床上跳了起来。

几人确信自己暂时是走不了了。却有消息传来，郑菁不久将结束第一书记的使命，要回省城了，而且据传，一些高校和党政部门争着要她。"看，人家起点高就是不一样，人家有机会长成大树，我们就只有默默当小草了！"小刘感叹说。几人说着说着，都长吁短叹起来。

陈智峰来喊开会。"又开啥会？是不是哪个领导拍脑袋又想出了啥好点子？"老向带着嘲讽的意味。陈智峰笑了："是我们村要跟东山村合二为一了，今天讨论新的领导班子。""哦？"几人都倍感惊讶：为啥合并？"眼下我们农村工作即将跨入一个新的历史时期，两村合并，更有利于资源和人才的整合，更有利于现代产业的布局和拓展。并村不仅是这两个村并，全白龙河镇原先九个村只留四个。乡镇也会并，不过白龙河镇会保留的，附近两个乡镇并过来。"何海在会上说。"这么说，何书记的地盘变大了哟！"有人开玩笑。"啥子我的地盘哦，不能这么说。是白龙河镇的辖区面积变大了。我才不希望大呢，那样工作量和工作压力都会更大！"何海说。"被并的乡镇领导干部怎么安排？"有人问。何海说："你只需关心新的西滩村成立了，多出的干部怎么安排，你还在不在原来的位置上。"

是啊，这才是最关键的问题！参会的人便眉头紧锁，严肃思考起来。陈智峰没有言语，不是他对眼下村级组织的调整以及基层干部的任免漠不关心，而是心中在默默地期盼。多年来，他也想过能不能做到村党支部书记这个位置，不是说他想通过这个位置为自己谋多少私利，而是他确实想通过这个职位实现他的理想和人生价值。既然已经回到了农村，并准备干一些事情——不想当元帅的士兵不是一个好士兵，小小的乡村，村支部书记就是元帅。

尽管从级别上来看，村支书是比芝麻还小好多分之一的领导干部。想当个小小的村支书，会被好多人视为格局是多么多么的小。可陈智峰偏就执着于当上这个村支书。而今似乎条件也成熟了，郑菁任期将满，而且郑菁和王朝晖早就有意推举他，那除了他陈智峰还有谁呢？

不，两村合并，东山村的张旺芸就会是他的竞争对手！

陈智峰建议通过两村党员民主选举产生新的村支书。何海采纳了他的建议。可选举的结果颇富戏剧性，原东山村的党员全票支持张旺芸，而原西滩村的党员绝大多数支持陈智峰，因西滩村比东山村大，故而陈智峰的选票跟张旺芸一样多，这无疑将球踢向了镇党委。

镇党委非常为难，若宣布张旺芸当选，陈智峰会不会不服？若任命陈智峰为村支书，舍弃张旺芸又觉得可惜。张旺芸怕影响今后的团结，向镇党委建议还是让陈智峰当。所以镇党委始终难以决定。

为此，张旺芸找到陈智峰："你是老同志，还是你来吧。"陈智峰心里麻麻的，他审视着张旺芸，半晌才说："从组织层面讲，你入党早，你才是老同志；而且你是大学生，又是全县产业发展的功臣，估计组织上是倾向你的。"张旺芸说："我去给组织说。"陈智峰见她态度很坚决，也很真诚，突然觉得要是自己真的接受了她的谦让，反倒有些不体面，甚至不光彩。那就等组织决定吧。

过了差不多一个月时间，镇党委经过充分讨论和征求意见，最后任命张旺芸为新的西滩村党支部书记，陈智峰仍任村主任。陈智峰倍感失落：这到底是为什么呢？难道我真的还不配当一个村支书？！

河水哗哗流淌，时令进入2月，河水流量比隆冬时节要多一些，一群白鹭以优美的姿态滑翔出弧线，翩然落在石头上，机警地注视着水中鱼虾。时间的推移，季节的轮回，世间万物的变迁，一切生灵的脉动，每一项都在朝着既定的目标运行，唯有爱情的候鸟迟迟没有回归陈智峰心头的征兆。

想到爱情，陈智峰的心顷刻活泛了许多。自那次与郑菁同台唱豫剧后，他的灵魂就像被驯化的狗一样，时时跟着郑菁跑。无论迈步走路还是脱衣睡觉，不管是端碗吃饭还是蹲下解手，郑菁那随风杨柳一样的身姿就在眼前，那颇富金属质感的嗓音就萦绕在耳畔。

每天早上一睁开眼，或许脑中出现的第一个影像不一定是郑菁，但第二个一定是，更何况好多晚上一闭上眼就是郑菁郑菁郑菁……屋顶上、被盖上、床沿上、地板上、桌椅上……在黑暗中的每一个角落，无不有一个若明若暗的郑菁在冲他笑！

陈智峰感觉自己快要被郑菁给淹没了，有些喘不过气来。故而他时常在办公室里、在家中客厅里莫名地长长舒气，然后胸部剧烈地起伏。同事及家人都感到奇怪，问缘由他也不说，只是摆摆手摇摇头。好几次他鼓起勇气要跟郑菁倾吐实情，可话到嘴边，强烈的紧张感又迫使他临阵退缩。为此，他不止一次地躲在没人的角落里，用手使劲地捶打自己的脑袋，仿佛里面钻进了一只啃噬他脑髓的虫子，脸上的痛苦无以言表。

陈智峰啊陈智峰，你已经是个快四十岁的男人了，怎么还像一个十七八岁的少男那样多情？歌德说："哪个少男不多情？哪个少女不怀春？"那是少男少女的"专利"，况且难以遏制的多情与怀春最终会戕害生命，维特最终不是自杀了吗？难道你要步维特的后尘？

那是不可能的，这一点陈智峰心里很清楚，他还是具备一个快四十岁男人的理智的。

他也十分清楚眼下他怀揣的是一种什么情感：那是一种毫无可能的单相思。他常在经历一次次痛苦或者幸福的自由畅想后，一字一顿、十分清晰地在心里告诫自己。而且，这种不可能渐近尾声，郑菁返回省城的日子临近而清晰可见了。

领导和同事好几次都当面问过她：什么时候回去？她回答：应该快了吧，原说是两年，已经过了；当然也许不会那么精准，两年多或许更多一点？从她答话时的语气可揣度她当时的情绪，应该是满怀期待。

春天又要来了，花儿又要开了，可陈智峰的世界还是一片茫然的秋。他就像一个被飞驰的火车抛弃在遥远北方荒原的孤儿，遥望那面朝大海春暖花开的南方，唯有无助地落泪。他抬头望天，天在移动；他低头看地，地也在移动；身边的房屋和庄稼，河中的水和岸边的石头，整个西滩村、白龙河镇，目之所及的一切，似乎都登上了一列火车，朝着与他相反的方向移动，而且速度越来越快，眼看他就要彻底地被遗弃了……

一个影子逐渐由模糊到清晰、由陌生到熟悉。

张旺霞从一条田埂上走来，左臂弯挎了一只竹篮，里面装满了刚从野外挖的鱼腥草。这种草当地土话叫猪鼻孔，在春天就要苏醒的时候，在它的嫩芽即将破土而出的时候，用镰刀把它从土里挑出来，能做一道鲜美的菜肴。

"老远就看到你傻愣愣地站在这里，"张旺霞说，"失魂落魄的样子，啥情况？"陈智峰没有正面回答："你挑这么多猪鼻孔，晚上要请客吗？""啊，"张旺霞说，"晚上我妹子要来，你也来吧。"陈智峰笑了笑说，"你是请她，我来算什么？""本来就打算要一起请你的呀！"张旺霞认真地说，"碰巧在这里遇上你，也就不用再给你打电话了。"张旺霞说完就匆匆走了。走了几步，她回过头郑重其事地强调："一定要来哈，不是开玩笑哦！"

晚上，陈智峰去了才晓得，张旺霞不只请了他和张旺芸，还请了西滩村其他村干部，当然有郑菁和王朝晖，包括陈袭富；还有张氏家族一些老者，其中有张旺霞的父母。陈智峰心里纳闷儿：今天究竟啥日子？酒过三巡方知，晚宴的主题是张旺霞跟陈仁毅订婚。张旺霞端起杯子："我把村里的干部和两边的长辈请来，就是要你们做个明证，我不想不明不白，甚至偷偷摸摸，我做出了今生最大胆的决定，嫁给陈仁毅。这个人你们都清楚，原先是个什么东西，希望他今后真正像个男人。要是再像过去那样一副二流子相……"

"那会怎样呢？"有村干部打断问。"会怎样？"张旺霞笑了一下，"卷起铺盖走人是轻松的了，把老娘惹毛了，看是他那坨肉硬还是我的刀儿硬！"

众人都笑了起来。陈袭富有些尴尬地说："侄儿媳

妇……"话一张口就被人打住:"啥?侄儿媳妇?"陈袭富
腼腆地笑了笑说:"这个你放心,他要是再那样,我都不
得饶他。"陈仁毅脸上像开了花,很卖劲儿地笑着,他真真
实实地达成了他的夙愿。

这个结局,陈智峰事先是有心理准备的。可尽管早有
准备,当事实猛然摆在面前时,他还是着实惊诧了许久,
同时,心里如同打翻了酱油铺,酸甜苦辣咸,各种滋味涌
了上来。连昔日如过街老鼠的陈仁毅都抱得美人归了,难
道自己还不如他?就凭他舍得挨一刀,把一只腰子捐给陈
智蓉,就立马在道德的天平上重若千钧了?

陈智峰心中的痛楚随着一杯杯下肚的酒愈加明显。越
是想用酒去压,到头来却越觉痛楚,甚至犹如刀割一般难
以承受。好几次,他满面愁容地瞅着身旁的郑菁,但她似
乎毫无觉察。

席面上,张旺霞还开起陈智峰跟张旺芸的玩笑:"妹
子今年多大了?""保密。""保密我还是晓得……也快三
十了吧?""哎呀,你好讨厌!""也是谈婚论嫁的年龄了,
可惜连个合适的对象都没有。""怎么,你要给我介绍一
个?""我还真能给你介绍一个……远在天边,近在眼前。"
"哪个?""坐在你对面的不是?陈主任也快四十了吧?你
们俩最般配。"陈智峰顿时脸红了,张旺芸偷偷觑了他一
眼,掩嘴笑了。

郑菁却鼓起了掌:"不说不觉得,你这一说,我看真
的很般配,以后一个支书,一个主任,西滩村就成夫妻店
了!"陈智峰听罢十分气恼,但又不好发作,抓过郑菁的酒
杯:"共产党的组织岂能讲什么夫妻店,郑书记你是聪明
一世糊涂一时啊,罚酒一杯。"他给郑菁满满倒了一杯酒,

非要她喝下去，大有怀恨报复之意。满以为郑菁会百般推辞，哪知她端杯起身说："知错领罚。"说完一仰脖子便喝了杯中酒。陈智峰倒后悔起来，他见郑菁一杯酒下肚，一团红云顿时从胸口冒起，从脖子到脸颊，瞬间便被红色笼罩。陈智峰看在眼里，疼在心里。

饭后，陈智峰大胆邀郑菁到白龙河边坐坐："你就要走了，我心里有好多话要对你说呢。"郑菁说明天说不行吗，他说明天还有明天的事。他不知多少次在怯懦的时候也是这样告诉自己等明天再说，可明天仿佛是春天的韭菜，割了一茬又一茬，永远都会有一个明天随太阳升起而到来。然而真的明天来临了，他还是没有积攒到足够的胆量。

两人一前一后来到河边。"就这里吧，我常来这里。"陈智峰把郑菁引到那个深潭边，用手把石头上的灰尘和杂草抹干净，叫郑菁坐下。

夜风习习，初春的寒意阵阵袭来，郑菁把外套裹紧了些。陈智峰却感觉热，把外套脱了，只穿秋衣和毛背心。"你就要走了，祝福你高就。"沉默了许久，陈智峰说。"顺理成章，水到渠成，有啥好祝福的呢。"郑菁淡淡地说。"你是回社科院还是别的单位？听说你在省上抢手得很呢。"陈智峰说着，笑了起来。他不知为何要发笑，是真诚地为之高兴，还是连自己都觉得那样的恭维有多虚假？"我倒是想回社科院，只做学问要单纯得多。可是……"郑菁欲言又止。"可是什么？难道还有什么能难倒你的？"陈智峰说。郑菁笑了笑，说："人生道路和人生归宿，往往不是个人意愿能做主的。""哦？那还有谁能替你做主？"陈智峰说。"该不是你的那个'他'吧。"陈智峰捡起一块石头，丢进潭里，只听黑暗中"咚"的一声，然后是水花溅起又回落的淅淅声。郑菁咯咯咯地笑了一阵，说："就是他，他在省上一个厅里当副处长，这两年一直给我灌输，说我这样的学历和性格适合在行政机关发展。我都快被说动了……"

郑菁的话让陈智峰呆若木鸡。他只是随意那么一说，谁料歪打正着牵出一个真真实实、只是一直隐藏在暗处的"他"来！那些深藏于心的话，还有必要对她说吗？不要再愚蠢地乞讨羞辱和嘲讽了。顿时，陈智峰感觉精神就像一个乍然破裂的玻璃瓶，碎片稀里哗啦地跌落了一地。然而此刻，郑菁只顾陷入仅属于她的缤纷斑斓里，无比幸福地向陈智峰诉说她与那个"他"的一些往事，她以为陈智峰会专注聆听，哪知两行滚烫的泪水已从他眼窝悄然滑落。

还有必要站在这里吗？陈智峰顿觉四周的一切都十分诡秘阴郁，就连天上的那轮明月，从古至今无数文人骚客描绘成美好爱情见证的明月，都似乎张着大嘴，无声地朝他狂笑，那笑足以摧毁他残存不多的信心和勇气，足以吞没他即将枯竭的欲念和意志……

只听扑通一声，陈智峰纵身跳入那深潭中。就在他的身体正要鱼一样滑向水中的时候，他分明听到郑菁"啊"地惊叫了一声。随即，冰凉刺骨的感觉瞬间浸透他的全身。

他慢慢地沉入潭底，手掌触到一块光滑圆润的石头，然后感觉一条硕大的鱼迅速从胯间蹿过。他十分自然地在水里来了个一百八十度转体，然后是脚朝下、头朝上了。

再见了，西滩！乃至于有关西滩的一切一切……他感觉所有的内脏器官都在结冰，死亡之神正在向他招手……突然，一种强烈的恐惧像巨蟒一样缠绕着他……

郑菁半天没缓过神来，当她醒悟过来正要呼救的时候，

324

忽听刺啦一声，茫茫的黑暗中突然绽放出一束银灰色的花朵，尽管有些模糊，但她明白那是陈智峰跃出了水面。

她喜极而泣，赶紧跑到潭边，伸手去抓扯陈智峰的手。

陈智峰慢慢地游向岸边，没有去抓她的手，而是攀着一块有尖棱的石头上了岸。

"你……疯了吗?"郑菁战栗不已。

陈智峰躺在地上大口大口地喘息，像一条离水的鱼，痛苦地呼喊着氧气。过了片刻，他支撑着站起来，抓起地上的外套包裹住湿漉漉的身体，头也不回地走了。

4

回到家，陈智峰大病了一场。父亲施尽平生医术治疗调理，陈智峰十余天后虽可以下床，但仍觉浑身疼痛，尤其四肢和腰部，平躺着尚好，一直身或一挪步便痛得直咬牙。

好在天气渐渐暖和，父亲叮嘱他常晒太阳，并坚持每晚泡个热水澡。"你想，2月的河水冷似冰，你又喝了酒，体内的热与河水的冷猛然相遇，寒湿还不浸透你全身? 怕是会落下长久病根，只有长久地温热驱寒，慢慢痊愈。"父亲心疼地说。

静躺在床上的日子，陈智峰常常一个人发笑。他嘲笑自己竟有那么荒唐，竟莫名其妙地想要结束生命。那样的死算得了什么呢，怕是比鸿毛还要轻许多吧!

到了5月，天气越来越热了，陈智峰还是坚持每天在太阳下烤晒一两个小时。日子一天一天过去，身上的疼痛大大缓解，可新的毛病又冒了出来——他开始咳嗽，先是能咳出痰，后来便是无痰干咳，白天咳晚上也咳，有时一咳便无法抑制，咳得胸痛气喘，无法安宁。

张旺芸来看过他几次，让他就在家多待些时间，工作上的事不用操心。可陈智峰哪肯这样长久闲待，他怕这样下去整个人就废了。病痛再难受，也不至于要命，因此6月初他来到村委会办公室，跟其他同事一样上下班，哪怕走几步就停下咳喘，他也坚持。郑菁日日面对他，心里很不是滋味，等旁边无人时便关切地问几句。

"还在咳吗？"郑菁往往是小心翼翼地问。陈智峰则瞟她一眼，默默地点头，不作声。有时见他大半天没咳，郑菁便高兴地说："没见你咳了呢，兴许是好了！"可话音一落，陈智峰便铿铿铿地连咳不止，害得郑菁赶忙给他倒水捶背，懊悔地说："我不该提起的！"

郑菁还发现，陈智峰虽人天天来村委会，却跟丢了魂似的，默不作声不说，常常是眼神定在某个点上，整个人就不动了。那样子怪吓人的。内心的滋味，只有陈智峰自己才能体会。他时时感觉一阵一阵的凉从头顶浇下来，或者从脚底蹿上来，又或者是从胸口钻进来。那凉是瞬间冰心的凉，突然袭击，让人猝不及防；不定时地涌来，丝毫不与你商量。那是五六月的冰雹、七八月的骤雨、冬腊月的霜雪，那是既要人命又不要人命的摧残和折磨，那是一种慢性毒药发作时的生不如死。

他还是时常去白龙河边呆坐，还是时常捡石头往河里丢。显然，他是在发泄心头的愤怒，倾诉胸中的不平。他不满白龙河是一条有问不答的哑河，他恨那些丢出去的石头是一个个丁点儿屁都没有的无用之材！他心中有一万个，不，是十万个为什么……

　　一天晚上，天上没有月亮，四周漆黑一片。那黑是逼人的黑，是那种一坠入就摸不着边际，犹如陷入茫茫大海一般无助的黑。陈智峰从家里走出来，又独自坐在了白龙河边。

　　河风似冰纱一样轻柔地扫着他的脸。就这么一丝的湿寒，又引起陈智峰一阵咳嗽。在他不得不张开喉咙，仰天垂地地咳嗽的时候，他感觉到黑暗中有一个影子。其实，他根本什么都没有看到，只是感觉，但他确信那是真实存在的。"谁?"他问了一声，也不大声。随后，一阵窸窸窣窣的脚步声近了。

　　两个黑影在黑暗中静坐着。一个说："明天，你还是在家休息吧。"一个摇了摇头。那个接着说："你这样，让人好不放心哦!"这个又摇了摇头。那个沉默了一会儿说："我不知道怎样才能让你好起来，如果有办法，我一定舍身去取。"这个仍然是默默地摇头。

　　那个说："我知道你心里非常非常恨我。"这个用黑色的眼睛看了看旁边的黑影，嘴巴动了动，但没出声。那个接着说："你就发泄出来吧，骂我、打我都行! 那样你好受些，我也好受些。"这个终于出声了，是"哧"的一声笑，那笑其实也没声，只是一股气，气中含着气，让人一闻便知是什么气。

　　"到西滩两年多了，如果要问我有什么收获，那就是众多乡亲淳朴的爱戴;如果要问我有什么遗憾，那就是……那就是给你留下了恨……"那个说，"你能不让我带着遗憾回去吗?"这个转过脸来，他感觉有两条晶莹的东西在眼前闪，那光虽然微弱，虽然掩藏在黑暗里，但如同两点火星，有划破夜幕、照亮夜空的动能，有驱散寒凉、温暖大地的热量。

不用再猜了，那个人就是郑菁。郑菁从地上站起来，说："智峰，我们邂逅在西滩这个美丽的地方，是值得珍藏一辈子的缘分。不管你今后是爱我也好，是恨我也好，我都会将这份缘分永久珍藏。你爱我，不是你的错；我不能接受你，请原谅也不是我的错。人生很多事，没有什么对与错，也根本无法用对错来评判。"

陈智峰的心头绕起了阵阵青烟，就像早晨山间的晨雾，无形无状地飘荡在浩荡的空中，那种湿湿的、黏黏的，那种柔柔软软的东西，无骨无肉，能变幻莫测，又能叫你坐立不安。不觉中，他也站了起来，并动了动脚步。

"西滩以后的担子离不开你，不要再一蹶不振了，好吗？"郑菁的话轻轻的，柔柔的，话音中毫无过去那种金属质感般的刚强，倒像是棉花抟成的，丝线编织的，"你是一个很优秀的小伙子，我相信你，相信你能战胜眼前的困难，相信你能将西滩带向更加美好的明天。"

郑菁的话听起来政治味越来越浓了，陈智峰朝她摆了摆头，示意她不用再说了。

突然，郑菁张开双臂，说："来，我们拥抱一下。"陈智峰吓了一跳，随即浑身战栗不已。他迟疑了，退缩了。郑菁笑了笑说："那，请你给我一个拥抱，好吗？"陈智峰不敢相信自己的眼睛，更不敢相信自己的耳朵。是的，这一刻，他多少次在臆想中期盼过，但这一刻真的来到面前，他却怯懦而怀疑了。郑菁见他不敢动，主动上前一步，将他拥入怀抱。

一时间，他竟不知自己身在何处。似在云端，又像是被丢进了飘散着七彩花瓣的海洋里……

片刻，两人分开得很默契。郑菁说："别怪我多言，你应该多多留意下张旺芸。""为什么?"憋了一晚上，陈智峰终于开腔了。"凭女人的第六感，她对你有一份特殊的感情。"郑菁说。"我一直把她当孩子看。"陈智峰说。郑菁说："一个孩子能当上村支书吗?"陈智峰无话可说了。"她堂姐一直在撮合你俩，你不会看不出来吧?"郑菁说。

两人一边这样聊着，一边往回走。夜还是那么黑。陈智峰应该感谢这夜的黑，是这黑填埋了他跟郑菁之间的沟沟坎坎，化解了他们之间的酸酸涩涩。接下来几天，陈智峰照郑菁说的，果真去留意张旺芸。他们在一个办公室，留意起来也不是难事。

他就那么静静地盯着张旺芸。人的感知就是那么神奇，当你被人盯着的时候，即使你不抬眼，你都会觉察到，因为你的脸会慢慢地痒起来、热起来。张旺芸就是被这种感觉搅扰得心乱了，偷偷地抬眼一看，呀，真有人死死地盯着自己！开始，她还能若无其事地掩饰心头的慌乱，可待她一次又一次抬眼去证实，那人还在盯她后，她的心彻底乱了。她的脸红了，先是一点儿红，然后慢慢往周边洇。她怕被人窥视到心头的秘密，便起身往厕所跑。可从厕所回来，这样的事还是接连发生，总不能老跑厕所吧，她索性直面对方："你老看我干吗呢?"

而这时的陈智峰呢，就再自然不过地移开目光，要么什么都不说，要么淡淡地说："我在看你吗?我是在看那个方向。"这话不说还好，说了反而让人更难堪。

一次，张旺芸反唇相讥："没看我?我晓得你心里在想啥，我晓得你的病根是啥！""啥?"陈智峰装作懵懂不知。"告诉你,她根本就不是你的菜,你别那么傻乎乎地瞎想了!"张旺芸说话的语气有些急,喘气都有些忙不赢了。"哪个不是我的菜,哪个又是我的菜?"陈智峰平静地说。"你问我?我晓得呢,问你自己吧!"张旺芸嘴巴努着,像是生气了,样子十分可爱。

陈智峰还是那样目不转睛地盯着她。"照我说,你该再跳一次白龙河,好让你彻底清醒!"张旺芸说。"好的,"陈智峰点点头,煞有介事地说,"我现在就去。"说着就要往外走。张旺芸一把扯住他:"真去?莫非你真的变瓜了?""哦,那就不去了嘛。"陈智峰说。

张旺芸见陈智峰在耍弄她,剜了他一眼:"你真讨厌!该让白龙河把你淹死……"说完,她"嗤嗤"地笑着往门外跑了。

5

又快到举办荷花节的时候了,陈智峰的咳嗽也好了许多。大凡天气晴好,他几乎整天都不会咳嗽;可一遇到阴雨,便又咳起来,只是咳嗽的频率和程度要轻一些。

怕是到了秋冬,又会剧烈地咳起来。父亲提醒他说:"你得加强锻炼,增强体质,免疫力强了,或许会好些。"因此他坚持每天从家里跑步到村委会上班,下午也是跑步回家。

郑菁回省城的日子定了,省委组织部要她在6月10日前回去报到。村民得知后,纷纷来村委会邀请她:郑书记,到我们家吃一顿饭吧。开始她婉言谢绝,可邀请的人越来越多，且十分真诚，她便答应了。村民觉得，能请到将成"省领导"的郑菁到家吃饭，十分荣耀。

　　陈袭民也想请，可家里无人煮饭，老伴儿去世好几年了，孙子孙女都不在身边，于是心里着急。陈袭民对郑菁是心怀感激的。未搬新居时，郑菁多次带人给他老母亲洗澡洗头。搬新居后，老太太执意要留在老屋，全村旧房都拆完了，就只有他家几间烂房子还杵在那里。

　　有人劝陈袭民说，你请不请难道郑书记会计较吗？再说你屋头的情况她最清楚，你若是请她，她好来吗？她来了，说不定看不过去还会给你取两个钱，传出去人家还说，陈袭民请郑书记吃饭是假，想人家包包里两个钱才是真，你听到这话，心里咋想？

　　陈袭民心想也是，就暂时打消了念头。可在他住的那个院子，好多户人都请了，有几次郑菁到这些家做客，他陈袭民是低头不见抬头见，深觉过意不去，决定还是请。而郑菁知道陈袭民要请她到家里吃饭，反倒说："我邀几个人到你家老屋，我们买菜，自己动手做饭，大家一起聚个餐吧，也算是最后一次看望老奶奶了。"

　　可接下来因忙荷花节的事情，郑菁也就把这事一天天拖了下来。

　　夏日的西滩村，处处流淌着浓绿的美。一座座小山丘上，生猪代养场白色的棚子被茂盛的李子林覆盖着，每一株果树枝头都缀满了绿宝石一般的果蛋。一望无垠的稻田，流淌着泥土和庄稼混杂的芳香，午后阵阵蝉鸣，傍晚几声蛙叫，在阳光雨露滋润下，稻穗悄悄孕育。多个品种的荷花环绕着城郭一样的合院式聚居点，广场上、村道边、荷塘畔、小河岸，随处可见洋溢着幸福笑容的村民。

农产品加工基地、冷链物流基地、电商基地、智能化鱼苗繁育选育中心、高密度名贵鱼种养鱼池、智能化种苗培育中心等设施建筑，恰如其分地镶嵌在西滩坝子上……呀！我生活在一个多么美妙的地方啊！

闲暇之余，陈智峰放眼西滩，深深感受到这一点。目前，他除了担任新的西滩村村主任，还担任村集体资产管理公司总经理，他倍感责任重大，畏惧和紧张伴随着激动和信心压在他头上。可他不再犹豫彷徨，不再踯躅退缩，而是笑望前途、迎难而上，他感觉由时间妙手翻开的每一天，都是新鲜无比和魅力无穷的！

今年的荷花节游客众多，聚居点里的民宿全都住满了，甚至还有省城来客。他们是一支行走在都市流行音乐前沿的乐队。白天，他们自由徜徉在乡村田园中；晚上，他们在院子里击节而歌，歌声如轻捷的燕雀，绕过一户又一户的屋梁，穿越宁静的田野，唤醒呢喃的夏虫。

新搭建在稻田间的吊脚屋里，对对情侣飞鸟一样栖息其上，点点烛光与淡淡月色相互辉映，飘浮在夜空中的稻香让人闭目联想起热气腾腾的盘中美餐。

晚上，一支节奏劲道的舞曲响起："……你是我天边最美的云彩，让我用心把你留下来……"那婉转动人又略带苍凉的嗓音，挠得人心痒神痴，广场上聚集了很多人，他们翩翩起舞，并不断有人加入……

县上的一家企业搭乘荷花节的便车，到西滩村举办首届啤酒节。场地是荷塘旁一块空旷的坝子。村中一些厨艺还算不错的妇女也搭乘啤酒节的便车，在家卤制了一些熟食，推到坝子上来卖，还有卖凉面、抄手、醪糟鸡蛋、酸梅汤、西瓜汁的，从未有过的夜市就这样兴了起来。"来来来，谁能在一分钟内喝掉五罐啤酒，我送他一件!"啤酒商家手握麦克风，口沫四溅地鼓动着现场的人群。陈智峰突然来了兴趣，他要挑战一下。

陈智峰喝醉了。张旺芸将他扶起时，他只觉一道温暖而又柔和的力量在拉扯着他，脚下如踩着棉花，高低顿挫地行走在水泥路面上，斑驳的灯影闪烁在眼前，恍惚间竟不知身在何处。

回到家，一靠床他就如山一样倾倒下来，差点儿把张旺芸压在身下。

他合上疲惫的眼皮，顿觉一团黑幕在头顶旋转，自己也如躺在一张凌空而起的飞毯之上。张旺芸帮他脱了鞋，洗了脸，他竟全然不知。随着阵阵鼾声，陈智峰十分轻松、十分自然地沉入了梦乡。

"……你是我天边最美的云彩，让我用心把你留下来……"广场上过一段时间便循环播放这首曲子，对村民和游客来说，今晚是个不眠之夜。

"云（芸）……天边的云!"张旺芸正要离开，突然听到陈智峰喉咙里朦朦胧胧地吐出一串字音。她惊了一跳，拉门闩的手像触了电，弹跳着缩了回来。她站在那里，静静地盯着沉睡的陈智峰，似在期盼他再叫一声。可是，等了许久，陈智峰仍像死猪一样睡着。她失望地再次伸手去拉门闩。"……你是我天边最美的云彩……让我用心把你留下来……"陈智峰再次发出梦呓，使张旺芸顿时脸红耳热。他是不是故意装睡，借机说出心里想说的话？她的心狂跳不已。

"……云（芸）……我……"梦呓又传来了，张旺芸听得十分真切。她移步向前，俯下身子仔细瞧陈智峰的脸，发现他不是故意装睡，心稍稍平静了些。"让我用心把你留下来……"这家伙睡着了还能跟随外面的旋律含混不清地唱歌，真是不可思议！不过，酒后吐真言，梦话也是探究一个人真心的可靠凭证。难道说……她的心又怦怦怦地紧跳起来。

"你……你想把谁留下来？"张旺芸凑近陈智峰的耳郭，小声地问。她急切盼望着一个答案，但又十分惊惧那个答案。半晌，陈智峰没有言语。正当她的热情就要冷却时，陈智峰忽然露出了一个甜甜的笑容，那笑是多么单纯，就像襁褓中的婴儿。"……云（芸）……天边的云……好美！"张旺芸视线模糊了，她忍不住抓起陈智峰的手，靠近嘴边吻了一下。

张旺芸感到胸中如同夏天的白龙河，阵阵白浪呼啸奔腾，前浪勇往直前，后浪紧紧跟随，两浪碰撞，形成一个个巨大的漩涡，生成巨大的震撼，把整个西滩村都摇动了……

郑菁走的那天，她突然想起曾经答应过陈袭民的事，决定兑现自己的承诺。

头晚下了一夜的雨，一早起来雨是小了些，但天上的黑云越积越厚，空气像在蒸笼里困了一夜，热得人汗如雨下。

郑菁给县委组织部打了个电话，叫他们晚点儿开车下来接她，然后约陈智峰、张旺芸、王朝晖，还有几个志愿者服务队员来到陈袭民家。每人都带了东西，有的拿鸡有的拿鱼，有的带腊肉有的带香肠，还有的带来时令蔬菜。陈袭民惭愧地说："郑书记，这怎好意思呢！"

众人正忙着，天空一声炸雷，接着便是闪电不息、惊雷不断。不一会儿，倾盆大雨便从黑幕笼罩的天空奔泻而下。屋外的世界混沌不堪，完全被狂风暴雨包裹着。

郑菁吩咐志愿者服务队员给老太太洗了头洗了澡，穿好衣服后就把床支起来，让老太太斜靠着看一屋人忙活。老太太言语混沌，几乎无法与人正常交流，但仍要咿咿呀呀地参言以示存在，郑菁便丢下手里的活儿，坐在床边专门陪她说话，饭做好后，还喂老太太吃。

午后，雨仍然任着性子狂下。大家走不了，只想雨再下一两个小时会停，哪知一直没有停下来的迹象。田里的水很快就满了，纷纷往沟里排，沟里的水汇进小溪，小溪的水位涨得很快，不久远近都能听到洪流奔涌的声音了。

县委组织部司机打电话来说，车在高速公路上困住了，因路旁山体滑坡，泥石流冲下来的石块、泥土在路面堆起了一座小山，工程车正在加紧清障，通路恐怕要六七个小时。这样算来，还不如晚一天走。大家正在庆幸老天有意留客的时候，陈袭民惊呼："屋里进水了！"

大家慌忙起身察看，水从墙角一些老鼠洞里灌了进来，泥土地面很快便湿了一大摊。"快！赶快走！"郑菁说，"背上老太太，大家迅速撤离！"众人慌忙跑进老太太睡的房间，床脚已被水淹没了一寸余高。陈智峰立即蹲下身、弓起背："把老太人扶上来！"

陈袭民、王朝晖和郑菁等人小心翼翼地把老太太扶到陈智峰的背上，用棉布背带缠好，随便搭了一块塑料布就往外面跑。雨柱密不透风，眼前一片茫茫的雾色，让人喘不上气来。仅凭脑子里熟悉的方向，大家毫不犹豫地往前跑去。正跑不到十米，身后噗嗒一声闷响，陈袭民家老屋塌了，顾不上回头久看，大家又不停地往前跑。

不远处的白龙河，滔天浊浪翻滚，那气势让人十分恐惧。"得尽快赶到溪边,尽快通过那座小桥,尽快赶到聚居点。"陈智峰说,"现在沿社道走来不及了,只能抄近路。"众人没有多想,跟着陈智峰跑。跑到溪边,平时小桥流水般的秀美景色不见了,取而代之的是几乎与溪岸齐平的洪水狮吼一般流向白龙河,那座年代久远的石桥还没被淹没,但似乎已经摇摇欲坠。怎么办,是绕道走还是快速经过?为了抢时间,大家决定冒险快速通过。

陈智峰叫大家一个跟着一个,上桥后迅速跑向对面。他自己背着老太太跑在最前面,第一个踏上石桥。陈智峰顿觉耳旁有排山倒海一样的声浪冲击,桥面在脚下震颤不已,好在他安全通过了。站在对岸,他大声喊:"快过来!"其他人一个跟着一个跑上了桥面。

陈智峰紧张地看着每一个人。桥下的水瞬间就要漫过桥面,陈袭民跑过来了!王朝晖跑过来了!张旺芸也跑过来了!其他几个志愿者都跑过来了!郑菁也跑上了桥面!

眼看胜利在望了,哪知郑菁脚底一滑,"啊!"地惊叫一声,身子横倒在桥面。

一个洪浪狂扫过来,瞬间将她卷进水里……

"郑书记——郑书记——"众人惊慌失措地喊叫起来。

郑菁的头顶只在水面冒了几下,就不见了。

洪水以一泻千里的气势冲向白龙河,浪头一个接着一个滚滚而去……

水中再没显现郑菁的踪影。

大家扯破喉咙不断地喊,可除了震耳欲聋的水声,根本没有任何应答……

陈智峰胸口如同被炸雷击中,眼前霎时黑暗一片,人便瘫倒在地上。